地心魔域 上

彼得・布雷特 Peter V. Brett —— 著
戚建邦 —— 譯

THE CORE

獻給席琳娜・莉莉絲，
她從各方面改變了我的生活。

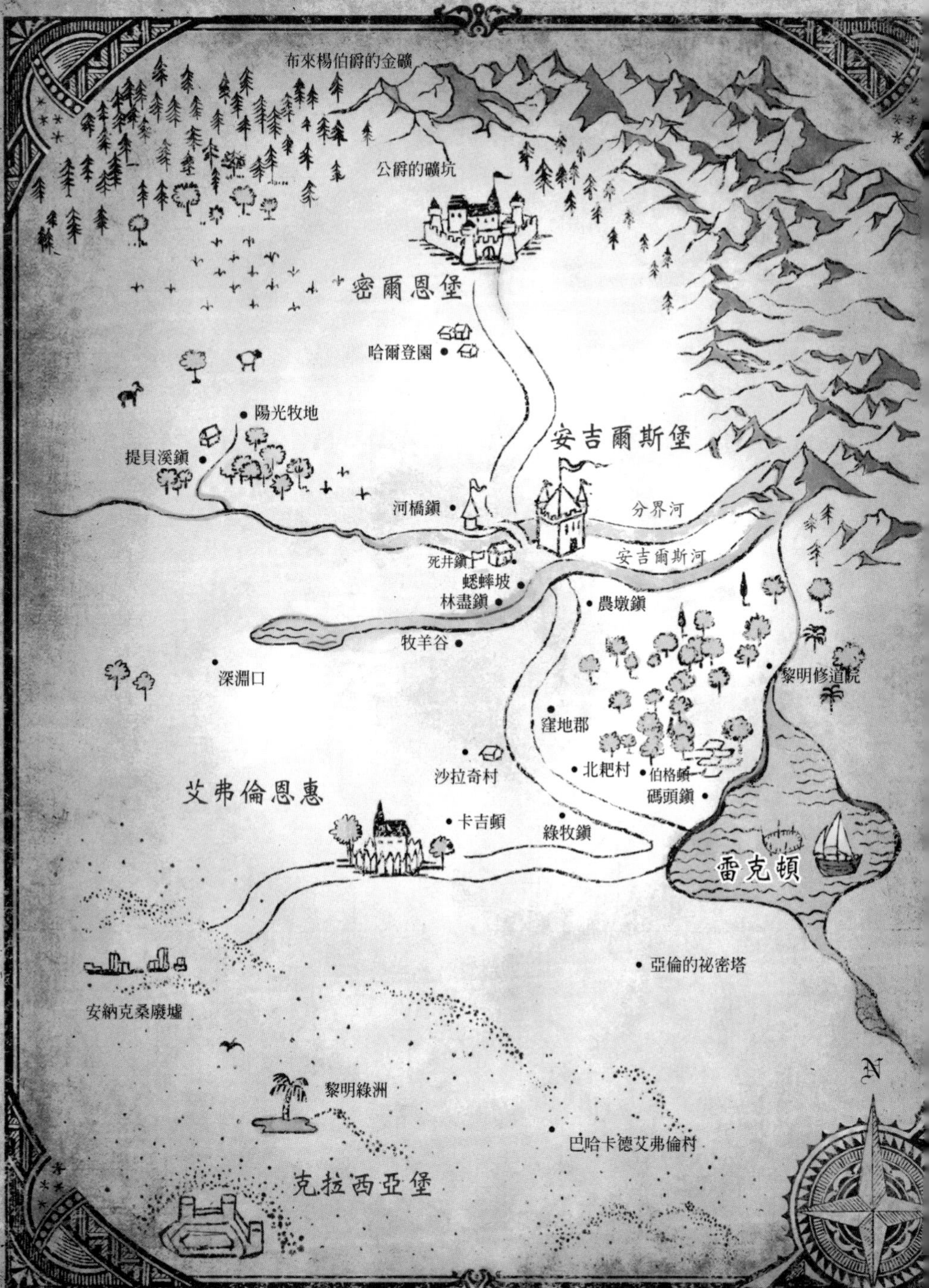
布來楊伯爵的金礦
公爵的礦坑
密爾恩堡
哈爾登園
陽光牧地
提貝溪鎮
安吉爾斯堡
河橋鎮
分界河
死井鎮
安吉爾斯河
蟋蟀坡
林盡鎮
農墩鎮
牧羊谷
深淵口
黎明修道院
窪地郡
沙拉奇村
北耙村
伯格頓
艾弗倫恩惠
碼頭鎮
卡吉頓
綠牧鎮
雷克頓
亞倫的祕密塔
安納克桑廢墟
黎明綠洲
巴哈卡德艾弗倫村
克拉西亞堡
N

地圖插畫／爆野家

THE CORE

地心魔域

目次

【上冊】

序幕　獄卒　334 AR

「大軍將至。」

阿拉蓋卡——惡魔親王——透過人類軀殼，他們稱為山傑特的軀殼之口說話。惡魔親王被困在魔法圈中，但他粉碎其中一道鎖，在其他囚禁他的人有機會反應前控制軀殼。

山傑特的意志粉碎，現在的狀況只比傀儡好一點點，而惡魔親王很樂於對囚禁他的人造成痛苦。他移動軀殼的腳，習慣身體重心。沒有化身魔那麼好用，但身強體壯，手上是地表牲口的原始武器，還與囚禁他的人之間存在著惡魔親王可以加以利用的情緒連結。

「那是他媽的什麼意思？」探索者大聲問道。其他人稱這傢伙為亞倫或帕爾青恩。他可以影響其他人的決定，但並非眞正的支配。

惡魔親王進入軀殼的語言中心，逐漸熟悉人類賴以溝通的原始噪音。

「女王即將產卵。」

探索者直視軀殼雙眼，雙手交抱胸前，皮膚上的魔印綻放陣陣魔力。「知道。那和大軍將至有什麼關係？」

「你們囚禁我，殺死我最強悍的兄弟。」惡魔親王說。「心靈王宮中沒有任何心靈力量強大到足以防止新生女王吸乾母親、繼而成長茁壯的魔力。」

探索者聳肩。「那些女王會自相殘殺，不是嗎？在產卵室裡，最強的女王就能接管魔巢。新生女王總比完全成熟的女王好。」

惡魔親王讓軀殼的目光集中在探索者臉上，自己則趁機觀察其他人的靈氣。

大敵子嗣──他們叫他賈迪爾──身穿心靈殺手的斗篷、長矛，還有皇冠，顯然是其中最危險的人。如果大敵子嗣決定要殺他，被鎖在魔印圈中的惡魔親王並沒有多少應變方式，而他控制山傑特讓大敵子嗣怒不可抑。

但是大敵子嗣的靈氣背叛了他。儘管他很想殺惡魔親王，但還是要留他活口。

更有趣的是大敵子嗣和探索者之間的情緒網。愛恨交織、相互競爭卻又彼此尊敬。憤怒。罪惡。混雜得亂七八糟，惡魔親王十分享受觀察這張情緒網的感覺。大敵子嗣急著想要收集情報。探索者有很多事沒告訴他，而且追隨他人領導也讓他的靈氣外緣出現惱怒火花。

狩獵者──他們稱爲瑞娜的女人，比較難以預料。這個凶猛的女人渾身充滿偷來的地心魔力，皮膚上紋滿力量魔印。她使用力量的技巧不夠純熟，除非有人阻止，她傾向於釋放力量。她神色緊繃，武器在手，隨時準備說僵了動手。

最後一個是女性軀殼，山娃。就和他的傀儡一樣，她身上沒有魔力。要不是她用武器殺死一名惡魔王子，惡魔親王根本不會把她放在眼裡。

但儘管山娃是囚禁他的人中最弱的一環，靈氣仍十分強烈。傀儡是她父親。她的意志強大，表面靈氣靜止，但內在精神卻很痛苦。惡魔親王要在打破她頭顱、呑噬柔軟的心靈之肉時盡情享受她的回憶。

惡魔親王操縱傀儡大笑，讓人類的注意力保持在軀殼，而不是他身上。「年輕的女王不可能打贏。我的兄弟都沒有足夠力量支配其他心靈，他們會各自偷走一顆蛋，然後逃走。」

探索者住嘴片刻，開始了解事態嚴重。「在提沙各地築巢。」

「肯定已經開始了。」他操縱傀儡揮動他的矛，人類的眼睛一如預期般隨矛而動。「把我困在這裡會引起人類末日。」

惡魔親王小心翼翼地移動鎖鍊，尋找弱點。刻在金屬鎖鍊上的魔印很燙、會吸扯他的魔力，但是惡魔親王把力量維持得很好。他已經打爛了一個鎖，釋放了一條手臂。如果能再打爛一個鎖，傀儡或許就能把魔印圈破壞到可供惡魔親王逃跑。

「魔巢裡還有多少心靈？」探索者問。「不包括你，我們已經殺了七個。應該不算微不足道。」

「魔巢裡？」惡魔親王問。「現在已經沒有了。他們肯定已經瓜分了繁殖區，正在想辦法肅清新領土，然後產卵。」

「繁殖區？」狩獵者問。

傀儡微笑：「你們自由城邦的人民很快就會發現他們的城牆沒有想像中那麼安全。」

「說得很厲害，阿拉蓋卡。」大敵子嗣說，「但是你被我們鎖在這裡。」

惡魔親王終於找到要找的東西了。一個鎖上的小缺陷，於遭囚幾個月間緩慢侵蝕。打斷鎖能讓惡魔掙脫鎖鍊，但那樣做要很強大的魔力，而囚禁他的人會在他成功前發現。

「你們能夠保有那些繁殖區都是爲了今天這個局面。」傀儡往旁踏出一步，他們的目光跟隨他。「爲我的兄弟保留下來的狩獵區。他們會帶領軀殼，像打蛋一樣破壞你們的城牆，爲剛孵化出來的女王儲存糧食。」

「而阿拉的末日就在她們的子宮中孕育而生，」大敵子嗣說。「我們不能允許這種事。」

「釋放我。」惡魔親王說。

「不可能。」探索者吼道。

「這是你們唯一眞正的選擇。」惡魔親王說。「讓我回去還能防止大量繁殖。」

「你是謊言之王，」大敵子嗣說。「我們沒有蠢到相信你的話。我們還有一個選擇。前往深淵，徹底解決阿拉蓋丁卡。」

「你們聲稱自己不是笨蛋，」惡魔親王說，「偏偏又相信自己能活著抵達魔巢？你們就連卡夫利當年崩潰逃回地表的位置都到不了。」

這話達到了預期效果，大敵子嗣渾身僵硬，緊握長矛。「還在說謊。卡吉擊敗了你們。」

「卡夫利殺了很多軀殼。」惡魔親王說。「很多王子。我們花了數百年才讓魔巢恢復盛況，但他攻入我們領地的行動失敗了。人類最多就只能做到那樣。這已經不是第一次循環，也不會是最後一次。」

「你說過會帶我們前往地心魔域。」探索者說。

「你們乾脆直接跑去晝星表面比較快。」惡魔親王說。「你們還沒到就會死。你很清楚這一點。」

「那就去魔巢。」探索者說。「心靈王宮。天殺的惡魔女王產卵室。」

「那樣也會摧毀你們。」惡魔親王又讓傀儡跨開一步。

「我們願意冒險。」狩獵者說。

終於，所有人都就定位了。傀儡舉起矛，對準探索者心臟拋去。一如所料，他瓦解形體，矛毫髮無傷地穿體而過，直接飛向大敵子嗣，而他甩動武器擊落那把矛。

傀儡使盡全力擲開盾牌，堅硬的盾緣打爛了一顆囚禁惡魔親王的魔印石。狩獵者迅速展開攻擊，但是女性軀殼大叫一聲，擋在狩獵者與她父親中間。

這點時間剛好足夠傀儡轉身，一手抓起魔印鎖鍊，讓惡魔親王專心釋放魔力，攻擊脆弱的環節。傀儡就像蜘蛛拆除破網般解開了鎖鍊。銀魔印燙傷惡魔親王的皮膚，但疼痛只是通往自由的微小代價。

他輕揮一爪，利用魔爆將一小塊金屬碎片拋入空中，擊落大敵子嗣的皇冠，防止他啓動一開始困住惡魔親王的魔盾。

狩獵者推開女性軀殼，撲上前阻止傀儡，但太遲了。惡魔親王在她揮出武器時瓦解實體，只剩下一隻爪子在交會而過時挖開她的肚子。他擠出傀儡在魔印圈中弄出的縫隙，於外魔印圈的邊緣再度現身。

探索者在配偶驚叫時衝了過去，手忙腳亂地阻止她的腸子流到地板上。狩獵者注意力渙散，難以瓦解形體治療自己，探索者得浪費寶貴的時間和力量治療她。

惡魔親王在空中繪製衝擊魔印，大敵子嗣腳邊的石頭爆炸，讓他在撿皇冠時摔倒。傀儡把皇冠踢向房間另一頭，接著展開攻擊，盡量再拖延大敵子嗣幾秒。

惡魔親王轉身甩動短尾巴，噴出一道遮蔽魔力的糞便，藉以解除魔印的效果。

正當他要再度瓦解形體時，大敵子嗣吼道：「夠了！」他將矛柄往地上一敲，一道魔力波直接震倒所有人。惡魔親王迅速恢復，瓦解形體朝魔印縫隙移動，但探索者已經釋放魔力，扯下一張窗簾，在魔印縫隙上灑落曙光。晝星尚未爬上地平線，但日光已經開始燃燒他的魔力，劇痛難耐。惡魔不敢上前。

狩獵者消失，重聚形體，傷勢痊癒。她和探索者雙手熟練地在空氣中繪印，在惡魔的魔霧逃離陽光時引發陣陣劇痛。沒有實體時，惡魔親王無法控制傀儡，女性軀殼迅速制伏他。大敵子嗣取回皇冠，啓動魔盾，再度困住惡魔親王。

他別無選擇，只能投降談判。他們還是要留他活口。惡魔親王重聚形體，縮回爪子，閉上嘴巴，高舉雙手，擺出人類投降的姿勢。

狩獵者狠狠擊中他腦側，衝擊魔印震動他的頭顱。她很衝動。其他人比較克制。

但正當惡魔親王順勢轉身時，探索者又從另外一側攻擊他，打裂他的頭顱，捶出一顆眼珠。惡魔向旁邊跌開，又被大敵子嗣的矛柄打了第三下，這一擊比石軀殼的力道更猛。

他們持續毆打，惡魔親王以爲他們肯定會在原始的殘暴狀態下打死他。他試圖瓦解形體，但是就和片刻前的狩獵者一樣，他沒辦法集中精神發動變形魔法。

接著他連誰在打他都分不清楚了，只剩下每一次攻擊的巨響和衝擊。

然後他完全無法聚精會神。黑暗塡滿視線。

惡魔親王在劇痛中醒來。他試圖凝聚體內的魔力療傷，但是魔力所剩無幾。他必定已在無意識的狀態下用了太多魔力去治療最嚴重的傷。剩下的傷得自然癒合。

可惡的鎖鏈並沒有鎖回身上。或許他們還在急著修復。或許他們沒想到他會這麼快就醒來。

如果眞是如此，他們就比他本以爲的更加愚蠢。窗簾又拉上了，惡魔親王可以感應到厚窗簾後的黑暗。再度逃亡似乎輕而易舉。他揚起一爪，吸收一點僅存的魔力，灌注在他在空中繪製的魔印中。

但是魔力尚未抵達他的爪尖就已消失，接著渾身劇痛，令他忍不住嘶聲吼叫。

他再次吸收魔力，魔力卻又失效，皮膚灼痛不已。

惡魔親王低頭看向自己皮膚，見到發光的魔印時瞭解出了什麼事。

他們用針在他皮膚上刺青，就和探索者對他自己做的一樣。他渾身都是魔印。

心靈魔印，瞄準他自己。這些符號把他困在肉體裡，防止他瓦解形體，或以心靈感應聯絡其他惡魔。更糟的是，如果惡魔親王，或隨便哪個囚禁他的人，在那些魔印上灌注足夠魔力，就能殺了他。

這比鎖鍊糟多了。超乎惡魔親王所能想像的羞辱。

但每個問題都有解決方法。每道魔印都有弱點。他要忍辱負重，找出弱點。

第一章 都有 334 AR

黎莎抽筋抽到醒來。

在五千名筏木工護送下上路十天，已經讓她習慣了旅途的不適。她現在只能側睡，而馬車的板凳不是設計用來側睡的。她開始像阿曼娃和希克娃一樣縮在鋪滿枕頭的車廂地板上睡覺。

子宮肌肉緊繃收縮產生一陣一陣劇痛，爲即將到來的生產做準備。黎莎的預產期還有十三週，但這種情況十分常見。

所有女人一開始都會驚慌失措，布魯娜從前常說，*以爲自己會早產。就連我也一樣，不過我在把孩子生出來前還是又拉了幾十個哭哭啼啼的嬰兒來到這個世界上。*

黎莎開始迅速穩定呼吸，讓自己冷靜下來，忍受劇痛。這段日子以來，痛已經不是什麼新鮮事。她腹部的皮膚被胎兒強而有力的拳頭打得瘀青片片。

懷孕期間，黎莎曾數度被迫施展強大的魔印魔法。每一次，胎兒都有很強烈的反應。魔法反饋會帶來非人的力量和精力，能讓老人重返青春，讓小孩迅速成熟。它能強化情緒，瓦解自制。在魔法作用下，人會變得暴力。危險。

這種力量對於尚未完全成形的小孩會有什麼影響？懷孕不到七個月，黎莎不論看起來或是感覺起來都像是足月。她預計會早產，甚至欣然接受早產，以免小孩長得太大，無法自然分娩。

*或是挖穿我的子宮，自己爬出來。*黎莎一口一口呼吸，但是無法冷靜下來，劇痛也沒有消退。

很多事情都會引發宮縮，布魯娜教過她。*像是小傢伙踢妳滿滿的膀胱。*

黎莎找到尿壺，但是解放膀胱並沒有抑止抽筋。她看向尿壺。她的尿很混濁，而且有血。她僵住了，盯著尿壺心念電轉。接著胎兒用力踢她。她痛得大叫，然後就知道了。

她要生了。

汪妲過來回報時，黎莎靠在長凳上。天快亮了。

汪妲遞出韁繩，像貓一樣輕巧下馬。她落在移動中的馬車踏板上，打開車門，毫不費力地跳進去坐上黎莎對面的板凳。

「女士，或許妳想先梳洗一下，快到家了。」汪妲說。「加爾趁妳睡覺時先趕回去。剛剛才帶話回來。」

「情況有多糟？」黎莎問。

「很糟。」汪妲說。「所有家臣都出來了。加爾想要按照妳的意思阻止他們。他說那就像是徒手拔樹幹。」

「安吉爾斯人和他們天殺的儀式。」黎莎皺眉。她開始了解阿瑞安公爵夫人爲什麼能對所有鞠躬屈膝的僕人視而不見。有時候那是唯一可以前往目的地的做法。

「不光只是女侍和守衛。」汪妲說。「鎮議會的半數成員都來了。」

「黑夜呀。」黎莎把臉埋在掌心裡。

「給我命令，我可以讓伐木工組成人牆護送妳進去。」汪妲說。「告訴大家妳休息後就會接見他們。」

黎莎搖頭。「這是我以伯爵的身分首度返家。我不會一開始就避著大家。」

「是，女士。」汪妲說。

「我有話要告訴妳，汪妲。」黎莎說。「但妳要保持冷靜。」

汪妲一臉困惑，隨即瞪大雙眼，開始起身。

「汪妲・卡特，妳給我乖乖坐好。」黎莎像揮鞭般揮揮手指，女孩立刻又坐回去。

「陣痛間隔十六分鐘。」黎莎繼續說。「孩子大概再過幾個小時就會出生。我今天會非常仰賴妳，親愛的，所以我要妳仔細聽好，保持專注。」

汪妲吞了一大口口水，但還是點頭。「是，女士。告訴我妳要什麼，我立刻去辦。」

「我會姿態高雅地下車走向門口，」黎莎說。「我行進途中會一次跟一個人說話。從頭到尾都不停步或放慢速度。」

「是，女士。」汪妲說。

「我會公開指派妳爲我的護衛隊長。」黎莎說。「如果所有人都如妳所說的集合起來，那應該足以讓妳接掌指揮，派遣女伐木工守護伯爵大宅。寢室確認安全後，除了妳、我和妲西，沒人可以進入。」

「薇卡？」汪妲問。

黎莎搖頭。「薇卡已經幾個月沒見過她丈夫了。別去打擾他們。她能做的妲西都可以。」

「是，女士。」汪妲說。

「不准告訴任何人此刻情況，」黎莎說。「別告訴守衛、別告訴加爾德，誰都別說。」

「但，女士……」汪妲開口。

「誰都別說。」黎莎咬牙應付，令一陣陣痛聽起來像在吼叫。那種感覺像是有條大蛇纏住她的肚子，用力捲緊。「我不要妳說溜嘴，讓這件事情變成吟遊詩人的演出題材。我要產下阿曼恩・賈迪爾的子嗣。不是每個人都看好此事，而生產過後，我們兩個都會……很虛弱。」

汪妲目光堅定。「我在的時候不會，女士。我對太陽發誓。」

汪妲離開馬車，看起來沒有任何不對勁，輕鬆踏上奔跑中馬匹的馬蹬。

車廂內的魔印光在晨曦中顯得黯淡，但車門一關上就變亮了。隨著魔印光變亮，寂靜魔印重新啓動，黎莎隨即開始呻吟。

她一手扶著後腰，一手抵在大肚子底下，奮力撐起自己。熱魔印在短短幾秒內加熱水壺。黎莎將熱氣騰騰的水倒在一塊布上，然後貼上自己的臉。

鏡中倒影看來蒼白空洞，黑眼圈很嚴重。黎莎很想伸手到霍拉袋裡吸收一點魔力，取得力量克服接下來的苦難，但這樣太危險了。魔法已經證實會讓孩子發狂。她現在最不能面對這種情況。

她看了化妝工具一眼，但她畫臉的技巧向來不能與繪製魔印的技巧相提並論。那是母親的才能。她盡量湊合，梳理頭髮，拉直裙子。

伐木窪地外圍區域的道路因應她和亞倫．貝爾斯設計的大魔印而左彎右拐。窪地外圍現在已經建置了十幾個自治區，形成一道持續擴張、彼此相連的大魔印網，每天晚上都將惡魔驅逐到更遠的地方。黎莎對大魔印的形狀熟到像是愛人，不用看窗外就知道他們正在穿越新避風港，很快就會進入伐木窪地，窪地郡首都，大魔印中心。兩年前，伐木窪地還是人口不到三百的小鎮——勉強能在地圖上占據一個點。現在規模可比自由城邦。

又是一陣陣痛。間隔越來越短——現在只隔六分鐘。她陰道口開始撐大，胎位逐漸下移。她調節呼吸。藥草可以舒緩疼痛，但除非回房安頓妥當，不然她不敢吃那些藥。

黎莎透過窗簾偷看，立刻在窗外的人放聲歡呼時後悔這麼做。她本來期待黎明前低調返家，但有這麼多人護送，根本低調不起來。即使時間這麼早，人們還是擠在街上或是透過窗口歡迎返家隊伍。

那種感覺很奇怪，把湯姆士的堡壘當成家，但現在堡壘屬於她這個窪地郡女伯爵的了。她不在的期間，妲西把黎莎在藥草師樹林裡的小屋變成了藥草師學院總部，希望那成為伐木窪地第一個學習機構。黎莎比較想去那裡訓練學徒，但住在堡壘裡可以達到更多成就。她在堡壘映入眼簾時皺起鼻頭。那是棟結實堅固的城牆式建築，為了防禦而建，不太在乎美感——至少外表看來如此。內部從某方面來看更糟糕，在努力重建的土地上顯得鋪張浪費。堡壘現在歸她所有，這兩個問題都要處理。

堡壘大門開啟，僅存的林木槍兵、湯姆士的騎兵隊夾道迎接她。他們的人數不到五十，其他人都在碼頭鎮之役中與伯爵一起戰死。他們在高大的安吉爾斯戰馬上顯得莊嚴肅穆，人和馬都面無表情地專注站好。他們全副武裝，彷彿期待黎莎隨時會派他們上陣殺敵。

庭院中也擠滿了人，看起來又像準備出陣，又像歡迎返鄉。左手邊，蓋蒙隊長及手下軍官騎馬站在數百名立正站好的武裝士兵前，沉重的長戟插在地上，全部指向同一個角度。

庭院右側，堡壘中所有工作人員——看起來和部隊沒兩樣——整齊列隊，精神抖擻，制服整潔。

*如果我在庭院裡生產，這些整齊隊伍的反應一定很有趣。*這個想法很諷刺，不過很快孩子又開始踢，感覺就不那麼有趣了。

正如汪妲警告，有一群人站在通往堡壘的台階下。站在最前面筆直而立的是亞瑟領主，身穿制服、手持長矛。站在他身旁的是塔麗莎，伯爵從前的奶媽，後來成為黎莎的女侍。加爾德和他的未婚妻羅塞兒，還有羅塞兒的母親站在一起。和他一起的還有海斯裁判官；藥草師妲西和薇卡；她父親，厄尼；還有……黑夜呀，就連黎莎的母親伊羅娜也來了，眼神如利刃般瞪著羅塞兒的背影。黎莎本來祈禱至少那頭惡魔不會這麼早起床，但就像往常一樣，上天沒有回應她的祈禱。
汪妲探頭進門。「好了嗎，女士？」
陣痛再度來襲。她感覺火熱，即使是冬天依然滿頭大汗。
黎莎微笑，沒有把痛苦表現出來。她起身時雙腳顫抖，感覺胎兒持續下移。「好了，親愛的。現在表現自然點。」
蓋蒙在馬車抵達時下馬。他、亞瑟及加爾德爭先恐後伸手接她，差點摔成一團。黎莎完全忽略他們，扶著汪妲的手臂，小心翼翼地步下台階。她可不能在這麼多人面前摔倒。
「歡迎回到窪地，佩伯女伯爵。」亞瑟行宮廷禮道。「看見妳身體安好真是太好了。聽說安吉爾斯遭受攻擊時，我們都擔心會發生最壞的情況。」
「謝謝你。」黎莎說著站穩腳步。庭院四周的人都在朝她鞠躬或行屈膝禮。黎莎抬頭挺胸，以能讓阿瑞安老公爵夫人驕傲的姿態很有尊嚴地點頭回應所有人。
然後她開始移動。汪妲一邊扶她，一邊在前引路。兩個身材高大的女伐木工緊隨在後。他們面前的男人沒想到她們說走就走，連忙讓道，不過迅速站穩腳步，緊隨而上。首先跟上去的是蓋蒙。「夫人，我已經排好守衛班表……」
「謝謝你，蓋蒙隊長，」黎莎內臟都在翻滾。她繃緊大腿，深怕還沒進屋羊水就破了。「幫我個忙，把守衛的勤務交給汪妲隊長，拜託。」
蓋蒙瞪大雙眼，停下腳步。「汪妲隊長？」
「我在此指派汪妲．卡特成爲我的貼身護衛隊長。」黎莎大聲說，繼續走。「早就該晉升她了。」
蓋蒙立刻跟上。「如果妳不滿意我的指揮……」

黎莎微笑，不曉得自己會不會吐。「一點也不。你的表現堪稱楷模，我也不懷疑你對窪地付出的心力。林木軍團依然由你指揮，但我的貼身護衛得直接向汪妲隊長回報。命令部隊解散，回到他們的崗位。我們沒有遭受攻擊。」

蓋蒙一副努力吞下石頭的模樣，但黎莎在安吉爾斯經歷好幾個月不知道自己究竟是俘虜還是賓客的生活，她現在一點也不想看到林木軍團。汪妲已經親自挑選負責伯爵堡壘安全事宜的伐木工，指示她們守護入口、檢查室內。

亞瑟立刻上前補上蓋蒙的位置，神色震驚。「伯爵堡壘的工作人員……」

「……看起來精神奕奕，可以開始一天的工作。」黎莎打斷他的話。「不要耽誤他們。」她揮揮手，要所有人解散。

「當然，夫人。」亞瑟比個手勢，群眾開始解散。他看起來還有話說，但黎莎的母親已經擠到前面來，厄尼緊跟在後。伊羅娜懷孕六個月，不過她利用暴露的服裝掩飾肚子，引開旁人注意力。所有人都像看見地心魔物一樣退開。

「我的女兒，窪地郡女伯爵！」伊羅娜攤開雙臂，臉上浮現……看起來像是驕傲的神情？如果是的話，實在太可怕了。

「母親，父親。」黎莎分別和兩人擁抱，努力忍住不發抖。

伊羅娜察覺不對勁，但她還知道要壓低音量。「妳看起來糟透了。怎麼回事？」

「我只需要進屋休息。」黎莎捏捏汪妲手臂，他們再度前進。其他人或許不敢阻止伊羅娜，汪妲卻像倒塌的大樹一樣勢不可當。伊羅娜想要跟上，但被厄尼拉住。她瞪他一眼，但是就和汪妲．卡特一樣，黎莎的父親向來都站在她那邊。

「歡迎回來，女伯爵。」羅塞兒行屈膝禮道，她母親跟著照做。

「愛蜜莉雅，」黎莎說，莊重地用正式稱謂稱呼她。「拉奎爾女士。我很驚訝這麼早就在這裡見到妳。」

加爾德跟上來，他們三個跟隨黎莎走向台階。

「伯爵出於禮數請兩位女士待在他的堡壘裡。我們可以另找地方……」

「別這麼說。」黎莎朝羅塞兒眨眼。「我們有很多房間。像妳這麼高貴的年輕女士在婚禮前搬進男爵府成何體統？那是醜聞！」

加爾德臉紅。「謝謝妳。有些文件要給妳看，等妳有空……」

「天亮後送過來。」黎莎已經快要走到台階了。

接下來出現的是海斯裁判官，朝黎莎深深鞠躬。他的助手法蘭克輔祭向來與主人形影不離，此刻居然缺席。

「女伯爵大人。感謝造物主妳沒事。」

下一輛馬車停下，車門開啓。見到約拿牧師下車，海斯瞪大雙眼。薇卡大叫一聲，衝出迎接群眾，快步跑下台階去找她丈夫。

海斯震驚地看著她，儘管痛得發抖，黎莎還是露出真誠的笑容。「你會很高興得知，裁判官，你在窪地的過渡任期已經結束。約拿會回來主持窪地郡的儀式。」

「太荒謬了，」裁判官氣急敗壞。「我不會平白無故交出我的大教堂……」

黎莎揚起一邊眉毛。「你的大教堂，裁判官？我郡裡的這間？」她還在前進。通往堡壘的大門近在眼前，偏偏又遠在天邊。

海斯被迫放棄尊嚴，揚起袍子急忙追上。「只有比瑟公爵有權撤換我……」

黎莎打斷他，拿出一封有皇室封印的信。「你的裁判官任期結束了。」

「裁判官任期不是專門用來裁判一個異教牧師的，」海斯爭辯。「亞倫・貝爾斯的問題……」

「你可以回安吉爾斯和牧師議會慢慢辯論。」黎莎說。「約拿牧者會主持窪地郡的教務。」

海斯目瞪口呆的程度更勝蓋蒙。「牧者?!」

「牧者閣下成為公爵後就放棄了他的頭銜，」黎莎說。「就任何方面來看，窪地郡的人口都比安吉爾斯還多。自由城邦大協定賦予我們的牧師成立新教派的權力。」

裁判官不確定該如何反應，只好接過那封信，脫離黎莎堅決前進的隊伍。公爵的命令讓她有權挑選窪地郡的精神領袖，但把約拿晉升為牧者還是有點挑戰極限。藤蔓王座不會樂見這種獨立宣言，但現在黎莎已回到窪地，他們也沒辦法阻止她。

妲西收到黎莎指示立刻上前，高大的女人直接隔開裁判官。「讚美造物主，很高興見到妳，女士。」

「妳不知道我有多高興。」黎莎拉她近身擁抱，壓低音量。「陣痛間隔時間兩分鐘。如果我不盡快進去，就要在台階上生產了。汪妲已經派人淨空伯爵寢室。」

妲西點頭，不動聲色。「要我先去，還是跟妳走？」

黎莎鬆了一大口氣。「請跟我走。」

妲西扶起她另一條手臂，下一輛馬車停下，阿曼娃、希克娃及坎黛兒嚴肅地下車，妲西和汪妲一起領著黎莎前進。妲西好奇地打量她們。

「女士，」妲西問。「羅傑呢？」

黎莎努力維持深沉穩定的呼吸節奏，指向一群伐木工從馬車上抬下來的棺材。

妲西失聲驚呼，突然停步。要不是有汪妲在，黎莎就會直接摔倒。

「控制情緒，妲西。」汪妲低吼。「現在沒有時間。」妲西點頭，恢復正常，繼續前進。

阿曼娃步伐輕盈地走上台階，無視汪妲和妲西的目光。黎莎看她一眼就看出來。

她知道了。

「黎莎女伯爵大人。」達馬丁開口。

「現在不要，阿曼娃。」黎莎喘氣道。

阿曼娃忽視她的話，繼續接近。汪妲伸手阻擋她，但阿曼娃用指節輕輕一敲，汪妲要在她過去後才能夠舉起手臂。

「我要協助生產。」她直截了當地說。

「妳不行。」妲西吼道。

「我擲過骨骰，女士。」阿曼娃輕聲說道。「如果接下來幾小時內我不待在妳身邊，妳就會死。」

「這是威脅嗎？」汪妲的聲音低沉又危險。

「夠了，全都夠了。」黎莎說。「她一起來。」

「我可以……」妲西開口。

黎莎呻吟一聲，非常渴望躺下。「沒時間了。」她一腳踏上台階。短短幾階，感覺像在爬山。

塔麗莎等在上面。黎莎努力在無人攙扶下爬上台階，但那個女人還是一眼看出現在是什麼情況。

「這裡走。」她說，轉身開門，朝一群侍女彈指。她們連忙跑上來，塔麗莎宛如將軍般發號施令。

黎莎知道這下消息很快就會傳開，但她已經無力阻止。她全神貫注在調節呼吸和把腳踩在身前上。

離開大廳後，汪妲立刻指示守衛。他們在高大女人把黎莎像孩子一樣抱起來走時，團團圍住她們。

「用力。」妲西說。

這是毫無意義的要求。她們剛把她放上床緣，她就已經感覺到胎兒在動。不管她用不用力，孩子都要出世了。她的陰道口已經完全撐開，羊水濺滿汪妲的上好木甲。她很快就會把孩子生出來。

但接著胎兒掙扎，黎莎痛得大叫。妲西也大叫，眼看黎莎的肚皮上冒出小手印和小腳印。感覺像是她體內有隻惡魔，試圖挖開肚子出世。她肚子上冒出新瘀傷，到處都有舊瘀傷。

「看見了嗎？」黎莎問。

妲西深吸口氣，回到臨時足蹬中間。「沒，女士。」

可惡。就差一點。

「扶我起來，」她說，緊握汪妲的手。「蹲著會比較容易。」她蹲下，努力把孩子擠出來。

小孩再度出擊，像馬一樣出腳踢她。黎莎慘叫摔倒，但汪妲接住了她，扶她躺回枕頭上。

「我就擔心這個，」阿曼娃說。「女士，我得剖腹。」

汪妲立刻抗議。「絕對不行。」

妲西起身，高大的身體聳立在嬌小的阿曼娃身前。「就算妳是全世界最後一個藥草師也不行。」

「黎莎・娃厄尼・安佩伯・安窪地，」阿曼娃說。「我以艾弗倫之名及我進入天堂的希望發誓，妳今晚唯一活下來的機會就是讓我剖腹。」

汪妲拔出匕首，黎莎知道那個女人出刀有多快。

但接著阿曼娃做了黎莎再過一千年也料想不到的事。她跪了下來，掌心撐地，額頭貼在雙掌間。

「看在我們分享血緣的份上，女士。拜託。阿拉需要妳。沙拉克卡需要妳。妳一定要相信我。」

「分享血緣？」妲西問。「看在地心魔域的份上……」

「動手。」黎莎在胎兒持續掙扎下吼道。

「妳不可能是指……」妲西開口。

「我可以，也決定了，妲西‧卡特。」黎莎大聲道。「她的刀法比妳好，妳很清楚這一點。嚥下妳的自尊，協助她。」

妲西皺起眉頭，但是在阿曼娃自霍拉袋中取出骨骰時點頭。「我讓你們兩個睡著……」

黎莎搖頭。「讓孩子睡，我要保持清醒。」

「沒時間吃藥草止痛。」阿曼娃說。

「那就拿個東西給我咬。」黎莎說。

阿曼娃瞇起眼睛，在面紗下露出笑容。她點頭。「妳的榮耀無止無盡，厄尼之女。痛苦只是風。隨著棕櫚樹彎曲，讓風吹過妳。」

嬰兒的哭聲充斥整間房，阿曼娃把嬰兒包好，塞到汪妲懷裡，然後和妲西一起做收尾工作。妲西在縫合傷口，阿曼娃準備加速治療的霍拉魔法。

汪妲像是新手爸爸一樣僵立原地，深怕會太用力壓壞小孩。她低頭看向橄欖膚色的小臉，黎莎知道這個小女人會用生命保護她的孩子。

黎莎手臂抽動，想要伸手，但在縫合完成前不能動。暫時而言，知道孩子健康安全差不多就夠了。差不多。

「是男是女?」黎莎問。

汪妲突然抬頭，一副學徒作白日夢被抓到的模樣。

「女士?」

「我的孩子，」黎莎哀求。「是男是女?」這個問題太複雜了。阿曼恩・賈迪爾的綠地男性子嗣有可能引發綠地與克拉西亞之間的戰爭，但並不表示女孩不會成爲目標。不管阿曼娃如何發誓，她從不懷疑克拉西亞人會來搶孩子。但他們什麼時候會來——現在，還是十年後——取決於汪妲的答案。

汪妲一手摟著嬰兒，打開包巾。「是男……」她皺眉細看。

最後她抬起頭來，臉皺成一團。「我還眞看不出來，女士。我不是藥草師。」

黎莎凝視著她，難以置信。「男孩和女孩的性器官不用是藥草師就能分辨，汪妲。」

「問題就在這裡，女士。」汪妲滿臉驚恐。「兩個都有。」

第二章　奧莉芙　334 AR

或許是有生以來第一次，黎莎不知道能說什麼。她目瞪口呆，在孩子的尖叫聲中心念電轉。嬰兒身上有兩組性器官並非前所未有。她的古世界科學典籍裡有相關記載，但是在活生生的孩子身上看見，又是另一回事。

她的孩子。

塔麗莎偷偷從汪妲肩膀後面偷看，隨即驚呼一聲，偏開頭去。

黎莎伸手。「我看看。」

妲西抓住她的手，拉回桌上。「黎莎・佩伯，妳要是在我們處理完傷口前再亂動，我就把妳綁起來。」

門外傳來叫聲，黎莎抬頭看見惡夢般的景象：汪妲手下一名守衛正急忙後退，攔住滿臉怒容的伊蓮娜・佩伯。

「喂，貝卡！」汪妲叫道。「我說誰都不准進來！」

「抱歉，汪！」貝卡叫。「她捏我奶頭，然後擠過去！」

「妳敢不讓我見我女兒，我可不會只捏奶頭。」伊羅娜警告道。「爲什麼沒人告訴我……」

伊羅娜在汪妲轉身，露出手中的嬰兒時突然住口。她衝上前去，伸出雙手，但汪妲靈巧跨步。伊羅娜瞪她的目光足以嚇退地心魔物，但汪妲只是露齒對她嘶吼。

「沒關係。」黎莎說，汪妲不再堅持，不情願地把孩子交給伊羅娜。

她母親雙眼泛淚。「膚色像父親，但眼睛像妳。」伊羅娜拉開包巾。「是男孩還是……」

她僵住，五官被阿曼娃啓動治療魔法石的魔光照亮。

力量的快感有點類似溺水之人呼吸到空氣。魔力竄入黎莎身軀，修補損傷，灌注全新的力量。魔光消退後，她開始起身。

「現在，不要太……」妲西開口。

黎莎不理她。「汪妲，扶我上床，拜託。」

汪妲輕鬆抱起她，把她放到大羽絨床上。黎莎伸手，伊羅娜把嬰兒放入她懷裡。嬰兒睜大明亮的藍眸看她，黎莎立刻被情感淹沒，渾身因爲愛而發抖。

汪妲．卡特不是唯一願意爲你而死的人，親愛的。我同情那些想要介入我們之間的人和惡魔。

她親吻那張美麗完美的小臉，然後解開孩子身上的包巾貼胸抱著，分享體溫。孩子噘嘴，黎莎按摩自己的乳房，準備讓孩子吸吮奶頭。小嘴張開，她立刻把它塞進去，確保吸得夠緊。

她曾引領多少母親經歷這個里程碑？她曾帶多少新生兒尋找到奶頭？那些經驗都不能與親身經歷相提並論，眼看著她完美的孩子開始吸奶。她在感受到強大的吸力時出聲驚呼。

「沒事吧？」妲西問。

黎莎點頭。「好強壯。」她感覺到自己奶水湧出，心知她願意爲了餵飽孩子承受任何痛苦。最近幾個月，她時常擔心孩子的生命安危，但孩子現在出世了。活著。安安穩穩。她高興地哭了出來。

塔麗莎拿塊濕布過來，擦去她的淚水和汗水。「每個母親第一次餵奶時都會哭的，女士。」

她要哭幾聲抒發情緒，但有太多問題有待解答。呼吸平靜下來後，她又讓塔麗莎再幫她擦一次眼睛，然後拉開包巾。

汪妲說得沒錯。這孩子乍看是健康寶寶，擁有完整的陰莖和睪丸。直到黎莎翻開陰囊，才看見底下完美的陰道。

她深吸口氣，身體後仰，開始全面檢查。孩子體型很大，大到不可能在不傷害到她和自己的情況下通過產道。阿曼娃說得沒錯。剖腹救了他們兩人的命。

他也很強壯，而且很餓。就各方面來看，這孩子都非常健康，也沒有其他可供識別男女的特徵。

她戴上魔印眼鏡，深入檢查。孩子的靈氣很耀眼——黎莎只有在亞倫和瑞娜・貝爾斯身上見過如此耀眼的靈氣。他很強大，也很……高興。孩子和她一樣享受餵奶的感覺。黎莎再度熱淚盈眶，她得先擦眼淚，才能繼續檢查。

往下看證實了她之前的診斷。男性和女性器官，兩者都很健康，能夠正常運作。

她朝汪妲點頭。「都有。」

「地心魔域啊，怎麼可能有這種事？」伊羅娜問。

「我讀過相關記載，」黎莎說。「不過從未親眼見過。那表示受孕時有兩顆卵子，其中一顆吸收了……」黎莎喉頭一緊，說不出話來。

「是我的錯。」她喘息道。

「怎麼說？」妲西問。

「魔法。」黎莎感覺大寢室的牆壁在朝自己逼近。「我一直施展魔法。從阿曼恩和我第一次與英內薇拉聯手對抗心靈惡魔那晚開始……」隨著恐懼逐漸加深，她的臉越拉越長。

「我把他們融為一體。」

「惡魔屎，」伊羅娜說。「妳不可能知道是不是那樣。妳自己也說有在書裡讀過。」

「我很少同意伊羅娜的話，女士。」妲西說，「但妳媽說得沒錯。沒理由認爲魔法與這種情況有關。」

「有理由。」黎莎堅持。「我曾感覺到。」

「就算是又怎樣？」汪妲問。「難道妳就該任由自己被惡魔吃掉？」

「當然不是。」黎莎說。

「『在有病要對抗的時候，怪東怪西是沒意義的，』布魯娜以前常說。」妲西說。「『每個人都看得清楚』——」

「『——當他們事後回想時。』」黎莎接著說。

「我也讀過那些書，」妲西繼續。「有記載治療的方法。」

「治療，怎麼做？」伊羅娜問。「有藥可以封住那條縫，還是讓他的老二乾枯掉落？」

「當然不是。」妲西聳肩，凝望孩子。「我們就……挑個性別。那麼漂亮的女孩可以輕易假扮男孩。」

「那麼英俊的男孩也可以假扮女孩。」伊羅娜回嘴。「那樣根本沒有治療到什麼。」

「對。」妲西朝阿曼娃還在善後的手術桌點頭，「但是加上剪剪、縫縫……」

「汪妲。」黎莎說。

「是，女士？」汪妲說。

「如果除了我之外有任何人想對孩子動手術，妳就拿箭射他們。」黎莎說。

汪妲雙臂交抱。「是，女士。」

妲西高舉雙手。「我只是……」

黎莎揮揮手指。「我知道妳沒有不好的意思，妲西，但那種做法太野蠻了。除非威脅到孩子的健康，不然不考慮進一步手術。我說得夠清楚嗎？」

「是，女士。」妲西說。「但大家會問是男孩，還是女孩。我們要怎麼說？」

黎莎看向伊羅娜。「別看我。」她媽說。「我比任何人都清楚，這件事我們完全說不上話。造物主的旨意就是造物主的旨意。」

「說得好，厄尼之妻，」阿曼娃說。她終於離開手術台，雙手依然染滿生產時的血跡。她對黎莎舉手。「現在就是時候，女士。出生時擲骰最準了。」

黎莎考慮。讓阿曼娃在鮮血和體液中擲阿拉蓋霍拉，將會讓她得知黎莎和孩子的未來。就算她眞的完全坦白——通常達馬丁不會坦白——她也有可能說不清楚。她永遠都保有祕密，或許是黎莎迫切需要的祕密。

但阿曼娃對孩子，她同父異母弟妹的關心，全都在她的靈氣中透過金色顯露出來。她迫不及待想要爲孩子的安危擲骰。

「我有條件，」黎莎說。「沒得商量。」

阿曼娃鞠躬。「任何條件。」

黎莎揚起一邊眉毛。「妳要用提沙語念頌禱文。」

「當然，」阿曼娃說。

「妳會把所見的一切都與我分享，只有我。」黎莎繼續。

「喂，我也想看！」伊羅娜說，但黎莎目光盯在阿曼娃身上。

「是，女士。」阿曼娃說。

「永遠。」黎莎說。「假設二十年後我對妳預見的景象有所提問，妳也要毫不保留地為我回答。」

「我以艾弗倫之名起誓。」阿曼娃說。

「妳要把骨骰留在原位，讓我抄錄一份，保留下來。」

阿曼娃遲疑片刻。外人絕對不能研究達馬丁的阿拉蓋霍拉，以防他們刻出自己的骨骰。如果阿曼娃答應這個要求，英內薇拉會砍下她的腦袋。

但是片刻過後，女祭司點頭。「我可以固定陶骰給妳。」

「然後妳要教我解讀。」黎莎說。

屋內陷入一片死寂。就連其他女人，不熟悉克拉西亞習俗的人，也感覺得出來這個要求有多過份。

阿曼娃瞇起雙眼。「好。」

「妳在安吉爾斯為孩子擲骰時究竟看見了什麼？」黎莎問。

「我母親教我看的第一個徵兆。」阿曼娃說。

黎莎在被他們當成手術台的皇家骨董傳家寶四周放置魔印卡拉。魔印啓動，隔絕雙向聲音，她和阿曼娃則彎腰在手術台上，研究發光的骨骰。

阿曼娃伸出長長的彩繪指甲比向一個顯眼的符號。「卡。」克拉西亞語中的「一」或「第一」。

她指向另一個。「達馬。」祭司。

第三個。「沙羅姆。」戰士。

「第一……祭司……戰士……」黎莎屏息眨眼。「沙達馬卡？」

阿曼娃點頭。

「『達馬』是『祭司』的意思。」黎莎說。「這表示孩子是男性？」

阿曼娃搖頭。「不一定。『第一戰士祭司』是比較恰當的翻譯。這些字是中性的，在漢奴帕許中可能用來稱呼兩種性別。」

「所以我的孩子是解放者？」黎莎難以置信地問。

「沒有那麼簡單。」阿曼娃說。「妳要了解，女士。骰顯示的是我們的潛能，但大多潛能都沒有發展出來。」她指向另一個符號。「伊拉結許。」

「死亡。」黎莎說。

阿曼娃點頭。「看到骰尖指向東北方。早夭是小孩最容易面對的未來。」

黎莎繃緊下巴。「有我在就不會。」

「還有我。」阿曼娃點頭。「我以艾弗倫和我進入天堂的希望發誓。傷害能拯救全人類的人乃是阿拉最嚴重的罪行。」

「阿拉。」她指向另一個骨骰，斜角朝向伊拉結許那面。「就算有可能是他毀滅世界也一樣。」

黎莎努力消化這些說法，但實在太難消化了。她先把話放在一邊。「如果知道孩子沒有性別，妳的族人會怎麼做？」

阿曼娃傾身靠得更近，不光只是研究骰子中央的大符號，還細看骰子邊緣的數十個小符號。「他們無法承受這個消息。現在就宣告孩子的命運太危險了，但不這麼做，很多人會認定這是艾弗倫不滿窪地部族的徵兆。」

「讓他們有藉口推翻阿曼恩和我打造的和平。」黎莎說。

「在傑夫之子把解放者推下山崖後，還需要藉口的人不多。」阿曼娃繼續細看骨骰。

「看這裡，」她說著指向一個面對其他骰子的符號。「丁。」女性。她手指滑過該骨骰邊緣，持續鑽研線條與伊拉結許之間的關聯。「如果妳宣稱孩子是女孩，與伊拉結許的交集會比較少。」

黎莎和阿曼娃解讀完畢時，孩子已經洗好澡，也換好衣服了。伊羅娜抱著孩子坐在椅子上打盹。汪妲站在她身旁守護，妲西則緊張兮兮地在房內踱步。塔麗莎抽掉血淋淋的床單，換上乾淨亞麻布，此刻忙著放洗澡水。

「她。」黎莎走出寂靜魔印範圍，大聲說道。妲西停下腳步。伊羅娜慢慢醒來。「唉，說什麼？」

黎莎瞇眼透過魔印眼鏡看，在這些女人來到她面前時觀察她們的靈氣。「對所有不在這個房間裡的人而言，我剛剛生下的是女孩。」

「是，女士，」汪妲說。「但妳也說過，這孩子日夜都要保護。遲早都會有人在我們換尿布時發現的。」她的靈氣呈現擔心的色彩。「說起這個……」

黎莎大笑。「女伯爵下令，妳不用負責換尿布，汪妲·卡特。擦屁股太浪費妳的才華了。」

汪妲長吁口氣。「感謝造物主。」

「我會親自解讀所有會接觸我女兒的家臣和守衛的靈氣。」黎莎望向塔麗莎。「不值得信任的人都要另謀高就。」

女侍的靈氣充滿恐懼，黎莎嘆息。她知道會有這種情況，但那並沒有讓事情更輕鬆。

「也要告訴薇卡和吉賽兒。」黎莎說。「我們得注意她的發展，以免她的情況造成難以預見的問題。」

「當然。」妲西同意。

「告訴吉賽兒，就等於是告訴老媽。」汪妲警告。吉賽兒現在是比瑟公爵的皇家藥草師，直接向阿瑞安老公爵夫人回報。

黎莎面對塔麗莎的目光。「我想她怎樣都會發現的。最好還是由我直接告訴她。」

「她也一樣？」妲西朝阿曼娃比比手指。

「對。」阿曼娃的靈氣冷靜穩定。這是很合理的問題。「我不會欺騙我母親，或是對她隱瞞任何事，但我們的目標一致。達馬佳會非常關心這孩子的安危，也會盡力阻止我哥哥搶奪或殺害她。」

伊羅娜張嘴欲言，但黎莎結束這場辯論。「我信任她。」她轉頭面對阿曼娃。「妳和希克娃會與我們待在這裡嗎？」

阿曼娃搖頭。「謝謝妳，女士，但我高貴丈夫的宅邸已經有不少房間完工，可以搬進去住了。被囚禁這麼長一段時間後，我希望能住在自己家裡，和我自己的族人……」

「當然。」黎莎伸手摸摸阿曼娃的肚子。女人嚇了一跳，默不吭聲。「但請了解我現在也是妳的族人了。三重血緣羈絆。」

「三重血緣羈絆。」阿曼娃同意，伸手放上黎莎的手背，如此親密的舉動在幾個月前根本無法想像。那種感覺很奇怪，有時候分享痛苦可以完成美好歲月中無法達到的成就。

「那是什麼意思？」妲西在阿曼娃出門後問。

「阿曼娃和希克娃都懷了羅傑的孩子。」黎莎說。「如果有人在她們需要時不立刻趕去幫忙，最好有個天殺的好理由。」

妲西眉毛揚到頭髮裡去，但她還是點頭。「是，女士。」

「現在請容我告退，」黎莎說。「我想把女兒放上嬰兒床，然後洗個澡。」

妲西和汪妲走向門口，但伊羅娜待在原地，她的靈氣顯示她不願意放下孩子。

「晚安，媽，」黎莎說。「妳一個小時內對那孩子流露的關愛已經超過我一輩子了。」

「這孩子還沒學到妳那張賤嘴。」伊羅娜低頭看著沉睡的嬰兒。「幸運的小混蛋。要是我生下來有屌的話，肯定可以統治這座小鎮。」

「妳當男人一定很棒。」黎莎同意。

「不是男人。」伊羅娜說。「從來不想當男人。只想也來根屌。史帝夫以前幫我做過一根木屌。磨得發亮，說家裡沒屌的時候就可以拿出來用。」

「造物主哇。」黎莎說，但是伊羅娜不理她。

「本來是給我用的，但是真正迷上它的是妳爸……」

「見鬼了，媽！」黎莎大聲道。「妳是故意說這種話的。」

伊羅娜咯咯笑。「當然是故意的，孩子。要經常保養木屌才能拿來插屁股。」

黎莎把臉埋在手裡。

伊羅娜終於大發慈悲，把孩子交給黎莎。「重點是，佩伯家的女人都很強勢，就算沒屌也一樣。」

黎莎微微一笑。「說得沒錯。」

「要叫她什麼名字？」伊羅娜問。

「奧莉芙。」黎莎說。

「我一直不懂那怎麼會是女孩子的名字。」伊羅娜說。「明明有睪丸【註】。」

譯註：奧莉芙（Olive），意爲橄欖。橄欖小小硬硬的像是睪丸。

第三章　佩伯女伯爵　334 AR

塔麗莎等著黎莎終於將目光從在嬰兒床上沉睡的奧莉芙身上移開。老女人的靈氣看起來依然像是被逼上絕路的兔子，但沒有表現出來。「夫人一定累壞了。過來坐，我幫妳梳頭。」

黎莎伸手，發現自己頭髮還是像返家時用髮夾夾起來，不過有半數髮夾已經鬆開或掉落。她身上只穿了染滿汗漬和血跡的襯衣，外披絲質連身裙。她臉上滿是乾掉的淚痕。「我看起來一定很糟。」

「完全不會。」塔麗莎帶她到臥房的梳妝台前，拔下髮夾，爲黎莎梳頭。這是她們做過很多次的事情，黎莎不禁燃起一股往日情懷。這裡是湯姆士的寢室、這些是他的僕人、他的堡壘。她本來想跟他一起分享的，屬於故事書裡的故事，但她王子的故事已經結束了。

這裡隨處可見他的影子，英年早逝之人遺留下的一切。牆上鑲滿打獵的標本和長矛，加上皇室家族的華麗畫像。三套放在台座上的明亮護甲宛如無聲無息的守衛守護著臥房。

黎莎低頭看向地板，但鼻子背叛了她，聞到伯爵的香油氣味，令她想起愛、情慾以及失落的味道。

塔麗莎看見她的反應。「亞瑟想把東西搬走，避免妳睹物思情。心裡難受。」

黎莎喉嚨緊縮。「我很高興他沒這麼做。」

塔麗莎點頭。「我說如果他敢移動一張椅子，我就拔掉他的陰囊。」黎莎閉上雙眼。人生中只有少數樂趣能跟讓塔麗莎幫她梳頭媲美。她突然想起自己有多疲憊。阿曼娃的治療魔法爲她灌注一陣力量，但魔力已經消退，而且魔法本來就不能取代睡眠。

但她還是有事要先處理。

黎莎睜開一眼，觀察塔麗莎靈氣。「妳當老公爵夫人的間諜多久了？」

「從妳出生之前就開始了，夫人。」塔麗莎的靈氣反應激烈，但語調卻很沉穩。很安撫人心。「不過我從未自認爲間諜。我從湯姆士還是嬰兒時就開始照顧他。向他母親回報他的情況本來就是我的職責。老公爵夫人深愛那孩子，但她要管理整個公爵領地，而她丈夫又很少在家。每天晚上小王子入睡後，我都會把他一天的活動回報給她。」

「即使當男孩變成男人後也一樣？」黎莎問。

塔麗莎嗤之以鼻。「特別是在他成年之後。奧莉芙長大妳就知道了，夫人。身爲人母永遠不會眞正放手。」

「妳都告訴她些什麼事情？」黎莎問。

塔麗莎聳肩。「大多是他的愛情生活。老公爵夫人一直想要王子安頓下來，想要知道所有吸引他目光的女人。」塔麗莎面對黎莎的雙眼。「但眞正吸引湯姆士的女人只有一個。」

「但她的過去有問題，」黎莎猜。「童年時的醜聞，還曾與沙漠惡魔同床共枕……」

塔麗莎再度低頭，沒有放慢穩定紓壓的梳頭動作。「人都會說閒話，夫人。在地心魔物墳場和聖堂的長凳上。在伐木工的隊伍中和——造物主知道——僕人寢室裡。大家都在談論妳和魔印人對看的眼神，還有妳跑去克拉西亞向阿曼恩·賈迪爾求愛的事。沒人能證實他們帶妳上了床，但是說閒話是不用證據的。」

「從來不用。」黎莎說。

「我沒告訴老公爵夫人任何她不會從其他管道聽說的事情。」塔麗莎說。「但我告訴她不要相信那些流言。妳和伯爵大人並沒有低調行事。當妳的繫繩開始繃緊時，我假設孩子是王子的。我們都這麼想。僕人全都很喜歡妳。我開心地把我的猜測呈報給老公爵夫人，然後等妳告知伯爵大人這個喜訊。」

「然後我們吵架了，」黎莎說。「妳發現你們不該愛我。」

塔麗莎搖頭。「伯爵大人沒有不再愛妳，我們又怎麼會？」

「湯姆士把我趕走。」黎莎說。

「對，」塔麗莎同意。「然後像遊魂一樣在堡壘裡作祟，對著妳的畫像一看就是好幾個小時。」

黎莎覺得喉嚨卡卡的，沒辦法把那個硬塊嚥下去。

「有些人還期待妳明天會宣布湯姆士後繼有人，」塔麗莎說，「夢想在這座堡壘中還有王子的後人可以愛戴，可以珍惜。但即使是見過奧莉芙後，也絕不會有人離開妳。」

「真希望我能相信這個。」黎莎說。

「我沒見過自己的兒子，」塔麗莎說。「我以前在一個小領主家的廚房幫傭，在發現夫人沒辦法幫他生孩子後，他們付錢給我去和他睡覺，然後放棄孩子。」

「塔麗莎！」黎莎難以置信。

「他們對我很好，」塔麗莎說。「給我錢，還有推薦函，接受老公爵夫人的委託，擔任小王子湯姆士的奶媽。他就像我自己的兒子一樣。」

她伸手，輕輕撫摸黎莎的肚子。「我們沒辦法選擇造物主賜給我們哪個孩子。在這間屋子裡，只要是妳生的孩子，大家都會愛她，夫人。」

黎莎一手放在她手上。「別叫夫人了。叫我女士，拜託。」

「是，女士。」塔麗莎握握她的手，隨即起身。「水應該熱了。我去準備洗澡的事情。」

她離開，黎莎讓自己再度揚起目光，看向會聯想起失去之愛的事物。

然後她哭了。

黎莎一整天都拉上窗簾，透過魔印眼鏡凝視奧莉芙，沉浸在孩子靈氣裡的力量和純潔中。奧莉芙吃得很多，睡得很少，瞪大明亮的藍眸凝望黎莎。她體內的魔法透露出一種超越愛與崇拜的情緒。一種更原始、更純淨的情緒。

有人敲門，嚇得黎莎回過神來。汪妲上前回應，她隱約聽見交談聲。汪妲關上房門，再度上鎖，然後回到寢室。

「亞瑟在外面等，」汪妲說。「一直告訴他妳在忙，但他一直回來。急著要和妳談件事情。」

黎莎坐起身來。「好吧。他見過我穿睡衣。塔麗莎？請帶奧莉芙去育嬰室。」

塔麗莎抱走奧莉芙時，她的小拳頭拉得黎莎手指生疼。她的靈氣令黎莎心痛。

亞瑟領主在離床一段距離外停步，鞠躬行禮。「請原諒我冒昧打擾，佩伯女伯爵大人。」

「沒關係，亞瑟。」黎莎說。「我相信如果不是重要事情，你也不會這麼做。」

「沒錯。」亞瑟說。「恭喜妳產下女兒。我知道她出生……比預期早。相信母女均安？」

「謝謝你，我們都很好。」黎莎說，「但我以爲汪妲已經告訴你了。」

「她有，當然，」亞瑟說。「我是爲了另一件急事來的。」

「什麼事？」黎莎問。

亞瑟挺直身子。他身材並不高大，但是氣勢足以彌補這個缺點。「沒有不敬之意，女伯爵大人，如果我不能繼續負責管理家臣，要被辭退，我認爲要求直接告知我應該不算太過份。」

黎莎眨眼。「有人間接告知你嗎？」

「佩伯女士。」亞瑟說。

「佩……黑夜呀，我媽？」黎莎問。

亞瑟再度鞠躬。「佩伯女士一週前搬入堡壘，當妳獲得新頭銜的消息傳回窪地時。她一直……難以取悅。」

「你不知道有多難。」黎莎說。

「她有權如此，當然，」亞瑟說。「在沒有妳的命令時，她和妳父親就是妳家主人。我以為是妳派他們來打理堡壘的。」

黎莎搖頭。「那只表示堡壘的家具比我父親家豪華。」

「那種事輪不到我說，」亞瑟說。「但是今天下午，在宣布妳女兒出生後，她說不再需要我的服務了，要家臣全都直接向她回報。」

黎莎呻吟。「我要掐死那個女人。」她看向亞瑟。「我保證，就算地心魔域變成冰窟，我也不會讓我媽管理我家。今天結束前我就會和她講清楚。」

「我真是鬆了口氣。」亞瑟說。「但是妳辭退了蓋蒙和海斯，我忍不住要想，我會是下一個。妳希望我辭職嗎？」

黎莎打量對方。「湯姆士過世了，你還想繼續為我服務嗎？」

「我想，夫人。」亞瑟說。

「為什麼？」黎莎直言相詢。「你向來不同意我的政策，特別是關於難民津貼。」

亞瑟的靈氣忿忿不平，但他只揚起一邊眉毛。「我同不同意無關緊要，夫人。我的責任是為王子打理收支、妥善分配他的經費。我會質疑所有議會提出的支出提案，因為不這麼做就是怠忽職守。不管怎麼樣，當伯爵大人做出決定後，我就會毫不遲疑地盡力執行。如果妳願意讓我留下，我保證會以同樣的態度爲妳做事。」

他的靈氣毫無虛假，但並沒有回答她的問題。

「爲什麼？」黎莎再問一次。「我以爲我一回來，你就會遞出辭呈，回安吉爾斯的家裡去。」

亞瑟的靈氣中閃過一個影像。影像扭曲，但黎莎隱約看出一座曾經豪華的安吉爾斯大宅，現在年久失修。大宅和亞瑟之間存在著羞愧和無比的驕傲。

「我把家族財產拿去抵押，購買加入林木軍的委任狀。」亞瑟說。「那些錢和一點運氣讓我成爲年輕的湯姆士王子的侍從官。我的生活就是他的。蓋蒙也一樣。」

另一個影像。湯姆士、亞瑟和蓋蒙，像兄弟一樣形影不離。

「但王子去世了。」亞瑟沒有露出靈氣中顯示的痛楚。「在我們離開安吉爾斯時，歐可的山矛軍以他們的火器占領安吉爾斯。林木軍很快就會淪落到巡防木棧道的地步，解決家庭紛爭、驅趕非法吟遊詩人表演。就算我們想回去，那裡也沒什麼好留戀的了。」

黎莎沒想過那個。「如果我要你辭職，你會去哪裡？」

「我會繼續擔任窪地林木軍的軍需官，除非妳也免除我那個職務。」亞瑟說。「我會先回軍營，然後去找個男爵謀求職務。或許就找卡特男爵。」

「我依然不太確定你的忠誠，亞瑟。恐怕我得開門見山，」她拍拍自己的眼鏡，「從你的靈氣找答案。」

亞瑟凝視她一段時間，目光飄向油燈和拉下窗簾的窗戶，接著又看回她的魔印眼鏡。他的靈氣很活耀，但複雜到難以解讀，彷彿他依然難以決定該如何看待這種侵犯隱私的行爲。

最後他吸了口氣，抬頭挺胸。「不管妳問任何問題，夫人，我都不會放在心上。正如我有責任質疑妳的政策，妳也有責任質疑我的忠誠，然後再決定要不要讓我服務。」

「謝——」黎莎開口。

「但是，」亞瑟揚手打斷她的話。「如果我們要眞心合作，妳要同意從今以後……」他朝黎莎的眼鏡揮手，「……不能在沒有正當理由和證據的情況下用這種過度的方式檢視我。」

黎莎搖頭。「如果你覺得我侵犯了你的隱私，我道歉，但眼鏡已經是我的一部分。我不會在你每次進入房間時摘下眼鏡。窪地會改變，亞瑟。如果我雇用的人沒辦法接受魔印魔法，我當然會提供絕佳的推薦函和大筆補償金。」

「很好，夫人。我會告知家臣。至於我自己，如果妳對我的正直還有任何疑慮，請直接提問，讓我們徹底把話說清楚。」亞瑟的靈氣翻騰，越來越氣憤。他認爲自己不該被質疑，不滿她的不信任。

黎莎知道她得小心處理此事。她或許會發現亞瑟忠心耿耿，但卻因爲拒絕直接信任而趕跑他。

黎莎雙臂交抱。「我的孩子是阿曼恩．賈迪爾的。」

亞瑟的靈氣沒有改變。「我不是笨蛋，夫人。就算我家大人沒有在幾個月前就告訴我，如果孩子是湯姆士的，妳母親也早就在塔樓上大聲公布這個消息了。」

「儘管如此，你還是要幫我？」黎莎問。

「阿曼恩．賈迪爾死了。」亞瑟說。「不管之前是什麼情況，我認爲妳和克拉西亞人的關係都已隨之而逝。碼頭鎭之役後，新克拉西亞領導人毫無疑問將窪地視爲敵人，而據我對妳的了解，妳絕對不會向他投降。」

「當然不會。」汪妲說。

「我的大人也去世了。」亞瑟說，靈氣中的憤怒被空虛取代。「我知道妳愛他，他也愛妳。你們兩個……相遇之前都與過往的感情斷絕關係。我沒有資格批評妳。」

「你固定向詹森總管回報。」黎莎說。

「包括伯爵大人在內，我們都會。」亞瑟說。「湯姆士不會對藤蔓王座隱瞞任何事。」

「現在詹森也死了。」黎莎說。「窪地的帳都算清了。你自己也說了，我們熟悉的安吉爾斯已經沒了。窪地得找出自己的道路。」

「妳打算當窪地女公爵。」亞瑟猜。

「如果是呢？」黎莎問。「你效忠於我——窪地，還是藤蔓王座？」

亞瑟後退一步，拔出背上的儀式刺擊矛。汪妲微微一動，但黎莎揮手要她待在原位，亞瑟把武器平放在床前地上，然後下跪。「對妳和窪地效忠，夫人。我以造物主之名起誓，也願對太陽再度起誓。」

黎莎伸出一手，亞瑟接過。「我發誓不會辜負你的信賴，第一總管。」

亞瑟親吻她的手。「謝謝妳，夫人。」

他翻身而起，順手從腰間的袋子裡取出一個寫字板。「這樣的話，妳的行程表上已經有十幾個行程，還有一些急須處理的問題……」

黎莎嘆口氣，但又覺得許多壓力都隨著這口氣離體而去。她看了育嬰室一眼。「奧莉芙開始哭之前的時間都是你的，總管。」

黎莎·佩伯，窪地之主

黎莎背部抽痛，彷彿這已經是她第一千次書寫這個頭銜了。湯姆士的椅子是張雕刻精細的大怪物，主要功能是威嚇他人，而非坐得舒服。魔法能加速傷口復元，但她不希望過度依賴魔法，特別當奧莉芙每天都要猛吸個十幾次奶的時候。

她一手扶著後腰上抽動的肌肉，然後開始伸展。她從早上就開始簽名。現在辦公室窗外的天色已經開始轉暗。

亞瑟總管拿起那份文件，放在已經簽好的文件堆上，同時又放了另一份文件到她面前。「卡特男爵部隊的戰馬護甲花費一萬五千卡拉。」亞瑟用筆的末端掠過預算數字，然後在底下畫了個叉叉。「簽在這裡。」

黎莎概略看了一下。「這太荒謬了。我不簽核這筆帳。男爵可以自掏腰包裝飾他的馬。我有挨餓的人民要餵。」

「請見諒，女士。」亞瑟說。「訂單一個月前就完工了。男爵已經收到他的戰馬護甲，工匠還沒收到錢。」

「我沒簽核，怎麼通過的？」黎莎問。

「伯爵大人讓卡特男爵留守窪地，而男爵寧願去把木惡魔做成箱子也不要拿筆。」亞瑟哼了一聲。「顯然對窪地人來說，在手掌上吐口水就等於是簽約完成了。」

「窪地人大多不識字。」黎莎咬緊牙關，彎腰簽名，然後看了一眼男爵書記官送來的又厚又亂文件。「都是這種東西嗎？」

「恐怕是。」亞瑟說。「妳與伯爵遠行期間，特別在貝爾斯夫婦失蹤之後，人民需要統治象徵。就此事而言，卡特男爵做得十分成功。然而身為管理者……還有很多不足之處。」

黎莎點頭。她不能假裝這是什麼料想不到的情況；她和加爾德認識一輩子了。窪地人愛戴他，信任他。他是他們的一員——第一個回應亞倫·貝爾斯召喚，拿起斧頭對抗黑夜的伐木工之一。那天晚上之後，他每天晚上都擋在窪地人和惡魔中間，他們全都知道這一點。加爾德掌權能讓大家睡得更安穩。但他花錢的能力比數錢強大多了。黎莎可以壓印數不清的卡拉幣，但卡拉的價值取決於人民相信它有多少價值。

「如果我要你辭職，你還會去找他求職嗎？」黎莎問。

亞瑟鼻孔吐氣。「這種恫嚇沒有意義，女士。卡特男爵換書記官的速度比換酒杯還快。艾默特侍從官被他威脅要扭斷手臂後就辭職了。」

黎莎嘆氣。「如果我命令你過去，他也願意接受呢？」

「我或許會違反誓言，到克拉西亞投誠。」亞瑟說，黎莎笑到喉嚨痛。

她目光移回那一疊文件，好笑的感覺立刻消失。她揉揉腦側，按摩那陣如果不快點吃東西並跑去花園裡獨處一小時，就會迅速惡化的頭痛。

「加爾德需要一個不怕他的書記官。」

「除了亞倫·貝爾斯，我不知道妳能上哪去找這種男人。」亞瑟說。

「我心裡想的不是男人。」黎莎說。「汪妲？」

「別看我，女士。」汪妲說。「我比加爾還糟糕。」

「行行好，去找拉奎爾女士過來。」

汪妲微笑：「是，女士。」

「謝謝妳過來，愛蜜莉雅。」黎莎朝她書桌旁的椅子揮揮手。「請坐。」

「謝謝妳，女伯爵大人。」羅塞兒訓練有素地行屈膝禮，起身時拉撐上衣，坐下後完全沒有縐褶。

「請叫我女士。」黎莎說。「茶？」

羅塞兒點頭。「好，麻煩，女士。」

黎莎指示汪妲。那個女人能用弓穿針，而她以同樣精準的手法倒茶，彷彿拿兩枚卡拉幣般連盤帶杯單手端上兩杯熱騰騰的茶。

「目前爲止，妳覺得窪地怎麼樣？」黎莎在接下茶杯時問道。

「很棒。」羅塞兒在茶裡丟塊糖，開始攪拌。「大家都很歡迎我們。她們都很期待婚禮。就連妳母親也說要幫忙籌畫。」

「噢？」黎莎第一次聽說此事。她很難想像伊羅娜會出於好心去幫助任何人，特別是愛蜜莉雅·拉奎爾。

羅塞兒點頭。「她幫我介紹最好的花販和女裁縫師，還對……禮服提供了些很有趣的建議。」

「我母親不是喜歡浪費布料的人，」黎莎說。「特別是上半身。」

羅塞兒舉杯眨眼。「我穿過比妳母親建議的款式更暴露的服裝。但這次不行。羅塞兒是給別的男人的。加爾德會有個從吟遊詩人故事裡走出來的新娘。」

「加爾德把文書工作做好之前什麼都得不到。」黎莎說著朝向桌上那疊文件一比。

羅塞兒點頭。「處理文件並非加爾的長項。婚禮後我會……」

「等到婚禮後可不行，親愛的。」黎莎說。「需要提醒妳欠我的人情嗎？」

羅塞兒搖頭。在宮廷醜聞後，黎莎力勸老公爵夫人不要把她關進牢裡。「當然不用，女士。」

「很好。」黎莎說。「阿曼娃的骨骰告訴我不必懷疑妳對窪地的忠誠，而此刻我需要這樣的人待在身邊。」

羅塞兒放下茶盤，站起身子，雙掌放在大腿上。「有什麼我能效勞的？」

黎莎指向那疊文件。「告訴妳的未婚夫在你們兩個坐下來打平他的帳務之前，他別指望妳會清空他的精囊。」

羅塞兒揚起一邊眉毛，嘴角微微上揚。「怎麼這麼說，女士，我可從來沒有清空過男爵的精囊。我們還沒結婚呢！那可是大醜聞呀！」

接著上揚的嘴角化為笑容。「不過我有讓他的樹立正站好。告訴他除非把他綁起來，不然我不會讓樹離開褲子。現在我們只要一獨處，他就會衝向鐐銬。」

「造物主哇，」黎莎說。「妳和我媽一樣壞。小心他的黑夜魔力，搞不好他會掙脫那些鐐銬。」

羅塞兒目光閃爍。「內心深處，女士，他並不想掙脫。」

「我去外面等可以嗎，女士？」汪妲插嘴。

羅塞兒對她微笑。「怎麼了，汪妲・卡特，妳臉紅了！」

「不喜歡聽妳這樣講我兄弟。」汪妲說。

「我自己也有兩個兄弟，」羅塞兒說。「我對他們的愛情生活知之甚詳。」她眨眼。「但我不會說那些情報沒有用。」

「那我是否可以假設，妳很快就會把這個問題……呃，」黎莎忍不住微笑，「握在手中？」

三個女人一起大笑。

「別再煩惱那個了，女士。」羅塞兒說。「我會把鐐銬放在他書桌下。」

「太陽下山了，女士。」塔麗莎說。

黎莎把乳房拔出奧莉芙小嘴，把孩子交給伊羅娜。「大家都到了，上茶了嗎？」塔麗莎上前打理她的領線，迅速補了點粉。

「很多人都等超過一小時了。」汪妲說。

黎莎點頭。讓議員等候是湯姆士為了展現權力而做的事情，她回來後第一場議會也來這套感覺似乎很恰當。

另外，這麼晚召開議會，黎莎就可以等太陽下山，因為傍晚時分陽光會從會議室西側的窗戶灑落。她戴上魔印眼鏡，站起身來，步入走廊。她已經回來一週，不能繼續拖延下去。

「黎莎・佩伯，窪地之主。」亞瑟在領著她穿越皇室入口，進入會議室時宣告道，那個隱密的入口位於湯姆士的大王座後方。黎莎打算擺脫那張王座，不過它的存在暫時還是有價值，它聳立在整間會議室前。

黎莎故意把稱謂裡的頭銜拿掉。女伯爵乃是安吉爾斯王座賦予她的頭銜，但她並不打算繼續屈居他們之下。窪地獨立自主的時候到了。

所有人都站起身來，行鞠躬禮或屈膝禮。她點點頭，揮手請大家就座。只有亞瑟沒坐，站在王座後面。

黎莎看向在場議員。她父親，厄尼，擔任魔印師公會的發言人。史密特代表商人公會。約拿牧者接手海斯裁判官的大木椅，但海斯又找了一張差不多大的椅子坐在他旁邊。同樣的，加爾德男爵身旁坐著蓋蒙隊長。妲西和薇卡坐在會議桌對面，妲西坐在黎莎從前的大軟墊椅上。她們旁邊坐著阿曼娃、坎黛兒，還有哈利·滾球者，吟遊詩人公會會長。

「感謝各位出席議會，」黎莎說。「我知道郡民爲了今晚的儀式花了很多心力，所以第一場議會就盡量減短。首先，正如各位所知，亞瑟領主會繼續擔任第一總管的職務。」她對亞瑟點頭。「總管？」

亞瑟上前一步，手持寫字板。「窪地郡現在有十六個男爵領地，女士，不算藥草師樹林。其中十一個已經啓動大魔印。四個剛開始繳稅。其他的就……因爲人們還在努力安頓，所以狀況不太穩定。」

男爵領地大多是逃離克拉西亞人入侵的難民組成，去年持續聚集而來。窪地爲了接納他們而迅速擴張，壓印卡拉幣展開經濟流通，並且提供建築和資源讓他們重建生活。

「所有男爵領地都派了人加入伐木工的行列，」加爾德說。「每天都有新人報到，這是好事。大魔印驅退惡魔，但是惡魔的數量並沒有減少。如果有什麼值得一提，肯定就是情況越來越糟。」

「我們用模具和模板幫他們的武器和盾牌繪印。」厄尼說。「沒有手繪的魔印效果好，但這樣才能跟上需求。我們也有繪印布塊，藉以大量生產隱形斗篷。」

黎莎點頭。「重組騎兵的事情怎麼樣？」

「瓊·史達林恩持續運來馬匹，」史密特說。「林木槍兵……」

「窪地槍兵。」黎莎說著看向蓋蒙。

「呃？」史密特問。

「林木軍今天起解散。」黎莎說。「願意加入窪地軍的人可以主動入伍，保留原職和薪資，只要宣布效忠窪地。其他的……」

蓋蒙舉手。他和亞瑟已經討論過此事。「我和手下談過了，女士。沒有人想回安吉爾斯。」

黎莎點頭。「盡快讓他們恢復戰力，隊長。」

她看向跟嚴肅死板的海斯裁判官坐在一起的約拿。「你的牧師呢，牧者？」

「他們需要時間才能恢復。」約拿說。「克拉西亞入侵部隊一抓到牧師和輔祭就立刻處決。我希望妳同意指派海斯裁判官擔任窪地第一屆牧師議會的發言人。」

黎莎和裁判官打量彼此。他也戴了眼鏡來參加會議。黎莎看出有魔印光在眼鏡附近跳動，知道他和自己一樣在觀察對方靈氣。

這也是事先安排好的。讓他們兩個都在議會上配合劇本演出時能保住顏面。

「你認為比瑟公爵會有何反應？」黎莎問，「如果你宣布退出安吉爾斯教會，效忠窪地獨立教會，奉約拿為牧者？」

海斯在空中繪製魔印。黎莎看見字跡在周遭魔力中留下軌跡，對於他的技巧深感佩服。他自己的目光也受其吸引。

黎莎笑著觀察他靈氣中一種茅塞頓開的感覺。*牧師擁有不為人知的力量。*

海斯搖頭擺脫驚訝之情。「比瑟是我教出來的。他會將此舉視為我個人的背叛。安吉爾斯教會將宣告我為異端，也很可能下達通緝令，只要我一踏上安吉爾斯就把我燒死。」

「而你依然打算這麼做？」黎莎問。

「我是來鎮壓異端的。」海斯裁判官說。「讓窪地再度回到比瑟牧者和安吉爾斯教會的控制下。但我在此數個月間，見識了擁有強大信念與勇氣的人，見證了安吉爾斯牧師議會只能想像的事情。」

「我不會假裝知道造物主的計畫，但我知道祂讓我來此是有理由的，來站在這裡的世人和地心魔域之間。讓他們知道造物主在看，而祂很驕傲。」

他的靈氣綻放明確的信念，黎莎朝約拿點了點頭。「你不用我同意，牧者。但我同意。」

「謝謝妳，女士。」約拿說。「我們會開始晉升牧師，招收新輔祭，但或許要幾年才能補足人手。」

「當然，」黎莎說。「或許該是晉升法蘭克輔祭的時候了？」

兩個男人的靈氣同時變色。他們緊張兮兮地看向彼此，還有加爾德。慢慢地，那種色彩在會議桌上散播開來，顯然所有與會之人都知道某件黎莎不知道的事。就連妲西也知道。

「怎麼了？」她問。

「法蘭克屬於一個大問題中的一部分。」妲西說。「在窪地裡像窒息草般越演越烈的問題。」

「魔印之子。」黎莎說。

「現在怎麼和他們說都說不通！」加爾德大掌拍在桌上，撼動整張桌子，所有人的茶都在晃。

「不來集合，不聽任何人的話，只聽他們自己的。」

「他們住在藥草師樹林裡。」史密特說。「拒絕睡在牆內。」

「好像他們已經不是人了，」加爾德說。「變成……其他東西。」

這下輪到黎莎拍桌子了。「夠了，男爵。他們不是惡魔。他們是窪地的兄弟姊妹和孩子。我們在講的是艾文和布莉安娜的兒子加倫。」她轉向史密特。「你兒子基特和孫女史黛拉。」

「加倫打斷了楊・葛雷的手。」加爾德說。

「我抓到基特和史黛拉從我倉庫偷東西，」史密特說。「食物、武器、工具。我想阻止他們，結果我自己的兒子把我打倒。我換掉倉庫的鎖，他們再來的時候，把六吋厚的金木門當柴薪一樣踢爛。」

「那和法蘭克輔祭有什麼關係？」黎莎問。

「我發現輔祭們開始自我訓練，創造他們自己的儀式。」海斯說。「我怕異端邪說會一發不可收拾，於是派法蘭克去管理他們。根據報告，他們渴望學習魔印的知識，而法蘭克是個老練的魔印師。他利用魔印技巧混進去。」

「然後呢？」黎莎問。

海斯吐口長氣。「他就……加入他們了，女士。」

黎莎眨眼。「你是說法蘭克輔祭，那個刻板拘謹到極點的傢伙，加入了魔印之子？」

海斯嚴肅地點頭。「上次看到他時，女士，他只穿了一件樸素的棕袍。」

「那也不算不尋常。」黎莎說。

「他剪掉袖子，露出刺在手臂上的魔印。」海斯說。「而且渾身都是汗水和膿汁的臭味。」

「我得和他們碰面。」黎莎說。「盡快。」

「不是好主意，女士。」汪妲說。

「她說得對，黎莎，」加爾德說。「魔印之子很危險。」

「他們是我訓練的。」汪妲說。「會聽我的。我知道他們會。」

黎莎搖頭。「我必須親眼看看。我保證會準備充足才去，除非弄清楚情況，不然絕不挑釁他們。」

「妳可以先派人去，」汪妲說。「打探一下狀況。」

「通常那是傳令使者的工作，」黎莎說。「但是羅傑去世，職務出缺。」她看向坎黛兒。「如果願意，坎黛兒，這個職務就由妳出任。」

坎黛兒眨眼。「我，女士？我只不過是個學徒……」

「胡說，」黎莎說。「羅傑親口告訴過我，妳是他所見唯一和他一樣有能力魅惑惡魔的人。他去世了，窪地需要那種能力，而羅傑的話對我來說就夠分量了。公會長？」

哈利・滾球者微笑，拿出一捲卷軸，交給年輕女子。「妳的吟遊詩人證書，坎黛兒・惡魔歌。」

「好，聽起來不錯。」坎黛兒說著接過卷軸。

「那妳會擔任傳令使者嗎？」黎莎逼問。「不管如何決定，證書都是妳的，但我只想要妳出任這個職務。」

坎黛兒看向阿曼娃，阿曼娃點頭。「好的，女士，當然。」

海斯哼了一聲。黎莎朝他揚眉。「你有意見嗎，裁判官？」

海斯噘起嘴唇。「妳的傳令使者似乎把伊弗佳女祭司擺在她的女伯爵之前。」

阿曼娃皺眉，靈氣躁動。海斯也看見了，神色畏縮。黎莎在她回嘴前揚手。「我毫無保留信任坎黛兒，裁判官，此時此刻我對你的判斷就言盡於此。至於阿曼娃……」她看向達馬丁。「妳乾脆告訴他們好了。」

阿曼娃深吸口氣，恢復冷靜。「希克娃和我會在丈夫葬禮後返回艾弗倫恩惠。我哥哥在政變中殺死了卡吉的達馬基丁。我要回去接任該職位。」

桌上眾人一陣驚呼。「達馬基丁……」約拿開口。

「『女牧者』是最接近的翻譯，」阿曼娃說，「不過這樣翻有所不足，因爲那也是個世俗職位。我可以直接控制克拉西亞最大部族卡吉部族的達馬丁和女人。」

「那就是女牧者兼女公爵。」約拿說著向她鞠躬。「恭喜，女士。」

會議桌四周傳來類似的恭賀。阿曼娃姿態尊貴地點頭示意，然後轉頭面對黎莎的目光。「我不能代表我母親和我哥哥說話，女士，但是請相信透過我們分享的血緣，妳和窪地永遠都是我的盟友。」

黎莎點頭。「這點我絕不懷疑。」她轉向亞瑟。「雷克頓有何消息？」

亞瑟謹慎地看著阿曼娃。「女士……」

「你說的事情阿曼娃回去後都會得知，總管。」黎莎說。

亞瑟噘起嘴唇，慎選用字。「島本身沒有淪陷，不過湖上的克拉西亞私掠船越來越多了。」

「湖外的領地呢？」黎莎問。

「依然處於克拉西亞控制下，」亞瑟說。「但實力削弱了。賈陽王子的殘部並未歸返。有一半變成逃兵，像狼一樣掠奪路上的聚落。剩下的人躲在黎明修道院裡。」

「原先躲在那裡的難民呢？」黎莎曾派布萊爾·達馬吉去找尋逃過一劫的人。

「布萊爾混進去又混出來，」加爾德說。「已經帶了一群人回來。今晚他會把剩下來的人帶來，包括兩個他想要讓妳見見的密爾恩貴族。」

黎莎喝了一口茶。「幫他們準備房間，等他們休息一、兩天後安排會面。」

她放下茶杯。「阿曼娃，我們討論一下今晚的儀式。」

會議結束時，伊羅娜正在廳外的走廊上踱步，但她不是在等厄尼。她親吻丈夫的臉頰，把他推向走廊另一端時，目光和靈氣都集中在加爾德身上。

沒有議員注意到伊羅娜的目光，就連戴魔印眼鏡的海斯都沒有。大家都很慶幸她不是來找自己的，然後快步離開。但加爾德留下來和亞瑟及蓋蒙交談。伊羅娜進入會議廳時，那兩個男人以尊嚴容許下最快的速度離開。加爾德發現她時，伊羅娜已經關上廳門，把他困在裡面。

伊羅娜轉向黎莎，她發現自己的靈氣裡也有一股想要逃走的漣漪。她自以爲她比其他人更能控制母親，但是靈氣不會說謊。

「給我們一點隱私，親愛的？」伊羅娜的語氣聽起來有點危險。加爾德驚慌失措地看向黎莎。

「抱歉，加爾，這事早該解決了。你和我媽有事要談。」黎莎轉身，汪妲打開皇室入口的門。她們兩個走出去，隨即關上沉重的大門。

「妳先下去吧，汪妲。」黎莎說。

「女士？」汪妲問。

「我或許有必要開門回去。」黎莎說。「我這麼做的時候，妳想在場嗎？」

這些輪到汪妲的靈氣驚慌失措。黑夜呀，這世界上有任何人不怕伊羅娜的嗎？「不想，女士。」

「那就走吧。」黎莎說。「去找羅塞兒。請她到會議廳去找她的未婚夫。」汪妲的靈氣放鬆下來，她轉身衝過走廊。

回到窪地以來，黎莎已經放棄藥草師的口袋圍裙。阿瑞安告訴她藥草圍裙既不莊嚴又不合女伯爵的身分，儘管黎莎厭惡這種說法，她說的還是沒錯。

但要黎莎隱藏本性也算不莊嚴又不合身分。她讓所有人稱自己爲女士，而她的禮袍上有許多雅致的口袋，裡面放滿藥草和魔印道具。

她挑出一顆掛在銀鍊條末端的精緻魔印銀球。她把銀球放入一邊耳朵，將鍊條從上拉到耳後固定。銀球內有塊惡魔碎骨。黎莎把另一塊放在她的王座上，藉以偷聽所有發生在會議室裡的對話。

「你一直在躲我，孩子。」伊羅娜說，但語氣沒有和其他人說話時那麼強硬，聽起來像是睡在老鼠洞上方貓咪慵懶的叫聲。

「忙啊。」加爾德說。

「是呀，你一直都很忙，」伊羅娜同意。「直到你褲子裡的樹硬起來，然後你就跑來我家門口，像獵狼犬一樣哀求。」

「我不會再那樣做了。」加爾德的語氣比較像哀求，不像是命令。「我向黎莎保證過，也對太陽發誓。」

「發那種誓很容易，」伊羅娜說。「不違背誓言就難多了——相信我。現在很容易，每天那個安吉爾斯小蜥蜴會幫你吸乾精囊。一開始都很容易。自認你永遠不需要別的女人。但她會厭惡做家事，越來越少脫你的褲子。然後有一天，當你的精囊快要爆炸時，你就會來找我，心知我會連根帶葉照單全收，還會施展你那個少不更事小女孩聽都沒聽過的招式。」

加爾德驚呼。她在摸他嗎？

「你怎麼說，孩子？」伊羅娜問。「她能和我一樣吸乾你嗎？」

「我——我們……」加爾德結巴道，「還沒做過。」

「那你一定已經精蟲上腦了！」伊羅娜大笑，充滿勝利的意味。「要不要我看在從前的份上，幫你的小未婚妻清清你的精囊？」

聽起來有人跌跌撞撞，撞開家具。

伊羅娜大笑。「要我躺到桌子下，是嗎？讓我在人來人往的地方祕密照料你？」

更多家具移位。「已經結束了，佩伯夫人。」加爾德吼道。「解放者說我可以成爲更好的人，而我打算這麼做。」

「你在犯傻，孩子。」伊羅娜說。「你可以找到更好的對象。」

「妳根本不認識她！」加爾德說。

「我和那個賣弄風騷的女孩，還有她的白痴媽媽一起喝的茶已經多到可以淹死水惡魔了。」伊羅娜說。「現在我女兒恢復單身，她什麼也不是。」

黑夜呀，媽！黎莎心想。還來?!

但加爾德的回答出乎意料。「我不要黎莎。我以前很喜歡她，我知道，但是我們根本不可能。」

說得對，黎莎同意。

「不只是黎莎，你這個白痴，」伊羅娜說。「娶了她，你就會成爲窪地公爵。黑夜呀，有朝一日你可能成爲提沙之王！」

她聲音恢復慵懶。「她現在嚐過了幾根矛，已經可以迎接大樹了。當她沒在爬樹時，我也可以摘點果實。」

「那——那厄尼呢？」加爾德尖聲問道。

「呿，」伊羅娜說。「他會像往常一樣躲在衣櫥裡自己來，直到你離開。」

黎莎聽夠了，拿下魔印耳環，打開門。加爾德把會議桌當成盾牌，像鹿一樣僵在對面。

「讚美造物主。」加爾德連忙衝過去。看七呎高的肌肉壯漢加爾德・卡特躲在自己身後，黎莎覺得很想笑。

「好啦，把它塞進褲子！」伊羅娜吼道。「那改變不了它留下的後果！」

「啊，這麼說是什麼意思？」加爾德在黎莎背後問。

「意思就是我肚子裡有你的孩子，木腦。」伊羅娜大聲道。

「什麼？」加爾德問。「我以爲妳只是變胖了。」

這是他在當前情況下所能做出的最爛反應。伊羅娜的靈氣轉紅，她的眼珠突起。

但接著會議室門開啓，羅塞兒走了進來。

「黑夜呀！」伊羅娜攤開雙手。「這座天殺的堡壘裡所有人都會偷聽嗎？」

羅塞兒微笑。「我只是來找加爾德的。」她朝他眨眼。「他有文件要簽。」

加爾德臉色發白，看羅塞兒轉向伊羅娜。「我早知道了。每次提到妳的名字，加爾德就會露餡。」

「有嗎？」加爾德問。

羅塞兒目光轉向他，凝視他。「我不會爲了過去的事找你麻煩，所以放聰明點，不要吭聲。交給我來處理。」

加爾德吐出一口氣。「是，親愛的。」

伊羅娜雙手扠腰，瞪羅塞兒。「比我想像中聰明，孩子。」

羅塞兒嘲諷地行屈膝禮。「我知道妳在窪地身分特殊，佩伯女士，但我和幾十個妳這樣的人一起上學。我不在乎妳睡過加爾德，但在新婚之夜，我會做些能讓他忘記妳所有鄉下家庭主婦技巧的事。」

伊羅娜突然出手，抓向羅塞兒濃密的長髮，但羅塞兒早有準備，架開她的手，退出攻擊範圍。她擁有舞者的平衡感，黎莎知道她想要的話就能還手。

但羅塞兒保持自制。她的聲音很輕，依然面露微笑。「他已經不是妳的了。」

「不是才怪。」伊羅娜說。「我肚子裡有他的孩子。」

「妳肚子裡有孩子，」羅塞兒同意。「但，是加爾德的嗎？誰知道？妳是有夫之婦。」

「如果孩子不像厄尼呢？」伊羅娜問。

羅塞兒聳肩。「我懷疑有人會覺得意外。妳聲名在外。妳知道『佩伯女士又幹了什麼事』是僕人之間在玩的酒戲嗎？」

伊羅娜的靈氣再度黯淡，但她僵在原地。

「但……萬一眞的是我的孩子呢？」加爾德尖聲道。所有人都轉向他。

「我向解放者保證我會變好，」加爾德說，聲音慢慢變得有力。「我不想製造醜聞，但如果不照顧自己的孩子，我就不算是男人。」

羅塞兒走向他。他在她伸手時畏縮了一下，但她只是輕輕撫摸他的手臂。「當然不算，我的愛。我絕不會要你那樣做。但照顧孩子有很多種方式——如果最後孩子眞的是你的。」

「噢？」加爾德問。

「孩子出世時，我們已經結婚了。」羅塞兒說。「婚約會讓我們的孩子取得優先繼承權。在那之後，你有權承認那個孩子。」

她伸手輕撫他的臉。「但你或許會發現對所有人來說最簡單的做法，就是常去看他，送他很多禮物。」

伊羅娜雙手抱胸。「如果我自己散播醜聞呢？」

「妳不會，」羅塞兒說。「無憑無據不會，就算有也不會。妳沒有自己想像中那麼聰明，佩伯女士，但也沒有笨到那種地步。醜聞對妳造成的損失遠比加爾德大。」

黎莎終於開口。「喜歡的話，我可以請阿曼娃來，媽。只要有妳一滴血擲骰，她就可以給妳證據。我們可以現在就在這裡解決此事。」

「妳也要一起來對付我，孩子？」伊羅娜吐口口水，轉身衝出會議廳。

加爾德呻吟一聲，羅塞兒拍他手臂。「呼吸，親愛的。你表現得很好。這件事情還沒結束，但是最糟糕的情況已經過了。你只要保持距離，把伊羅娜交給我。」

她轉向他，目光相對。「等我們結婚後，你就再也不會想要她爬你的樹了。」

「現在也不想。」加爾德說。

羅塞兒握住他的鬍子，拉他低頭下來親吻臉頰。「聰明的孩子。」

加爾德握住他的手。「我以爲妳要是知道我做過什麼，絕對不會諒解我的。」

羅塞兒微笑。「過去是過去，我們同意過的。不管是你的，還是我的過去。」

她轉向黎莎。「謝謝妳，女士。」

「對，黎莎，」加爾德說。「剛剛妳就像解放者一樣跑來救我。」

「才不像。」黎莎說。

「惡魔屎。」加爾德說。「這不是妳第一次救我。人們需要妳的時候，妳隨時都會出現，黎莎。妳和羅傑和亞倫．貝爾斯。在窪地遭受重創時一起到來，扭轉整個局勢。這裡所有人的一生都因妳改變。」

「但亞倫走了，」黎莎說。「羅傑也走了。人們發現我從前做過的愚蠢決定後，就會曉得我不是解放者。」

「我們不會發現這種事的。」加爾德毫不在意地揮手道。「失去希望的人們來到窪地，尋找解放者，但他們第一個看到的是黎莎．佩伯，照顧他們的人。」

黎莎搖頭。「你才是他們第一個看到的人，加爾。」

「是呀，在路上或許是。」加爾德同意。「伐木工讓他們有安全感，但安全感不能提供食宿，不能治療傷勢，不能提供衣服、工作。不能在還沒接受失去舊生活的事實前就讓他們展開新生。那些都是妳的功勞，黎莎。妳應該停止責怪自己了。」

「責怪自己？」黎莎問。

「爲了妳活下來，羅傑卻死了。」加爾德說。「爲了妳必須殺死那些暗殺公爵的克拉西亞人。去年夏天爲了防止沙羅姆對我們不利而下毒。和沙漠惡魔上床。妳所做的一切都是爲了幫助人們，一切。妳不自私，妳不邪惡。別再和妳自己講那些了。」

黎莎看著加爾德，試圖剝開兩人童年相戀的歲月，還有她痛恨多年的那個年輕人。摧毀她的聲譽，也可以說摧毀她人生的男人。她面前的男人既是那些人，又不是那些人。年輕時所犯的錯誤把他們兩個都推向了全新的道路。

那些路很艱困，但卻一步一步地讓他們成爲窪地郡最有權勢的兩個人。

而在過程中，他已經變成她的兄弟。他現在還是個木腦莽夫，但是個好人，而她依然愛他。黎莎伸出手，牽起加爾德和羅塞兒的手。「我眞心爲兩位感到高興。」

第四章　瑞根及伊莉莎　334 AR

「黑夜呀。」瑞根在魔印信使大道兩側濃密的樹林突然消失時不再前進。當時已經接近黃昏，不過還有陽光。「我們不到一年前才路過此地，當時還有好幾哩樹林。」

「伐木工日以繼夜揮舞斧頭。」布萊爾說。男孩徒步行走，但卻跟得上馬的速度。

即使待在馬鞍上，瑞根還是聞得到布萊爾的味道。伊莉莎叫他洗澡，但是多年來吃的豬根已經深入他的汗水。那股味道晚上可以防止惡魔，但是其他人都很受不了。

「他們不光是剷平樹林。」伊莉莎說。「之前這裡根本沒有那些城鎮。」

「還有大魔印。」布萊爾說。「地心魔物動不了窪地。」

「讚美造物主。」伊莉莎吐氣道。「我當初離開密爾恩是為了淺嚐裸夜的氣味。現在我已經嚐夠了。我準備好要面對城牆、澡盆，還有羽毛床了。」

「城牆讓人軟弱。」布萊爾說。「忘記牆外有什麼。」

「我敢說我不會忘記牆外有什麼。」瑞根說。他們利用年久失修的信使大道離開雷克頓。瑞根有地圖，不過打從信使大道建好後，很多古老小徑就被濕地吞噬。

但是走道路太危險了。碼頭鎮之役後，克拉西亞人派兵攻陷黎明修道院。修道院是瑞根認知中除雷克頓本身外最適合防守的地點，他和艾林牧者本來打算堅守數週，但那些高牆並非克拉西亞長梯兵的對手。才第一天牆上就已經展開肉搏戰，他們被迫逃向碼頭。

克拉西亞私掠船追了他們好幾哩，但沒辦法追上黛莉雅船長和沙羅姆嘆息號的速度。他們甩開追兵，搭乘小船前往北方小漁村，展開歸返密爾恩的旅程。

克拉西亞人征服了信使大道附近所有村鎮，於是陸路由瑞根領路，穿越偏遠村落，沿著幾乎已經變成黯淡回憶的小徑前進。

他們在路上取得很有價值的情報，一有機會就派人回報歐可，雖然天知道那些信差有沒有安然抵達密爾恩。

瑞根在他們抵達第一道大魔印時搖頭。「我印象中的伐木窪地是個人數不足三百的小鎮。現在粗估人口不下十萬。」

「全都是亞倫的功勞。」伊莉莎說。

「你們眞的認識他？」布萊爾問。「魔印人？」

「認識他？」瑞根笑。「我們撫養他長大。他就像是我們兒子。」布萊爾抬頭看他，瑞根伸手捏捏男孩肩膀。布萊爾通常會在親暱接觸時畏縮，但他允許瑞根這樣做，雖然還在努力習慣。「就像你一樣，布萊爾。」

「下輩子，你或許可以叫他哥哥。」伊莉莎哽咽道。「但亞倫已經走了。」

「才沒有。」布萊爾說。

「你說什麼，孩子？」瑞根問。

「有人看到他。」布萊爾說。「克拉西亞人剛來的時候。他在路上幫助大家。」

「那些是謠言。」伊莉莎說。

瑞根牽她的手。「人喝醉了就會編故事，布萊爾。」

布萊爾搖頭。「不同的人，不同的地點，同樣的故事。在空氣中繪印，地心魔物就燒起來了。」

「你認為……」伊莉莎問。

「就算是眞的也不意外。」瑞根說，雖然他不太敢相信這種傳言。「那孩子太頑固了，不會這麼容易死掉的。」

伊莉莎又笑又哭。

她突然抬頭。「你有聽見歌聲嗎？」

「那邊。」瑞根用望遠鏡看，伊莉莎看不見他看到的景象。

「什麼？」伊莉莎問。

瑞根把望遠鏡交給伊莉莎。「看起來像是送葬隊伍。」

伊莉莎透過望遠鏡看見一名拉小提琴的吟遊詩人，身旁有兩個身穿鮮艷彩袍的克拉西亞女人在唱歌。克拉西亞女人身後有個牧師及一個身穿華服的女人，之後是隨從和六個扛著木架的伐木工。他們後面跟了好幾百人，不少人跟著高歌。領頭的是一團身穿鮮艷彩服的吟遊詩人。

「是吟遊詩人領頭。」伊莉莎說著又把望遠鏡移回隊伍前面。「會不會是亞倫的朋友？小提琴巫師羅傑·半掌？」

「除非亞倫沒注意到半掌是個兩手健全的女人。」瑞根說。伊莉莎細看，發現他說得對。最前面的三個都是女人。

伊莉莎打量那些女人。音樂清晰可聞，彷彿透過魔法遠遠傳遞出去。「葬禮為什麼要往大魔印外緣走？」

「要殺七隻地心魔物。」布萊爾說。

伊莉莎看著他。「爲什麼?」

「克拉西亞習俗。」瑞根說。「他們相信殺死七隻惡魔——天堂七柱各一隻——能爲逝者增添榮耀，並領導他踏上孤獨之道。」

「孤獨之道?」伊莉莎問。

「通往造物主的道路。」布萊爾的聲音緊繃。「還有祂的審判。」

他們讓到兩旁，給葬禮隊伍通過，然後隨後跟上。窪地之主手裡拿著一根看起來像是鍍金骨頭的棒子，上面刻有魔印，隨著隊伍前進，她用那根棒子在空中繪製光魔印，宛如銀色的字跡般留在空中。接著她手腕輕甩，魔印竄入天際，大放光明，待在天上照亮隊伍。

「瑞根。」伊莉莎輕聲說道。

「我看見了。」瑞根聽說過克拉西亞的惡魔骨魔法，但直到此刻才眞的了解那是怎麼回事。如果惡魔骨能在地心魔物死後保留魔法，那就表示技巧高超的魔印師也能辦到窪地女主人剛剛辦到的事情。

而密爾恩只有少數人的繪印技巧，能與魔印師公會會長及其妻子媲美。

隊伍停在一大片空地上，領頭的三個女人離開道路，站在空地中央。她們改變旋律，惡魔受到歌聲吸引，開始出現在空地外圍。伊莉莎的尖指甲陷入瑞根手臂，但是他們兩個都無法吭聲。

人群裡有少數人在地心魔物幾乎撲到他們身上時叫出聲來，但音樂再度改變，惡魔突然停步，魔爪深深陷入地面。

小提琴師改變曲調，阻止惡魔進入空地中央，克拉西亞女人開始繞圈，用叫聲驅退幾頭惡魔，並讓其他惡魔留在原地，直到空地中每種類的惡魔各剩一頭。

這三個女人的控制能力實在太驚人了。伊莉莎從未見過這種事。就算亞倫故事中的小提琴巫師半掌也相形見絀。

「我們得把這種力量帶回密爾恩。」伊莉莎說。

「對。」瑞根說。

「樂曲是半掌寫的。」布萊爾說。「我見過吟遊詩人演奏。」

伊莉莎點頭。「我會去找吟遊詩人公會長，不惜代價購買樂譜。」

「他們不收錢。」布萊爾說。「半掌說所有人都可以分享。」

「你想該不會……」伊莉莎的目光移向棺罩，布上繡著交錯的小提琴和一根琴弓。

「黑夜呀。」她輕聲道。

黎莎的目光轉向一陣宛如雷鳴般的腳步聲。一頭二十呎高的石惡魔出現在空地另一邊，彷彿拔除雜草般推倒冬季凋零的樹木，走出樹林。

伐木工上前包圍，困住空地上的七隻惡魔，防止其他惡魔進入。他們把魔印伐木工具掛在肩膀後，今晚沒有拿出來用。他們單憑歌聲站在原地守衛。

那首歌是〈讓爐火燒〉，所有窪地人都會唱的伐木歌，用途是讓伐木工同步伐木。黎莎記得羅傑第一次聽到這首歌的那晚。之後幾天他一直哼那個調子，用小提琴調整旋律。他只更改了幾個地方，但她朋友的確在這首歌中灌注了魔力。

現在〈讓爐火燒〉第一段旋律能使伐木工步調一致，同時阻止惡魔進攻。第二段吸引敵人接近，第三段則在斧頭砍落時讓地心魔物頭昏眼花。

「還在保護我們。」黎莎低聲道。

「妳說什麼，女士？」汪妲問。

「即使到了現在，羅傑還在保護我們。」黎莎說。

「他當然在保護我們。」汪妲說。「如果羅傑的工作尚未完成，造物主不會帶走他。」

黎莎向來不喜歡造物主會親自決定誰活誰死的說法。如果這樣的話，藥草師的存在有何意義？無論如何，羅傑身處天堂的想法令她欣慰。

空地上共有七頭惡魔，分別代表克拉西亞天堂七柱。火惡魔在石惡魔腳邊跳舞。手臂細長的沼澤惡魔和四肢修長的木惡魔。田野惡魔，表面光滑，貼近地面。蹲伏在地的礫惡魔笨重地移動，還有一頭風惡魔在天上盤旋。

阿曼娃和希克娃不再歌唱，坎黛兒壓低小提琴。女祭司舉起一手。「賈達。」

「該我上場了。」汪妲把弓交給黎莎，捲起寬鬆的衣袖，走向空地中央。畫在她手臂上的魔印隱隱發光。

汪妲挑選沼澤惡魔，在對方出爪抓前急撲而上。惡魔肢體僵硬，不擅長近身肉搏，她展開一連串攻擊，透過拳頭和手肘上的衝擊魔印加強力道。魔印鞋跟踢得惡魔向後跌開，她立刻上前，踢中惡魔膝蓋，讓惡魔摔倒在地。她再度出擊，撲上惡魔壓制它，對腦袋拳如雨下。惡魔拚命掙扎，但是一段時間過後，它就只剩下因應攻擊而生的反射動作。她的魔印越來越亮，最後終於打爆惡魔腦袋。

「阿瓦許。」阿曼娃在汪妲終於退開，渾身都是在魔印前滋滋作響的濃汁時說道。

加爾德上前，斧頭掛在背上，不過有戴他的大魔印手套，而他挑選十呎高的木惡魔作為送給天堂的禮物。他不像汪妲那般優雅敏捷，但惡魔立刻變成挨打的一方，在他雷鳴般的拳擊聲中步步敗退。它死得比沼澤惡魔還快。

「烏馬斯。」阿曼娃喊出天堂第三柱的名字，召集以哈利．滾球者爲首的羅傑學徒上場。吟遊詩人挑選田野惡魔，用音樂逼瘋地心魔物，驅使它攻打礫惡魔。

田野惡魔跳到礫惡魔身上，出爪猛抓，但是沒辦法刺穿厚重外殼。礫惡魔把田野惡魔打到地上，一爪插爛它的頭顱。

阿曼娃轉向黎莎。「拉維斯。」

黎莎深吸口氣，迎上前去，朝礫惡魔舉起她的霍拉魔杖。她迅速在空中繪製銀色的魔印。寒冷魔印將礫惡魔凍在原地，血管中的濃汁變爲固體。電魔印貫穿怪物的身體，讓它痛苦不堪。

「爲了你，羅傑。」黎莎繪製衝擊魔印，惡魔粉身碎骨。

「坎吉。」

坎黛兒上前舉弓搭弦。她輕易地吸引了火惡魔，誘使它在嘴中製造火唾液。接著她改變音樂，強迫惡魔吞下唾液。火惡魔的鱗片不怕高溫，但內臟就不是那麼回事了。惡魔被唾液噎到，摔倒在地，內臟著火，死命掙扎。

坎黛兒加快節奏，繞著地心魔物走，曲調越來越難聽不諧調。著火的火惡魔哀嚎不斷，在坎黛兒越拉越快時自衛性地縮成一團。她抬起頭來，離開腮托，琴弓化爲殘影。音量大到即使黎莎和其他哀悼者戴著蠟耳塞也能感到耳膜震動。

火惡魔終於抽完最後一下，躺在地上再也不動了。坎黛兒不再演奏，阿曼娃指向天上的風惡魔。

「加尼斯。」

輪到希克娃叫喚風惡魔。惡魔盤旋而下，伸長利爪，打算抓起身材嬌小的女孩，然後飛回天上。但當它逐漸逼近時，希克娃碰觸喉嚨，發出阻止惡魔前進的叫聲，讓它奮力振翅，然後摔在地上，就此死去。希克娃轉向她的姊妻，鞠躬。「霍沙。」

阿曼娃的彩絲在風中飄盪，朝石惡魔漫步而去，開始吟唱月虧之歌。她的聲音盤旋夜空之中，徹底控制住石惡魔。

她一邊圍著石惡魔繞圈，一邊提高唱歌的音量。她一手放在喉嚨上，釋放項圈中的魔力。音量大到黎莎得伸手遮耳，而她還看見遠在半哩外的人也做出同樣動作。黎莎覺得她幾乎可以隨著共鳴加劇看見空氣振動。

接著，突然傳來一陣爆裂聲，石惡魔在巨響聲中摔倒。

「尊貴的丈夫，羅傑・阿蘇・傑桑・安音恩・安窪地。」阿曼娃的聲音遠遠傳開。「羅傑・半掌，艾利克・甜蜜歌之徒，讓我們的祭品召喚天使，在通往艾弗倫的孤獨之道上引導你，你將與祂同桌共食，直到阿拉再度需要你。」

黎莎與阿曼娃並肩走入地心魔物墳場。希克娃和坎黛兒落後她們兩步，後面是約拿牧師和扛著羅傑前往火葬堆的伐木工。

稻草師十分盡責。羅傑英俊的面孔安詳，完全看不出死於暴力。他身穿鮮艷的絲質七彩服，看起來像是隨時都有可能跳起來翻筋斗一般。

他躺在一張斧柄交織而成的床上，扛在加爾德、汪妲和半打經過挑選的窪地人肩上。道格和梅倫・布區。史密特。妲西。喬和艾文・卡特。

人們聚集在地心魔物墳場中，站在火葬堆前的石板地上，擠滿通往四面八方所有街道。伐木窪地所有道路都通向此地，大魔印中心。

火葬堆架在羅傑力量中樞的音貝棚前。加爾德和汪妲淚流滿面地將羅傑搬上堆柴上的巨大平台。

阿曼娃、希克娃和坎黛兒在舞台上跪倒，戲劇性地放聲大哭，一旁的克拉西亞女孩則用小魔印玻璃瓶刮下她們臉頰上的淚水。

黎莎也很想哭。她經常在淚水中尋求慰藉，過去數週裡也曾多次私底下為羅傑落淚。但此時此刻，在窪地各處聚集而來的人民面前，她覺得自己已經無淚可流。湯姆士，已逝。亞倫，失蹤。阿曼恩，命運難明。現在羅傑死了。她命中是否註定要埋葬所有她深愛的男人？

片刻過後，阿曼娃恢復自制，站起身來，望向人群，啟動項圈。「我是阿曼娃・娃羅傑・娃阿曼恩・安音恩・安窪地，羅傑・阿蘇・傑桑・安音恩・安窪地的第一妻室。我丈夫是沙達瑪卡的女婿，但毫無疑問，他本人也受艾弗倫眷顧。我們依照你們的習俗焚燒他的屍體，但在克拉西亞，沙利克霍拉——英雄骸骨，乃是逝者至高無上的榮耀。我會從灰燼中挑出我尊貴的丈夫骸骨，打磨至光滑，包覆在魔印玻璃中，在地心魔物墳場聖地上的造物主新神廟中供人瞻仰。」

坎黛兒演奏起哀悼的慢歌，阿曼娃開始演唱。希克娃跟著加入，三人樂團就像魅惑地心魔物般輕易地讓群眾融入她們音樂中。

阿曼娃一邊歌唱，一邊拿出一顆火惡魔頭顱，指向火葬堆，手指滑過魔印，啟動上面的魔法。一道火焰自下頷噴出，點燃火葬堆下方的木柴。稻草師在屍體上塗抹化學藥劑和木屑，迅速起火燃燒，照亮沉浸在克拉西亞送葬歌裡的群眾。

儀式結束後，黎莎上台，清清喉嚨。她沒有公主那種項圈，但是音貝棚裡蘊含魔力，能將她的聲音送入夜空。

黎莎依然沒有落淚，顯然人們都覺得有點有奇怪。她爲什麼沒哭？她不愛他嗎？她不在乎嗎？她深吸口氣。「羅傑要我保證，如果事情走到今天這個地步，我要唱歌跳舞，把演說都和他一起丟到火堆裡。」

四周傳來零零落落的笑聲。

「我是說眞的。」黎莎拿出一張摺起來的紙。「他甚至有寫下來。」她打開紙，唸出來。

黎莎，我打算活到能變魔術給孫子看的年紀，但我們都知道人生常常不會按計畫進行。如果我死了，相信妳會確保我的葬禮不會變成無聊又死氣沉沉的儀式。告訴大家我很棒，點火的時候唱首悲歌，叫哈利翻個筋斗，然後命令大家閉嘴跳舞。

黎莎摺好紙，塞回一個口袋裡。「如果不是羅傑·半掌，我現在根本不會站在這裡；我敢說很多人都不會。不只一次，他的音樂成爲窪地的最後防線，爲我們爭取時間重新集結，堅守陣地，抓緊機會喘息。」

「亞倫·貝爾斯在新月那天從天上墜落時，是羅傑的小提琴引誘地心魔物闖入一個又一個陷阱，給我們機會守住那一夜。」

「但那並非他在我心中最美好的記憶。」黎莎繼續。「每當我傷心時，羅傑總是準備好笑話說給我聽，也隨時願意聽我訴苦。他可以前一刻是我的良心，下一刻就來個後空翻。當麻煩接踵而來，一切難以承受時，只要羅傑拿出小提琴就能趕開煩惱。」

「那就是他的魔法。不是繪製魔印或投擲閃電；不是預見未來或治療傷勢。羅傑·音恩深入心靈，不管是人類，還是惡魔的心，然後透過他的音樂與之交談。我從未遇過這種人，我想以後也不會再遇到了。」

「羅傑很棒。」她哽咽，伸手掩嘴，突然間淚如泉湧。阿曼娃衝向前來，在眼淚流下臉頰前接住。黎莎花點時間恢復自制，然後轉向音貝棚裡的吟遊詩人。「哈利，翻筋斗的時間到了。」

伊莉莎一整晚都在和窪地人喝酒跳舞。瑞根摟著伊莉莎跳舞，結婚後就不曾跳得如此盡興，就連布萊爾也跳了一輪——那孩子步伐出奇輕盈，很快就跟上舞步。在經歷了天知道多久以來的第一次安全及喜悅後，他們笑到臉頰發疼。

時間慢慢過去，吟遊詩人散開，各自領著歡樂的人群回到自己的地方，就像從前半掌引誘地心魔物一樣，整個窪地處處都有歡呼和笑聲。

黎明的光線透窗而來時，史密特旅店的酒吧裡充滿哀鳴。桌上疊著裝有蛋、培根、麵包、水壺的盤子，每張桌子都備有嘔吐桶。有個酒客手腳不夠快，滿肚子東西全吐在地板上。那景象讓伊莉莎噁心想吐，但她深吸口氣，專注在水壺上，直到房間不再轉動。

旅店老闆的妻子史黛芙妮，在那傢伙用濕布擦完嘴前就趕了過來，等他擦乾淨後在他手裡塞了支拖把。那傢伙很識相地開始清理自己吐出來的東西。

「妳還好嗎？」史黛芙妮問伊莉莎。「我知道那個表情。一個人吐，大家就會開始跟進。」

「我會忍住。」伊莉莎邊喝水邊說。

史黛芙妮點頭。「今天辦不了什麼事。黎莎女士派人帶信說她明天再接見你們。」她輕哼一聲，目光飄向布萊爾。「有時間好好休息，洗個澡，然後再去晉見。」

布萊爾皺眉。這個男孩——祝福他——擁有年輕人強大的恢復力，看起來比其他人都清醒。他吃掉兩份早餐，已經站起身來。「明天早上來找你們。」

「我們有房間——」史黛芙妮開口。

「不喜歡牆壁。」布萊爾打斷。「藥草師樹林裡有一片荊棘叢。」他二話不說，走出旅店。

第二天早上，瑞根回房時，水已經涼很久了，但伊莉莎還是泡在水裡。

「結果史密特也管理這裡的銀行。」瑞根說。「等他清醒一點後，我們的名字就足以讓我們籌錢回密爾恩。要幾週時間才能雇用幫手、備足用品，但是今後情況應該會改善。」

「從你的嘴巴到造物主的耳朵，」伊莉莎說。「我開始覺得我們回去的時候，孩子已經長大成人了。」

「在有敵人入侵的時候做計畫很難，」瑞根說。「如果真有造物主，祂能讓我們活下來就已經很盡責了。」

一如承諾，布萊爾在前廊上等著他們準備妥當。他身上依然有豬根的味道，但至少塵土都弄乾淨了。伊莉莎見過他在冰冷的池塘和小溪裡毫不發抖地游泳，但看到他這個樣子還是令她難受。瑞根很想帶那個孩子一起回家，伊莉莎曾夢想著教他洗澡和乾淨床單的好處，但現在他們兩個都知道那只是痴人說夢。布萊爾是布萊爾，那點不會改變。讓他變成現在的他的道路無法折返。

女伯爵的堡壘裡到處都有守衛，女性守衛的人數多得誇張，她們的裝備和嚇人程度都不比男人差。密爾恩人比較高，但窪地人的身材也很壯健。華麗的服飾讓他們得以通過外圍守衛，但出乎意料的是，讓他們進入內室的卻是布萊爾。

「布萊爾！」有人大叫，他們三人連忙轉身，只見伐木窪地男爵聳立在他們面前。布萊爾神色緊繃，不過還是和壯漢伸出的大手握了一握。男爵隨手一拉，給他來個大熊抱。

他放手後，布萊爾立刻退到他抓不到的距離，男爵轉向目瞪口呆的瑞根和伊莉莎。「這孩子救過我。黑夜呀，早就數不清他救過多少人了。」

「你本來也能殺掉那頭地心魔物。」布萊爾說。

男爵聳肩。「對，或許，但它會咬掉我一塊肉。」

「對生活在樹林裡的男孩而言，他似乎認識很多有權有勢的朋友。」瑞根伸出一手，跟加爾德互握手臂。「瑞根，密爾恩堡魔印師公會長。」他朝身旁揮手。「這位是我妻子，伊莉莎主母，密爾恩晨郡翠莎伯爵夫人之女，密爾恩魔印交換所老闆。」

伊莉莎不記得上次行屈膝禮是什麼時候，不過那個動作已經根深柢固。「很榮幸見到你，男爵。」

「亞瑟領主今天走不開，」加爾德說。「要我來幫黎莎女士招呼你們。」他領著他們走過幾條走廊，經過正式接待室，然後來到起居側廳。

「女士上週產子。不想離開太遠。」

「如果才剛生產一週，我很驚訝她竟然會接見我們。」伊莉莎說。

「布萊爾說你們很重要，那就表示你們很重要。」加爾德說著帶他們來到一扇由伊莉莎這輩子見過最高大的女人守衛的門前。即使在室內，她肩膀上還是掛著一張弓，腰上掛著一小桶箭。

「請給我一點時間。我要確認她沒有在……」他說著臉紅。「餵奶或什麼的。」

伊莉莎忍住不笑。男人可以面對惡魔、克拉西亞人，還有所有這個世界丟到他們面前的東西，但是小孩喝奶對大多男人而言還是難以接受的畫面。

他和守衛交談，她進屋去，片刻過後出來請他們進去。辦公室很寬敞，窗戶很大，窗簾拉開，灑入晨間的日光。窪地之主坐在雕刻雅緻的大金木書桌後方的王座上，不過在他們進門時起身，繞過來擁抱布萊爾，一點也不在乎他的髒衣服和永不消失的臭味。她抱了他很長一段時間，親吻他的頭頂，伊莉莎立刻知道這個女人值得信任。

布萊爾在他們分開時抬起頭來，看見書桌後屋角的小嬰兒床。「那……？」

「奧莉芙，」女伯爵說。「我女兒。」

布萊爾展顏歡笑。「我可以……？」

「當然，」女伯爵說。「但是小聲點。我才剛哄到她睡著。」她在布萊爾像貓一樣躡手躡腳走過去時轉向其他人。

「歡迎來到窪地，主母、公會長。兩位喝茶嗎？」

「謝謝妳，女士。」伊莉莎說著伸手抓起裙襬。

女伯爵輕輕揮手，帶他們走向圍著茶几的沙發。「拜託，請叫我黎莎。布萊爾和我說過你們爲雷克頓人做的努力。我們不用這麼正式。」

「我們做的都是我們這種身分的人會做的事情。」瑞根說，「雖然沒幫上什麼忙。」

「你們這種身分的人大多早就跑回家了，不會將近一整年都待在那裡幫助難民和反抗勢力。」黎莎在僕人倒茶時說。「而且我認爲建立新雷克頓領地的居民，會說你們幫了很多。」

「妳有下過工夫打聽我們，女士。」伊莉莎說。

「我喜歡掌握情況。」黎莎說。

「我們對妳的損失深表遺憾。」瑞根說。「半掌即使在密爾恩也是大名鼎鼎。你們的人在夜裡透過他的歌曲展現出的力量……太驚人了。」

「我們想把他的音樂帶回密爾恩，」伊莉莎說。「可以保護旅人、車隊……」

黎莎點頭。「當然，緬懷羅傑最好的辦法就是把他的音樂傳頌出去。我們會提供樂譜讓你們帶回去給吟遊詩人。」

伊莉莎鞠躬。「謝謝妳，女士。眞是太大方了。」

「我們至少可以做到這些，爲了我們共同的朋友。」黎莎說。

伊莉莎揚起一邊眉毛。「布萊爾？」

黎莎搖頭。「我是指瑞根多年以前在道路遇上，後來兩位視如己出的那個男孩。亞倫・貝爾斯。」

加爾德茶杯掉了，在地上摔個粉碎。

「妳認爲他還活著？」伊莉莎問。

「當然活著。」卡特男爵說。「他不是解放者嗎？」

「這個世界上沒有人比我更愛亞倫，」伊莉莎說。「他是很聰明的孩子，長大後成爲偉大的男人。但我擦過他的淚，治過他的病。在他頑固的時候和他爭吵，然後看著他犯錯。我見過他從前的傷，知道他如何自責。我不認爲我能把他當成解放者。」

「無關緊要，」黎莎說。「不管是不是解放者，他都讓世界踏上一條我們全都必須踏上的道路。」

「如果那不算解放者的工作，我不知道什麼才算。」汪妲說。「如果他死了，我就把我的弓和箭袋吃掉。有人在道上見過他幫助逃離雷克頓的人。」

「沒人看到他的臉，」黎莎說。「很有可能是瑞娜。」

「亞倫的妻子。」伊莉莎說。她一生中有很多遺憾，錯過他們的婚禮傷她很深。如果世界上有任何人夠格享受一點快樂，肯定就是亞倫·貝爾斯了。

「黑夜呀，沒錯，」瑞根說。「我沒想過有哪個女人可以讓那個孩子定下來。她是什麼樣的人？」

黎莎臉上隱現痛苦的表情，伊莉莎輕輕踢他一腳。亞倫提過黎莎和他們的關係——被恐懼與驚慌熄滅的火花。

瑞根不夠心細，但他說得沒錯。那不是亞倫·貝爾斯第一次從能爲他飽受折磨的靈魂帶來喜悅的女人面前逃走。什麼樣的女人能夠觸及他的內心？

「瑞娜·貝爾斯救過我。」加爾德說。「在解放者墜落時救了我們所有人。」

「墜落？」瑞根問。「和沙漠惡魔掉下懸崖？」

男爵搖頭。「那之前的事。心靈惡魔在新月進攻窪地。我和羅傑及瑞娜出外偵查，結果發現重大危機。心靈惡魔在挖掘它們自己的大魔印。」

「黑夜呀，」瑞根說。「地心魔物也會繪印？」

「似乎只有心靈惡魔會。」黎莎說，「但它們的魔印讓我們看起來像小孩在塗鴉。」

「我們卯起來對抗，但是惡魔實在太多。」男爵繼續說。「最後我是被瑞娜扛回來的。羅傑告訴貝爾斯先生我們看到的情況，他就跳上天去。」

「什麼？」伊莉莎問。

「像鳥一樣飛起來。」汪妲說。「好幾千人看見他飄在空中，宛如造物主般朝惡魔拋擲閃電。」

瑞根看向伊莉莎。「怎麼可能？」

「他吸收大魔印的魔力。」黎莎說。「吸收大量魔力，趁惡魔的大魔印尚未啓動前攻擊它們。但就連大魔印也有極限。」

「前一刻他還像太陽般光芒耀眼，然後……」汪妲吐一口氣。「像燭光一樣熄滅。直墜而下，像蛋一樣摔在石板地上。」

伊莉莎驚呼，伸手摀住嘴巴。

「當時我以爲一切完蛋了。」加爾德說。「沒人願意放棄，但是希望渺茫。接著瑞娜．貝爾斯接手。在所有防禦瓦解時守住最後一道防線。一直撐到貝爾斯先生回到我們身邊。他們兩人在惡魔大軍入侵時攜手抗敵，把它們趕回黑夜。」

「沒死。」汪妲說。「那樣摔都不會死的人……」

黎莎噘起嘴唇，然後自顧自地點頭，站起身來。「鎖門，加爾。汪妲，窗簾。」

瑞根、伊莉莎和布萊爾困惑地看著自己被鎖在房間裡，身陷黑暗中。黎莎打開書桌上一個抽屜的鎖，拿出一大塊看起來像黑曜石的東西，但即使在她把那東西塞入牆壁上的孔洞，四周形成魔印網前，他們也都已經猜到那是什麼。魔印網遍布牆壁、天花板和地板，柔和的魔印光照亮所有人。

「沒有聲音能傳出這個房間。」黎莎回到座位上，拿起茶杯，若有所思地啜飲。「我現在說的話絕對不能洩露出去。」

「我對太陽發誓。」加爾德說。

「當然，女士。」汪妲補充。布萊爾嘟噥應承。瑞根牽起伊莉莎的手。「我們保證。」

「我們得知克拉西亞人進攻雷克頓當晚，瑞娜．貝爾斯來找過我。」黎莎說。「她說亞倫還活著。」

「我就知道！」汪妲脫口道，加爾德哈哈大笑鼓掌。

「讚美造物主。」瑞根輕聲道，但伊莉莎沒有說話，心知黎莎還沒說完。

「她還說他們不會回來了。」黎莎說。「他們力量太強大，會把心靈惡魔引向窪地，就像阿曼恩在克拉西亞那樣。我們需要時間加強防守，於是他離開幫我們爭取時間。」

「他親口說過，」加爾德說。「他向賈迪爾說他是自己進攻地心魔域前要處理的最後一件事。」

「什麼意思？」瑞根問。

「亞倫和惡魔一樣可以化身魔霧。」黎莎說。「上次看到瑞娜時，她也能辦到了。他說他聽見地心魔域在呼喚他，可以像黎明時的地心魔物一樣滲入地心。」她悲傷地搖頭。「但他似乎認為這麼做沒有多少勝算。」

「比其他人勝算高多了。」加爾德說。

瑞根保持冷靜，但他把伊莉莎的手捏痛了。她伸出另一手放在他的手上，他放鬆了些。

「加爾德說得對。亞倫多少次曾死裡逃生？他會在我們放棄希望時再度出現，然後又讓我們開始擔心。」

瑞根大笑。「對，我家孩子就是那樣。」

「這段時間裡，我們得依照他的要求，盡量增強實力。」黎莎說。「如果忙著自相殘殺，而不是對付地心魔物的話，我們就沒辦法增強實力。」

「那場仗不是我們起頭的，女士。」瑞根說。「克拉西亞人相信沙拉克卡即將展開，伊弗佳告訴他們唯有全世界都臣服在頭骨王座下，人類才有希望存活。」

「開戰的是他們，」黎莎同意，「但已經醞釀多年。歐可不是一夜之間就打造出那些火器，還訓練部隊使用。」

「對，」瑞根同意。「他一直都想征服藤蔓王座，進而統一提沙，但他不會搶先開戰。」

「現在的問題在於，」黎莎說。「他得到安吉爾斯就滿足了，還是會利用克拉西亞人為藉口，繼續南下，征服所有自由城邦？」

伊莉莎和瑞根對看一眼。「他會南下。期待妳會追隨他，感謝他的恩典。窪地太強大了，在可以利用安吉爾斯吞併窪地的情況下，他絕對不會遲疑。」

「我已經對從來沒有為窪地流過血的人跑來要我們卑躬屈膝感到厭倦。」加爾德說。

「不用擔心。」黎莎說。「歐可的武器沒有他想像中那麼好用。」

「因為有妳在，」伊莉莎說。「因為妳的魔法。」

黎莎點頭。「我有能讓火器失效的魔印。我的地盤不歡迎火器。」

「妳願意教我們這種骸骨魔法，還有霍拉的保存方式嗎？」伊莉莎問。

加爾德和汪達看向他們家女士，但黎莎毫不遲疑。「當然。畢竟，妳以為是誰教我的？」

她轉向瑞根。「我知道你已經不是皇家信使了，公會長，但我請求你接受最後一次委託，在歐可公爵大人面前扮演我的聲音。」

瑞根鞠躬。「我的榮幸，女士。公爵大人期待我們回去後提出全面報告。我保證我不會洩露祕密，並將代表妳進行協商。」

黎莎鞠躬回禮。「我也很榮幸。我們可以在接下來幾天裡討論細節。我邀請三位把行李送至我的堡壘安頓。」

「謝謝妳，女士。」伊莉莎說。「我們樂意接受邀請。」

「我不用。」布萊爾說。「藥草師樹林裡有片荊棘叢。」

黎莎抬頭。「你睡在我的樹林裡？」

「對。」布萊爾說。

「你知道我的魔印之子嗎？」黎莎問。

布萊爾點頭。「看過很多次。和我一樣生活在黑夜裡。勇敢，但……」他搜尋用字。「憤怒。」

「你今晚可以幫我打探一下他們的情況嗎？」黎莎問。「我離開一陣子了，想知道我去找他們時會怎麼樣。」

布萊爾點頭。「好。」

第五章　部落　334 AR

布萊爾赤腳走過藥草師樹林。為了尊重黎莎女士的地毯而帶的軟皮靴，目前綁在一起掛在肩上，他父親的老盾牌之下。

赤腳可以感覺到很多穿靴子感覺不到的東西。首先步伐踏實又安靜。還可以察覺獵物之前留下的體溫。附近水流的衝擊。快步奔馳的震動。是讓你成為黑夜的一部分，而不是笨手笨腳穿越黑夜的東西——有可能令你喪命。

布萊爾很愛藥草師樹林。但因為占地遼闊到無法修成魔印形狀，這是窪地郡境內少數沒有大魔印守護的區域。入夜後，木惡魔會在樹枝上遊蕩，在樹林中覓食。水惡魔會在水池中游泳。風惡魔掠過大路，在空地上方盤旋。

但即使身處野外，布萊爾還是可以看清黎莎女士從內部塑造樹林的形狀。有些改變，像是克里特走道和哨所，所有人都看得見，像陽光般安全。有些改變，透過自然特徵和栽種的植物，精細微妙到心思不夠縝密的人根本不會發現窪地女士在保護他們。

這就是布萊爾毫無保留信任黎莎女士的原因。她花時間了解地心魔物。某些樹枝上的濕滑苔蘚如何讓木惡魔避開它們，或是一塊乾地能限制沼澤惡魔多少活動距離。水果和堅果樹如何吸引獵食的地心魔物，還有哪些樹木會趕跑魔物。

布萊爾在樹林中一邊前進一邊幫忙保護樹林，割下豬根莖，種在有戰略價值的位置。一棵老金木樹外圍長了一圈荊棘，樹枝垂在荊棘上方，宛如彎腰擁抱小孩的父母。六道小溪流過那叢荊棘，從下方侵蝕著粗根。這產生了一小塊可供布萊爾擴張的地洞，潮濕的土壤氣味刺鼻到足以趕跑惡魔和人類。

他用愛與和諧強化大樹的守護，沒有留下任何人工變造過的跡象。大樹回應他的照料，提供糧食和遠離地心魔物的庇護所。

魔印之子就沒有那麼細心了。布萊爾到處都找得到他們的足跡，宛如街道上的垃圾般散落一地。斷樹枝、踩扁的草、刻在大樹樹幹上的魔印。他們有些陷阱巧妙到足以抓住惡魔，但大多顯眼到就連地心魔物也能發現。

儘管如此，布萊爾還是見過他們衝突。不管多笨拙，魔印之子在夜裡都擁有力量。低估他們的實力很愚蠢。黎莎女士想多了解他們一點是很聰明的做法。

布萊爾接近他的荊棘，但從來不直接前往入口。他沿著外圍繞圈，檢查防禦工事。就和黎莎女士一樣，他喜歡用臭味自然驅趕惡魔，而不是陷阱。只要移植幾株豬根，任其自行生長，就足以讓獵食的惡魔轉向別路。

其他氣味對人類也有類似效果。就連住在藥草師樹林裡最勇敢的人，也會在闖入臭鼬草叢或充滿腐味的地方時遲疑。某處有條改道的小溪把一條小徑變得泥濘不堪，不管是木惡魔還是人類，都會盡量避開。

一切看起來都沒有問題，直到他發現一道新陷阱。他幾個月前在那塊地上丟了幾具塞了豬根的動物屍體。有些嚇阻惡魔的設計跟植物或溪流不同，必須花費心思維護。但那些屍體不見了，布萊爾看出惡魔回到該地的跡象。

那道陷阱是有人為跡象的顯例，也是至少有一個魔印之子把這裡當作獵場的證據。他懂得利用荊棘叢附近嚇阻惡魔的環境來將惡魔趕入通往陷阱的方向。套索埋在土裡挖出的淺溝中，藉由林床上一些天然碎石掩飾。

繩索上抹有樹汁，弄得髒兮兮的，還插了些小樹枝，看起來像是消失在冬青樹樹枝中的自然藤蔓。布萊爾必須爬上大樹枝才能找出裝了配重塊的網子。

就連小心謹慎的人都有可能栽在如此隱密的陷阱下，但布萊爾對這附近的樹林瞭若指掌，陷阱在他眼中就跟火光一樣耀眼。感覺很不好——太接近他睡覺的地方——但讓他可以輕易完成黎莎女士的要求。黃昏時分，獵人會跑到定位等候。布萊爾只要觀察就好了。

布萊爾在睡覺的洞裡醒來，眼前一片黑暗，但在不靠魔印生活十年之後，他可以感覺得到黑夜裡有股寒意逼近。

洞不大，但布萊爾每次回來都會多挖一點，增加通風口或壓實土柱。牆壁和地板都塞滿硬硬乾乾的豬根莖——躺起來舒服，而且防水。就算入口被發現，那股味道也能阻止地心魔物進入察看。

他伸長耳朵，仔細傾聽，一個接著一個檢查窺視孔。確定附近沒人後，布萊爾推開暗門，閃入他的豬根叢中央。

這種植物的根具有侵略性，會形成一塊宛如地毯的厚草皮。他迅速將暗門草皮鋪回原位，灑點落葉掩飾門的形狀。

布萊爾沿路摘樹葉，盡量不留任何痕跡。他吃掉幾片葉子，剩下的放入口袋。離睡覺的洞一段距離外還有一道暗門，專門用來處理大小便。

回到陷阱附近時，他很驚訝地看到獵人光明正大站在旁邊，完全沒有隱藏行蹤，佩著匕首在繩索旁等待。

黎莎女士說史黛拉・音恩不比他大多少，但她比較高，和他相比簡直像成年女子。魔法強化了她的身體，而她沒穿多少衣服遮蔽。一條纏腰布。還有塊布纏住胸口。一條皮頭帶。她的皮膚上刺有魔印。圖案從腳底開始，沿著小腿、大腿蜿蜒而上，繞過腹部，然後又順著雙臂而下。她的模樣讓布萊爾臉紅心跳。

他甩掉那種感覺，遠遠繞圈。他以為還有其他獵人躲著幫忙，但數分鐘後，他開始認為史黛拉獨自前來。

這很有趣。根據他的經驗，魔印之子會群起狩獵。眼前這是新做法。

布萊爾在她身後輕手輕腳，慢慢爬上另一端放置配重塊的樹上。他可以從樹枝上一邊打量史黛拉，一邊監視周遭情況。

她沒有帶矛，也沒帶盾，不過腰帶上的匕首鞘旁掛了很多布袋和飾品。史黛拉在天色全黑時立定不動，但依然沒有費心掩飾行蹤。

把這裡當作地盤的木惡魔從史黛拉放了新鮮屍體的方向走來，發出清晰的咀嚼聲。布萊爾一直等她躲起來，但她待在原位。難道她打算把自己當成陷阱的誘餌？

但地心魔物走近時完全沒有看見她的跡象。史黛拉皮膚上的魔印微微發光，惡魔的目光直接掠過，彷彿她完全不存在。

好把戲。地心魔物走過她，毫無所覺地踏上陷阱。

史黛拉立刻行動，踢中地心魔物後膝，讓它摔倒在地。她宛如舞者般轉身，甩開匕首割斷固定配重塊的繩索。在沉重石頭拉扯下，配重網下降，套索套住木惡魔膝蓋，把它頭下腳上吊在空中。史黛拉計算精準。惡魔甩動的爪子剛好只能掠過地面上空。

史黛拉站穩腳步，目光冷酷地看著地心魔物的身體朝她擺來，張牙舞爪。再度往回盪時，她突然撲上，拍開樹枝般的手臂，進入它的防禦範圍。她近距離拳肘並擊，每一拳都綻放魔光。惡魔開始反擊之前，她又把它踢出攻擊範圍。

她又如此進進退退三次，完美控制戰鬥距離，一下接著一下，打得地心魔物暈頭轉向。

但木惡魔很壯，外殼很厚。她能打痛惡魔，造成短暫的傷害，除非直接解決它，不然它的魔力能迅速復原。布萊爾看了依然插在刀鞘裡的匕首一眼。

她在積蓄魔力，他發現。魔印隨著她的攻擊逐漸發光，而且史黛拉毫無疲態，反而越打越快、越來越強。她飄向前方，改變攻擊組合，然後在惡魔有機會反擊前退開。她把它當成布萊爾父親為了教兒子沙魯沙克，而在院子裡做的假人來打。

布萊爾逐漸看出史黛拉打鬥的規律。她的攻擊範圍、移動模式、肢體語言。如果有必要和她打架的話，知道這些有好處。

艾弗倫，請不要讓我和她打架。他祈禱。隨著魔印越來越亮，史黛拉也越打越猛。沒過多久，她的每一拳都宛如閃電般照亮黑暗，樹林中迴盪著雷鳴般的拳擊聲。

她看起來可以把木惡魔毆打致死，但惡魔掙扎產生的魔光吸引了不必要的注意。布萊爾眼看一頭田野惡魔爬上旁邊一棵樹，占據和他差不多的制高點，目光也如布萊爾一樣追蹤她的動作，尋找規律。

惡魔縮緊弓起的背脊。布萊爾很清楚田野惡魔能跳多遠。它只要跳一下就能跳到她背上。

惡魔一躍而起，布萊爾大叫一聲，拋出盾牌。地心魔物在盾牌擊中前一秒轉頭看向叫聲來源，盾牌魔光大作，震開惡魔。史黛拉也抬頭，瞪大雙眼看著布萊爾跳下樹來。

史黛拉退出木惡魔的攻擊範圍。被套住的地心魔物趁機抓向繩索，但是繩索上還綁了許多小魔印牌，在魔光中擋下它的利爪。

現在史黛拉拔出匕首，但她再度停下動作，魔光閃爍。惡魔眨眼看她，雙眼無法聚焦。片刻過後，她向左跨出三步。惡魔的目光依然對著她剛剛身處之處搜索。

但儘管史黛拉沒有危險，惡魔卻可以輕易看見爲了衝去救她而蠢到跳入兩頭惡魔之間的布萊爾。

田野惡魔疾撲而上，布萊爾沒時間提起矛尖。他用矛柄狠狠打了地心魔物一下，把它打到旁邊，然後趁機滾開。

惡魔再度躍起，但被史黛拉踩住尾巴。史黛拉一刀砍斷尾巴，身上濺滿黑膿汁。

惡魔膿汁一碰到她皮膚上的魔印立刻冒出火花，滋滋作響。魔力灌注魔印網，她的表情變得凶狠異常。惡魔轉身攻擊她，她對準它的臉一腳踢開。「你他媽的是什麼人?!」

布萊爾沒時間回答。他出矛一指。「當心！」

木惡魔奮力挺身，割斷高處的繩索。它摔在地上，田野惡魔恢復鎮定，開始繞圈。

史黛拉在木惡魔爬起來前就撲了上去，雙掌的衝擊魔印在壓住它雙耳時發出巨響。它沒辦法在頭昏眼花時阻止她在身後移動。她拋出一串魔印串珠，纏住它的脖子，扯緊。惡魔站起身來，史黛拉身體垂在空中，但是沒有放手，串珠繩緊緊纏在拳頭上。

田野惡魔逼近時的低吼聲將布萊爾的注意力引回更迫切的危機上。布萊爾也吼回去，惡魔開始對他嘶吼，隨即在布萊爾把嘴裡的豬根汁吐到它臉上時瞪大雙眼。

田野惡魔尖叫後退。布萊爾舉起長矛準備解決它，結果卻聽見身後傳來叫聲。木惡魔跌撞後退，把史黛拉撞上一棵樹，氣喘吁吁地倒在地上。

田野惡魔會迅速復原，但布萊爾轉身奔向舉爪攻擊那個無助女人的木惡魔。他大叫一聲，令它分心，長矛隨即插入它背心。武器上的魔印發光，魔法竄入布萊爾體內，從頭到腳興奮顫抖。惡魔對他出手，但布萊爾變得更快。他側跨避過一爪，在矛尖依然插在惡魔背上時舉起矛柄，擋下另一爪。魔法持續入體，吸收地心魔物的力量，讓布萊爾感覺所向無敵。他拔出長矛，再度刺入，避開對方反擊，然後三度插入。他表情扭曲，發出沒有意義的聲音，沉浸在惡魔的痛苦中，吸取它的生命能量。

史黛拉的叫聲把他帶回現實。她和田野惡魔在土裡翻滾，打得難分難解。她身子側面被它抓得鮮血淋漓，而她一手壓制它的嘴巴，魔印拇指插在它的眼眶裡，另一拳則不斷捶打。

布萊爾閃過木惡魔另一擊，迅速往上一矛插入它的下巴、貫穿腦袋。它抽動掙扎，扯走他手中的矛，倒地死去。

布萊爾轉身去幫史黛拉，但她已經翻到惡魔身上，任由它出爪亂抓，拿魔印匕首反覆戳刺。地心魔物很快就不動了。

布萊爾跑到她身邊，檢視她的傷。

他看著她的眼睛。「傷得很重。」

史黛拉搖頭，伸手撐起自已。「只是擦傷。魔法會癒合傷口。」她站起到一半，痛得發出聲音，再度絆倒。布萊爾滑入她手臂下扶她。

她轉身面對他。「你是那個泥巴男孩，對吧？帶伯爵前往碼頭鎮的那個？」她朝地上吐口水，布萊爾不確定她是爲了吐他還是碼頭鎮，那地方現在已經成了錯誤和失敗的同義字。

「布萊爾。」他吼道。「不喜歡泥巴男孩。」

史黛拉邊喘邊笑。「好，別咬掉我的腦袋，我不知道。我們全都擁有討厭的綽號。我會罵所有叫我史黛莉的人，但我哥哥、姊姊只會叫得更起勁。」

「對。」布萊爾的哥哥姊姊也一樣。

「有地方可以休息嗎，布萊爾？」史黛拉問。

布萊爾點頭。既然史黛拉跑來這麼近的地方狩獵，他無論如何都得放棄他的荊棘叢。現在帶她去不會有什麼損失。「很安全。不遠。」

史黛拉在跟他來到豬根叢時瞪大雙眼。「有路。」她回頭看。「從外面都看不出來。」

「地心魔物不會進來。」布萊爾說。「豬根讓它們覺得噁心。」

「你吐在惡魔臉上的就是豬根？」史黛拉問。

布萊爾點頭。

「難怪你的口氣聞起來像是藥草師的屁。」史黛拉說。

布萊爾大笑。這是個好笑話。

「我以爲是你找到我狩獵的地方，」史黛拉說。「看來是反過來了。」

布萊爾搖頭。「我不獵殺地心魔物。只有它們招惹我時才會去招惹它們。」

「你招惹得很厲害。」史黛拉說。

布萊爾聳肩，放開她的手臂，然後消失到他的地洞裡。他帶著藥草袋回來，幫她清理傷口，但史黛拉說得對。她淺淺的擦傷都已經癒合了，比較輕微的開始結疤。只有幾處需要縫合。縫完後，他磨了點豬根膏塗在傷口上。

「黑夜呀！」史黛拉叫。「好痛！」

「總比惡魔感染好，」布萊爾說。「就算能痊癒還是要難受很久。」

史黛拉咬緊牙關，讓他繼續塗。「你一個人一定很寂寞。沒有部落一起狩獵，晚上也沒人一起取暖。」

「我有家人。」布萊爾說。

史黛拉懷疑地看著他。「這裡？」

「鎮上。」布萊爾說。

「那你為什麼不和他們待在一起？」史黛拉問。

「不喜歡牆壁。」

「亞倫・貝爾斯說牆壁會讓人忘記黑夜裡的景象。」史黛拉同意。

「不能忘。」布萊爾說。「永遠不能忘。」

「我也有家人住在牆後面。」史黛拉說。「我愛他們，但他們不是部落的人。或許等我休息一下，你可以跟我去見見部落的人。」

「如果他們這麼好，妳為什麼要獨自狩獵？」布萊爾問。

史黛拉輕笑。「部落的人就像兄弟姊妹。我願為他們付出性命，但有時候他們就是會把我逼瘋。」

布萊爾的家人被黑夜奪走已經超過十年，但他記得他們。記得他哥哥、姊姊是怎麼折磨他的。他有多討厭他們。他願意不惜一切換回他們。

「見鬼了！」史黛拉低頭看著他的縫線嘶吼道。「才剛刺好那些就要修補了。」她拉下纏腰布，細看魔印刺青破損的情況，布萊爾面紅耳赤。他偏開頭去。

史黛拉握住他的下巴，把他的臉轉回來。她一副知道什麼祕密的模樣微笑。「有東西吃嗎？每次殺完惡魔我就想吃東西。」她眨眼。「還想做其他事。」

布萊爾摘下幾片豬根葉，遞給她。

史黛拉兩眼一翻。「請告訴我你不是只有這個。連洗都沒洗耶。」

布萊爾往嘴裡塞片豬根葉。「對妳好。吃得飽，又能趕跑地心魔物。」

史黛拉一臉懷疑，不過還是接下葉子。「我媽常說：『想親吃大蒜的人，唯一的辦法就是自己也吃點大蒜』。」

她咬了一口，皺起眉頭。「吃起來像沼澤惡魔的精液。」

布萊爾笑。「對。」

「習慣就好。」

「氣味上鼻。」史黛拉吞下去，然後又放了一片到嘴裡。「聞不到其他味道。」

「比很多魔印之子好。部落半數的人都一個多月沒洗澡，而殺惡魔會搞臭身體。」史黛拉指向布萊爾微微突起的暗門草皮。「你睡那邊？」

布萊爾點頭。

「擠得下兩個人？」她問。

豬根莖在布萊爾努力往牆邊擠時嘎嘎作響，但不管他擠到多旁邊，史黛拉都會依偎過來。她面朝外，渾圓的臀部貼在他身上。儘管夜晚寒冷，地洞裡的空氣還是很熱。

他不知道手該往哪裡擺，於是環抱住她，雙手在碰到她皮膚時微微顫抖。她轉身，頭髮掠過他鼻子。他本能性吸氣，徹底沉浸在她的體香中。他覺得褲子裡有東西蠢蠢欲動，想後退，以免被她發現。

但史黛拉發出半笑半吼的聲音，用屁股去頂它。布萊爾呻吟，她突然轉身面對他。

「你不狩獵，」她說著伸手到他雙腳之間輕捏，「但是殺惡魔一樣會讓你變硬。」

她推得他背貼地面，布萊爾完全僵住，不知道該怎麼辦。如果有空間，他早已逃入黑夜，但地洞太擠，她又箝制住他。他動也不動地看著她解開褲帶，釋放他的命根子。在他了解發生什麼事之前，她已經抬起屁股，握住他的命根子，然後狠狠坐下。

他驚呼，抓住她的臀，但史黛拉主導局面，他唯一能做的，就是在她開始磨蹭時努力忍住。

「啊！」布萊爾大叫，四肢僵硬。

史黛拉親他，咬他嘴唇。「別給我射！」她低吼道。「我還沒過癮！」

布萊爾在一股難以克制的快感來襲時放聲尖叫。他抖動掙扎，挺身踢腿，射在她身體裡面。

他以為史黛拉會生氣，但她又發出半笑半吼的聲音，然後在他抖動的時候用力往下頂。「好，交給我就好。抓好了。」她箝緊他肩膀，全身體重都壓在他身上。她連抓帶咬，但感覺很對，他在她開始頂他時緊抱著她。

他們氣喘吁吁，緊抱彼此，空氣濃重鬱悶的。史黛拉扭腰擺臀，感覺他還在體內，還是很硬。她親他。「讚美造物主。你還能撐很久。讓我躺下來。」

布萊爾嚥口水。「我……我不……」

史黛拉大笑，抓住他，雙手扣緊，奮力翻身，轉成他在上面的體位。

「放輕鬆。」她又親他。「慢慢來。我們兩個剛剛都吸了大量魔力。今天一整個晚上都會又濕又硬。乾脆好好享受享受。」

他們過了好一陣子才終於睡著。史黛拉拉著布萊爾的手臂，像毯子一樣摟在身上，輕輕打呼。他們縮在一起躺著，皮膚被汗水融合在一起，布萊爾感受到一種遺忘許久的感覺。

安全。

他記得睡在父母床上，六歲大，暖活地依偎在他們中間。他醒來以爲有地心魔物闖入屋內的那天晚上。他爲了趕走黑影而把火燒旺，卻忘了打開煙道的那天晚上。

家人死於大火的那晚。

布萊爾記得他們家小屋那以亮橘色火焰爲背景的焦黑輪廓，濃嗆翻騰的煙霧瀰漫中，他畏縮在豬根叢裡。

惡魔在火光中來回奔跑，等待魔印失效。達馬吉一家人已經在它們闖入屋內時開始尖叫。

布萊爾突然驚醒，一頭撞上洞頂。

「怎麼了？」史黛拉迷迷糊糊地問，但布萊爾無法呼吸。牆壁開始朝他壓過來。他必須出去。出去或是死。

他在史黛拉還不清楚狀況時退向一邊，抓起他的衣服，慌亂爬出暗門。出去後，他又可以呼吸了。他吸了一大口夜晚的冰冷空氣，但似乎怎麼吸都不夠。他胸口起伏，肌肉糾結。他四下走動，不斷揮手，確保附近沒有牆壁。

他的感官彷彿著火了般，眼觀四面，耳聽八方。吹過莖葉的微風。夜行動物發出的細微聲響。遠方的惡魔吼叫。他能察覺一切，隨時可以應付任何威脅。他緊握拳頭，甚至有點希望附近有威脅能讓他釋放緊繃的情緒，不斷累積，直到他以爲自己快要爆裂才停止。

他聽見暗門開啓的聲音，考慮要不要在史黛拉看到他前逃走。

「布萊爾？」她叫道。「你沒事吧？」

「沒事。」布萊爾說，雖然他感覺一點也不像沒事。

「沒關係。」史黛拉說。「不用解釋。我懂你的感覺。」

布萊爾背對著她，凝望黑夜。「沒人懂。」

「你鬆懈了，是吧？」史黛拉問。「然後就開始想起鬆懈的人發生了什麼事。胸口緊縮、呼吸困難。或許覺得牆壁正在逼近，必須到外面，像掛了鎖鏈的夜狼般走來走去。」

布萊爾看著她。「妳怎麼……」

「去年發生過流感，」史黛拉說。「奪走半數鎮民的性命。有人掉了蠟燭、打倒油燈。到處都失火。」

「火焰會引來地心魔物。」布萊爾說。「等著魔印失效。」

史黛拉點頭。「我待在爺爺的旅店裡，直到濃煙瀰漫，然後和我妹與基特叔叔一起衝到外面去。基特半拉半抱著我，所以跑得很慢。本來惡魔會吃掉我們的……」

她偏過頭去，呼吸凝重，布萊爾走過去。他伸手，不知道該說什麼，她靠向他。

「結果我妹跌倒了，」史黛拉繼續。「惡魔吃了她。」

她回頭看他，眼眶濕潤。「不是只有你討厭牆壁，布萊爾。不是只有你會突然驚醒，無法呼吸。亞倫・貝爾斯在《新卡農經》裡有提過。」

「新卡農經？」布萊爾問。

「法蘭克弟兄約談了所有曾經見過亞倫和瑞娜・貝爾斯的人。」史黛拉說。「記錄他們的教導，這樣我們就永遠不會忘記。」

她在他懷裡轉身。「不是只有你，布萊爾。部落裡所有人都有這種感覺。都失去過重要的人，都曾親眼見過黑夜的恐怖。這讓我們和鎮上的人不同，但我們會照顧彼此。如果你願意，我們也能照顧你。」

布萊爾點頭。他想不出世界上還有什麼更想要的東西。

布萊爾知道魔印之子營地怎麼走，但他讓史黛拉帶路，跟在後面。天色依然漆黑，魔法在他體內運作，他的感官敏銳。他輕飄飄地前進，憑藉嗅覺和視覺跟著她走。

史黛拉。他一想到她就有種陶醉的感覺。

布萊爾在一哩外就聽見營地的聲音。來到近處時，附近的樹林人聲喧譁。前方傳來狗叫，布萊爾看見一隻高大的獵犬跳上路上的一塊石頭。片刻過後，有個守衛走了出來。所有窪地人都比布萊爾高，但這傢伙比他高上將近一呎，二頭肌和布萊爾的腦袋一樣大。他身穿木護甲——頭盔、胸甲、手套、腿甲，繪印亮漆。他的腰上掛著一把三呎矛，銀矛頭的魔印上還有惡魔膿汁在冒煙。

「唉，史黛拉！」巨人叫道。「天快亮了！妳一整晚都到哪兒去了？」

史黛拉笑著推開他。「我得躲開你身上那股驢味幾小時，加倫・卡特。」加倫不太情願地讓路。布萊爾透過他的夜眼看出她比較強勢。

「這傢伙是誰？」加倫跟在史黛拉身後，一掌拍在布萊爾身上。布萊爾扣住他手腕，奮力一拉，順勢轉身一拋，把壯漢摔在地上。狼犬叫了一聲，蓄勢待發，但布萊爾直視牠的目光，回應牠的叫聲，令牠不敢輕舉妄動。

營地裡有將近一百人。少數小孩和老人，但大多和布萊爾差不多年紀——不到二十歲。布萊爾看見密爾恩人、安吉爾斯人、來森人、雷克頓人，甚至還有克拉西亞人。有些人身穿長袍或殘缺的護甲；其他人則露出渾身魔印刺青，只遮住重點部位。

現在所有目光都集中在布萊爾身上，彷彿把他釘在原地。他很想逃跑，但史黛拉牽他的手，輕輕捏了捏。加倫爬起身來，神色不善，但史黛拉低吼一聲，他沒動手。

史黛拉望向人群。「這位是布萊爾・達馬吉！加爾德說在路上救過伯爵大人的那位。」

「然後又帶他去送死。」一個大鬍子男人上前說道，濃密的棕髮後梳，露出額頭上的心靈魔印。他身穿繡滿魔印的牧師棕袍，手持一把彎手杖。「我記得他，泥巴男孩。克拉西亞叛徒。」

布萊爾露齒低吼。「不是叛徒。我是雷克頓人。長得像他們又不是我的錯。」

史黛拉又捏了他手一下。「泥巴男孩。」她大聲肯定。「但除了我外，有誰敢這樣叫他，就會少顆牙齒。我們一起灑過膿汁。他是部落的一份子。」

部落的一份子。這個說法在他聽來十分悅耳，但從瞪著他的那些面孔看來，他知道光用說的並不能讓此事成真。

「現在規矩變成這樣了？」說話的人沒有加倫高，瘦而不壯。他的護甲也比較輕盈，魔印燒烙在熟皮革上。他和史黛拉長得很像。他伸出短矛比向布萊爾，矛尖上的魔印透過內在的魔力發光。「妳決定誰加入部落，誰不能加入？」

史黛拉雙手扠腰。「再用那把矛指我，基特叔叔。」她說這個尊稱時語調諷刺。「這裡的人就會看到我把矛塞到你的屁股裡去。」

基特遲疑。他轉動目光，尋求支持，但是沒幾個人願意聲援他。沒幾個人想和這場衝突扯上關係。

他們目光低垂，不過所有人都饒富興味地關注。加倫依然瞪著布萊爾，但似乎就連他都不打算直接挑釁史黛拉。

史黛拉湊向前去，基特反射性後退。「布萊爾是部落的一份子。」片刻過後，基特垂下目光。「妳要讓他變成魔印皮，不關我的事。」

「我們會接納他成爲部落的一份子，」史黛拉同意。「那之後他可以挑選自己的路。等大家見識過布萊爾的能力後，或許會有人想自稱泥巴男孩。」

布萊爾皺眉，史黛拉眨眼。「總比叫豬根氣好。」

布萊爾忍不住笑了笑。

「我們都得找出自己的路。」身穿牧師袍的人走向布萊爾。史黛拉捏得他手痛，但對方只是上前鞠躬。

「歡迎，布萊爾。我是法蘭克弟兄。」

史黛拉握著他的手鬆開了一點，其他魔印之子也都鬆懈下來。加倫和基特或許不能挑戰史黛拉，但這個人可以。「你就是寫《新卡農經》的人。」

法蘭克揮手支開那個說法。「經文都是亞倫和瑞娜・貝爾斯說的。我只是加以記載。」

「還幫我們了解其中的意義。」史黛拉說。

法蘭克再度向布萊爾鞠躬。「我爲叫你叛徒道歉。造物主牧師教我批判他人，但亞倫・貝爾斯爲我們展示了更好的道路。所有在黑夜中奮戰的人都是兄弟姊妹。我們全都是解放者。」

營地四面八方的人都在空氣中繪印，覆誦他的話。「都是解放者。」

「黎莎女士一開始把我們分成三組。」史黛拉帶布萊爾參觀營地時說。「最強壯的人接受預備成爲伐木工的訓練。女士發給他們一人一把特殊魔印矛，矛身較短，方便吸收魔力。我們稱之爲『內臟幫浦』，因爲只要一把矛插入惡魔的內臟裡，就能把魔力抽到自己體內。加倫是幫浦派的領袖。」

布萊爾微微轉頭，觀察加倫那夥人，史黛拉則指向另一群人。「基特的人比較矮小——大多曾嘗試加入伐木工，但被刷下來。我們叫他們骸骨派，因爲女士在他們的矛裡鑲崁惡魔骨，藉以彌補肌肉量的差距——有過之而無不及。」

「我這群人都是天生不適合對抗惡魔的人。」史黛拉朝向另一群人點頭，大多是穿著和史黛拉一樣暴露的年輕女子。「沒有強壯到可以揮砍斧頭或拉汪妲那種曲柄弓。」她舉起她的魔印手掌。「女士賜給我們最好的禮物：在我們的皮膚上繪印。」

「黎莎女士幫你們刺青？」布萊爾問。

史黛拉搖頭。「用黑柄汁畫，但後來她離開了。魔印開始褪色時，我請艾拉・卡特拿針重刺，永遠留在身上。」

布萊爾看出營地其他人都和魔印皮派的人保持距離——儘管身材普遍較爲矮小，即便是在營地裡走動，他們依然像是獵食者。

「魔印之子的人數越來越多，」史黛拉說。「在新月中喪生的沙羅姆留下的遺孀及子嗣。」她比向克拉西亞派盤據的帳篷和水井。他們沒有在作戰，但所有人都拉起夜巾，就連男人也一樣。布萊爾仔細觀察，發現其中有幾個人是膚色較淺的北地人，但卻接納了克拉西亞人的穿著和習俗。

「接著法蘭克弟兄加入我們，開始訓練手足派。」她指向一小群人，全都身穿素色棕袍。

一個高個子女人走到克拉西亞人前面，朝他們揮手。她頭巾下的頭髮微顯花白，雙眼充滿智慧，但是體態動作不像老人。她很強壯。

史黛拉領著布萊爾走向她，鞠躬。「布萊爾，這位是賈莉特，卡維爾訓練官的第一妻室。部落的沙羅姆由她統御。」

女人打量布萊爾，試圖看穿泥土和豬根汁下的五官。「你叫什麼名字？」她以克拉西亞語問。

「布萊爾・阿蘇・里蘭・安達馬吉・安伯格。」布萊爾回答。

「達馬吉是卡吉部族的姓。」賈莉特說。「而你自稱不是克拉西亞人？」

「我是在伯格頓出生長大的。」布萊爾說。

賈莉特點頭。「我記得你父親失蹤的時候。卡吉部族的男人搜遍城裡和大迷宮，不知道他是死在阿拉蓋爪下，還是馬甲部族手中。誰會猜到他逃到北地了？」

「妳認識我父親？」布萊爾問。

賈莉特搖頭。「不認識，但我丈夫是卡吉部族最偉大的訓練官。我在他家裡學會很多事情。」

「汪妲・卡特隨黎莎女士遠行後，」史黛拉說，「賈莉特和她孫女莎莉娃開始教我們沙魯沙克。」

此言一出，一名十歲的女孩冒了出來。她看起來比較像是賈莉特的女兒，而非孫女，但布萊爾知道魔法可以改變人的外表歲數。他環顧四周，這才發現有很多克拉西亞人都還是小孩。有兩個年輕克拉西亞男子身穿手足派的棕袍，還加戴夜巾。

「牧師讓妳皈依，就像我父親一樣。」布萊爾猜道。

「我們還是向艾弗倫禱告。」賈莉特說。

布萊爾點頭。「我父親說艾弗倫就是造物主，造物主就是艾弗倫。」

賈莉特微笑。「你父親很睿智。牧師沒有說服我們，我們也沒皈依。阿拉蓋卡出沒的那個月虧之夜，我們全都看見亞倫・貝爾斯從天上投擲閃電。如果還有任何疑慮，也都隨著亞倫・貝爾斯在多明沙羅姆中把阿曼恩・賈迪爾丟下山崖時消失。霍許卡敏之子是假解放者。傑夫之子才是沙達馬卡，我們必須隨時準備回應他的召喚。」

布萊爾嘟噥一聲，沒有明確回應。他朝旭日點頭。「你們的男人爲什麼一直戴著面巾？」

「艾弗倫要人民在祂的光芒下保持謙遜。」賈莉特說。「亞倫・貝爾斯讓我們知道只有在面對奈的時候，我們才要露出面貌，驕傲地與之對抗。」

「別被這種謙遜騙了，」史黛拉在他們走回魔印皮的營地時說。「當賈莉特和她的沙羅姆拉下面巾時，地心魔物就可憐了。」

布萊爾啐道：「地心魔物沒有什麼好可憐的。」

「說得不錯。」史黛拉又捏了他的手一下，令他感到一陣興奮。「來吧。如果今晚要讓你加入的話，我們就有事情要忙。」

「什麼事？」布萊爾問。

他們來到一個在編自己一頭長髮的金髮女孩面前。她看起來不比史黛拉大。就和其他魔印皮一樣，她身上只有幾塊皮革，四肢和身體上都是刺青。

「這位是艾拉・卡特，」史黛拉說。年輕女子打量布萊爾一眼，不過靈巧的手指還是在編辮子。

「艾拉是我們最好的刺青師。」

艾拉微笑。「先洗澡刮毛。需要乾淨的畫布。」

史黛拉在她鼻子前揮手。「我也想洗澡。有肥皀嗎？」

「我還沒想清楚。」布萊爾說。

他洗好澡會不太自在。史黛拉找了塊硬刷子，在其他魔印皮嘲弄揶揄聲中刷淨他每一吋皮膚。他皮膚刺痛，在寒冷的晨間空氣中又乾又紅。

史黛拉不加理會。「你怎麼還有豬根的味道？」

「只要吃得夠多，流汗都是豬根味。」布萊爾說。「這樣可以驅退地心魔物，就算有人逼你洗澡也一樣。」

史黛拉哈哈大笑，給了他一件乾淨的袍子，然後帶他前往一間帳篷，艾拉帶著刺青工具跪在一小堆火旁。「把手給艾拉看。」

「我還沒有想清楚。」布萊爾又說一次。「我說我要來營地。沒說要刺青。」

「亞倫・貝爾斯說你的身體是唯一隨時都在身邊的武器。」艾拉說。

「暫時先刺手。」史黛拉說。「每個魔印皮都有刺手。讓我們擁有永遠不會丟掉的武器。」

布萊爾不否認他喜歡這句話。艾拉對他伸手時，他沒有抗拒。他放鬆手掌，讓她們翻來覆去觀察掌心。

「先用黑柄汁。」艾拉說著拿出一支刷子和墨瓶。「別動。」

她迅速確實地在他右掌上畫了衝擊魔印，左掌則是壓力魔印。

「攻擊和防守。」史黛拉說。「蓋沙克最初的工具。」這個字是克拉西亞語，意思是「惡魔戰」，但布萊爾從沒聽過。

艾拉畫完魔印，看向史黛拉。「妳覺得如何？」

「完美！」史黛拉說。「刺吧。」

艾拉在他們中間放了張小桌。「手擺這裡。」桌子上有皮帶，艾拉去拉皮帶時，他立刻縮手。他上次見到這種桌子是拷問犯人用的。

史黛拉安撫他。「只是防止你縮手。最不怕痛的人有時候也會縮手。我在這裡，布萊爾。我不會讓人傷害你的。」

布萊爾直視她的雙眼，深吸口氣，手臂放在桌上，掌心朝上。史黛拉拉緊皮帶，艾拉則拿出一根乍看下像是小刷子的東西。直到她把刷子拿去火上烤時他才看出刷毛都是針。

「感覺如何？」艾拉邊問邊抹他左手上的血。他的右手已經抹好藥膏，纏繃帶。

布萊爾伸展手掌，眼看魔印成型。他豎起掌心，彎曲手指和拇指，比出他父親教過的沙魯沙克掌擊式。

「很漂亮。」他說。永遠不會丟掉的武器，屬於他的一部分，比豬根汗更屬於他。就某方面而言，這個想法爲他帶來希望。艾拉包裹他的手掌時，他低頭看向她的長腿，滿滿都是魔印，他羨慕著它們所提供的保護與力量。

史黛拉朝他後腦就是一拳。「喂，看夠了。去吃點東西，休息一下，我和艾拉有話要說。」

布萊爾點頭，離開帳篷。太陽高掛天際，營地的人大多在樹蔭下睡覺。儘管如此，四下走動的人還是讓他覺得有點擁擠。他需要自己的時間。

他趁著沒人注意時，溜到帳篷後面，打算離開魔印之子的營地，返回藥草師樹林。

「妳說眞的？」艾拉的聲音在帳篷外聽起來依然清晰。「妳上了那個骯髒的小混蛋？」

「不是只有上他。」史黛拉說。「還奪走他的童貞。」

「不！」艾拉尖叫。「妳確定？」

史黛拉大笑。「他完全不知道他在幹什麼。」布萊爾感到面紅耳赤。她的笑聲，片刻前還如此美妙，現在令他心傷。

「那就是很糟囉。」艾拉猜。

「我可沒那麼說。」史黛拉說，布萊爾精神一振。「臭小孩用熱情彌補技巧。第一次很快就射了，但我也差點高潮。然後他還能一直射。」

布萊爾笑到嘴角裂到耳朵下。

「克拉西亞人的老二都很小嗎？」史黛拉問，他的笑容立刻僵住。

「我上過的不會。」艾拉說。「是沒有伐木工大啦，但還是比大多男人大。」

「布萊爾是半個雷克頓人。」史黛拉說。「或許那就是原因。」

「是到底有多小？」艾拉問。史黛拉肯定是用手比給她看，因爲她的笑聲如影隨形地跟著布萊爾逃離營地。

布萊爾清空了藏身處裡爲數不多的物品，回到他在金木樹下挖空的樹洞，遠離魔印之子的獵場。他不曉得該怎麼看待史黛拉了，但他知道永遠不能在附近有部落的人時睡覺。

前往黎莎女士的堡壘時，他腦中依然一片混亂。有守衛在巡邏，但他們沒有發現布萊爾越過圍牆、穿越庭院，爬上大宅一面陰暗的牆壁。

綁繃帶的手造成攀爬不便，一來是因爲不好使力，二來是讓他想起過去一天中所發生的事情。不管是好是壞，總之一個單純的偵察任務從此改變了他的一生。

他跑過屋頂，伏低不讓人看見，直到抵達女士辦公室窗口上方，往下爬到窗沿。

布萊爾小心翼翼，先檢查走廊上的窗戶。門口有兩名汪妲的護衛，注意力都集中在房外。

他移往黎莎的辦公室窗戶。

女士坐在辦公室的沙發上，抱著奧莉芙。她背對窗戶，布萊爾沒看見也沒聽見房裡有其他人。他伸手想敲窗。

「進來，布萊爾。」黎莎在他發出任何聲音前說道。「快點關窗。外面和惡魔心臟一樣冷。」

布萊爾在窗板之間插入一條金屬線，勾開窗鎖。他爬入屋內，關上窗戶，全身沉浸在火爐的暖意中。寒冷不太會對他造成不適，不過對他來說能造成不適的東西不多。他迅速調適溫度，留心腳步，不在魔印地板上留下塵土。

女士的衣衫敞開，嬰兒正在喝奶。一天前，布萊爾不會把這種景象放在心上，但現在他面紅耳赤，目光低垂。

「不必偏頭。」黎莎說。「沒什麼不好意思的，它們只是發揮造物主創造它們出來的正常用途而已。人民要習慣這幅景象。」

她指向擺滿茶具的茶几。「喝點茶，吃點東西。」

布萊爾一看到桌上的三明治就流口水。不是阿瑞安老公爵夫人的那種去皮手指三明治，這些都是厚棕麵包夾大量肉片的好東西。他塞了一個到嘴裡，然後從口袋中拿了一把豬根，壓過後丟進杯子，再倒熱茶下去。

布萊爾謹慎地看著女士對面的空沙發。他剛剛才洗過澡，但還是覺得身體髒到不適合坐在這麼好的材質上。

「坐，布萊爾。」黎莎說。「伊莉莎告訴我黎明修道院的人不喜歡你弄髒家具，但現在你是我的客人。」

布萊爾坐得很僵硬，雙腳夾緊，盡量不讓背部碰到沙發。他彎腰一邊咀嚼三明治，一邊等茶泡好。

黎莎清清喉嚨。「但那並不表示可以不用餐巾。」

布萊爾小時候被媽媽這樣唸過上千次，於是他立刻從桌上拿起一條餐巾，鋪在膝蓋上。

「你的手怎麼了？讓我看看。」奧莉芙在黎莎移開奶頭時開始掙扎哭泣。

布萊爾伸手攔住她。「沒事。擦傷。清理過也纏好了。」

他本來打算告訴她刺青的事情，但謊言就這麼輕易脫口而出。他自己也不清楚這樣刺青代表什麼，而他不打算在自己想清楚前討論此事。

黎莎一邊讓奧莉芙吸回奶頭，一邊堅持要看他的手。「你可不是笨手笨腳的人，布萊爾。究竟怎麼了？」

「我遇上史黛拉．卡特和地心魔物打架，跳下去幫忙。」布萊爾說，略過細節。「她帶我回魔印之子的營地。」

「史黛拉．卡特獨自狩獵？」黎莎問。「她想死嗎？」

「比妳想像得安全。」布萊爾說。「她很強。統領魔印之子。」

「史黛拉？」黎莎很驚訝。「她體重不過一百磅左右，而且才十八歲。」

「大家都怕她還有其他魔印皮。」布萊爾說。「裝作不怕的樣子，但我看得出來。」

「為什麼怕？」黎莎問。

布萊爾聳肩。史黛拉在人前和獨處時很不一樣。他對她和其他魔印之子還有很多不瞭解的地方。

「有多少人？」黎莎問。

「至少上百人。」布萊爾說。「魔印皮、骸骨派、鬣浦派、沙羅姆、手足派。他們自稱部落。」

奧莉芙吸奶吸到睡著。黎莎輕輕拔開她的嘴，然後起身，把孩子趴抱在肩上。奧莉芙滿足地打了個嗝，一路睡到黎莎走入嬰兒室把她放下。

片刻之後她走回來，繫緊所有衣服上的繫繩，坐在布萊爾對面。她天空色的眼睛看穿了他。

「通通告訴我。」

布萊爾回到魔印之子營地時，天色已經開始轉暗。他把魔印之子的一切都告訴黎莎，但是沒有提起他和他們互動的情形。不關她的事。

魔印之子忙進忙出，準備面對即將到來的黑夜。他們修補、摺疊魔印牌網，磨尖兵刃，在皮膚上繪印。克拉西亞女孩莎莉娃在教沙魯沙克，學生很多，部落裡所有派系的人都參與了。女孩看起來像蛇，以難以想像的優雅體態變換招式。布萊爾走到近處，神色著迷。

「艾弗倫祝福我孫女。」賈莉特說著走到他身邊。「她以前常看卡維爾訓練她兄弟。有一次，他抓到她在偷偷練習，把她打了一頓。『如果妳膽敢施展這些神聖的招式，最好給我認眞練！』他叫道。『如果有不是妳丈夫的男人碰妳，妳會令卡維爾家族蒙羞，還是打斷他的手？』」

賈莉特微笑。「我尊貴的丈夫要她重複那個招式一百次，然後叫她一直待在訓練室裡打掃。」

「方圓五十哩內都是沙拉克桑。」布萊爾用了克拉西亞語中的白晝戰爭——伊弗佳中宣稱想贏得沙拉克卡就得先征服全人類的行爲。「戰爭到來時，妳會選哪一邊？」

「部落不會參與沙拉克桑。」賈莉特說。「傑夫之子說過，『灑紅血毫無榮譽可言』。」

「說得不錯。」史黛拉說著來到他們身旁。她拍拍布萊爾背部。「我開始擔心你不會回來了。」

「我想獨處一會兒。」布萊爾說。

「是，我了解。」史黛拉說。「但天色暗下來了。我們該去加入儀式會場了。」

布萊爾好奇地打量她，不過還是隨她前往魔印皮集合的地方。他們超過二十個人，身披布塊，渾身魔印。他們大多身材瘦小，不過擁有獵食者的眼睛。法蘭克弟兄和他們站在一起，身上只穿棕色拜多布。他渾身肌肉上都是刺青，不過還是拿著彎頭手杖。

他們跑入黑夜，來到一處斷崖，除了向上的道路外，四周都有魔印杜。

「在這裡等。」史黛拉對布萊爾說。她不等他回應，一聲發喊，高舉阿拉蓋捕捉環，然後和其他人跑走。

布萊爾很想跟著打鬥聲和魔印光一起參戰，或是逃離此地，但他耐心等待，片刻後發現打鬥聲和魔印光逐漸接近。

沒過多久魔印皮都回到視線範圍內，領頭的是史黛拉和法蘭克。他們拖著一頭奮力掙扎的木惡魔，被阿拉蓋捕捉環和扣住它脖子的手杖壓得彎腰低頭。其他魔印皮跟在後面嘲弄惡魔、拳打腳踢，讓地心魔物站立不穩，被拖入布萊爾身處的魔印圈內。

這幅景象回答了布萊爾對「加入儀式」的所有疑問。他在魔印皮圍上來時解開綁帶。他的手掌柔軟，但是衝擊和壓力魔印清晰可見。

史黛拉跟法蘭克把惡魔拖到斷崖中央，站在布萊爾面前，看著他道：「加入儀式會在它死去的同時結束。」

布萊爾點頭，她按下阿拉蓋捕捉環上的按鈕，在法蘭克的手杖鬆開時釋放套環。法蘭克在布萊爾身旁繪製魔印。「我以解放者的祝福加持你，布萊爾・達馬吉。」接著他們兩人退回圍觀人群的圈子。

木惡魔大吼一聲，狂吸空氣，抓搔喉嚨。它傷得不重，沒過多久魔力就會讓它恢復全部戰力。

布萊爾沒有給它時間，一撲而上，以右掌掌心擊中它膝蓋。衝擊魔印綻放魔光，惡魔尖叫傾倒，一股力量竄入布萊爾手臂。布萊爾趁惡魔站立不穩時吐豬根汁到它眼裡，讓它難以視物。魔印皮歡呼。

布萊爾後退一步，看著地心魔物跳起身來，足足有七呎高，臂長及地。它試圖透過聲音定位布萊爾，但部落的歡呼聲遮蔽它的聽覺。它嗅聞他的氣味，結果被豬根弄得打噴嚏。

惡魔和人類一樣，打噴嚏時會閉上雙眼，皺緊眉頭。布萊爾利用那一瞬間上前，左手抓住木惡魔的手臂。壓力魔印讓它皮膚冒煙，魔力湧向布萊爾，他用衝擊魔印擊碎它的手腕。

惡魔大叫，握住它無力的爪子，布萊爾退出攻擊範圍，開始圍著它繞圈。

放慢步調是明智之舉。他每一拳都越來越強，對惡魔造成來不及治療的傷害，特別是布萊爾持續吸收著它的魔力。布萊爾之所以能夠在六歲之後於裸夜中存活這麼多年，就是因為這種謹慎態度。

他再度出擊，擊中地心魔物背部，打得它重心不穩。它對他揮出沒有受傷的手臂。布萊爾退開，然後撲上，出掌擊中它的口鼻。

心告訴他該再度撤退，但惡魔的速度似乎變慢了。它踉蹌後退，難以防守，於是布萊爾持續進攻，一拳接著一拳。他忘了謹慎，放棄防守，一心只想擊殺獵物。

木惡魔猛揮長滿樹瘤的長臂，擊中布萊爾腹部，打得他離地而起，肋骨斷裂。他在數呎外重重落地，片刻前還在歡呼的人群齊聲驚叫。

布萊爾咳血，甩甩腦袋，翻身而起。魔力已經開始治療自己，但他一提步就覺得天旋地轉，而已經恢復平衡的惡魔朝他撲來。

魔印皮出聲鼓勵，史黛拉叫得最大聲，但沒人動手幫忙。這是加入儀式的一部分。新成員要不就是殺死惡魔，不然就是死在惡魔手上。

木惡魔的手臂長而有力，但是不夠靈巧。布萊爾因爲頭昏眼花，向後平躺在地上。惡魔躍過他的身體，爪子呼嘯而過。

布萊爾繼續躺著，讓渾身魔力發揮治療效果。當木惡魔停止衝勢，爪子在斷崖地面上挖出數道深溝時，世界彷彿已停止轉動。

惡魔吼叫，再度衝來。布萊爾在最後關頭翻身躲開，一拳擊向惡魔的血盆大口。惡魔本能性咬合，結果弄得口鼻中滿是豬根粉。

趁惡魔嗆到作噁時，布萊爾站起身來。他觀察片刻，逮到機會，衝上前去，利用惡魔的樹瘤膝蓋爲跳板，爬到它背上。他一腳塞入它腋下，勾住它沒受傷的手臂固定，然後用左手抓它喉嚨。壓力魔印冒煙發火，布萊爾的握力強到足以壓扁鋼鐵。惡魔的脖子上布滿堅硬的肌肉和肌腱，但依然只是血肉。

布萊爾右手抵住木惡魔後頸。衝擊魔印發光，在布萊爾另一手往後拉時施加往前衝的力道。慢慢地，他雙掌越來越近。

惡魔瘋狂扭動，在斷崖上跌跌撞撞。它逼近圍觀群眾，但大家只是嘲笑，用魔印拳腳把它推回中央。

惡魔沒受制的手臂甩向身後，但因爲手腕斷了，爪子派不上用場。布萊爾承受撞擊，不肯鬆手。隨著魔法凝聚，他感到越來越強壯。

木惡魔著地撲倒，翻來滾去，試圖擺脫。雖然體內的空氣都被撞光，但布萊爾感覺到對手的絕望，於是越扣越緊。魔印皮默不吭聲，全部屏息以待，直到地心魔物的脖子發出折斷聲。

眾人放聲歡呼，所有人都在布萊爾高高舉起高大惡魔、丟到旁邊時擁了上去。

接著眾人將他舉起，拋來拋去，抬到斷崖旁齊聲歡呼：「魔印皮！魔印皮！魔印皮！」

布萊爾一輩子都沒有這麼興奮過。

一個女孩拿出笛子，吹奏生動活潑的旋律，大家開始跳舞。

布萊爾被人拋得有點膩了，滑到地上站好，剛好面對笑盈盈的史黛拉・音恩。

「我就知道你可以！」史黛拉親他，他的嘴唇依然殘留魔法的刺痲感。「這是最快的擊殺紀錄，我可沒有特別挑小隻的。」她眨眼。「我想讓你大大露臉。」

布萊爾知道該說點什麼，但卻想不出什麼可講。他就站在那裡，對著她傻笑。

史黛拉拔出匕首，翻轉過來，刀柄朝前遞給他。

「還沒結束。你得挖出它的黑心。」

布萊爾呆呆凝望她片刻，然後打起精神，接過匕首。他大步走向惡魔，拉起一塊硬殼，一匕首插了下去。切割魔印發光，布萊爾拉扯外殼，半割半扯地扯開它的胸口。

黑膿汁覆蓋在他手掌的魔印上。魔印發光，吸收魔力，使他強壯到超乎想像。他放開匕首，徒手扯開下一塊外殼。他用壓力魔印弄鬆惡魔的胸腔，然後用衝擊魔印猛擊，打碎肋骨。

布萊爾雙手插入惡魔體內。片刻過後，他舉起它的心臟，魔印皮再度歡呼。他們搬出了一大桶麥酒，開始分派灑出麥酒的酒杯。

「我基特叔叔認爲泥巴男孩辦不到！」史黛拉對人群大聲道。「它說布萊爾・達馬吉沒資格加入部落。」

人群中傳來嘲弄式的回應，史黛拉雙手扠腰。「魔印皮怎麼說？」

「部落！」其他人叫道，朝夜空揮拳。「部落！部落！」

史黛拉走向布萊爾，雙手放在惡魔心臟上。她縮手時沾了不少黑膿汁。「部落。」她將膿汁抹在自己胸口，在魔印發光時發出歡愉的聲音，吸收魔力。

「你體內的解放者十分強大。」法蘭克同意，跟著上前摸心。他跟史黛拉一樣把惡魔血抹在刺青上，在刺青發光時顫抖；接著轉向布萊爾，伸出黑手指在他額頭上繪製魔印。「部落。」

魔印皮排成一排，一個一個上前摸心抹印。「部落。」他們輕聲道。

「還想再嚐嚐。」史黛拉說著又擠了那顆心臟一下，彷彿抹乳液般抹在她的魔印手臂上。

「是唷，然後呢，咬一口？」艾拉．卡特笑道。

「別以為我不敢！」史黛拉說。

「聽見沒，魔印皮？」艾拉叫道。「史黛拉要咬一口惡魔心！」

「咬！」人群中有人起鬨。

「她才不敢！」有個女孩叫。

「妳一定會吐的！」一個瘦男人笑道。

「藥草師說膿汁有毒！」有人說。

史黛拉看向法蘭克，但牧師沒有嘗試阻止她。他熱切地看著史黛拉和那顆心臟，甚至有點飢渴。

「吃掉！」眾人齊道。「吃掉！吃掉！吃掉！」

史黛拉面露狂野的笑容，一口咬下一塊惡魔肉。她吃得滿嘴漆黑，目光瘋狂。她嘔了一下，不過還是把整塊肉吞進肚子。

「味道像是惡魔屎！」史黛拉叫道，眾人大笑。她轉向布萊爾，把心遞給他。他猶豫，她便抓起他的上衣正面，拉到面前，當眾濕吻。

嘴唇上的膿汁味道很噁心，黏在嘴上、毒害他的身體，即使如此，他還是能感覺到膿汁的力量。他感覺膽汁湧出，盡力吞嚥，感覺膿汁沿著食道一路往下延燒。

法蘭克在他們分開時走了過來。布萊爾以爲他會宣稱他們都是地心魔物。結果那個男人上前親吻史黛拉，像布萊爾一樣淺嚐她嘴唇上的膿汁。

布萊爾以爲她會推開，但史黛拉似乎很歡迎他的親吻，在魔力的影響下興奮狂喜。

其他魔印皮蜂擁而上，開始吃心，布萊爾立刻失去了史黛拉的蹤影。沒多久，心臟被吃完了，所有人都在噁心、在大笑，臉上都是黑黑的惡魔血。有些人還不滿足，跑到惡魔身旁，撕開它的胸口，挖肉來吃。

越來越多魔印皮開始接吻，在彼此臉上和身上塗抹膿汁。布萊爾看見艾拉和那個瘦男人渾身膿汁從惡魔旁邊走開。艾拉看著布萊爾笑，伸出小拇指對他搖晃，讓男人把她壓在地上。

布萊爾面紅耳赤，偏開頭去，但那景像在斷崖上隨處可見，魔印皮身上衣不蔽體的布塊都被脫下，魔印在黑夜中閃閃發光。

史黛拉不見了。布萊爾在肉慾橫流的部落人群中尋找她。魔法盈滿感官，整個混亂場面很不眞實。史黛拉不在斷崖。他沿路往樹林裡找去。

他聽見她在呻吟，於是加快腳步，不確定自己會看見什麼。他穿越樹林，發現史黛拉赤身裸體，趴在地上淫叫。法蘭克弟兄跪在她身後，拉下拜多布，露出比布萊爾大三倍的老二。他雙手握她的腰，拉著她插入。

布萊爾捏緊拳頭，所有本能都在叫他攻擊那個男人。殺了他。像剛剛對付惡魔那樣扯開他的胸口，吃掉他心臟。

但接著史黛拉抬頭。「布萊爾！別害羞！我可以一次上兩個。」

她揮手，布萊爾僵住了，嚇壞了。加入他們的想法實在太可怕了。之前在一起的美感蕩然無存。他感到十分厭惡，偏偏下體背叛了他，在褲子裡變硬變挺。

他大力搖頭，轉身奔入樹林。

「布萊爾，等等！」史黛拉叫。他聽見法蘭克被推開時的怒吼。他聽見她的腳步聲在樹林中緊追而來，於是加速。

布萊爾在樹林中迂迴前進，但儘管法蘭克的怒吼逐漸消失在黑夜裡，史黛拉還是緊追不捨。「可惡，布萊爾！可以停下來和我談談嗎?!」

他一直跑，但卻沒有計畫。他不熟悉附近的地形，思緒持續飛轉。史黛拉逐漸逼近，最後伸手抓住他手臂。「你究竟是在發什麼瘋?!」

布萊爾轉身面對她。「妳剛剛……妳！」

史黛拉雙手抱胸。「噢，我剛剛怎樣？我又不是你的，布萊爾・達馬吉，只因爲你插過我。」

布萊爾甩開她的手。「沒說妳是我的！我知道這個小屌臭孩滿足不了妳。」

史黛拉神色一緩。「聽見我和艾拉說話了，是不是？黑夜呀，我很抱歉，布萊爾。我不是在說你壞話。」

布萊爾失聲笑道：「不然還能是什麼？」

「就女孩子聊天。」史黛拉說著露出頑皮的笑容。「並非沒機會再輪到你。」

「什麼？」布萊爾在史黛拉靠近時後退。

「我喜歡你，布萊爾。」史黛拉說。「那可不是騙你的。昨晚有你在身後讓我覺得很安全。」

布萊爾背靠到樹上，她貼上來，身上還是除了刺青和膿汁什麼都沒有。她的心臟劇烈跳動。

她伸手到他雙腳中間，輕輕一捏。「打完架後，在我身前表現也很不賴。不管屌大屌小，我絕對不會放過可以踢惡魔屁股又能讓我腳趾蜷縮的男人。」

她再度親吻布萊爾，口氣依然帶有魔法的高溫，也殘留著地心魔物毒膿汁的味道。

嘴唇分開時，史黛拉握著他的下巴，直視他的雙眼。「部落裡沒有人擁有任何人。我隨時隨地想上誰就上誰，你也應該這樣。艾拉或許會開玩笑，但別以為她聽我說完後不會好奇。」

她解開他褲子的繫繩，釋放他的老二。一切彷彿天旋地轉，但有個地方十分堅硬——快要爆了。「不過今晚不算。」她握住他的下體，肌膚相親。布萊爾閉上雙眼，咬緊牙關，避免叫出聲來。「今晚屬於你，魔印皮。我們先把第一發射出來，然後你想上我幾次都可以。」

她把他推到靠著樹幹，站著騎上去。她把全身的重量壓在他胯下，從後面伸手撫弄他的精囊。布萊爾大叫，史黛拉發出愉悅的歡呼聲，開始加快擠壓和摩擦的速度。

解決之後，史黛拉從他身上下來，雙腳痠軟地走開幾步，然後轉過身去，四肢跪倒。她轉頭面對他的眼睛，面露微笑。「法蘭克喜歡這樣搞。現在他抽出了，就交給你囉。」

這話挑起了一股原始的飢渴——擠開敵人，奪回屬於自己物品的強烈喜悅。為什麼不？強者支配乃是自然定律。狼群都是這樣。地心魔物都是這樣。

現在我要學它們了？

他看著史黛拉，渾身膿汁，要他上她，心裡覺得很不舒服。這是他想要的生活嗎？

他搖頭，伸手拉起他的褲子。「不。」

史黛拉臉現怒容。「不？看在地心魔域的份上，你說不是什麼意思？」

布萊爾繫好繫繩。「昨晚在荊棘叢裡，我以爲……」

「以爲什麼，泥巴男孩？」史黛拉大聲問道，跳起身來。「我們是同一個靈魂被造物主一分爲二？」

「我以爲妳了解。」布萊爾說。

「我們殺了兩隻惡魔，然後搞在一起。」史黛拉說。「有什麼好了解的？」

「世界沒有這麼小。」布萊爾說。「人們在藥草師樹林外爲了生存而戰，但是部落的所作所爲只是……」

「獵殺獵食他們的惡魔。」史黛拉吼道。

布萊爾搖頭。「是你們在獵食他們。偷他們的麥酒和補給品，連妳自己家都不放過。你們根本不打算在晚上保護他們。你們只想要……」他對她揮揮手。

史黛拉雙手扠腰。「只想要什麼，泥巴男孩？」

她目光隱隱透露危險，但既然已經開口了，布萊爾不在乎。

「只想沐浴在膿汁和肉慾中。」他說。「不在乎任何部落以外的人。」

史黛拉對他動手。魔法加快她的速度，但布萊爾也嚐到了魔力。他後退一步，避開那巴掌。

「所以呢，你打算一走了之？」史黛拉問。「沒人能在史黛拉・卡特面前一走了之，尤其是你這個早洩小臭孩。」

她抓向他，但布萊爾出右手拍開她的手臂。衝擊魔印大放光明，打得她摔倒在地。

布萊爾驚恐地看著她。史黛拉不是惡魔，但因爲渾身膿汁，魔印把她當作惡魔。他嘴裡還有膿汁的味道，於是他吐口口水。

然後他轉身衝入黑夜。

布萊爾回到黎莎女士的堡壘，無聲無息地溜過晚班守衛，進入她的私人花園。如果史黛拉或其他魔印之子獵殺他，他們絕對不會想到來這裡找他。

豬根叢看來十分誘人，但布萊爾一點睡意也沒有。完全相反，他四肢都在無處宣洩的能量中顫抖。於是他來回踱步，直到弄清楚花園的地形。總共有三個入口——兩個大而顯眼，第三個隱藏在大宅的牆壁上，用花草遮蓋。

布萊爾在豬根叢裡挖個小洞，以便日後運用。他練習沙魯沙克。想辦法不讓思緒回到史黛拉・卡特身上。

黎莎很喜歡阿瑞安老公爵夫人的人花園，每天都會去散步至少兩次。他沒猜錯，天色還沒完全亮前，暗門打開，女士來到藥草園中。

確定她是一個人來後，布萊爾上前面對她。

「他們很危險。」

黎莎的手立刻深入衣服上眾多口袋之一，隨即認出是布萊爾。「黑夜呀，布萊爾！你總有一天會被我灑得滿臉盲目粉。」

布萊爾點頭指出兩人間的距離。「粉末灑不了那麼遠。」

黎沙嘖了一聲。「你還好嗎，布萊爾？」

他不知道該怎麼回答。他清洗身上每一吋肌膚，但還是覺得皮膚上有膿汁，嘴裡充滿那股氣味。史黛拉抓出來的傷痕早已痊癒，但他還是覺得癢癢的。

「誰很危險，布萊爾？」黎莎問。

「魔印之子。」布萊爾說。「他們戰鬥不是爲了保護樹林，而是因爲感覺過癮。魔法給我們一種所向無敵的感覺。」

「我們？」黎莎問。她迎上前來，牽起他一隻手，轉過掌心。看見那裡的魔印，她驚呼一聲。

布萊爾縮回他的手。「我以爲他們跟我很像。不像。一點也不像。」

「布萊爾，出了什麼事？」黎莎問。

「今晚吃了惡魔心。」布萊爾說。「他們變得……陶醉。狂野。情況只會越來越糟。」

黎莎神色震驚。「蠢女孩。」她對自己喃喃說道。「他自己都告訴我們了！說他吃它們。」她緊握拳頭吼道。

「啊？」布萊爾困惑問道。

「魔印只是亞倫．貝爾斯能飛的一半原因，」黎莎說。「關鍵在於天殺的惡魔肉！」

布萊爾呆呆看著她，聽不懂她在說什麼。片刻過後，她振作精神，轉頭看他。「我要你回去，布萊爾。我要你說服他們和我會面。」

布萊爾搖頭。「不回去。現在不回去，永遠不回去。我要回家。」

「回家？」黎莎問。「伊莉莎和瑞根還要幾週才會北上。」

「不北上。」布萊爾說。「回家。雷克頓。」

第六章　艾弗倫是場騙局　334 AR

瑞娜咬牙看著山娃拿湯匙餵她父親喝粥。山傑特本能吞嚥，雙眼直視前方，毫無焦點。他的靈氣充滿生機，但是平平淡淡，毫無反應。靈氣顯現情緒，山傑特沒有東西可供顯現。

這景象令她作噁。兩天前，山傑特還是力量如日中天的強者，比瑞娜高強許多的戰士。現在他的意志就和瑞娜從前養的乳牛差不多。他可以在有人牽的時候走路，也會蹲下如廁，並按照吩咐擦屁股，如果把粥放在面前，也可以自己拿湯匙舀。但如果丟下他不管，就會站在原地凝望前方，直到不支倒地。

亞倫和賈迪爾在樓上大聲爭吵對這種情況毫無幫助。就某方面而言，那是最糟糕的情況。向來冷靜超然的山娃現在哭哭啼啼，每當樓上傳來吼聲就會受驚。

「堅強點，」瑞娜說。「他們會想辦法救回妳爸的。」

「會嗎？」山娃問，用湯匙邊邊刮下父親嘴唇上的口水。她親吻他的臉頰，走開，瑞娜跟上。

「並非所有人都能見到沙拉克卡的結局，」山娃壓低音量，「如果有任何人能撐到那個時候的話。死在阿拉蓋爪下乃是一種榮譽。但如此……」她指向目光渙散的父親，「……半死不活？阿拉蓋卡把我父親變成可笑的軀殼，傳述他的邪惡言語。如果解放者無法令他恢復正常，那我就親手殺了他。」

瑞娜喉嚨緊縮，發現自己眨眼壓抑淚水。她和山娃算不上朋友，但那已經不重要了。克拉西亞人相信所有在夜裡一起灑血的人都是家人，無論如何，現在他們都是家人了。

山娃看著瑞娜，等著她出言爭論。「如果到了那個地步，」瑞娜說。「我會幫妳接淚。」

山娃放聲哭泣，上前擁抱瑞娜。瑞娜抵抗推開她的本能，緊緊擁抱她，輕拍她的背。

山娃哭完之後，向後退開，一邊吸鼻涕，一邊解開圍巾，拿去臉盆清洗。當她抬頭在銀鏡中看見自己倒影時，臉上浮現冷酷的決心。

她轉向瑞娜，拿出一把小尖刀。「我不要落到我父親這種下場。」

瑞娜謹慎看著那把刀。「還不知道他們救不救得了他，山。還不是時候。」

「不是給他用的。」山娃靈巧地翻轉匕首，刀柄在前遞給瑞娜。

「給我用的。我要妳在我額頭上刻心靈魔印。」

瑞娜搖頭。「我可以用黑柄汁畫……」

「黑柄汁會褪色。」山娃說。「前往深淵的路上可能會耗盡。妳也聽到惡魔之父說的了。『旅途遙遠，而你們只是凡人，遲早都會鬆懈警覺，到時候我就能身獲自由』。」

瑞娜眨眼。「對，這樣講或許沒錯。我們可以用刺的……」

山娃搖頭。「伊弗佳禁止我們用永久的墨水褻瀆身體。我要追隨沙達馬卡的榜樣。」

瑞娜看著她，在女孩的靈氣中看見力量與決心。「唉，好吧。」她接過匕首，叫山娃躺下。「要咬東西嗎？」

山娃搖頭。「痛苦只是風。」

「我們沒得選擇，只能按照計畫進行。」帕爾青恩說。

賈迪爾難以置信看著他。「我們當然有得選擇，帕爾青恩。總是會有選擇。你闖入沙利克霍拉，開啓這一切的時候就做過選擇，現在還要再選擇一次。不要讓阿拉蓋卡的甜言蜜語蒙蔽。光是他贊同你的計畫就已經構成重新考慮的理由。他打算讓我們忘記眞正的使命。」

「什麼使命？」帕爾青恩問。

「在沙拉克卡中領導我們的人民，在艾弗倫和奈的戰爭中擔任先鋒。」

「黑夜呀。」帕爾青恩一翻眼。「你還在講那些鬼話？艾弗倫是場騙局，阿曼恩。奈是場騙局。惡魔都親口說了。那是讓人類恐懼黑暗的鬼話。」

帕爾青恩的褻瀆言語已經不會令賈迪爾吃驚了，但還是很難相信他能固執到這種地步。「在我們見識那一切後，你怎麼還能說這種話，帕爾青恩？你要多少預言成眞才要開始產生信仰？」

帕爾青恩閉上雙眼。「我現在就能看見未來。太陽……明天會升起。」他笑著睜開眼睛。「等這話成眞時，你會覺得我和造物主聊過了嗎？」

「我當你的阿金帕爾時，你沒有這麼傲慢。」賈迪爾說。「不會嘲弄自己不懂的東西。」

「不是那樣。」帕爾青恩說。「我是嘲弄你們編造出來解釋我們兩個都不懂的東西的那些鬼話。我們對這些怪物而言就是牲口，阿曼恩。沙拉克卡對他們而言就只是一頭公牛煽動母牛，而我們讓牲口逃竄。不管我們在不在，這種情況都會發生。我相信我的族人可以對抗黑夜。你呢？」

「我的族人對抗黑夜的時間比你的族人長多了，帕爾青恩。」賈迪爾提醒他。

「那就放手！」帕爾青恩叫道。「讓他們守住地表，我們趁機殺入地心。」

「去奈的深淵，」賈迪爾說。「而你還否認卡吉的聖諭，明明白白寫在伊弗佳……」

「伊弗佳是本書。」帕爾青恩說。「多年來被重寫很多次的書，而且從來沒有完整的記載。」

「那你是怎麼知道這件事的，帕爾青恩？」賈迪爾問。「你這個沒有宗教信仰的人怎麼可能比卡吉神聖的學者更了解他？」

「達馬都是政治生物，」帕爾青恩說。「腐敗。這是你自己說的。你就是爲此把安德拉趕下王座。

他們扭曲伊弗佳的教義，符合自己的利益，選擇性強制執行。眞正的伊弗佳都畫在安納克桑的牆壁上。至少在你的挖掘兵把牆都挖垮前，本來是。」

賈迪爾雙手抱胸。「所以我們該相信謊言之父的話？」

帕爾青恩大笑。「對那隻惡魔的信賴不要超出長矛的攻擊範圍。但我曾見過他派來暗殺我的心靈惡魔內心。看過兩種版本的說法後，我可以輕易分辨眞相和謊言。」

「所以三千年前究竟發生過什麼事？」賈迪爾問。「達馬掩蓋了什麼大祕密？」

「卡吉失敗了。」帕爾青恩說。「沒有殺到地心魔域。沒有見到女王。如果有，我們根本不必收拾這個爛攤子。」

「他爲我們帶來數千年的和平。」賈迪爾說。「阿拉蓋之所以回歸都是因爲我們遺忘了他的教誨。是卡吉辜負了我們，還是我們辜負了他？」

帕爾青恩挫敗地搓揉他的臉。「那有什麼重要的？不管有沒有造物主，女王的卵都會開始大量孵化。我們要不就是任其發生，領導大軍對抗在世界各地出現的巢穴，不然就是嘗試阻止孵化，或許，只是或許，或許能達成卡吉沒能達成的使命。」

賈迪爾皺眉。「你認爲我們可以控制阿拉蓋卡？」

帕爾青恩聳肩。「總是得要再和他談。」

「怎麼談？」賈迪爾問。「阿拉蓋卡皮膚上的魔印會阻止他接觸山傑特的心靈，少了山傑特，他就不能說話。」

「魔印會阻止遠距離攻擊，」帕爾青恩說，「但是只要肢體接觸，他還是可以進入沒有魔印防備的心靈。」

「所以你要我把我的凱沙羅姆再度交給阿拉蓋卡，」賈迪爾說。「讓他成爲散布惡魔親王謊言的傀儡、用來對付我們的武器。」

「我們有何選擇？」帕爾青恩問。

賈迪爾沒有答案。

瑞娜一邊用左手固定山娃的臉一邊刻印。她右手穩穩持刀，反覆刻劃女孩額頭上的血肉，確保會留下能夠吸收並積蓄魔力的疤痕。

她讓魔法在雙掌流通，啓動已經非常銳利刀刃上的切割魔印，並加速治療。刀一劃過就開始結疤。

山娃眉頭也不皺一下，但靈氣中隱現恐懼。

「沒什麼好擔心的。」瑞娜說。「我很清楚自己在幹什麼。我割完後妳還是會很美。」

「阿拉蓋沙拉克的疤痕是榮譽的象徵。」山娃說。

「那妳爲什麼比架在砧板上的豬還緊張？」瑞娜問。

山娃的目光望向樓梯。「他們安靜下來了。」

瑞娜不再動作，終於發現樓上的吼叫聲消失。她太過專注，沒有留意。

「我以爲沒有什麼能比我舅舅和帕爾青恩的爭吵聲更可怕了。」山娃說。

「但至少我們知道他們不是在互掐喉嚨。」瑞娜說，「不過我敢說他們會掐，幾個月前他們就這麼做過。」

「在沙拉克卡逐漸逼近的此刻，我們的信仰每天都要接受考驗。」山娃放鬆，靈氣因爲接受現實而平靜下來。

「好了。」瑞娜說著劃下最後一刀。她左右檢查魔印，削掉最後一小塊肉，然後放下匕首。

「看起來——」山娃開口，隨即驚呼一聲，瞪大雙眼。瑞娜轉頭看見亞倫和賈迪爾從樓上下來。

「妳們在幹嘛？」賈迪爾問。

山娃雙腳交錯，翻身跪倒，面對賈迪爾。她雙掌著地，臉貼在掌心間，額頭上的疤痕壓在木板上。

「請饒恕，解放者！豪爾之女是因應我的要求在我身上刻印的。」

賈迪爾伸手下去，一根手指抵住女孩下巴，揚起她的臉。「妳母親常常誇耀妳的美貌，說不用擔心幫妳找丈夫的事情。」

「解放者的外甥女不管美不美貌，肯定可以輕易找到丈夫。」山娃說。「但深淵中沒有丈夫。沒有美貌。只有阿拉蓋和沙拉克。」

賈迪爾點頭。「妳聰明與勇敢並重，外甥女。妳的榮耀無止無盡。」

山娃沒有任何表現，但這話點燃了她的靈氣。「我可以幫父親刻印嗎？」

賈迪爾搖頭。「恐怕還有用得到他的地方。我們還有問題要問謊言王子。」

山娃的黃金靈氣再度翻騰混濁——憤怒、沮喪、羞愧。他們全都看見了，但她保持冷靜，目光再度低垂。

「說出來，」賈迪爾命令。「我看到妳心裡有疑問，不能讓問題加深。」

「我父親受困在沒有意志的軀殼裡，」山娃問，「受的羞辱還不夠嗎？一定要讓阿拉蓋卡再度侵犯他嗎？我父親的榮耀無止無盡。我求求你，如果不能治療他，就讓我送他踏上孤獨之道。」

「並非所有戰士都有幸痛快死在阿拉蓋爪下，外甥女。」賈迪爾說。「數不清的英雄，像是訓練妳父親的魁倫訓練官那樣的偉人，都在他們自認永遠無法參加阿拉蓋沙拉克的傷勢中度過一生。我們對這些人也要抱持著與踏上孤獨之道的人同等敬意。」

山娃改變姿勢。「解放者，你親自下令讓在戰場上殘廢的人遠離阿拉蓋沙拉克。而你要派我殘廢的父親重上戰場。」

「並非沒有先例。」賈迪爾說。「有無數個殘廢的戰士自願入大迷宮擔任誘餌兵，引誘惡魔奔向末日，死在榮耀之中。」

「你說得當然對，解放者，」山娃說，「但我父親沒有自願上陣的意志。我不相信他會想要參與這種……邪惡之事。」

瑞娜看出賈迪爾靈氣中逐漸加劇的沮喪感。他不習慣被自己的族人質疑，特別是才剛滿十八歲的小女孩。但他呼吸，靈氣再度澄淨。亞倫曾教過瑞娜這種技巧，但對她無效。

「妳為你們家增添榮耀，山娃・娃・山傑特，」賈迪爾說。「但我比妳更熟悉妳父親。我們在奈沙羅姆打飯隊伍競爭、在大迷宮中一起流血。為了獎勵他的榮耀與忠心，我把自己妹妹嫁給他，妳高貴的母親，成為他的第一妻室。」

他用隨時拿在手上的卡吉之矛比畫，矛身的重量洗刷山娃的靈氣。「我在艾弗倫的見證下告訴妳，如果我告訴山傑特・阿蘇・卡維爾。安達馬吉・安卡吉想要贏得沙拉克卡，他就得成為邪惡的代言人，他絕對不會拒絕我。」

山娃臉貼地板，放聲大哭。「沙達馬卡說得當然對。我父親的榮耀無止無盡，我的疑慮令他羞愧。我不會再質疑你了，解放者，如果要我做任何犧牲，請知道我的靈魂永遠願意在沙拉克卡中服侍你。」

「我從不懷疑，外甥女。」賈迪爾說。

「阿拉蓋卡可能會派我父親對付你，就像昨晚那樣。」山娃說。「月虧王子接觸他時，我求你讓我隨護在側。如果必須解決父親，請讓我動手。」

她抬頭，驚訝地發現賈迪爾竟然朝她鞠躬。「當然。我從未見過榮耀可以與妳媲美的戰士，山娃．山傑特．安達馬吉．安卡吉。妳父親的靈魂驕傲高歌。當他終於解脫束縛，踏上孤獨之道時，他將步伐輕盈，心知世上有個高貴的繼承人延續血脈。」

這些話再度淨化山娃的靈氣，以一道純潔的白光洗淨混濁的色彩。

山傑特的手腳都被銬住。手腳中間有條短鍊，讓他可以坐下，但站不起來。帕爾青恩親自刻印，賈迪爾看得出其中的力量。

如果凱沙羅姆對被銬成這樣感到任何不適，他也沒有在賈迪爾把他像孩子一樣扛上通往阿拉蓋卡牢房台階時表現出來。但是從呼吸聲聽來，山傑特簡直和死了沒兩樣，雙眼無神地凝望前方。

惡魔在他們進去時揚起目光，側頭看著賈迪爾跨越魔印，山娃持矛守護他身後。他把山傑特放在房間中央，然後退回囚禁惡魔的魔印圈外。

但惡魔沒有接近山傑特，只是瞪大非人的眼睛看著他們。賈迪爾在那兩顆漆黑的眼珠中看見奈的無盡黑夜，無法解讀任何思緒。

帕爾青恩和他的吉娃拉開沉重的窗簾。夜晚已經降臨，但並非漆黑的月虧之夜。月光透過窗戶灑落，阿拉蓋卡嘶聲低吼，手忙腳亂地爬到房間中央。

賈迪爾毛骨悚然地看著惡魔裹上山傑特。山娃緊握他的矛，靈氣宛如弓弦般緊繃。她很想動手，殺了惡魔和她父親，但她是艾弗倫的長矛姊妹，賈迪爾的沙羅姆後裔。她擁抱痛楚，駕馭自如。

山傑特抬頭，眼神明亮，再度回神。他轉向山娃，噘起嘴唇。「艾弗倫詛咒我，竟然生下如此可悲的女兒。如果妳的提卡在妳被送去達馬丁宮殿前就把妳嫁掉就好了。如果我當初一看到妳是女的就打爛妳的腦袋就好了。」

山娃穩穩握矛，但賈迪爾看出這些話如何撕裂她的靈氣。

「如果妳哥在就救得了我，」山傑特說。「至少會維護榮譽動手殺我。」

山娃的眼淚在月光下閃閃發光，但她保持冷靜。

「不要聽這些毒言毒語，外甥女，」賈迪爾說。「說話的不是妳父親。」

「噢，但我是，」山傑特笑道。那聲音太像他朋友的笑聲，聽得賈迪爾心都痛了。「這才是讓這一切如此美味的關鍵呀！這具軀殼到處吹噓自己配偶肚子裡的兒子有多強壯。當他看見妳的第一個反應則是噁心，他很想爲了面子殺掉妳。」

「住口。」帕爾青恩的吉娃上前。「我們要你活著，但那不表示我們不能割掉某些你沒辦法重生的東西。」

惡魔側頭打量她。「妳的蛋如何？」山傑特問。「妳的配偶得知妳懷孕後，會讓妳和我們一起下去嗎？」

「他在說什麼，瑞？」帕爾青恩問。

「我他媽的哪知道？」瑞娜說。

「人類交配超沒效率。」山傑特彈舌道。「爲了一顆蛋要脆弱十次循環。但是不要怕。我們會讓妳活到生產。嬰兒的心靈無比美味——就像你們吃鳥蛋一樣。」

瑞娜大吼一聲，拔出匕首。

賈迪爾上前阻擋她，但帕爾青恩動作更快，化身魔霧飄過房間，在他面前重聚形體。「他想激怒我們，瑞。要我們瘋到跨越魔印，給他機會逃跑。只要魔印還在，我們就要待在外面，不管他說什麼。」

瑞娜喘息，奮力克制靈氣中翻騰的怒意。

「帕爾青恩說得對，姊姊。」山娃說。「妳自己跟我說過，惡魔王子都會竊取我們的思緒，但只會說傷人的話。」

瑞娜吐出一口氣，瞪著惡魔。「我敢說你吃起來像大便，但別以為我不會吃掉你的腦子。」

她是認真的。賈迪爾在她靈氣中看出這一點，明白惡魔也看得出來。怪物似乎決定不要繼續刺激她。

「想問什麼就問，」山傑特說。「這具軀殼可以在我們下去的路上扮演嘴巴和坐騎。」

帕爾青恩上前。「這條通道的地面入口在哪裡？」

「東北方，」惡魔說。「距離你與大敵後裔舉行原始決鬥之處不遠的山裡。」

「雙方都沒有占領的土地。」賈迪爾說。「對這種任務來說還挺合適的。」

「你們沒有占領，」山傑特同意，「但並非無人占領。」

「那是誰？」賈迪爾問。

「你們這些地表牲口的派系對我毫無意義。我上次造訪時，他們為我的糧倉提供了新鮮心靈。」

賈迪爾緊握拳頭，不過沒有上鉤。「通道有守衛嗎？」

「魔法透過入口大小的通風道大量流出地表。軀殼會被吸引到那個區域，但它們並不真的了解它們在保護什麼。」

「找到洞口後，要多久才能抵達惡魔城鎮？」帕爾青恩問。

「就算是化身軀殼都要好幾週。」山傑特說。「笨手笨腳的人類要走幾個循環。」

「路上有食物嗎？」帕爾青恩問。「清水？」

「力量這麼強大，卻一點都不懂得如何使用。地心魔域的能量可以讓你不吃東西存活下來。」

「你們不用進食？」瑞娜問。「那要糧倉幹嘛？爲什麼掠奪地表？」

山傑特微笑。「你們人類爲什麼要喝發酵水果和穀物的汁？爲什麼唱歌跳舞？」

帕爾青恩搖頭。「沒那麼簡單。你們不可能無中生有，或許不是經常需要食物，但還是需要。特別是女王。」

山傑特點頭。「我的兄弟可以不吃東西生存，但我們都不會自願這麼做。產卵中的女王得進食——剛孵化出來的軀殼也一樣。最主要就是它們。很快你們的土地上就會遍布巢穴，每座巢穴都會湧出數千頭飢餓的新生軀殼，開始淨空地表。」

瑞娜咬牙切齒。「講了半天就是說我們不需要補給品？」

「還是要帶。」賈迪爾說。「我不相信惡魔的話。」

「爲什麼不信？」山傑特問。「你一輩子不都是雌性人類用我們的骨頭刻骰預知下的棋子嗎？」

賈迪爾沒想到這段話會傷他如此之深。

山傑特大笑。「它們是吟遊詩人的把戲！透過原始的方式偷窺無數個可能中的零星碎片。」

「它們是在轉述艾弗倫的旨意。」

「那些原始偷窺帶領我們取得一場又一場的勝利。」賈迪爾說。

「或許，」山傑特說。「又或許我們有更遠大的計畫，而即使在你那些微不足道的勝利中，你也只是棋子。」

「把你逮個正著的棋子。」帕爾青恩說。「把你鎖起來在太陽下流汗的棋子。隨時可以殺了你的棋子。你說那些都是你計畫中的一部分？」

「每個計畫都有風險。」山傑特說。「而計畫還沒有結束。」

「今晚結束了。」賈迪爾說。他揚起卡吉之矛，在空氣中繪印，對惡魔凹凸不平的皮膚上的魔印釋放力量。他大叫一聲，離開山傑特身體，倒在地板上掙扎。其他人迎上前去，山娃則穿越魔印帶她父親回來。

「天殺的傢伙沒有說謊。」亞倫跪在瑞娜肚子前，打量她的靈氣。「很不明顯，但確實在裡面。」

「還說什麼及時抽出。」瑞娜說。

亞倫起身，直視她雙眼。「造物主知道我們不是每次都有及時抽出。」他搖頭。「應該更小心一點。」

「為什麼？」瑞娜問。「我是你妻子，應該要懷我們的孩子。造物主知道你不能懷孕。還是說你不想要孩子？」

「當然不是。」亞倫說。「這個世界上我最想要的就是孩子。我只是說時機不對。」

「只要夜晚還有惡魔出沒，時機就永遠不對。」瑞娜說。「那並不表示我們要停止過活。」

「我知道。」亞倫說。「但妳懷孕了就不能和我們前往地心魔域。」

「不能？」瑞娜雙手抱胸。「你想清楚，亞倫·貝爾斯。用『不能』起頭跟我說話哪次對你有好結果？我能，也會。」

「黑夜呀，瑞！」亞倫大叫。「如果從頭到尾都要擔心妳的話，我要怎麼專心辦事？」

「怎樣，你是唯一有感情的人？你就照著我每次在你跑出去做危險的事情時那樣調適就好了。」

「好，但現在我要擔心兩個人。」亞倫說。

「我。也。是！」吃了幾個月惡魔肉後，瑞娜幾乎和亞倫一樣敏捷，而他沒看見那一巴掌甩來。這一掌打得他後退一步，在高塔石牆上掀起回音。

亞倫一手摀著臉頰，驚訝地看著她。

瑞娜伸手指他。「懷孕的又不是你，亞倫．貝爾斯。是我的一部分。再敢說我沒有為孩子著想，那一巴掌就會變得像在接吻。」

「那妳怎麼可能會想帶他前往惡魔城中心？」亞倫問。「妳見過一頭心靈惡魔的能力有多強。跑去天殺的巢穴裡，存活的機會有多高？」

瑞娜聳肩。「在提沙各地都有新巢穴冒出來的情況下，我留下來生孩子存活的機會有多高？」

「那個還不確定，」亞倫說。「惡魔可能在說謊，在騙我們放了他。」

「我們進行這個計畫就已經是在賭他沒說謊了。」

「那要怎麼辦？」亞倫問。「帶一個藥草師同行？」

瑞娜露出牙齒。「你敢說她的名字……」

「為什麼不？」亞倫問。「她也懷孕了。妳們可以在地心魔域蓋個育嬰室。」

「我不需要藥草師。」瑞娜說。「有兩個解放者【註】和我在一起。」

「不好笑，瑞。」

「你自己也說了，孩子現在很小。」瑞娜說。「幾個月內都不會拖慢我的腳步。到時候我們要嘛就是贏了，不然都無所謂了。」

「妳要是害喜怎麼辦？」

「不可能比呑惡魔肉噁心。」瑞娜說。「我會想辦法。你需要我。」

「我……」亞倫開口。

「不要否認，」瑞娜插嘴。「賈迪爾本意良好，但他看待世界的角度不同。他曾把你丟進惡魔坑。如果他認為那是造物主的旨意，別以為他不會再犯。」

亞倫吐出一口氣。「我不會忘記那個。」

「山傑特是具空殼，」瑞娜說。「他或許還在呼吸，但他不會回來，就算回來，我也不信任他。」

「說得沒錯。」亞倫說。

「山娃是最強悍的戰士，但她不會化煙，也沒有我們其他人強壯，」瑞娜繼續。「想要完成此事，你就需要我。世界需要我。我們必須把世界放在第一位，就像我們要她把世界放在她爸前面一樣。」

賈迪爾看著山娃，難以想像他外甥女現在變成什麼樣的人。他感覺好像幾天前才看她出生，在他妹妹手中亂動。根據克拉西亞傳統，接下來幾年內他很少有機會見到她，而在她小時候進入達馬丁宮殿後就再也沒見過她。

現在她已長大成人，身負足以壓扁最強悍的沙羅姆的榮譽重擔。山傑特無法承擔羞辱，所以她幫兩

譯註：解放者（Delivers）也有「接生婆」之意。

人一起承擔羞辱，深鎖在鋼鐵的意志中。

「來坐我旁邊，外甥女。」賈迪爾鄙視北地椅，掀開袍子，盤腿坐在地板上。這麼做的同時，他集中精神，啓動卡吉之冠上的一項能力。山娃在他對面坐下時，他在兩人四周製作無聲泡泡，不讓山傑特聽見他們說話。

山娃跪在他面前，彎腰雙手貼地。「抬頭。」賈迪爾下令。「我是沙達馬卡，但也是妳舅舅。妳父親……不在，我們前往深淵時，我會以舅舅和父親的身分和妳說話。」

山娃跪坐在自己腳跟上。「你令我榮耀非凡，解放者。」

賈迪爾搖頭。「不，孩子。這些話並不足以表達妳至今達成的功勳，和我之後要求妳的事相比更是微不足道。」

「我了解，舅舅。」山娃說。「少了我父親的聲音，阿拉蓋卡就不能領導我們前往奈的深淵。」

賈迪爾點頭。「我們也不能讓惡魔自由活動。他要鎖起來。」

山娃閉上雙眼，調節呼吸。「阿拉蓋卡說要把我父親當成坐騎。」

「沒錯，非這樣不可。試想如果阿拉蓋卡控制了我的心靈，或是那兩個青恩的話，能造成什麼傷害？我們除了作戰時，絕對不能碰到他。」

「你也不能在沒人看守的情況下讓他控制我父親。」山娃說。

「我們會盡量把他們分開。」賈迪爾說。「但必須假設每當謊言王子接觸妳父親的心靈時，他就會得知所有山傑特看見和聽見的事情。我們不能在他面前暢所欲言。妳在他身旁時也不能掉以輕心。我們無法肯定他們分開後還會殘留多少阿拉蓋卡的影響力。」

山娃雙手貼上地板，躬身將額頭放在兩手中間。接著她坐直，再度面對他的雙眼。「我了解自己所扮演的角色，舅舅。我不會辜負你的。」

他透過靈氣看出她是眞心的。她會把這個負擔揹負在破碎之心上，一路邁向地心魔域。他張開雙臂，片刻過後，山娃尷尬上前，讓他擁入懷中。「那點我毫不懷疑。」

帕爾青恩在跟他的吉娃回來時注意到了賈迪爾的無聲圈。他點頭，走過去坐在賈迪爾和山娃之間。瑞娜在他對面就座，所有人都面對彼此。

「要動手就要快。」帕爾青恩說。

「同意。」賈迪爾說。「但是不能太快。」

「唉，什麼意思？」帕爾青恩問。

「意思是，我前往深淵前要去見我的吉娃卡。」賈迪爾說。「我要把她擁入懷中，請她用我的血擲骰。」

「沒時間——」帕爾青恩開口。

「這不是要求，傑夫之子！」賈迪爾的話宛如鞭子。「我們得取得所有優勢，骨骰可以用來對付謊言王子。」

「萬一骨骰就這麼剛好告訴她說她也得跟來呢？」帕爾青恩問。

「那她就來。」賈迪爾說。「就和你的吉娃卡一樣。她不會拿全阿拉的命運開玩笑。英內薇拉所做的一切都是爲了沙拉克卡。」

他從帕爾青恩的靈氣中看出他不這麼認爲，但沒有爭論。「很好。瑞和我也會出去走走。讓人們知道如果找不到奇蹟，接下來會面對什麼狀況。」

第七章　閹人　334 AR

雙腳間一陣刺痛將阿邦自目前現實中堪稱睡眠的少數意識間隔中喚醒。他大吃一驚，從冰冷的地板上坐起，腳掌也在他瞇眼看著火光時開始劇痛。

哈席克首先奪走他的陽具。阿邦做好準備，心知無可避免，但沒有男人能做好這種心理準備。他用牙齒咬斷阿邦的陽具，還逼阿邦睜大眼睛看。

阿邦哀求艾弗倫讓他流血至死，或是感染至死，但長年作戰的哈席克很清楚該如何處理傷口。他先綑綁止血，然後火燒創口。

大腿上潮濕的感覺讓阿邦以為傷口又裂開了。他在鎖鏈聲中解開爛褲子的繫繩，檢查下體。或許阿邦在事發當時祈禱能死去，但是現在，不管有沒有陽具，他都打定主意要活下去。他拉開布。繃帶上沒有鮮血，但滿是黃色尿液。

不是什麼新鮮景象。現在阿邦的尿會從插在焦黑皮膚裡的中空針管裡流出來。他沒辦法控制，膀胱一整天都在排尿。現在他兩腳中間隨時都是濕的，散發尿臭味。

哈席克在火堆另一邊大笑。「你會習慣的，卡非特。習慣濕褲子到和乾褲子一樣舒適。習慣尿騷味到什麼都聞不到，即使所有身旁的人都在抱怨你的臭味也一樣。」

「至少還能期待有人抱怨。」阿邦說著綁好褲子。反正也沒有褲子可換。他暫時必須忍受尿濕。

「還能享受的時候盡量享受，卡非特。」哈席克揮手比向微亮的天空。「太陽就要出來了。已經幾天了？」

阿邦咬牙切齒，但他知道不能不回答這個問題。哈席克就像沙羅姆享受魔力般享受他的痛苦和惱怒。但儘管一定程度的折磨難以避免，讓情況變糟對他沒有好處。

「十四天。」阿邦說。「神聖的數字。你殺害解放者之子至今已經十四天了。」

哈席克大笑。他現在很常笑，阿邦從未見他活得這麼快樂過。「還有你兒子。你肯定以爲拐杖頂端的毒刀是很聰明的做法。插在渾身顫抖、口吐白沫的法奇屁眼裡時感覺怎麼樣呀？」

他再度輕笑，眼看阿邦吞嚥口水，難得無言以對。

旁邊傳來啪啦聲響和魔光。一頭木惡魔在他們魔印圈外遊蕩，尋找魔印缺口卻不可得。就連最弱的沙羅姆也會在取得黑袍前就把基本的保護魔印圈牢牢記在腦海裡，而哈席克顯然比外表看起來聰明。

哈席克靠著馬鞍躺下，雙手放在腦後。他旁邊放著一支青恩酒瓶，冰冷的目光隨著惡魔移動。

「爲什麼不殺了它，一了百了？」阿邦問。「沙羅姆活著不就是爲了這個？」

哈席克朝惡魔的方向吐口水。「在沙拉吉裡那麼多年，你對我們一點也不瞭解，是吧，卡非特？」

「我知道比起痛恨阿拉蓋，你更熱愛殺戮。」阿邦說。「我知道你喜歡弱小的敵人，特別是軟弱的青恩。但是不管有沒有喝醉，我都不認爲你是會害怕一頭惡魔的懦夫。」

他以爲這話會激怒哈席克，但戰士完全不動。「我什麼都不怕，但已經受夠艾弗倫愚蠢的戰爭。」

「現在，沙拉克卡前夕？」阿邦刺探。哈席克似乎處於十分罕見的自省狀態。或許可以打探出什麼有用的東西。殘廢的他沒辦法逃出哈席克的魔掌。唯一的選擇就是想辦法讓戰士饒他一命，直到新的機會送上門來。

「解放者應該要在沙拉克卡中領導我們，」哈席克說。「但阿曼恩在羞辱中被人丟下山崖，而他的兒子又是個廢物。這樣剩下誰？就算帕爾青恩存活下來的謠言是眞的，我寧願死也不要追隨他。」

他揮手比向用宛如駱駝般空洞的眼神看著他們說話的惡魔。「如果有好處，我會對抗惡魔，但我不打算繼續為了艾弗倫殺惡魔。造物主究竟為我做過什麼？」

阿邦搖頭。「如果造物主真的存在，肯定不是不懂得幽默，竟然讓我們到了這個地步才開始了解彼此。」

「或許是因為我們現在都沒陽具了。」哈席克對他嘴巴甩了一掌。「我告訴你，卡非特，那真是我這輩子吃過最美味的肉。我很想再割點來吃。」

「我吃過最美味的肉肯定是豬肉。」阿邦說。「如果你真的不在乎天堂和享受阿拉的好處，沒有什麼比豬肉更美味的了。」

哈席克大笑。「你還真敢說，卡非特。我懷疑任何肉都不能和我上你老婆及處女女兒時的快感相提並論。」

「如你所說，那些日子已經離我們遠去。」阿邦說。「我們都是閹人了，只能享受自己能享受的東西。幫我找頭豬，我就料理一頓讓你永生難忘的大餐。」

「你想毒害我很多年了。」哈席克說。「怎麼會覺得現在能成功？」

這是真的。他們小時候一起在沙拉吉受訓時，哈席克經常毆打阿邦。有一次，阿邦在他的粥裡滴了一滴沙蛇毒液。並不足以致命，但哈席克一整週都在糞坑上擁抱痛苦。

沒有證據顯示是阿邦幹的，但哈席克不是笨蛋。他打得更凶了。在屬於命運的一週過後，阿邦曾無數次嘗試永久性毒害哈席克，但是高大的戰士已經學到教訓。他不排打飯隊伍，每次吃飯時就直接挑個戰士，搶走對方粥碗。

即使戴爾沙羅姆經常為了榮譽忽略生活常識，當時也很少有人膽敢反抗他。敢這麼做的人——通常接受了阿邦賄賂——都在公開場合被輕鬆打扁。

「你向來都很難殺，」阿邦承認。「但那不是我該不再嘗試的理由。」

「你也不是半點骨氣都沒有，卡非特，即使你不敢親自動手。」哈席克攤開雙手。「準備好就來找我。我讓你先出手。喜歡的話，甚至可以下毒。我還是有時間挖出你的眼睛，餵你吃下去。還是有時間吸出你的舌頭咬斷。」

阿邦翻開潮濕的口袋，鎖鏈噹噹作響。「我想下毒也無毒可下。但艾弗倫為我作證，我烤的豬肉光是香味就能讓你頭暈目眩到流口水。豬皮酥脆、豬油滑溜，下面的肉會讓你希望自己更早放棄天堂。」

「艾弗倫的鬍子呀，卡非特！」哈席克叫道。「你說服我了！今天我們去找隻豬來烤，慶祝我們在一起兩週。」

哈席克伸手到他的寬皮帶上，拿出一個小鎚頭。「但首先，來晨禱吧。」

木惡魔在他們交談時化為魔霧，溜回深淵。現在太陽已經爬上地平線，哈席克終於站起身來。

那把鎚頭——不是沙羅姆的武器——乃是安吉爾斯之役後逃出賈陽殘部時順手偷走的工具。硬木棍頂端插著一塊鐵塊。

但哈席克握鎚頭的手法就像達馬丁拿手術刀一樣。他用手指輕鬆轉動鎚頭，輕輕巧巧的來到阿邦腳邊跪下。

「拜託。」阿邦說。

「你今天要給我什麼，卡非特？」哈席克問。

「一座宮殿，」阿邦說。「讓最偉大的達馬基相形失色的宮殿。我會花光保險櫃裡的錢，建造出能讓你跟艾弗倫對談的高塔。」

「我每天都在跟祂聊天。」哈席克說。

阿邦的瘸腿還穿著靴子，但是另一隻靴子早就沒了，他的腳掌腫大到塞不進去。哈席克用布包起那隻腳掌，以免凍壞，不過阿邦寧願凍僵麻痺，也不想面對每天早上的劇痛。

「艾弗倫，光與生命的賜予者。」哈席克在空氣中繪印，「今天和今後的每天我都感謝祢將我的敵人交給我。我信守承諾，將他獻祭給祢，一次一根骨頭。」

阿邦在哈席克抓起瘀青腫大的腳掌時大叫，壓在地上，尋找還沒斷掉的骨頭。他已經打碎了腳趾，然後找上腳背上的骨頭，慢慢往腳踝移動。阿邦從未想過人的腳上竟有這麼多骨頭。

「別哀號了，卡非特。」哈席克笑道。「沙羅姆的腳趾每天在斷，誰也不會吭上一聲。等我開始打你的腿、你的臂，等我開始拔你牙齒就知道了。」

「拔牙之後要這樣聊天就很困難了。」阿邦說。

哈席克笑著揮槌。阿邦痛得難以言喻，視線開始變黑，他像迎接愛人般倒向虛無。

阿邦慢慢恢復意識，宛如一袋麵粉般癱在哈席克的大戰馬背上。戰馬每跨出一步都在他身上掀起暈眩和噁心感，伴隨永不消失的痛楚。

他崩潰了一段時間，默默哭泣。他知道自己的哭聲在哈席克耳中宛如天籟，但阿邦從來不曾像沙羅姆般擁抱痛苦。

儘管如此，就連最難受的劇痛還是會隨著時間變得能夠忍受，特別是在麻痺感官的酷寒中。最後噁心的感覺消失，阿邦的意識恢復到能夠感覺到雪花打在臉上的刺痛。

他睜開雙眼，隱約在風中看見雪影。北方有烏雲凝聚。風暴很快就會來襲。

他們沿著老丘路走，那是條有鋪石板的信使大道，曾連接提沙自由城邦和青恩城市山丘堡，約莫一世紀前毀於阿拉蓋手中。賈陽王子利用過這條道路——大多殘破不堪——行軍北上，攻打安吉爾斯堡。

那感覺像是騎馬穿越墓穴。賈陽洗劫了沿路所有安吉爾斯村落和農莊，那些焦黑的廢墟彷彿在審判阿邦，因爲他鼓勵這個愚蠢的王子進行這場瘋狂的計畫。

哈席克啐道：「綠地到處都是豬，眞要吃又找不到了。」

「下個交叉口左轉。」阿邦說。

哈席克回頭看他。「爲什麼？」

阿邦指向遠方樹林中的炊煙，鎖鏈噹噹作響。「賈陽的搶糧兵只搶路旁兩哩內的村落，但我的地圖標示出了通往他沒染指過的小村落和獨立農莊的信使道。」

「好消息。」哈席克說。「我或許不用割你的肉來當晚餐。」

「恐怕你會發現我身上根本沒多少肉。」阿邦說。

哈席克輕聲竊笑，駕馭戰馬轉向通往樹林的土道。兩旁樹林茂密，即使是白晝，林蔭都深邃得讓阿邦擔心阿拉蓋出沒。

他們沿路經過幾座農莊，宛如森林綠洲般的空地。每一座都是廢墟，殘破焦黑或是遭到遺棄，牲口都被帶走，作物都被割光。

阿邦並不驚訝。數千名戴爾沙羅姆——賈陽的精兵——都在安吉爾斯堡城門口慘遭屠殺。戰敗的消息傳來後，青沙羅姆立刻背叛主人或展開逃亡，而賈陽的殘部，約莫一萬名沙羅姆，則散入各地。只有艾弗倫知道他們還有沒有機會重新集結出任何有規模的部隊，但是逃兵肯定多到足以荼毒青恩領土很多年。

「青恩靠火器守住城門。」哈席克說，「但卻沒有足夠的力量守護賤民。」

「還沒有。」阿邦說。

「重要的是今天，卡非特。」哈席克說。「我明天或許就會弄清楚你骨頭上究竟有多少肉。」

他們經過的下一座農莊並未廢棄。阿邦聞到煙味，但不是吞噬一切的刺鼻氣味，而是滋滋作響的油脂和北地香料味道，溫暖火爐中燃燒木頭的煙味。

但是農莊裡的並非北地人。至少不完全是。兩名沙羅姆沿著保護田地和庭院的籬笆移動，掃除魔印上的積雪。其他人站在幾個於庭院中工作的青恩旁邊。他們漫不經心地倚矛而立，但綠地人都聰明到不打算試探他們多快就能提矛殺人。屋子和馬廄裡都有人聲。

「他們看起來打算安頓下來。」阿邦說。

「我們沒辦法適應北地的寒冬，卡非特。」哈席克說，但阿邦從未見他顯露絲毫怕冷的跡象。

「或許我們該……」阿邦開口，但哈席克不理會他，踢馬小跑步前進。

直到哈席克打開籬笆門，騎入庭院後才終於有人出聲叫喚。九名沙羅姆跑過來圍住他的馬，一圈長矛朝內指著他。

哈席克往地上吐口水。「沒人在站哨。你們這群烏合之眾是誰帶隊的？」

「我們要先知道你父親的名字，戰士。」一名沙羅姆說。他比其他人高大，散發一股領導人的氣勢，雖然他脖子上的面巾跟其他人一樣是黑色的。

「我是哈席克．阿蘇．雷克蘭．安克斯．安卡吉。」

「賈陽的狗，」領頭戰士說，「現在沒有大腿可以抱了。」其他人大笑。

哈席克跟著一起笑。「說得對，不過我現在有我自己的狗了。」他朝阿邦揮手。

所有人都轉向阿邦，他在眾人的目光下顯得更加憔悴。這些人顯然才剛剛注意到他。沙羅姆的注意力通常都集中在最顯眼的威脅上。

「解放者的卡非特。」第一名戰士說。「現在沒那麼高傲了。他眞的能把沙和駱駝屎變成金子嗎？」

「他眞的能。」哈席克說。「他可以把水賣給漁夫，把木頭賣給伐木工。」

戰士側頭，直視阿邦雙眼。「那一切都救不了他。」

哈席克露出牙齒。「只要有我在，沒有東西救得了他。現在我們報上姓名了。我再問一次你是誰？」

「歐曼・阿蘇・霍凡・安巴金。」對方說。「歡迎光臨我的克沙。這裡不是王子的宮殿，但有很多奴隸和食物。」

「巴金部族不打算回艾弗倫倉庫？」哈席克問。

「這些巴金人不打算回去。」歐曼說。「那裡現在誰當家？魁倫？我不打算變成私掠者，在水面上過一輩子。」

「那修道院呢？」哈席克問。「凱維特達馬依然掌管那裡？」

歐曼搖頭。「暫時或許是，但他沒有足夠兵馬守住修道院。賈陽的部隊潰敗，漁夫會急著奪回修道院。那裡是進攻艾弗倫倉庫的關鍵。在這裡過得舒舒服服的，我幹嘛花一個禮拜穿越天寒地凍、惡魔肆虐的大道，參加一場毫無勝算的戰役？我們有豐饒富庶的綠地可以掠奪。」

「說得好。」哈席克環顧四周。「你們有豬嗎？」

歐曼點頭。「青恩奴隸吃豬。要餵你的卡非特嗎？」

「他吃自己的脂肪就好了。」哈席克說。「是我想嚐嚐。」

「如果你想，」歐曼說，「只要付錢就有。我們也有女人。青恩女人，長得不很好看，但是戴上面巾都一樣，是不是？」

有個男人在歐曼耳朵旁低語。戰士甩頭大笑，然後面對哈席克。「他們提醒我賈陽的狗去勢了。女人對你來說沒有用處，是吧？」

阿邦嘖了一聲，搖頭道：「你會後悔的，霍凡之子。」

男人瞪他一眼。「什麼……」

然後他驚呼一聲，彎腰向前，抓著哈席克丟出來插在他胯下的匕首柄。

其他戰士立刻擁上。他們刺中哈席克戰馬的頸部，但哈席克長袍下穿著魔印玻璃戰甲，擋開了他們的武器。他在戰馬人立時翻身下馬，持矛在手。阿邦飛身而起，重重落地，渾身劇痛。

哈席克在戰士之間化爲殘影。接著戰士也化爲殘影。

然後一切變黑。

阿邦在硬木地板上醒來。數呎外的火爐裡有火在燒，偷走了他傷口的麻痺感，令他再度感到痛楚。有個女人彎腰站在他身邊，拿塊濕布擦他額頭。

「你還活著。」

「我還活著。」阿邦同意。「雖然當時我希望我死了。」

「我感謝造物主你沒死。」女人說。「新主人說如果有人死了，就要我們家人陪著一起踏上孤獨之道。」

阿邦在火光前瞇眼。「新主人？哈席克？」

女人點頭。「他殺了三個巴金人。把剩下的都閹了。」她啐道。「他們活該。」

「換人當家作主現在看來或許是好事，」阿邦說，「但之後妳可能會認爲巴金人都是大好人。」

「我們已經不指望什麼了。」女人說，「在這個虛假解放者的年代裡，唯一能做的就是活下來。」

「活下來就是希望。」阿邦說。「我曾不只一次瞥見孤獨之道，但現在我躺在這裡，依然在阿拉上呼吸。」

「主人說你是他的廚師。」女人說。「我家男人會宰一頭豬給你烤。慶祝他的新部族。」

「閹人部族。」阿邦努力坐起。「我想妳沒東西可以讓我在豬裡下毒？」

「如果有的話，早就拿出來用了。」女人伸手拉他坐起。「我是唐恩。」

「很美的名字。」阿邦說。「我是阿邦・阿蘇・查賓・安哈曼・安卡吉。我做大餐會需要妳的幫忙。恐怕沒有拐杖我連站都站不起來，就算有拐杖也站不穩。」

「我祖父去世前有張輪椅。」唐恩說。

「讚美造物主。」阿邦說。「如果妳能扶我坐上去，我感激不盡。如果哈席克想吃大餐，最好別讓他等。」

唐恩點頭，離開片刻，然後推著輪椅進來。手工，很粗糙，但堅固耐用，足以撐起阿邦的重量。

「哈席克現在有多少戰士？」阿邦在她推他去廚房時問。一老二少三個女人，已經開始準備晚餐。其中幾個身上有瘀傷，所有人都目光低垂。

「六個還有戰力。」唐恩說，「不過目前全都不良於行。兩個身上有斷骨。三個被留在雪地裡。」

一聲尖叫和一道魔光將阿邦的目光吸引到窗口。天色昏暗，有雪吹拂窗格。顯然沙羅姆都在外面清理附近的惡魔，急著取得能夠安撫下體傷口的治療魔力。

不會長回來，阿邦想告訴他們。魔法可以治療傷口和斷骨，但不會長回被切斷的東西。

「你們家人？」阿邦問。

「一共七個。」唐恩朝其他女人點頭。「我媽和兩個女兒、我女婿、丈夫和公公。」

「巴金人有殺人嗎？」阿邦問，上前嗅聞架上的香料。

唐恩搖頭。「他們不會講提沙語，但顯然想要的是奴隸，不是殺人。」年輕女孩之一開始哭泣，她姊上前安撫她。

「活下來就有希望。」阿邦說。

「你和其他人不一樣，」唐恩說。「你和新主人會說我們的語言，但他們對待你……」

「我是卡非特，」阿邦說。「是懦夫。在戰士眼中，我的價值不比你們高。如果他不滿意我們做的大餐，我們就死定了。先去看看豬。」

阿邦在唐恩推他進入雪夜，穿越油燈照明的庭院前往屠宰場時冷得發抖。沙羅姆在火光外的黑暗中奔跑，三不五時引發陣陣魔光。巴金部族的人殺了大部分牲口，但他們鄙視豬。一共有七頭豬，又肥又健康。阿邦看得口水直流。

每一頭都可以賣到上千卓奇，只要找對買主。他搖頭甩開這個沒用的想法。大市集離他太遠了，就算永遠回不去也是英內薇拉。

活在當下，他提醒自己，不然不會有未來。

屠宰場裡有三個青恩男子，全都渾身瘀傷，動作僵硬。兩個正處壯年，另一個較老，但依然健朗。

「那頭。」阿邦指向其中最好的一頭豬。躺著的小豬在遭人屠宰時發出尖叫。阿邦讓那些男人工作，唐恩把他推回廚房，準備籌畫菜單。

哈席克在庭院裡找到他們。「很高興你醒了，卡非特，我沒有忘記你的承諾。」他看起來似乎很愉快，彷彿每多閹一個男人就能減緩他一分羞辱。

「我向來信守承諾。」阿邦說。「豬要烤得好吃得烤一天一夜。」

哈席克點頭，摸摸他凱沙羅姆頭巾中間的鑽石。那裡面鑲了一顆惡魔骨，再度開口說話時，他的聲音傳遍屋內、庭院和穀倉。「閹人部族禁食到日落！任何在我明天下令開動前敢碰食物的人，就會像失去陽具一樣失去舌頭。」

「你記得這種挑釁做法讓我落得什麼下場。」阿邦說。

哈席克聳肩。「有一天我會變弱，那些男人或阿拉蓋會殺了我。在那之前，我很強，想怎麼挑釁就怎麼挑釁。」他望向黑夜。「他們的傷口已經開始癒合，禁食加大餐會讓他們開始接受新生活。」

阿邦點頭。「凱沙羅姆說得對。那會是一頓令他們永生難忘的大餐。」

「最好是。」哈席克說。「不然青恩下一個烤的東西就是你。」

阿邦在穀倉裡睡著，坐在輪椅上，伴隨著炭火的暖意和烤豬的香氣。他被擄後兩週以來，這是過得最舒服的一晚。

但那只有讓驚醒他的火辣刺痛感覺更加強烈。

他瞪大雙眼，看見哈席克手持鎚頭蹲在他身前，穀倉門外灑落晨光。他趁阿邦睡覺時拉出卡非特的腳，放在一塊木板上，爲艾弗倫打斷另一根骨頭。

哈席克在阿邦的叫聲中大笑。「這叫聲永遠聽不膩呀，卡非特！我要你知道每天在痛苦中醒來是什麼滋味。」

「你……」阿邦咳道。

「說什麼，卡非特？」哈席克問。

「……甚至……」阿邦氣喘吁吁，每一個字都說得很艱辛。「……沒有……讓我……提出……我的……賄賂。」

哈席克微笑。「今天的很棒嗎？」

阿邦點頭。「就連……達馬基也……不敢……享受的樂趣。」

哈席克站起，雙手抱胸。「這我非要聽聽看了。」

「十二個希莎。」阿邦說。「挑選的標準是長得像達馬佳，爲你枕邊熱舞。」

哈席克臉色漲紅，阿邦這才發現他犯錯了。「我沒了屌，要希莎幹什麼？」

「希莎有時候會穿皮帶，模仿男人的矛。」阿邦說。「我不騙你，我可以幫你弄根黃金屌，更滑、更大、比眞傢伙更堅挺。」

「如果我想用這種道具來羞辱自己，我要幹的可不是達馬佳。」哈席克斜眼看他。「不，我會讓你叫床，卡非特。叫得比你女兒和妻子還大聲。」

他把鎚頭塞回皮帶上。「現在給我回去準備大餐。」

艾弗倫呀，如果我有一滴地道蛇毒液，阿邦心想，但他曉得那是謊言。在這裡，深入綠地，到處都是沙羅姆逃兵打家劫舍，他這個瘸子要是毒死哈席克就太笨了。在返回克拉西亞的領土，或是他在窪地的商業網路前，這個強大的凱沙羅姆是他唯一的存活希望。

「一次斷一根骨頭總比背上刺了一把矛好，或是脖子上套著青恩絞索。」他喃喃說道。

於是他費盡心思烤那頭豬，把豬皮烤成美味無比的脆殼，以層層融化的脂肪跟熱騰騰的肉連在一起。他也指揮那些女人，教她們裹蒸丸子，準備適合克拉西亞人胃口的菜餚。有道巴金豌豆名菜可以用北地玉米代替，阿邦要她們多做一些取悅哈席克的新手下。

哈席克一整天心情都很好。阿邦確保青恩也有禁食，晚餐的香味讓農場裡所有人都垂涎欲滴。日落時，就連巴金部族的人在被叫上餐桌時都一副嘴饞的模樣。

沙羅姆拿了兩張北地餐桌，砍斷桌腳，接在一起擺放。其他人陸續抵達時，哈席克已經跪在餐桌主位的枕頭床上。「歐曼。」他比向右手邊的枕頭。巴金領袖瞪著他，但不打算再度挑戰哈席克。他低頭跪下。其他戰士跟著照做，一邊四個跪在地板上。

戰士跪好後，哈席克指向桌腳。「青恩。」

三個安吉爾斯男人保持距離，從旁邊繞到桌腳跪下，神色恐懼。

巴金部族的人皺眉，歐曼開口道：「我們要和青恩一起吃飯？」

哈席克出手如風，抓住戰士的鬍子用力一扯，把他的臉撞在桌上。他大吼掙扎，但哈席克緊握濃密的鬍鬚，一直固定，直到他安靜。

「或許你認為跪在我旁邊表示你有資格質疑我。」哈席克說。「你現在還有這種蠢想法嗎？」

歐曼緩緩搖頭。「沒有。」

「沒有？」哈席克問。

「沒有，主人。」歐曼說。

哈席克嘟噥一聲，放開他的鬍子，一副什麼都沒發生的模樣。「沙羅姆坐下。」

戰士以軍事化的動作從跪姿轉為坐姿。他們在沙拉吉裡練習這個多久了？青恩依照阿邦吩咐，保持跪姿，藉以分別他們的地位。這似乎讓巴金部族的人好過一點。

我沒位子坐，阿邦心想。他很高興可以躲去廚房，不吸引任何注意。他指揮女人忙進忙出，在餐桌上放滿熱騰騰的餐盤，吸引飢腸轆轆男人的目光。他們深深吸氣，品嚐香味，口水直流。最後他們推出還在鐵叉上滴油的烤豬。融化的油脂在鮮美多汁的烤豬下積聚。

「準備享受一場夢寐以求的大餐吧。」阿邦說，微笑看著那些男人望向烤豬的神情。就連強大的沙羅姆也會被豬的香味迷惑。他自己的肚子咕嚕咕嚕直響，超想下去一起吃。

「過來坐在我左後方，讓我嚐嚐這頓大餐，卡非特。」哈席克說。

「凱沙羅姆太抬舉我了。」阿邦說。

「沒那回事，」哈席克說。「我只是想要確保你繼續禁食。你太胖了，阿邦。你會了解我是爲你好。」

阿邦餓到願意再犧牲一根骨頭去換一口豬肉，但和他爭論毫無意義。如果是歐曼，哈席克可以羞辱他一頓就算了。若阿邦當眾質疑他，哈席克除了殺他別無選擇。

或是更糟，阿邦心想。他深吸口氣。此時此刻，他比戰士還要不如，但等哈席克嚐過豬肉後，阿邦曉得他的價值就會攀升。

哈席克還是不下令開動。他合掌閉眼。桌上其他人立刻跟著做。

「祝福艾弗倫。」哈席克說。「敬重強者之神。我們感謝祢賜給我們這頓大餐。吃豬肉或許有違法令，但祢已經明白表示祢的法令是規範弱者用的。」

他稍停片刻。「我曾是弱者。受到肉體歡愉驅使，儘管它們只有一再爲我帶來痛苦與不幸。我讓我最軟弱的一部分控制自己。」他挺胸。「現在我已捨除了那一部分，終於身獲自由。可以毫無弱點地看待世界。我首度在沙丘裡看見穀粒，心知我夠強壯，足以承受一切。」

他看向巴金部族的人。「你們肯定一有機會就會動手殺我，但此刻你們會了解你們也自由了。我們都變強壯了。」

他看向歐曼。「這附近有其他沙羅姆嗎？」

歐曼點頭。「有一打坎金部族的人占領了再過去的一座農莊。」

「你和手下很快就有機會把你們的羞辱加諸在黑夜弟兄身上。」哈席克微笑。「你們會發現分享痛楚就是紓解痛楚的最佳方式。」

巴金部族的人從頭到尾面無表情，但阿邦看得出來這話在他們眼中點燃全新火苗。哈席克說得不錯。

哈席克望向青恩，換成他們的語言。「艾弗倫對你們微笑，青恩。在新秩序中，就連你們也可以爭取榮耀。你們自己選擇。可以當奴隸，或學習作戰，加入我們。」

年輕的男人僵住，轉頭看向他們家長。他遲疑，但只遲疑片刻。他依照阿邦的指導鞠躬，雙手放在地板上，額頭貼在兩掌間。

「我們要作戰。」

「那就吃頓大餐說定了！」哈席克大聲道。他舉起阿邦幫他切好的腰腿肉，豬皮在他一口咬下，扯下滿嘴豬肉時發出清脆的聲響。他瞪大雙眼，接著男人開始大快朵頤。

阿邦痛苦地看著他們大吃大喝，但他戴好面具，露出可悲的表情，讓用油膩膩手指和嘴唇嘲弄飢腸轆轆卡非特的哈席克感到滿意。

桌上有北地麥酒，大家都有得喝。很快地，巴金部族的人開始說笑，就連青恩似乎都輕鬆了不少。

餐盤清空、裝滿，然後再度清空時，他們放慢速度，開始爲了愉快而吃，不是出於飢餓而吃。哈席克在他們高唱戰歌時躺回他的枕頭床。

最後，當女人清理空碗，搬走菜渣時，哈席克望向青恩。

「你們已經吃了我的豬，」他說。「只剩下一樣東西阻止你們加入闍人部族。」

青恩彼此對看，神色困惑，歐曼則哈哈大笑，拔出匕首。

第八章　修道院　334 AR

「十二個肥奴隸，穿得和我一樣，」阿邦承諾。「每個月第一天就送一個去供你折磨，直到你以創新的手法在月虧時殺死他，然後換個新的重新來過。」

「我承認，聽起來很不錯。」哈席克說。

「饒了我，我就可以讓此事成眞。」阿邦說。

哈席克舔舌頭。「這就是問題所在了，卡非特。假裝復仇一整年，卻讓眞的仇人逃走，這樣做有何意義？」

「那我就出租我的命。」阿邦說。「每次月虧都送你一個打扮和我一樣的奴隸，直到你決定殺我爲止。」

哈席克噘起嘴唇。「這個點子聽起來不錯。給我幾個月考慮一下。」

然後他揮下鎚頭，阿邦慘叫。

閹人和奴隸都已習以爲常，不把阿邦的哀號和哽咽聲放在心上。有一次，碎骨造成的感染差點害死阿邦，於是唐恩幫他求情。

哈席克在阿邦腳上繪印，塗抹惡臭的阿拉蓋膿汁。惡魔血啓動魔印，治療阿邦。他的力量和體力回到身上，一掃痛楚，但腳掌和小腿的碎骨全扭曲在一起。阿邦懷疑就算是達馬佳那麼高強的醫者也沒辦法讓他再度走路。

接著哈席克割掉唐恩和她女兒的鼻子，永遠警告所有對他表示同情的人。

阿邦終於忍痛爬上輪椅時，哈席克早就走了；阿邦被推到哈席克帳篷去時，營地中到處都是奴隸忙進忙出服侍戰士。

過去五週裡，閹人部族人數大幅擴張。一開始哈席克是獵捕沙羅姆逃兵，看到有三兩落單的就抓起來，後來就成群結隊出擊。最迫不及待想要抓人來閹的向來都是新成員，彷彿割掉別人的陽具可以幫助他們療傷。

人數增加後，他們開始掠奪農場和小村落，逐漸累積物資。接著，難以置信地，有人主動加入他們。本來打算靠掠奪過活，但運氣不佳的沙羅姆哀求他們收留，爲了塡飽肚子和強大群體的歸屬感而自願放棄生殖器。

人數增加對阿邦的處境頗有幫助。現在哈席克經常治療他，需要阿邦的銳利目光與清晰頭腦。離開廚房後，卡非特又開始重操舊業，幫哈席克管帳，擔任部隊和奴隸的後勤官。

哈席克躺在大帳中的枕頭上，吃著蛋和培根。

「奈的黑心呀，卡非特。」哈席克說。「早知道豬肉這麼好吃，我早就背棄艾弗倫律法了。」

「拋開伊弗佳，隨心所欲吃喝玩樂，」阿邦同意，「眞是放下一大重擔。」

哈席克咬下另一塊肉，嘴唇光滑油膩。「算帳給我聽。」

阿邦咬緊牙關，推輪椅到他的寫字桌。「你有……三個凱沙羅姆、一百七十二個戴爾沙羅姆、八百一十七個卡沙羅姆、兩百零六個青沙羅姆，以及四百三十六個奴隸。我們有七百四十二匹馬……」

哈席克雙手放在腦後，閉上雙眼，彷彿聆聽音樂。總帳對好領導人來說是負擔，像之前的阿曼恩；但是對哈席克這種男人而言，就只是個人財富清單，而阿邦無法否認這份清單在短期間內累積得很快。快到所有閹人都嚐到壯大的滋味。

奴隸沒人餓肚子，大家都有足夠的衣服禦寒。沙羅姆都有良好的裝備，並且聽從命令。就連被徵召的青沙羅姆也有武器得以接受訓練。

帳簾開啟，歐曼走進來，脖子上掛著凱沙羅姆的白面巾。歐曼依然擔任哈席克的第二把交椅，就阿邦看來，他很忠心，能力也夠。巴金是個小部族，歐曼待在那裡多半沒機會晉升到閹人部族裡的地位。

歐曼鞠躬。「閹卡，有使者來訪。他宣稱認得你。」

「使者？」哈席克問。「哪裡來的？」

「凱維特達馬！」一名凱沙羅姆大聲說道，推開守衛進帳。

阿邦立刻認出對方臉上的疤痕，二十五年前在巴哈卡德艾弗倫被沙惡魔爪子留下的痕跡。魔法讓對方保持年輕，但他是他們父親那一輩的尊貴長者。

傑森，哈席克的阿金帕爾。

對沙羅姆來說，阿金帕爾間的羈絆可比家人。對年紀相似的阿金帕爾而言就是兄弟情誼，不過通常都類似父子情。夜父，有時候他們會如此稱呼，關係不比親生父子簡單。是人生導師，是權力象徵。

當哈席克是解放者的妹夫，皇室家族受人尊敬的成員時，他們兩個很親近。哈席克失寵後，他們就沒再說過話了。

「傑森。」哈席克站起身來。兩人走向對方，沒人去拿武器，但他們並不需要武器。他們兩個都是解放者長矛隊的成員，非常擅長徒手殺人。

結果他們握握彼此肩膀，哈哈大笑，相互擁抱。

「卡非特！拿白蘭地給我的阿金帕爾喝！」哈席克叫道，帶傑森走向枕頭。哈席克坐在中央，枕頭疊最厚的位置，指示傑森坐他右邊，歐曼坐左邊。

唐恩走過來，一聲不吭地在阿邦身旁擺滿一盤酒器。他很慶幸她目光保持低垂，不必在面對她先前鼻子所在之處的大洞時還要承受她的目光。她來去如風，阿邦帶著盤子推輪椅到枕頭旁。

哈席克拿了一杯，遞給傑森。「這麼北邊的地方沒有庫西酒，但我發現青恩的酒更香更醇。」

「水就好了，謝謝。」傑森的語氣緊繃。

「不如來點培根？」哈席克朝餐盤一揮。「艾弗倫如果不想讓我們吃，就不會把這種食物造得如此美味。」

傑森身體一僵。「或許那正是我們不該吃豬的原因。」

「噢？」哈席克問得似乎漫不經心，但語調中帶有挑釁的意味。

傑森面對哈席克的目光，呼吸轉為濃厚。那種熟悉的節奏顯然表示沙羅姆試圖保持冷靜。「提醒我們大家都有主人。」

「你認為我需要有人提醒我主人是誰？」哈席克輕聲問道。

「我不是造物主，哈席克。」傑森說。「世間的一切都是艾弗倫的旨意。我不在乎你喝庫西酒。我不在乎你吃豬。我和你一起在夜裡染血，那才是唯一的重點。我不是以怒氣沖沖的長者身分前來，而是你的阿金帕爾。我有急事要和你商量。」

「當然。」哈席克靠回枕頭，啜飲他本來要給傑森的白蘭地。「請繼續。」

「凱維特達馬恭喜你成功抓回安吉爾斯之役的逃兵。」傑森說。

*那也算是一種說法。*阿邦心想。

哈席克點頭。「沙羅姆卡和他最精銳的部隊死在安吉爾斯城門進攻行動時，這些戰士都慌了手腳。」他隨口撒下漫天大謊。阿邦，唯一知道眞相——哈席克親手殺了賈陽——的活口，很清楚不能洩露這個祕密。

「你的榮耀在不公平的情況下被人奪走，兄弟。」傑森目光鄙夷地望向阿邦，「但你可以重返榮耀。黎明修道院再度遭受青恩攻擊。我們沒有援軍的話絕對守不住。」

「怎麼可能？」哈席克問。「凱維特有一千名戰士，更別說還有沙羅姆卡的殘部。」

「只有兩千五百人從安吉爾斯回來。」傑森說，「但此刻正處寒冬，湖岸結冰，我們無法取得足夠的補給。凱維特達馬把兵力派往艾弗倫倉庫。」

「但是湖面突然融化。青恩內應打開主門放漁夫進來，他們趁夜突破結冰湖面，大量軍隊登上岸。」

「艾弗倫的鬍子呀。」阿邦驚呼道。修道院建於大懸崖上，只有一條路通往主門，而碼頭往上的階梯又很凶險。護牆幾乎不可能攻陷，但如果大門打開了的話……

「發現遭人背叛時，我們已經陷入重圍，」傑森說。「但解放者之子伊察集結部隊，擊退敵人，重新奪回大門和碼頭。」

「當然。」哈席克喝一口白蘭地。「對方只是青恩。」

「但是他們持續進攻。」傑森繼續說。「漁夫偷走我們的船，開到飛刺和投石器射程範圍外。凱維特下令處死所有青恩奴隸，但漁夫在護牆內還有盟友。艾弗倫恩惠的青沙羅姆偷偷從地下室的地道放了數百人進來，四下縱火，再度開啓大門。」

「綠地人很頑固。」哈席克說。

「凱維特處死所有青恩。」傑森說。「不管是沙羅姆，還是奴隸。護牆屹立不搖，但只剩不到三百名沙羅姆，其中有一半身受重傷，難以作戰。」

「他們不能殺阿拉蓋加速治療嗎？」歐曼問。

傑森搖頭。「青恩聖徒魔印刻得太好了。阿拉蓋會避開那裡。」

傑森拿出一個卷軸，以凱維特達馬和阿曼恩・賈迪爾三子伊察的蠟印彌封。這兩個人是艾弗倫恩惠以北疆域的最高指揮官。哈席克接下卷軸，交給阿邦，因爲他當然不識字。

阿邦攤開卷軸。「哈席克・阿蘇・雷克蘭・安克斯・安卡吉，你好，時間是艾弗倫紀年三七八五年，來自凱維特・阿蘇……」

哈席克揮手道：「我知道凱維特和那個流鼻涕的小鬼是誰。說重點。」

傑森強忍怒氣，阿邦掃視卷軸，迅速跳過無止無盡的繁文縟節。「他命令你和你的手下放棄無法無天的生活，回到沙拉克桑。他會原諒你犯的罪，恢復原先的地位。」

「命令？」哈席克問。

「這裡是這麼說的。」阿邦說。

哈席克看向傑森，傑森吞嚥口水，保持呼吸穩定。「誰的命令，傑森？你也說了，我都忘了我主人是誰。」

「解放者……」傑森開口。

「把對卡非特的忠誠放在我之前。」哈席克說。「沒多久又被帕爾青恩丟下山崖。他的繼承人是個把我當狗的白痴。青恩也把他幹掉了。」

「現在阿桑王子是沙達馬卡了。」傑森說。「他屠殺達馬基，害死阿山，奪得頭骨王座。」

「全部下地獄去，包括阿桑。他們全都背棄我。」哈席克彎腰上前。「就連你也一樣，阿金帕爾。」

傑森毫不退縮。「那就是說你拒絕？」

哈席克鬆懈下來，笑著退回。「我沒那麼說。我不想繼續睡在帳篷裡了。我想有護牆的堡壘比較適合閹人部族。」

他看向歐曼。「派斥候前往修道院。證實一下他的說法。」

歐曼一拳搥胸，立刻起身。「立刻去辦，閹卡。」

「你唾棄頭骨王座，逃兵部隊絕不會追隨你的。」

「我的手下忠心耿耿，你很快就會看出來。」哈席克笑容擴大，從腰帶上拔出尖尖的彎刀。「這是你的榮幸，夜父。就像你帶我加入沙羅姆行列。我也會給你爭取榮耀的機會。我需要更多凱沙羅姆。」

傑森終於無法冷靜。他大叫抵抗，但卻毫無用處，最後被人押在地上，脫掉褲子。

歐曼的斥候要幾天後才會回來，但哈席克命令他們立刻拔營。除了帳篷外，所有東西在天亮前都打包完畢，哈席克在奴隸拔起帳釘時舉起鎚頭。

目標是阿邦的小趾。每天晚上，哈席克都用阿拉蓋膿汁治好它，每天早上又再打碎它。那根小趾已經面目全非，每天都變得更奇形怪狀。

儘管阿邦努力嘗試，還是無法習慣那種痛。

「食底魚！」他大叫。

哈席克住手。「什麼？」

「青恩湖又大又深，裡面都是有殼魚類。」阿邦說。「食底魚。」

「那又怎樣？」哈席克問。

「伊弗佳禁止的食物。」阿邦挑逗他。「但我嚐過，闔卡。塗抹香料，淋油和檸檬，吃起來像肉，但入口即化。就連培根都沒得比。」

哈席克雙手抱胸。「你很敢說，卡非特。這是很容易揭穿的謊言。」

「如果不是謊言呢？」阿邦問。

「那我就打斷一根唐恩的骨頭，而不是你的，贖回我今天打斷的骨頭。」

很可怕的想法，但片刻過後，阿邦決定這是他良心可以承擔的進展。「等你奪下修道院，我會親自下廚。到時候你就知道了。」

「或許。」哈席克舉起鎚頭，迅速揮落，快到阿邦毫無準備。

他慘叫。

沒過多久，奴隸車隊開始在老丘路上朝黎明修道院龜速前進。他們要一週或更長的時間才能抵達，但只要騎馬全速趕路，哈席克的五百名騎兵可以在一天內趕到。

「你跟我們騎馬走。」哈席克遞給他一匹克拉西亞健壯戰馬的轠繩。

阿邦神色懷疑地看著戰馬。「我不擅長騎馬，哈席克。不過如果你有駱駝……」

「我以前也和你一樣不喜歡馬。」哈席克說。「牠們在大迷宮裡造成負擔，而且入侵綠地後我才曉得在馬鞍上一整天是多痛苦的事情。」他微笑。「但你會發現少了睪丸好騎多了。」

「毫無疑問，」阿邦說。「但我肯定只會拖慢你們。我隨奴隸車隊走，等奪回護牆後再去找你們不是比較合理嗎？」

「你的瘸腿在馬背上不會拖慢速度。」哈席克說。「我沒有蠢到讓你遠離我的視線範圍，卡非特。

如果我在戰場上死去，你會和我一起踏上孤獨之道。」

「艾弗倫賜給我此等好運。」阿邦痛苦地爬上戰馬，把自己綁在馬鞍上。正如哈席克所說，胯下空蕩蕩的比較好騎馬。

「微不足道的好處。」他在南下途中輕聲說道，步伐輕快的戰馬很快就拋下奴隸車隊。他們在傍晚時分遇上一個回程的歐曼斥候。

「凱沙羅姆說得都是眞的，還不只。」巴金人說著朝傑森點頭。哈席克把他的前任阿金帕爾帶在身邊——就和阿邦一樣——彷彿挑釁對方報仇。

「修道院此刻正遭受新攻擊。」巴金人說。「青恩在大門口進行圍城，船隻擠滿碼頭。如果今天沒有攻下修道院，明天也肯定會淪陷。」

「奈的黑心呀，」哈席克吼道。「傳令下去。全速前進。」

哈席克下令停馬時，阿邦已經開始對於沒有睪丸的事情心存感激。戰馬都渾身大汗，但他們占據制高點，清楚瞭望遠方的修道院。

太陽逐漸下山時，交戰結束，青恩撤回他們的帳篷和魔印圈。他們可以等。數千人箝制住通往懸崖的小徑——走陸路的兵馬唯一能抵達修道院大門的途徑。他們在山丘底下紮營，一座打算長久圍城下去的營地。

「他們知道守軍實力不強。」歐曼說。

「艾弗倫倉庫的援軍也不像短期內會出現的樣子。」哈席克同意。「他們的後方防守做得很糟。」

傑森點頭。「我們可以在黎明時攻下他們。」

「黎明？」哈席克問。

「太陽快下山了。」傑森說。「我們不能在晚上攻擊男人。」

「我沒有主人。」哈席克說。「沒人可以告訴我不能做什麼。漁夫就是在月虧時夜襲的。」

「我們沒必要淪落到青恩那種異教作風。」傑森說。

「沒有什麼所謂異教作風。我們都是自由人。」哈席克轉向歐曼。「給部隊一個小時休息戰馬，然後進攻。」

深夜裡，所有青恩都手無寸鐵地待在帳篷中或圍在火堆旁時，五百名哈席克手下的菁英戰士展開攻擊。

敵軍營地在接下來的大屠殺中摧毀，但哈席克比賈陽王子聰明，沒在敵軍補給品附近放火殺人。他們在漁夫陣營中殺開一條血路，突破防線，沿路爬上山丘。青恩建造了先進的防禦工事，但全都是防禦來自修道院護牆的攻擊，而非來自後方。沒多久閹人部族就控制了整條道路，守護哈席克後方，而他、傑森、歐曼和阿邦則騎馬來到大門口。

哈席克深吸口氣，但是沒有必要。在鎖鏈和配重塊的巨響下，閘門升起，放哈席克的部隊進牆。

凱維特達馬和伊察凱沙羅姆在庭院等候。兩人身上都有血，達馬的白袍染紅。如果連老祭司都加入戰鬥，此地的戰況肯定十分吃緊。

凱維特以達馬對沙羅姆的高傲姿態鞠躬。「艾弗倫在我們最漆黑的時刻派你趕來救援，雷克蘭之子……」

哈席克不理會他，轉向歐曼伸手一指。「派一百個剛來的人守牆。再派五十人固守庭院。」

「地下室也需要人手。」伊察說。「底下的洞穴裡有青恩聚集，企圖破門而入……」

「再派五十人去地下室。」哈席克對歐曼說，看都不看他一眼。「大門已經在我們控制下，剩下的人再度出擊。」

伊察緊握拳頭。「我們等黎明擊潰他們。」

哈席克屈尊俯就看向他。「不，小鬼，我們現在就擊潰他們，趁他們軍心潰散的時候。現在，趁他們帶著補給品逃走之前，或是做好防禦阻擋我們之前。」

「現在是晚上……」凱維特開口。

阿邦兩眼一翻。「達馬，拜託。這個問題上次你就吵輸過了。」

凱維特目光飄向阿邦，氣得發抖。「這個廢物爲什麼還活著？我以爲你早就把他殺了。」

「你的目光向來不夠遠大。」哈席克說。

「他割掉你的屌。」凱維特吼道。

「而我吃了他的。」哈席克同意。「然後我割掉所有手下的屌，這樣就不會有人自認比我優秀。」

凱維特臉色發白。「這是滔天大罪……」

哈席克微笑，拔出他的彎匕首。「向艾弗倫祈禱你能習慣，達馬。」

第九章　馬甲部族　334 AR

「血，達馬佳。」

英內薇拉接過阿希雅拿來的無塞藥瓶，倒幾滴寶貴的血液在掌心的骨骰上。她握起拳頭，在掌心中滾動光滑的骨骰，手法熟練地將血均勻抹在每顆骰子上。

藉由冷藏彌封、遠離陽光，這管濃稠的液體依然保有魔力，維持主人的靈魂氣息。足以讓她的骨骰聚焦，或許能從艾弗倫那裡挖出一點祕密，幫助她在混亂的未來中理出一點頭緒。

這是英內薇拉在每天黎明前的漆黑時刻都會舉行的儀式。有些未來無從得知，太多匯流和分歧點，讓她難以找出相似處；有些未來突然中斷，象徵她自己的死亡。

「我可以請教個問題嗎，達馬佳？」阿希雅問。

英內薇拉不耐煩地望向女孩。阿希雅在阿桑王子政變——所謂的霍拉之夜——後數週以來改變了許多。自己弟弟在丈夫面前動手企圖勒死自己，足以改變任何女人對世界的看法。

即使在她主人的枕宮外站哨，沙羅姆丁卡也把她襁褓中的孩子——卡吉——掛在肚子前。不管任何理由，她都不會和這個孩子分開，就算在執行神聖的職責也一樣。

英內薇拉曉得帶著孩子不會大幅影響她的能力。阿希雅在政變期間沿路留下的屍體早已證明了這一點。就和他母親一樣，卡吉可以隨心所欲地保持安靜。英內薇拉透過他的靈氣，看出自己母親心跳放慢如何影響他的心跳速度。有朝一日他會成爲很高強的觀察兵。

不過卡吉想要的時候，也會讓達馬佳寢宮充滿他的聲音。他的笑聲可以讓值勤的腳步變得輕盈，而叫聲能讓英內薇拉遠離中心自我。

但就像他繼承了某些母親的特質，他母親也從他身上接收了一些特質。阿希雅從前絕對不敢打擾英內薇拉的擲骰儀式。

「問。」英內薇拉說。阿希雅在霍拉之夜甘冒極大的風險，把卡吉和他曾祖母卡吉娃帶來找她。英內薇拉的閹人和長矛姊妹大概就是全克拉西亞她能完全信賴的少數人，阿希雅也了解這一點。而自己孩子的命運與她緊密相繫時，當然會開始對自己的命運發聲。

「敵人都已經殺進宮殿了，妳爲什麼還要浪費時間尋找卡非特？」阿希雅問。

因爲我丈夫死了。英內薇拉心想，不過沒說出口。奈在她身上堆了很多石頭，但所有石頭都來自阿曼恩墜崖時所粉碎的地基。帕爾青恩突如其來的挑戰引發的分歧點，強烈到把她數十年來精心策畫的一切都丟去餵狗。

英內薇拉把自己的命運和阿曼恩綁得太緊，太肯定他就是解放者了。太肯定他最後絕不可能失敗了。兩人聯手，所向無敵。

現在他死了，很多人也死了。到處都是長矛，指向她的心臟，她和阿曼恩一手打造出來的心臟。就連她的吉娃森也不再值得信任。除了貝麗娜外，所有吉娃森的兒子都直接控制他們所屬的部族。他們擁有自己的財富、自己的權力。他們野心乍現，英內薇拉沒有多少工具能掌握他們

你們的命運息息相關——骨骰如此預見英內薇拉與阿邦的關係。他們得聯手面對阿曼恩去逝的問題。

「因爲艾弗倫不在乎我們承受多少壓力，」英內薇拉說。「艾弗倫只在乎一件事，就那麼一件事。」

阿希雅點頭。「沙拉克卡。」

「妳丈夫忘記了這一點。」英內薇拉說。「他在夜晚付出的一切都是爲了政治利益。他奪下王位，但沒有提出任何第一戰爭的策略。一定要有人專注在那上面。卡非特是一項優勢，而我們需要掌握所有優勢。如果阿邦不盡快回來，我怕他的外甥會奪走他的一切，全部交給阿桑。」

說完後，她閉上雙眼，對艾弗倫輕聲禱告，感覺阿拉蓋霍拉在指尖變暖，力量湧現，瞄準阿邦的靈氣。

她擲骰，眼看預知魔印發光，轉動骨骰，吐露未知的景象。

他落在不是男人的男人手上——英內薇拉深吸口氣，保持中心自我。如果阿邦在哈席克手上，卡非特的前景就不樂觀，但哈席克最大的樂趣就是看其他人受苦。他不會直接殺死阿邦。他會傷害他，一次又一次，直到阿邦千刀萬剮，失血至死。

或許還有時間。

「哈席克。」英內薇拉說。阿希雅不需要進一步指示，立刻前往英內薇拉儲藏克拉西亞所有值得注意的男女老幼血液的冷藏室。

英內薇拉一般會在兩次擲骰間清理骨骰，但既然阿邦和哈席克的命運現在緊密相繫，她就留下他的血協助施法。阿希雅帶著哈席克的血回來，英內薇拉調整呼吸，放鬆情緒，再度塗抹黏黏的骨骰。

「艾弗倫，光明與生命的賜予者，」她祈禱。「祢的子民需要答案。我求祢開示沙達馬卡前妹夫，哈席克．阿蘇．雷克蘭．安克斯．安卡吉的命運。他人在哪裡？」

在北方宛如毒液般擴散。

奈的力量在其體內滋長。

他背棄了沙拉克卡。

「沙達馬卡！」守衛在阿桑進入王座室時頓矛行禮。

英內薇拉躺在位於高台上的琥珀金頭骨王座旁的枕床上。她的姿勢經過精心設計，表面上看起來很慵懶、對一切漠不關心，實際上完全不是那麼回事。

英內薇拉無法否認她的次子看起來很適任。就和他父親一樣，他現在在白外袍底下加穿戰士黑袍，手持精心仿製的卡吉之矛和卡吉之冠。遠遠一看，與帕爾青恩帶阿曼恩墜入黑暗時失落的真品沒兩樣。

伊弗佳禁止男性祭司使用利刃武器，長久以來除了解放者也沒人戴皇冠。那兩樣東西都代表著阿桑榮登寶座。

他身後站著英內薇拉第三子，沙羅姆卡霍許卡敏，之後是他們十個達馬基兄弟，每個都只有十五歲，統領一整個部族。他們全都神色虔敬地看著哥哥。隨著他走近，英內薇拉看到他的矛和皇冠上都沒有真品上刻的那些魔印，但她曾透過艾弗倫之光檢視它們，兩件法器都綻放無可忽視的魔光。它們是由琥珀金和價值連城的寶石所製，其內鑲有阿拉蓋霍拉核心，表面寫滿梅蘭和阿莎薇流暢的字跡。她們已經密謀背叛好幾個月了。

達馬基在黑頭巾上加鑲魔印寶石。寶石的魔力傳導和聚焦性強，每顆寶石都是由他們母親親手刻印、賦予他們少許力量。

但阿桑的皇冠——和阿曼恩的一樣——有九個角，每個角上都有不同寶石。就連英內薇拉也不曉得阿桑戴著它時有何能力，而他只要離開寢宮一定會戴著它。

她應該還是可以在魔法交戰中打贏他，但絕不輕鬆，也有風險，阿桑也很清楚這一點。他一直小心翼翼地不與母親較量魔法。

阿曼恩對於權力和地位充滿信心，把議事廳的陽光全部遮起來，讓他和英內薇拉隨意使用魔法。阿桑扯掉了所有解放者宮廷的厚布簾，東西向都有陽光灑落，宣稱所有宮廷議事都要攤在艾弗倫之光下。

她很想相信那是因為他怕她，但內心深處，英內薇拉曉得此乃明智之舉，他的行為不受恐懼左右。

你繼承了太多我的特質，我兒。英內薇拉悲傷地想道。

「母親。」阿桑抵達台階頂端，微微鞠躬。

「我兒。」英內薇拉伸手。

阿桑依照禮數不能拒絕，但他宛如馴蛇人般謹慎接過她的手，彎腰親吻手背上方的空氣，不讓她搶到抓握或平衡上的優勢。

「如果我要把你丟下高台，早在幾週前就動手了。」英內薇拉壓低音量不讓其他人聽見。阿桑親吻她臉頰，順勢後退。「除非骨骰叫妳等。」他轉身走向王座。「它們對妳，比血緣關係重要多了。」

高台下方，走道兩旁的達馬基和他們的達馬基丁母親也出現類似的眼神交流。幾個世紀以來，這兩種階級都是十二個人，但霍拉之夜後，兩者都只剩下十人。

詹莫瑞達馬自之前都是阿邦占據的寫字台往前。他舅舅失蹤後，年輕的達馬完全接管了阿邦所有財產，繼承了他舅舅在解放者宮殿裡的職務。

詹莫瑞在台階前下跪，雙掌著地，額頭貼在兩者之間。「你的出席令宮廷蓬蓽生輝，解放者。」

詹莫瑞和阿邦一樣，腐化到骨子裡了。但他舅舅是以阿曼恩和英內薇拉可以利用的方式腐化，而詹莫瑞的忠誠何在卻難以捉摸，即使透過艾弗倫之光偷看他的靈氣也一樣。

而阿桑是在沙利克霍拉認識詹莫瑞的。他們同齡，英內薇拉不必看靈氣就知道他們在一起過。

阿桑和阿蘇卡吉在奈達馬班上聲名狼藉，沒有幾個男孩不願意為了贏得他們強大家族的寵幸而和他們睡覺。阿蘇卡吉死了，阿桑要多久才會重回之前的作風？

她目光飄向兒子。看著全克拉西亞最有錢的男人卑躬屈膝，阿桑嘴角微微上揚。或許已經開始了。必須找出阿邦，盡快。

「起來，我的朋友。」阿桑說著用長矛比畫。「比起宮廷卡非特，你的出席大大提升了此間水準。」

「我親愛的舅舅很能在逆境中求生，」詹莫瑞說。「他會安然歸返肯定是英內薇拉。」

阿桑點頭。「如果他死在我哥哥攻打森林堡壘的慘烈行動裡，而你成為我宮廷中的永久成員，那也算是英內薇拉。你可以站上第六級台階。」

詹莫瑞順勢起身，笑容滿面地走上台階。他停在第六級，高台下的一級台階。他的頭比阿桑的低很多，不過距離近到可以低聲說些就連英內薇拉也沒辦法不靠魔法就聽到的話。

「今天第一個議題是什麼？」阿桑問。

詹莫瑞翻閱寫字板上的文件，但那只是在作戲。他和他舅舅一樣，早就記下了一切。「卡吉部族，沙達馬卡。」

卡吉部族，克拉西亞最大最強盛的部族，在政變中失去了兩個領袖。阿桑和英內薇拉都隸屬卡吉部族，在過渡期間直接接管部族，但這樣削弱了他們公正無私的表象，特別在馬甲部族叛亂的情況下。

阿桑轉向英內薇拉，但是音量大到全宮廷的人都聽得到。「母親，我妹妹什麼時候會從綠地歸返，接管達馬基丁的黑頭巾？」

「我已經派人召回她了。」英內薇拉說。「你妹妹不會背棄職責。」

「那她人在哪裡？」阿桑問。「我們應該已經得到回應了。」
「耐心，我兒。」英內薇拉建議。「你又還沒幫卡吉部族生出新的達馬基。」
「我兒子會成為達馬基。」阿桑說。
「你兒子還是嬰兒。」英內薇拉提醒他。「耐心。」
阿桑微笑。「沒錯。所以我決定要指派過渡期間的達馬基，暫時接管黑頭巾，在我兒子贏得白袍前在議會發聲。」
詹莫瑞比個手勢，守衛打開廳門，放幾個男人進來。領頭的是貝登達馬。此人年過七十，肚子圓滾滾的，好像懷孕一樣。他依靠枴杖走路，但是目光銳利，意氣風發，走到台階前站定。
他身後有兩個男人。沙達馬拉吉，貝登的孫子兼繼承人——另一個與阿桑同輩的人——及他們的凱沙羅姆貼身護衛。
卡席福。
英內薇拉一看到他，渾身血液涼了下來。多年以來，英內薇拉一直不洩露父母身分，藉以保護她在大市集裡的家人。畢竟，達馬丁戴面巾就是為了掩飾身分，而很多女人都叫英內薇拉。
但就像阿桑和詹莫瑞，卡席福和英內薇拉的哥哥索利曾是一對戀人。他是世界上少數幾個還記得她小時候模樣，還有她的家人是誰的人。
她父親卡薩德在得知索利是普敘丁時殺了他，儘管卡席福不敢違背達馬丁的命令動手報仇，但卻沒有放下這段恩怨。
卡席福面對她的目光，她立刻知道自己想得沒錯。
「貝登向來都是議會的芒刺。」英內薇拉輕聲在兒子耳邊說道。「他貪婪，渴望權力。絕對不能信任。」

阿桑不為所動。「我已經證實他值得信任。」

「他給你什麼好處交換議會首席的位置？」英內薇拉問。

阿桑微笑。「無價的情報。」

他趁英內薇拉來得及回應前轉頭面對詹莫瑞。「現在議會成員再度到齊，你可以讓馬甲部族的人進來了。」

貝登的隨行人員鞠躬，來到最接近年輕達馬基的位置站定，詹莫瑞再度對守衛比手勢。廳門開啓，阿雷維倫達馬基氣沖沖地走了進來。這傢伙還不到六十歲，身強體壯，危險萬分。阿桑的馬甲弟弟馬吉打不過阿雷維拉克達馬基，於是阿桑親手處決該達馬基，打破了卡吉和馬甲部族自從阿曼恩登上王位後的和平協定。阿桑沒有其他馬甲達馬可以接任馬甲領袖，而在馬甲部族人民強勢的支持下，阿雷維拉克的長子阿雷維倫接管了黑頭巾。

阿雷維倫立刻離開議會，囚禁貝麗娜，重新任命前任馬甲達馬基丁——年老但令人敬畏的察薇絲。老女人跟在他身後，同樣滿臉怒容。阿雷維拉克的榮耀無止無盡，他慘遭謀殺讓所有馬甲部族的人開始磨矛。

他們身後跟著一群沙羅姆貼身護衛。人數比不上議會廳兩旁的解放者長矛隊，但全都神色警覺，隨時準備為了保護他們的領袖奮戰到死。

「阿雷維倫達馬基！」阿桑開門見山叫道。「我傳喚你和你的達馬基丁臣服在頭骨王座前，在高台上承擔應盡的職責。只要這麼做，我就原諒你們所有罪行。」

「原諒？」阿雷維倫吼道。「犯罪的人可不是我，小鬼。玷污這間王座廳的人可不是我。」

「說話小心點，達馬基，」霍許卡敏警告，議會廳裡所有戰士紛紛警覺。「你是在和沙達馬卡說話。」

阿雷維倫一副要吐口水的模樣，但察薇絲伸手搭他的肩，按捺他這個念頭。

「沙達馬卡死了。」他說。「馬甲部族不會臣服於趁夜利用霍拉魔法殺人的篡位者之下。」

霍許卡敏瞇起雙眼，但阿桑曉得不能讓情況繼續惡化。「退下，弟弟。」

「沙拉克桑還在交戰，達馬基。」阿桑說，「沙拉克卡即將到來。想要獲勝，克拉西亞就得統一。我不希望此事造成更多死傷。請和你父親一樣代表你的部族參與議會。」

「我怎麼能支持謀殺我父親的人？」阿雷維倫問。

「對呀，怎麼能？」英內薇拉問，所有目光都轉向她。全王宮裡的人都知道——如果事情還沒傳到宮外的話——阿桑也曾試圖殺害她。「你也不是第一個在王座爭奪戰中失去父親的達馬基。我們全都必須遵照艾弗倫的意志。」

察薇絲達馬基丁上前。「這點我們同意。但艾弗倫的旨意向來難以解讀。我諮詢過霍拉，而造物主給了這個問題一個答案。」

英內薇拉瞇起雙眼，懷疑這個老女人在玩什麼把戲。她希望可以拉上布簾，研究察薇絲的靈氣。「霍拉沒有向我提到這種事。」

「幸運的是，還有些經驗老到的人存活人世。」察薇絲一副親切又優越的笑容。英內薇拉微笑回應，暗自希望自己可以直接拿出霍拉魔杖轟掉這個女人。

「你有什麼提議？」阿桑問。

阿雷維倫接下來的話讓所有人震驚到說不出話。

「馬甲部族帶著戰利品返回沙漠之矛。」

英內薇拉和阿桑跪在王座廳旁私密擲骰室的枕頭上。兩道布簾門遮蔽王座廳內刺眼的陽光。沉浸在黑暗中，英內薇拉在再度獲得力量時鬆了口氣。

但她因爲發現兒子身上的艾弗倫之光強烈到可與他父親媲美，情緒很快就緊繃起來。他的靈氣平靜均勻——一輩子冥思訓練的成果。身處深度冥思狀態的宗師級達馬會呈現出平靜的白色靈氣，但就連技巧最高超的達馬，也不可能完全控制行動期間表面靈氣的情緒。吸收新情報時，靈氣就會出現變化。

她很好奇他看她時又看見了什麼，她知道他有多擅長解讀其他人意圖隱瞞祕密時靈氣色彩和圖案的變化。

「我家人在哪裡？」英內薇拉問。

「我不知道妳的意思。」阿桑說。他的靈氣顯示他在說謊，但她不確定是因爲她突然提問而失去控制，還是他故意要讓她看出來的。

英內薇拉從枕頭下地板內的大霍拉石上吸取魔力。阿桑在她的靈氣轉亮時瞇眼，自以爲他沒有表現在臉上，她在他的靈氣中看見一道恐懼之光。「不要騙我，孩子。」

恐懼在阿桑環顧石室時離開他的靈氣。「父親就是在這個房間和黎莎．佩伯睡覺的，是不是？」

英內薇拉在阿桑低頭看向枕頭時眨了眨眼。「搞不好他就在這個位置上過她！她是個骯髒的青恩，但還算漂亮，如果有人喜歡那種東西的話。我聽說妳在他們完事後放火燒掉這裡的家具。」

他知道要如何惹惱她。英內薇拉承認這一點。她在風前折腰，神色寧靜，不洩露任何情緒。「你吸卡席福老二的時候又跪在哪裡？」

阿桑笑容輕浮。「我不會去吸卡席福的屌。如果不把卡吉還給我的話，那就會是卡薩德爺爺的職責。至少，在卡席福決定殺他之前。」

一時之間，英內薇拉失去了她的中心自我。只有短短一瞬間，但阿桑沒有錯過，他的靈氣爲這微小的勝利露出滿足的色彩。

「你父親原諒了卡薩德的罪。」英內薇拉說。「他會清清白白地去見艾弗倫。」

「他爲了妳哥的普敘丁身分而殺了他。」阿桑說。「或許那就是妳不讓我們知道他們身分的原因。妳知道我不會像父親一樣寬宏大量。」

「沙達馬卡必須寬宏大量。」英內薇拉說。

「只有艾弗倫的寬恕沒有盡頭。」阿桑聳肩。「妳讓我們家人疏離到我根本不會爲了這點損失落淚。」

英內薇拉自己也是最近才和父親和好的。此事對她造成壓力，但別無選擇。她的囚犯是對付阿桑最大的籌碼，她絕不能交出他們，就算爲了父親的性命也不能。「曼娃呢？」

「安安穩穩待在我那裡。」阿桑說。「享受所有對待達馬佳之母的禮遇。我相信我的提卡也一樣。」

英內薇拉輕輕點頭。「當然。現在我們討論你爬上七級台階時沒能好好處理馬甲部族的事情。」

阿桑微微一笑，靈氣中浮現惱怒的色彩。「那和父親當年奪權時有何不同？父親也沒辦法完全鎮壓馬甲。打從三千年前卡吉在多明沙羅姆中擊敗馬甲以來，他們就一直是統一的瘟疫。」

「如果你等到馬吉長大……」

阿桑揮開這個說法。「我比妳更熟我弟，母親。我在沙利克霍拉和他一起長大。不管有沒有霍拉石，他都不可能成長到足以擊敗阿雷維拉克。他失敗是英內薇拉。」

「既然註定失敗，你的應變措施爲何？」英內薇拉問。

「只有兩個選擇。」阿桑說。「找出能讓他們接受新秩序的方法，或是強迫他們服從。」

「什麼代價？」英內薇拉問。「馬甲部族人數眾多。公然開戰會在沙拉克卡降臨前夕摧毀我們的部隊。」

「可以讓他們走。」阿桑說，「但那同樣會削弱我們的實力。綠地的人數已經比我們多了。」

英內薇拉伸手到霍拉袋裡，拿出她的琥珀金骨骰。「這些是問艾弗倫的問題。」

英內薇拉揚起彎匕首。「舉手。」

阿雷維倫的靈氣不動如山，但雙眼轉向察薇絲。達馬基丁微微點頭，阿雷維倫捲起衣袖，手臂穩穩伸出。

她迅速割了淺淺一道傷口，取得足供施法的血液，一滴也不多。沒必要進一步激怒馬甲部族。

「艾弗倫，天堂與阿拉的造物主，光明與生命的賜予者，你的子民需要指引。阿雷維倫達馬基是否該率領他的族人返回沙漠之矛？」

骨骰在她搖骰時發光。骨骰一停止滾動，她和察薇絲立刻湊上前去，目光在一個又一個符號上打轉，觀察骨骰彼此間與正東相對的角度，也就是每天艾弗倫之光出現的方位。即使在這種情況下，還是會有各種解讀，各式可能的未來。解讀最有可能的未來就是達馬丁一生致力於研究的課題，即使技巧最純熟的達馬丁也常常無法達到共識。

「如果沙漠之矛的大門在馬甲部族入城後關閉，想要再度開啓就會經歷一場血腥屠殺。」英內薇拉望向察薇絲，看看她有無異議，但老女人嘟囔一聲，表示贊同。

「這是英內薇拉。」察薇絲說。「阿曼恩・賈迪爾是虛假解放者，他的大軍註定要以失敗收場。沙漠之矛就是我們最後的希望。」

「我不知道妳小時候在影之殿裡學了些什麼，達馬基丁，」英內薇拉說，「但我們教奈達馬丁不要假設骨骰沒說的事情。」

「或許我們的大軍有失敗的風險是因為馬甲在需要的時候背棄我們。」阿桑說。「在全人類聯合對付奈時像卡非特一樣跑去躲起來。」

「你沒有聯合任何人，小鬼。」阿雷維倫說。「你的部隊跟你父親的比起來根本微不足道，而且每天還在持續減少。你還要展開街頭巷戰，繼續耗損兵力嗎？」

「我會讓你成為達馬基議會首席，就像你父親一樣。」阿桑說。「地位只在王座之下。」

阿雷維倫搖頭。「去你的議會。我不會對打破聖約，在夜裡謀殺我父親的人低頭。」

英內薇拉望向察薇絲。「我們再諮詢骨骰一次。」

「妳用阿雷維倫的血問過妳的問題了。」察薇絲說。「現在阿桑要伸手出來讓我問個問題。」

阿桑渾身僵硬，站起身來。「我是沙達馬卡。妳膽敢要我的血？」

「你的血現在或許可以拯救很多族人的性命。」察薇絲說。「如果你是沙達馬卡，就該聰明到看得出這一點。」

阿桑的靈氣中出現疑慮。他一度轉向英內薇拉尋求建言，但決定不要這麼做。他和阿雷維倫一樣捲起衣袖，伸出手臂。

「艾弗倫，天堂與阿拉的造物主，光明與生命的賜予者。」察薇絲在骨骰上抹血後搖骰，「祢的子民需要指引。阿雷維倫達馬基應該臣服在阿桑・阿蘇・阿曼恩・安賈迪爾・安卡吉之下嗎？」

她擲骰，兩個女人再度一起彎腰，研究骨骰。和之前一樣，有一個答案比其他答案更爲強烈。

「不。」

英內薇拉對阿桑點頭，確認察薇絲的說法，但她看得出來他不相信她。

「如果你不願留下，就帶你的族人前往艾弗倫倉庫。」阿桑說。「土地豐饒，和艾弗倫恩惠一樣充滿水源和綠地。我把那些土地賜給你，幫艾弗倫占領該地。」

阿雷維倫搖頭。「在漁夫水域開始融冰，重新展開攻擊時占領那裡？我等於是在他們驅散你哥的軍隊後去幫你當擋箭牌。你自己去占領，把艾弗倫恩惠留給我們。」

「我寧願砍下你的腦袋。」阿桑吼道。

「現在就來試試呀，」阿雷維倫挑釁他。「不然就讓我們安然離開，成爲對抗奈的大軍最後的堡壘。」

第十章　家庭糾紛　334 AR

小心，姊姊，賈娃的手指比畫道。我從未見達馬佳氣成這樣。

阿希雅在達馬佳怒氣沖沖進入房中時從掛在胸前睡覺的卡吉身上找尋她的中心自我。由於窗戶都遮起來，她渾身綻放艾弗倫之光。

「他抓了我的家人。」達馬佳吼道。

阿希雅側頭。她的家人？畢竟阿希雅和她的長矛姊妹都是英內薇拉的外甥女。解放者失蹤，賈陽去逝，阿桑坐上王座。她是在說誰？「請見諒，達馬佳，我不懂。」

英內薇拉轉頭看她。達馬佳的目光在任何情況下都會令人不安，但現在她目光強烈到讓阿希雅希望自己可以偏開頭。

「我的父母——曼娃和卡薩德——都尚在人間。」達馬佳說。「不久前他們還隱身在大市集中。就連解放者也是在墜崖前才得知他們的存在。」

阿希雅眨眼。她和她的長矛姊妹到哪裡都會跟著達馬佳，但看來就連她們對她了解也不深。

「阿桑發現了他們，挾持爲人質。」阿希雅說。

「貝登達馬的貼身護衛卡席福知道他們身分。」蜜佳在達馬佳說話時跳下來。「我早該殺了他。」

達馬佳搖頭。「這樣不是辦法。太陽一下山，就帶妳的長矛姊妹去我兒子的皇宮側廊找出他們。」

阿希雅伸手護住胸前的卡吉。「我不能帶我兒子去阿桑的側廊。蜜佳和賈娃……」

達馬佳目光炙烈，靈氣刺眼到難以逼視。阿希雅伸手遮眼，以免被閃瞎。

「他們——挾持——我——母親。」達馬佳咬牙切齒，每一個字都宛如鞭笞。「我已經容忍妳這種傲慢的態度很久了，沙羅姆丁卡。妳不能派妳妹妹獨自犯險。妳會遵守我的命令。卡吉會安安穩穩和他曾祖母一起待在寶庫裡。」

阿希雅立刻下跪，雙手貼地。她彎腰，額頭底在雙掌間。「是，達馬佳。」

「阿桑言談中透露他們身處皇家寢宮。」達馬佳說。「他顯然想多了解一點他的外公、外婆。先從那裡開始搜，在他房裡放置霍拉石，讓我可以偷聽裡面的交談。」

阿希雅點頭。「當然，達馬佳。」

「查出他們的下落後，就回來告訴我。我會親自去救他們。」

阿希雅抬起頭來，神色震驚。英內薇拉仍綻放強光，於是她閉上眼。「達馬佳！妳不能親自犯險。」

「這是英內薇拉。」達馬佳說。

阿希雅穿越一連串密道，進入最近才在綠地公爵的宮殿底下開鑿出來的達馬佳地下宮殿。光滑的岩壁在魔印光下發光，沿牆繪製的符號同時能夠對抗惡魔和人類的入侵。達馬佳在這裡施展最高深的法術，收藏她最寶貴的寶藏。

「奈的黑心呀！」這話在走廊上迴盪。「妳到底有沒有腦子？我是說蘋果汁！」

心情不好？阿希雅以手勢詢問門口的閹人。

她只喝了一杯，閹人以手勢回應。

阿希雅嘆氣，找回中心自我，推開房門進去。卡吉娃的寢宮又大又奢華，有許多僕人滿足她所有需求。此時此刻所有人都跪倒在地，靈氣中充滿恐懼。

「神聖母親，」一名僕人說。「現在不是那種綠地水果的生產季節。艾弗倫恩惠裡完全找不到蘋果。」

卡吉娃大吸口氣，顯然準備吼叫一些難聽的回應，但是一看到阿希雅出現在門口，怒火立刻隨著吐氣消失。她大步上前，伸出雙手。「把他給我。」

阿希雅在面巾下抿嘴，但是還是解開包巾，摟起睡夢中的卡吉，交給卡吉娃。

老女人一抱到小孩，整個態度立刻轉變，阿希雅曉得不管出了什麼事，卡吉娃永遠不會傷害她的曾孫——會擋在他和深淵所有惡魔之間。

「可以請妳照顧他一個晚上嗎？」她問。這是阿希雅和兒子打從霍拉之夜一起到深淵邊緣走過一遭後，首度與他分開。

「當然，當然。」卡吉娃目光都沒從孩子身上離開。

「謝謝妳，提卡。」阿希雅說。

這下老女人抬頭了。「不要那樣叫我。永遠不准再叫我提卡。」

阿希雅吞嚥口水。從前，她是卡吉娃眾多孫女中最受寵的一個。當初就是卡吉娃堅持把阿希雅和她的長矛姊妹送去達馬丁宮殿，讓她們踏上沙羅姆丁之道的。現在她們在她眼中什麼也不是。

她垂下目光，鞠躬。「悉聽尊便，神聖母親。」

她轉過身去，迅速離開卡吉，以免她心意不堅，又跑回去。

即使在晚上，入侵阿桑的側廊仍很困難。新任沙達馬卡找出所有沙羅姆丁在皇宮裡隱密來去的密道，加以封閉。守衛和武裝達馬巡邏走廊，眼睛繪印，能看見艾弗倫之光。繡帷、地毯、瓷磚上都有對抗阿拉蓋的魔印，但阿希雅也看得見許多類似達馬丁使用的魔印。有人路過就會觸發警報，也不讓任何人刺探皇宮這個區域的魔印。達馬佳打算用來偷聽的魔印石不會有多少作用，因爲魔力都會被擋下來。

但阿希雅、蜜佳和賈娃身穿凱沙羅姆丁袍，以琥珀金線繡著隱形魔印。不管透過肉眼或艾弗倫之光，她們都能像沙丘裡的沙惡魔般輕鬆融入環境。她們只有在迅速移動的時候才可能被發現。

她們的首飾也有類似魔法，手腳上的戒指和臂鐲讓她們能像蜘蛛般爬上牆壁和天花板。她們慢慢深入她丈夫的聖所。

檢查地下樓層，阿希雅在她們穿越屏障時告訴賈娃。阿桑也會有他自己的地下宮殿。可以的話找出入口，混進去。

是，沙羅姆丁卡。

賈娃在阿希雅和蜜佳前往樓上起居樓層時失去蹤影。皇宮共有七層，象徵天堂七柱，但是外圍樓梯只有到六樓，樓梯間的門前有個神色警覺的凱沙羅姆看守，渾身綻放艾弗倫之光。

六樓都是皇室成員住所，阿希雅很熟悉這層樓。她和卡吉娃之前在這裡都有寢宮。嚴格說來，這裡也是阿桑的寢宮，但她丈夫只有見過那裡的枕頭一次。

達馬佳相信她神聖的母親也在六樓。

最頂層，阿桑的私人住所，只能從內部樓梯上去，肯定也有人看守。

兩名女子在門衛清楚映入眼簾時停下動作，掛在天花板上。即使戴了白夜巾，阿希雅還是認出表哥伊拉文——解放者的馬甲長子。他被阿雷維倫達馬基拔掉頭銜，淪落到幫哥哥守門的地步。

蜜佳騰出一手，比畫催眠藥水的手勢。只要把藥水滴在布上，掩蓋口鼻，就能讓壯漢失去意識一段時間，醒來只能依稀記得睡著前的情況。她勾起小拇指，比個問號。

阿希雅搖頭。太慢了，她的指頭說。精準攻擊。

精準攻擊，她們的老師安奇度的沙魯沙克學派，專門瞄準人體的天然匯流點。肌肉、血管、神經交會的位置。目標很小，隨時保持移動，每一個都與它們的主人一樣獨特，但是精準強勁的攻擊可以暫時打殘一名對手，或是立刻打昏他們。

她們慢慢抵達定位，掛在她們表哥頭頂的天花板上。蜜佳會抓住她，讓阿希雅攻擊。但在阿希雅指示行動前，兩個奈達馬帶著餐盤從樓上下來。她從肢體語言看出伊拉文認得他們，會讓他們直接通過。

當他們打開門時，蜜佳不用指示，迅速隨阿希雅落下進門。她們以同樣動作著地滾向走廊兩側，魔印手環吸收了聲響。她們的戰袍若隱若現，不過在男孩們穿門而入時再度恢復隱形。

地板有魔印，如果不依照特定的走法就會引發警報。阿希雅記下男孩的路徑，不過她和蜜佳爬牆，完美融入壁漆中。她們抵達內部階梯——由兩個手持魔印手杖的祭司把守——奈達馬分開走，一個繼續沿走廊走，另一個向上前往七樓。

跟上去。阿希雅用一隻手指比向一個男孩。她的任務是要找出達馬佳父母，但現在如此接近，阿希雅無法抗拒察看她不忠丈夫的衝動。

她隨著第二個男孩上樓，沿天花板爬行的速度比他上樓更快。她化爲他的影子路過守衛和樓梯門，最後終於抵達一間接待廳，男孩則將餐盤擺在桌上，敲敲遠方房門，然後迅速離開，關上走廊門。

阿希雅在門開的同時準備跳下去，但接著她看見阿桑，氣息一屏，差點錯過機會。在他們整段婚姻中，她可曾見丈夫應門過？那是女人和奴隸的工作。

接著阿桑做了難以想像的事情。沙達馬卡，全克拉西亞最高領袖，親自彎腰拿起餐盤。阿希雅趁他背對她時溜入房中，心念電轉。難道阿蘇卡吉死後，阿桑就禁慾獨居了？變成活在過去的空殼？她有點希望是這種情況。讓他事先淺嚐天堂審判的結果。

「晚餐，我的太陽。」阿桑叫道，阿希雅眨眼。他的妻子及愛人遇害，而他已經找到了新歡？憤怒影響她的中心自我，但她揮開怒火，沿著天花板跟著丈夫進入枕廳。她會看見誰？詹莫瑞達馬？卡席福？阿桑某個同父異母兄弟？

她完全沒有料到裡面的人竟然是她弟弟，被她扭斷脖子的阿蘇卡吉。

「我不餓。」阿蘇卡吉的聲音很沙啞。「拿走。」

阿桑把餐盤放在床邊。阿蘇卡吉躺在床上，毫無動靜，靈氣平淡。沒死，但也不算真的活著。那情況在他頭部出現變化。她弟弟頭部的靈氣火熱強烈，雙眼聚焦，臉上充滿情緒。癱瘓了，阿希雅十分震驚。對戰士而言，那是比死亡更悽慘的命運。即使在他試圖掐死她後，她還是不希望弟弟面對這種命運。他們小時候很親密，部分的她依然深愛著他。

「你要吃點東西，我的愛。」阿桑說。「你感覺不到飢餓，但身體會餓。不吃東西，你會越來越虛弱。」

「那又怎樣？」阿蘇卡吉問。「我吃東西，然後這麼躺著，一小時後拉在床上會比較好嗎？我本來可以英勇戰死，結果你卻強迫我留在世間，囚禁在這具毫無價值的空殼裡。」

阿桑坐在床邊，牽起阿蘇卡吉軟癱的手掌。

「沒有你，我走不下去。有一半的計畫和策略都是你擬訂的。」

「你幹那個希莎的時候可不是這樣想的。」吼叫的力道讓阿蘇卡吉頭部垂落床邊。

阿桑立刻扶住他，親吻他的額頭。「她是你姊姊，是你自己堅持要她成為我的吉娃卡。」

阿希雅臉頰抽動。她調節呼吸，宛如石頭般了無聲息。

「我是你的吉娃卡！」阿蘇卡吉的叫聲嘶啞。「她只是生孩子用的子宮。」

阿桑揭開餐盤蓋子，蒸氣瀰漫，擺著一碗可能是她弟弟現在唯一能吃的稀粥。阿桑舀出一湯匙稀粥，宛如母親餵食嬰兒般吹氣。「我們需要她的信任，表弟。要她相信我對她忠心，對我母親謙遜。如果我再幫我們弄出一個兒子來，那就更好了。」

阿蘇卡吉對湯匙吐口水，結果都吐在他自己下巴上。「我不是笨蛋，阿桑。你上她的時候根本不是在想兒子和計謀那些東西。」

「那又怎樣？」阿桑拿起一條絲巾，擦拭阿蘇卡吉的嘴。「她永遠不能取代你在我心裡的地位。沒有人可以。她本來可以是個很有價值的吉娃森，但是你出於忌妒非要殺了她不可。」

他將阿蘇卡吉的下巴握在手裡，擠到他的牙齒，讓它們分開好放入湯匙。

「但是你打不過她，是不是，親愛的阿蘇卡吉。」阿桑把稀粥強灌到他嘴裡。「梅蘭和阿莎薇聯手也打不過我母親。現在她們都踏上孤獨之道，你也癱在床上，我母親霸占半個王座。」阿桑按摩阿蘇卡吉的喉嚨，直到他吞下那口粥。

「要不了多久，阿曼娃就會回來控制卡吉達馬丁，還帶個肯定和你姊姊一樣高強的吉娃森回來，加上受艾弗倫寵幸的丈夫。」

「一個青恩卡非特，」阿蘇卡吉吼道。「阿曼娃本來該是我的，就像阿希雅是你的一樣。我們本來說好的。」

「不管是不是卡非特，他對抗阿拉蓋的力量都不容忽視。」阿桑說。「父親要把她嫁給他，我又能說什麼？他們回來後，母親就會實力大增。我們得趁這段時間平衡雙方的實力。」

阿蘇卡吉不再抗拒，一聲不吭地吃粥。阿桑很溫柔，很殷勤，每一口粥都按摩，直到整碗吃完。

「我很抱歉，表哥。」阿蘇卡吉在阿桑擦掉他嘴唇上最後一點粥時可憐兮兮地說。「我辜負你了。艾弗倫審判我，認定我不夠格。」

「你還活著。」阿桑說。「我們會想辦法治好你。達馬已經透過霍拉魔法取得大突破。我們很快就能解開達馬丁所有祕密。你會恢復正常，再度獲得爭取榮耀的機會。」

「達馬佳現在就能治好我。」阿蘇卡吉聲音刺耳。「她父母在我們手上。她不敢拒絕。」

「我們不該小看我母親的膽量，」阿桑警告道。「誰曉得這個戴爾丁和卡非特在她心裡值多少錢？」

「肯定沒有……」阿蘇卡吉說話吃力到臉上泛紅，「……提卡或卡吉值錢，不然你現在已經把他們帶回地下宮殿了。」

阿桑搖頭。「我不能讓他們住在達馬做實驗的地方。希瓦里達馬實驗室的一場爆炸害死了一個奈達馬，還炸瞎了他另一隻眼。」

「他們最好有點價值。」阿蘇卡吉喘息道。「你拿我的黑頭巾去換那些人質。如果他們換不回我兒子，那就去換我的手腳。」

「我們不能讓我母親得知這個弱點。」阿桑說。「她會想辦法利用此事來對付我們。你痊癒後，頭巾就會交還給你。貝登以爲他是在代理卡吉。他知道不可能永遠保有頭巾。」

「不要小看貝登。」阿蘇卡吉輕聲道。「我知道你在卡席福身邊是什麼樣子。他會讓你變笨。」

「我能應付卡席福。」阿桑說。

「我就擔心那個。」

「有什麼差別？」阿桑吼道。「打從在沙拉吉開始，我們就會帶油去參加貝登的宴會。你和卡席福上床的次數和我一樣多。」

「差別在於那時候我能取悅你。」阿蘇卡吉說。「因爲我是你的吉娃卡，你的第一矛套。」

「你現在還是。」阿桑說。

「那就上我。」

「呃？」阿桑垮下臉。

「現在就上，別等天殺的稀粥流過我的身體。」阿蘇卡吉哀求。「把我翻身趴下，然後上我。」

「阿蘇卡吉……」阿桑說。

「不！」她弟弟眼中泛出淚光。「我不能阻止你和別人上床，但是我對艾弗倫發誓，如果你不和我上床，我就不再吞任何一口粥。」

阿桑深吸口氣，緩緩吐出。阿希雅沒辦法繼續看他拿油來進行事前準備。她在她弟弟與丈夫忙到沒時間注意時逃出寢宮。

阿希雅回到樓梯間時，蜜佳已經在等她，她很慶幸能暫時不去想那些事。

回報。阿希雅的手指下令。

我找到他們了，蜜佳回應。有守衛，但我們聯手應該……

阿希雅比個否定的手勢。我們的職責是回報達馬佳。

賈娃在他們下樓時前來會合。阿桑的地底宮殿用霍拉魔法守護。我沒辦法滲透進去。

無所謂，阿希雅告訴她。我們查到達馬佳需要的情報了。三名沙羅姆丁溜過守衛，離開阿桑的側廊。

第十一章 巫師 334 AR

「奈的小黏穴！」英內薇拉舀起骨骰。它們沒有警告她母親會有危險，現在還帶來了壞消息和難以想像的情況。

她調節呼吸，試圖找回中心自我，但卻難以平靜下來。她在艾弗倫面前失寵了嗎？祂怎麼能讓這種事發生在曼娃，世界上最高尚的女人身上？從前每當家人深受威脅時，它都會警告她。

但現在她丈夫去世了，骨骰也背叛了她。

她腳跟著地，順勢起身，感覺到耳環傳來震動。阿希雅及長矛姊妹進入阿桑側廊時，她們之間的連結就中斷了。不祥之兆。梅蘭和阿莎薇把霍拉魔法的祕密教給阿桑和他弟弟，看來他們學得很快。

「達馬佳，」阿希雅從皇宮另一側對她耳邊低語。「我們找到他們了，不過還有更多情報。得立刻會面。」

「西密道。」英內薇拉已經開始往門口移動。她渾身都是魔印首飾，霍拉袋裡放滿法術。她之前過度自信，被魔杖的力量寵壞了，結果差點死在梅蘭和阿莎薇手上。她不會再犯同樣的錯誤。

她身穿不透明、用琥珀金絲繡以魔印的紅絲袍。就和艾弗倫長矛姊妹的戰袍一樣，只要她願意，所有目光——不管是人類，還是阿拉蓋——都看不見她。她腰帶上掛著用來擲骰割血用的彎匕首。那本來不能當作武器，但刀刃銳利，可以在最後關頭當作武器。

沙羅姆丁在通往西側廊的密道中等她。達馬佳住在面對黎明的東側廊，沙達馬卡則是面對日落的西側廊。

「阿蘇卡吉還活著。」阿希雅說。

英內薇拉皺眉。又是一件骨骰沒告訴她的事，雖然平心而論，她也沒問過。「妳說妳殺了他。」

「我扭斷了他的脖子。」阿希雅道。「但他垂死掙扎，全身癱瘓，躲在阿桑寢宮裡。他想要拿曼娃向妳換回健全的身體，但阿桑不信任妳。」

「我也不信任他。」英內薇拉說。「這沒有改變什麼。我們現在去救我父母。」

阿希雅走到她面前，跪下雙手貼地。「達馬佳沒有必要親身犯險。我們滲透過我丈夫的守衛。艾弗倫的長矛姊妹足以勝任營救任務。」

英內薇拉搖頭。「這一點骨骰指示得很清楚。「我不一起去的話，妳們就會死，任務會失敗。」

這話令三個女人靈氣蒙上陰影。她們是她這輩子見過最高強的戰士，而她們的尊嚴與榮耀一樣無止無盡。

「達馬佳一起去就會成功嗎？」阿希雅問。

英內薇拉吐出一口氣。「不確定。」

「達馬佳，妳要……」

英內薇拉雙掌交擊，打斷女人說話。「妳沒資格告訴我該怎麼做，沙羅姆。妳的職責是安靜聽我號令。」

英內薇拉讓長矛姊妹圍著她，阿希雅在前，蜜佳和賈娃護衛左右。她們全都無聲無息地迅速前進，袍子融入天花板的磁磚。她們穿越外圍走廊，沒遭人發現地來到伊拉文看守的六樓樓梯口。

正如阿希雅所說，這孩子神色警覺，身穿刀槍不入的魔印玻璃護甲，綻放強烈的艾弗倫之光。她可以看見武器和護甲中的惡魔骨核心，足以提供過人的力量與速度。

英內薇拉拿起腰帶上的魔杖——用惡魔王子的臂骨加鍍琥珀金所製，力量足以轟掉整個皇宮屋頂。她依然掛在天花板上，在空中繪製一連串魔印，吸收魔力、施展法術，朝向毫無所覺的戰士拋擲而出。

阿曼恩或許會原諒她在別無選擇之下殺害他的兒子，但伊拉文是解決馬甲部族問題最後的希望。英內薇拉的法術會讓他陷入無夢的沉睡。

然而在她施法的同時，伊拉文護甲上的魔印大放光明。他沒有昏迷不醒，反而踏穩腳步，持矛擺開防禦架式。

「出來，奈的僕人！」他目光掃視牆壁，尋找敵蹤。

英內薇拉不給他機會找出她們或拉響警報，直接落到地上，站在妹妻之子面前。

「你以爲達馬佳是奈的僕人？」

伊拉文瞪大雙眼。「妳不經宣告，跑來沙達馬卡的側廊做什麼？」

「母親來看兒子需要理由嗎？」英內薇拉問。

伊拉文沒有壓低武器。「訪客不會走天花板，也不會對守衛施法。如果妳有事，請報出事由。」

「你明白我爲何而來。」英內薇拉說。「馬甲部族挾持你母親——我妹妻——貝麗娜爲人質，而你竟然還站在這裡，看守我母親。」

伊拉文毫不動容。「如果妳沒有囚禁提卡，達馬佳，妳的話就會更有說服力。」

「保護神聖母親是我的職責，」英內薇拉說，「我不能讓她捲入推翻我的政治陰謀裡。」

伊拉文還是不爲所動。「阿桑肯定也是爲了同樣原因保護妳母親。」

「我們都是爲了母親好，」英內薇拉說。「你該趁你母親被帶離艾弗倫恩惠之前快去找她。」

伊拉文的靈氣湧現色彩。貝麗娜的影像飄在年輕人頭上，與各式各樣情緒糾纏不清，正如所有母親與兒子之間的關係。

「我不會去見她，也不會讓妳通過。」伊拉文苦澀地說。「我一個人救不了她，阿桑也不會爲了救她與馬甲開戰。」

「惡魔尿，」英內薇拉說。「阿桑只是要你這樣相信而已。」

「那達馬佳的支持何在？妳爲什麼跑來這裡，不去阿雷維倫的宮殿拯救妳妹妻？」

他的靈氣中冒出火花。她可以加以搧風點火。

「因爲那是你的任務，伊拉文·阿蘇·阿曼恩·安賈迪爾·安馬甲。」英內薇拉說。「你父親曾在所有無法用長矛解決的問題前裹足不前嗎？達馬基搶走理應屬於你的權力，但並不表示你不能搶回來。」

伊拉文不再動作。他體內的火變大了，但依然謹慎。「怎麼搶？」

「去找阿雷維倫，」英內薇拉說。「臣服於他，馬甲部族離開艾弗倫恩惠時，他就會帶你一起走。贏得榮耀，戰士就會輕呼你的家族名號。一個接著一個，他們會追隨你。」

伊拉文頭上出現新的影像，一個他的完美形象抬頭挺胸，自尊隨著心中的火炙烈燃燒。

但接著他搖頭，拋開那個影像。「我哥說言語就是妳的武器，達馬佳。」

「我句句屬實，」英內薇拉說。「你是我親手從你母親大腿中間拉出來的，臍帶還沒剪斷就已經擲骰預見你的未來。還有機會爭取榮耀，只要你有足夠的勇氣動手爭取。」

「或許，」伊拉文說。「但是今晚背棄職責不會爲我爭取榮耀。我知道妳的沙羅姆丁就在附近，隨時可以在我拒絕時動手殺了我，但是言語和威脅都不能逼我擅離崗哨。」話一說完，他將矛柄狠狠捶向一塊魔印瓷磚，英內薇拉知道那塊瓷磚會啓動門框旁邊上千塊瓷磚的魔印網，進而觸發警報。

她揚起霍拉魔杖，在魔印網啓動前吸走魔力。伊拉文瞪大雙眼。

「阿恰！」他大叫。「入侵者！」叫聲理應在走廊上迴盪，但英內薇拉透過幾個魔印就像阻止警報一樣阻止他的叫聲傳開。

英內薇拉朝他走去。「我不用艾弗倫的長矛姊妹就能通過，伊拉文。伊弗佳裡明令規定，攻擊達馬丁或以任何方式阻擋達馬丁都是死罪。如果你攻擊達馬佳本人，艾弗倫會如何審判你？」

英內薇拉透過渾身魔力強化感官，在男孩額頭上冒出汗水前就聞到汗的氣味。她同情他，在職責間掙扎——又一個被扯入戰火的無辜之人。

但她的家人都在門的另一邊，此事拖得越久，他們就越危險。

伊拉文閉上雙眼。「艾弗倫原諒我。」

他展開攻擊。

英內薇拉直接迎上，手腕一勾，架開他的刺擊。她勾住矛柄，用力拉扯，同時出拳。

伊拉文戰袍內堅硬的魔印玻璃板無法遮蔽他頸部底端的匯流點。該處的柔軟護甲是爲了偏移矛尖，而不是抵擋英內薇拉的指節。她的攻擊宛如殘影，藉由霍拉魔法強化力量和速度。

但伊拉文似乎知道她的目標，轉頭以下頷承受攻擊。他順勢翻滾了一圈，壓低長矛掃向她的腳。

英內薇拉吃了一驚，但卻沒有失控，身體後仰，雙掌貼地，避開長矛，又對他下頷踢了一腳。

伊拉文翻了一圈，不過也沒有失控，將矛甩到身後，再度出擊。他渾身綻放魔光，又快又強壯。長矛在他手中輕得像羽毛。阿希雅及長矛姊妹跳到地上，但英內薇拉斷聲揮手，叫她們退下。

英內薇拉向來瞧不起沙羅姆的戰技，但伊拉文由她丈夫和阿雷維拉克達馬基親手調教，而那兩個人是全克拉西亞最高強的沙魯沙克大師。他完美和諧地舞動武器，留意步伐，不給她多少額外的能量借力使力，擋下英內薇拉最猛烈的反擊，讓護甲承受其它攻擊。他利用長矛和能輕易把人踢成殘廢的踢擊和腳鎖等招式驅趕英內薇拉。

儘管他速度很快，英內薇拉還是更快，閃開他的矛和腳，以最低限度的接觸架開其它攻擊。她閃到他的矛下，朝他背部來個後勾踢。他被她用以支撐的腳勾住腳踝，整個人摔向前方。

照理說這樣就該打完了，但他再度令她吃驚，於摔倒途中翻個筋斗，利用那股力量進行反擊。英內薇拉抓住他的矛柄，他推矛出腳，踢中她胸口，讓她整個人撞上門框。

這一刻英內薇拉知道她之前太仁慈了，竟然用沙魯沙克對付他，而不是用魔法。門框附近數千個瓷磚上的魔印在與她身上的霍拉接觸時大放光明，樓梯台上光芒四射，觸發全皇宮的警報。

英內薇拉在伊拉文再度出矛時吼叫一聲，踢下他的矛尖，沿著矛柄往上跑，一腳勾住他喉嚨，把他壓到地板上。

戰士還在掙扎，但英內薇拉承受攻擊，點向匯流點，打斷他四肢的力量線，阻絕血液流向腦部。

「與馬甲部族一起離開艾弗倫恩惠，」她在他的靈氣開始變暗時說，「不然我就把你的腦袋插在城門上。」

「達馬佳，我們得走了。」阿希雅在伊拉文昏倒在地時伸手去扶她。

英內薇拉不理會她，研究起在地板上流動的魔力。她在空中繪製一個複雜的符號，魔印的光芒逐漸黯淡，她的魔杖則越來越亮。她指向一塊瓷磚。「打碎。」

阿希雅毫不遲疑，一拳打碎那塊瓷磚。英內薇拉又吸了兩個魔印，讓阿希雅打碎，然後舉起魔杖，繪製衝擊魔印，把門轟下門框。

「殺了任何膽敢阻止我們的人。」英內薇拉下令，沙羅姆丁伸手去拔背上的短矛，加鍍琥珀金的魔印玻璃，鋒利無比，永不折斷。

守衛湧入走廊，女人左閃右躲。英內薇拉伸手到霍拉袋裡，朝他們拋出一把黑彈珠，包覆閃電惡魔骨的玻璃珠。電光亂竄，守衛肌肉緊縮，她的貼身護衛立刻把他們當作棋子般擊倒。她們長矛發光，英內薇拉曉得那些人都不會再爬起來了。

前方有群凱沙羅姆擋在囚禁她父母的房門外。他們身後有兩個達馬，手上手杖綻放艾弗倫之光。

阿希雅和她妹妹朝人群拋出銳利玻璃，但一名達馬舉起手杖，強風把武器反吹回來。大多在女人的護甲前彈開，但其中一枚刺入賈娃大腿上的護甲縫隙。女孩沒有出聲，跟隨阿希雅進攻的腳步，但英內薇拉看出傷口隨著靈氣擴散，心知她傷得很重。

女人衝到守衛面前之前，另一名達馬舉起手杖，噴出一道猛烈火焰。火焰迅速擴散，充滿走廊空間，燒傷兩名守衛。

阿希雅和她的長矛姊妹毫不遲疑地躲在玻璃盾牌後，持續前進。盾牌上的魔印吸收了惡魔火焰，接著她們闖入戰士群裡。

蜜佳在一下慘叫聲中出矛刺穿一名沙羅姆的腳。阿希雅刺穿一名凱沙羅姆的咽喉，濺出大片鮮血。賈娃在悶哼聲中對準玻璃護甲的縫隙，戳死另一人。

這時牆壁和地毯都燒起來了，但英內薇拉沒有感覺到高溫，她的魔印首飾吸收了能量。第一名達馬在她逼近時對她釋放另一陣大風，但她魔杖輕抖就撕裂風勢，在身後重新凝聚，然後丟向兩名牧師。

他們舉起手杖防禦，魔印發光，和英內薇拉一樣撕裂風勢，但她另一道魔法緊隨大風而來，衝擊魔印炸爛地板，撞倒他們。其中一人放脫手杖，英內薇拉把手杖打飛，遠遠落在走廊另一端。另一個緊握手杖，手指宛如長笛手般迅速移動，操縱手杖表面的魔印。英內薇拉揚起魔杖，打算在他釋放能量前殺了他。

但接著門打開了，英內薇拉看見了她母親。阿桑跟在曼娃身後出門，一手扣住她喉嚨。

「夠了，母親。」

英內薇拉僵在原地。手中的霍拉魔杖觸手溫暖，讓突然冒出來的手汗弄得濕滑。它的力量遠比達馬那些手杖——顯然其中也鑲了惡魔骨核心——強大，足以殺光皇宮裡所有人。

但卻不足以解救母親。阿桑能搶先扭斷她脖子。

「我得說我沒想到妳會上勾。」阿桑說。「妳眞的以爲事情會這麼容易？」

「放開她。」英內薇拉說。「她是你外婆，不是什麼青恩奴隸。」

「你們兩個都沒費心讓她認識我。」阿桑說。「我幹嘛在乎她的死活？但我會放她走，只要妳交出我兒子。只要妳交出我奶奶。」他側頭看向阿希雅。她戴了面巾，但儘管他這個丈夫很不盡責，還是一眼就能認出她來。「還有我『已故的』妻子。」

「三個換一個？」英內薇拉問。「你的達馬是很爛的巫師，但我以爲他們在沙利克霍拉裡教過基本算術。」

阿桑微笑。「趁有機會的時候盡量享受妳的優勢，母親。梅蘭和阿莎薇教過我們很多霍拉魔法，雖然她們並不知情。我們每天都在拉近差距。魔法不再是達馬丁獨享的領域。」

「直接違反伊弗佳，」英內薇拉說。「殺光所有巫師，卡吉對人民說。」

阿桑聳肩。「我現在是沙達馬卡了，母親。那些經文該更新了。」

「一路殺人爬上高台並不能讓你成爲沙達馬卡，孩子。」英內薇拉說。「你背叛了全克拉西亞，危害沙拉克卡，一切全是爲了滿足個人野心。」

英內薇拉望向母親的雙眼。「原諒我，母親。我得把第一戰爭放在家人之前。」

「妳是我女兒，」曼娃說。「就算妳摧毀太陽，我依然愛妳。」

阿桑的靈氣充滿憤怒。他腦袋一晃，卡薩德被推入走廊，木腳跌跌撞撞。卡席福在他身後微笑，拿匕首抵住她父親的喉嚨。他露出來的手臂穿有護甲，也很謹愼地把比較重的卡薩德擋在身前當盾牌。

「那就讓我們從小處談起，」阿桑說。「現在就交出我的吉娃，不然卡席福會割開妳父親的喉嚨。」

英內薇拉很想舉起魔杖，但用處不大。她無法不波及父親便擊中卡席福，就像她無法打死阿桑但不傷到母親。走廊另一端傳來援軍聲響。手持霍拉手杖的達馬，還有很多很多沙羅姆，很快就會趕到。

「不要，女兒。」卡薩德說，在卡席福匕首貼緊他脖子時深吸口氣。「解放者原諒我了。我的靈魂清白。」

英內薇拉打量她父親的靈氣，心知他所言不虛。在當沙羅姆時，他是個酒鬼兼懦夫，但現在他已經準備好面對死亡和艾弗倫的審判。他的靈魂望向孤獨之道，隨時可以爲家人踏上其中。他曉得阿桑認定自己只是卡非特——可以犧牲。曼娃才是眞正有價值的人。他外孫絕對不會殺她。

「你對索利做出那種事情，你的靈魂永遠不會清白！」卡席福肌肉鼓脹，但阿桑揮手阻止他。

「我願意去，達馬佳。」阿希雅說。

英內薇拉調節呼吸，搖了搖頭。沙達馬卡優先。骨骰說阿希雅還會參與其中。卡薩德就沒份了。

「你已經試圖謀害你妻子一次了，我兒。我不會再給你機會。」

阿桑揮手，卡席福的匕首閃爍，在卡薩德脖子上劃下火熱的血痕。英內薇拉在父親倒地，被自己的血嗆到時放聲尖叫。卡席福一失去卡薩德這道盾牌，英內薇拉立刻揚起魔杖，擊斃他。戰士飛身而起，落地時化爲焦屍，但是傷害已經造成。

曼娃在阿桑把她拉近擋在自己身前，拖回房內時發出嗆到的聲音。他的手下迎上前來，阻止追兵。

「殺光她們！」阿桑大叫，踢上房門。

英內薇拉放他們走，很高興不必擔心曼娃安危，舉起霍拉魔杖。她用空出來的手對沙羅姆丁下令。不留活口。

我是笨蛋，英內薇拉在她們渾身焦痕和血跡，回到皇宮中屬於她的側廊時心想。

她們造成很大的傷害，在阿桑的走廊上留下大批沙羅姆和達馬的屍體，但是和她兒子控制的部隊相比根本不算什麼。他已經加派三倍守衛。現在陷阱已經揭露，她們不會再有第二次機會。

只有阿桑、曼娃還有長矛姊妹活下來見證此事，但那還是讓英內薇拉感到徹底失敗。她太狂妄了，被憤怒牽引，放棄了骨骸的冰冷理性。

現在她父親死了，她很可能再也見不到母親。阿桑肯定了一件他早在懷疑的事——阿希雅還活著。

而她得到了什麼？

什麼都沒有。

「達馬佳。」阿希雅在她們回到她的寢宮時鞠躬道。「我可以去看我兒子嗎？」

英內薇拉目光飄向這不滿二十歲的女孩，在她身上看見恐懼。不是擔心自己——她今晚已做好赴死的準備，不管是戰死沙場，還是自我犧牲。但遭遇她丈夫讓她擔心兒子。英內薇拉可以看見阿桑的影像，宛如鬼魂般飄浮在她頭上。阿希雅知道為了奪回卡吉，他願意殺死克拉西亞所有男人、女人及小孩。

英內薇拉伸出雙手，阿希雅渾身僵硬，靈氣充滿震驚。難道達馬佳打算擁抱她？

但英內薇拉的雙手沒有環抱女孩，而是以手掌貼上阿希雅戰袍上被沙羅姆的矛劃傷的地方。袍下的傷口已經癒合，但英內薇拉的手上還是沾了鮮血。

她跪下，拿出骨骰，於掌心滾動，擲骰前塗抹她外甥女的精華。

「艾弗倫，光明和生命賜予者，祢的子民需要指引。我要如何守護祢尊貴的兒子卡吉・阿蘇・阿桑・安賈迪爾・安卡吉，讓他和他母親在沙拉克卡中服侍祢？」

阿拉蓋霍拉魔光閃爍，她擲骰，冷冷看著骨骰形成複雜的圖案。她花了很長的時間加以解讀。

她得透過她父親的父親找出卡非特，還有妳失散的表親。

英內薇拉眨眼。她並不意外阿邦還沒退場，而派阿希雅離開艾弗倫恩惠或許就是唯一確保她和卡吉安全的做法。阿希雅父親的父親是凱維特達馬，之前在指揮黎明修道院，很可能依然待在那裡。

但是表親？什麼表親？

接著她割傷自己。骨骰說是她的表親，不是阿希雅的。或許她自己的血可以提供阿希雅的血不能提供的答案。

但就和往常一樣，骨骰只有引出更多問題。

她透過氣味就能認出他。

「妳趁馬甲部族準備離開時的騷亂溜出去。」英內薇拉說。「阿桑不會想到我會送妳離開。趕去艾弗倫倉庫。賈陽戰敗在哪裡流下了很多寡婦母親。多妳一個不會引人注目，在首都外面，不會有人認得妳或卡吉。」

「抵達之後呢？」阿希雅問。「我要怎麼找卡非特？」

「去找魁倫。」英內薇拉指示。「現在那裡是訓練官當家，他的私掠船掌握湖面水域，至少在春天前都是如此。如果有人能幫你找出他失蹤的主人，肯定就是他了。我每天都會擲骰，有新情報就通知妳。妳耳環裡的霍拉石幾天之內都還不會超出傳送範圍。之後妳就要靠自己了。」

「那這個失散的表親呢？」阿希雅問。

「線索不多。」阿希雅說。

英內薇拉聳肩。「妳憑味道就能認出他。」

「我們要相信艾弗倫。」英內薇拉說。「骨骰說得明白。妳得找出他們，才能在沙拉克卡中扮演妳的角色。」

阿希雅額頭抵地。「謹遵妳的指示，達馬佳。」

她起身離開，去和安安靜靜等在外面的長矛姊妹道別。她們曉得她會離開，但除了她們兩個，沒人曉得她要去哪裡，去做什麼。

「外甥女。」英內薇拉說，阿希雅停步。她轉身直視英內薇拉的雙眼。

「我要妳知道，妳比我女兒還要令我驕傲。如果有任何人能夠肩負起這個艾弗倫賜下的重擔，肯定就是妳了。」英內薇拉攤開雙臂，長大成人後第一次，阿希雅滿心訝異地投入她的懷抱。

第十二章　耗盡　334 AR

「他們進入貝卡的視線範圍了。」汪妲側頭傾聽頭盔裡惡魔碎骨傳來的聲音。「史黛拉和基特，偷偷接近史密特的倉庫。」

黎莎點頭。他們每次都會在倉庫剛補好貨的時候來，就算史密特改變補貨時程也一樣。有人洩露情報給他們。

她穿上斗篷和手套。「走吧。告訴貝卡和其他人待在屋頂上，手指不要接觸扳機。要是被我看到箭矢亂飛，就會有人失業。」

「是，女士。」汪妲說。「但如果他們對妳動手，我會親自發箭。我可不能拿妳的性命冒險。」

黎莎捏捏她的霍拉袋。「我也不會。」

布魯娜教過她跑步看起來很不莊重，但黎莎不願辜負自己的長腿，於是開始快步行走。魔印之子夜晚移動的速度很快。

汪妲再碰頭盔。「啊，收到。」她轉向黎莎。「他們不趕時間。大搖大擺，好像全鎮都是他們的一樣。」

黎莎噘起嘴唇，看見史密特雙臂抱胸站在沉重的倉庫大門前。現在門上都有魔印，以刀槍不入的玻璃強化。

「不要挑釁他們。」她說著走過去站在他身旁。

「他們？」史密特問。「我兒子和孫女每兩週就來洗劫我的倉庫，而妳還擔心我會挑釁他們？」

「他說得有道理。」汪妲說。

「是呀，」黎莎同意。「但他們陶醉在魔法中，而我們不想起衝突。只是來談判的。」

「希望他們也這麼想。」汪妲說。

就在此時，史黛拉和她叔叔轉過轉角，發現他們三個在此等待，停下腳步。他們兩人都綻放魔光，但史黛拉比較亮。沒有亮到瑞娜・貝爾斯那種地步，不過比黎莎見過的人——除了亞倫和賈迪爾——都還要亮。短短半年就變成這樣了。

是我造成的，她提醒自己。*亞倫警告過我。哀求我。但我肯定我是對的。*

基特至少還知道要露出懊惱神色。史黛拉只是輕聲竊笑。

「妳覺得這樣好玩？」史密特問。「我讓你們一輩子豐衣足食，而你們用搶我的東西來回報？」

「噢，少來了，爺爺。」史黛拉說。「造物主知道你負擔得起這點損失。我們每天晚上都在外面流血，而你卻一天一天越吃越肥。」

「很多人晚上都在外面流血，」汪妲說。「那不是當強盜的理由。」

「我們又沒傷過人。」基特說。「只是拿走幾袋食物、幾桶酒。你寧願我們挨餓嗎？」

「以前你會工作賺取報酬。」史密特說。

「現在也一樣！」史黛拉爭辯。「現在比從前更努力！我們保護大家安全。」

「惡魔屎。」史密特說。「你們待在樹林裡不是為了任何人，只是為了你們自己。」

「妳爺爺說得有道理。」黎莎說。「我在你們皮膚上繪印不是要你們沉醉魔法之中，然後在我的樹林裡交配。」

「不，妳只是讓我們淺嚐那種滋味，然後遺棄我們！」史黛拉大聲道。「亞倫・貝爾斯說我們都是解放者，但妳只想獨占所有力量！」

「喂，不准那樣和黎莎女士說話。」汪妲吼道。

「好了，史黛兒。我們走就是了。」基特說。

史黛拉忽略他，雙臂交抱，站穩身形，面對汪妲的目光。「不然怎樣？」

汪妲握緊拳頭，護甲嘎嘎出聲。「不然我就打妳屁股，妳這個小混蛋。」

史黛拉頭上出現汪妲在訓練時把她摔在地上的影像。女孩迫不及待想要重比一場。「試試看呀，妳這隻醜蜥蜴。只因爲妳是黎莎的攻擊犬就自命不凡。該是把妳關回狗籠裡的時候了。」

汪妲的靈氣也大放光明。黎莎伸手拉她手臂，要她冷靜下來。「我沒有遺棄你們，」她對史黛拉說。「公爵命令我去安吉爾斯。我能怎麼做？規矩是文明的基礎。妳似乎忘記了這一點。」

「是呀，規矩。」史黛拉說。「好像妳讓規矩阻止妳做過任何想做的事情一樣。」

「我所做的一切都是爲了窪地郡。」黎莎說。

「是嗎？」史黛拉反問。「所以妳在堡壘裡撫養沙漠惡魔的小孩？」

汪妲大吼，黎莎伸手壓住她胸口阻止。「對，那個也是。難道妳希望他的大軍進攻窪地，就像他們進攻來森和雷克頓那樣？」

史黛拉大笑。「妳敢說妳一點也不享受當壞女孩的感覺？妳敢說妳做的時候腳趾沒有縮起來？」

「我沒必要向妳解釋我的行爲。」黎莎說。

「當然沒必要。」史黛拉說。「黎莎天殺的佩伯不用對任何人解釋自己的行爲。離開鎮上七年，回來後就開始指使所有人，好像有人任命她爲女公爵一樣。」

「夠了，」黎莎說。「我在妳皮膚上繪印，給妳同伴那些武器的時候訂下了規矩。妳們違反了那些規矩，還有窪地郡的法律。我要逮捕妳，妳要為自己犯的罪行付出代價。」

史黛拉哈哈大笑。「誰能逮捕我？」

黎莎一指，他們兩人回頭，看見巷口出路都被伐木工擋住了。他們依照黎莎吩咐保持距離，不過那兩個人絕對逃不出去。

史黛拉厭惡地轉回頭來。「不夠。差得遠了。」她奮力躍起，輕鬆拉近三十呎距離。

儘管她動作很快，但汪妲・卡特比她更快。她跨步擋在黎莎面前，宛如石惡魔般不動如山，一掌擊中史黛拉胸口，阻止她的衝勢，擠出體內的空氣，將她擊倒在地。

史黛拉全身皮膚上的魔印刺青配合靈氣中的怒意大放光明。她雙掌抵住地面，傷勢並不嚴重。

汪妲不給她時間恢復，一腳踢得她翻過身來，扭斷她一條手臂。史黛拉慘叫，不過沒叫多久，因為基特迎上前來，用霍拉矛柄擊中汪妲腦袋，力道猛到把汪妲頭盔上的皮帶打斷整個飛出去。

「快走！」基特叫道，在伐木工趕來時扶起史黛拉。

史黛拉甩開他的手。「我要打趴那隻醜蜥蜴！」

汪妲跌跌撞撞起身，史黛拉了上去，一拳擊中汪妲下巴，衝擊魔印大放光明。

如果汪妲是普通人，甚至是伐木工的話，這一拳很可能會打死她。但汪妲的皮膚也有繪印，而她的木甲上鑲有霍拉。即便如此，黎莎還是聽見骨碎聲響。

黎莎拔出魔杖，但汪妲還沒倒下。她側跨避開下一擊，抓住史黛拉的手腕，順著本身的衝勢一拳打斷她的肋骨。

基特本來不願意出手，但既然已經打開了，他的靈氣變得幾乎和史黛拉一樣火熱。他把一個衝上來的伐木工踢去撞上旁邊的女人，又打中第三個人的臉。一年前他還是個人畜無害的男孩，天真無邪，甚至有點笨，但現在他的動作宛如掠食者般敏捷，攻擊對手最弱的地方，完全掌握全部對手的行動。

史黛拉說得對。他們帶來的戰士不夠多。

史黛拉和汪妲宛如惡魔般打鬥，交換強大的攻擊。激鬥中，沙魯沙克的優雅感蕩然無存，只剩下殘暴的踢、捶、扭等近戰攻擊。汪妲撲倒史黛拉，奮力箝制她，但史黛拉手肘擊中她，衝擊魔印發光。汪妲被打得向後，史黛拉立刻進行反制，但汪妲一腳頂在兩人中間，把她踢開。

「夠了！」黎莎大叫，舉起魔杖。史黛拉轉向她，雙眼宛如地心魔物，開始朝她移動。

黎莎手法熟練地在空中繪製一連串魔印，宛如簽名般輕鬆。她本來可以利用魔法攻擊史黛拉，但這件事並非女孩的錯——至少，不完全是。於是黎莎施展吸收魔法。

史黛拉在魔法離體而去時尖聲慘叫。她的魔印逐漸黯淡，黎莎的魔杖則在手中開始增溫。汪妲撲向她，接著在大叫中縮手，擺脫吸收魔法的影響。

「阻止基特！」黎莎叫道。「這裡交給我。」

但是她看起來不像應付得來的樣子。史黛拉站穩腳步，直衝而上，目光爍爍。史密特在孫女上前時後退一步。

魔杖變得滾燙，但黎莎咬緊牙關，堅守陣地，感受魔法反饋的力量貫穿她的特殊魔印手套，順著手臂而上。這樣會讓她變強，但更會激發她的怒氣和沮喪。

「妳大膽！」黎莎吼道。「妳是廢物！在我診所裡橫行的老鼠！我給妳力量對抗黑夜，而妳把力量用在這種地方？妳就是這樣報答我的？」她在空中繪製更多魔印，加強吸收的力道。

接著，突然間，史黛拉的靈氣消失了，宛如燭光般熄滅。她摔倒在地，了無生氣。

「黑夜呀！」這個畫面把黎莎帶回現實。她不再吸收魔法，奔向女孩，在魔法強化情緒下感到強烈的驚慌失措。她本來沒打算吸收那麼多魔力。她沒想要過要殺對方。

史黛拉身體還有暖意，但是沒有呼吸，心跳停止，靈氣漆黑。黎莎手中的魔杖依然滾燙，她用魔杖觸碰史黛拉胸口的關鍵魔印，交還一點她所奪走的魔力。

黎莎眼看魔印貪婪地吸收魔力，透過魔印網散播火花，竄入史黛拉體內。女孩抖動一下，瞪大雙眼，大口吸氣，然後摔回地上，氣喘吁吁。她靈氣黯淡，但黎莎看見心跳恢復跳動，知道她會活下來。

這時汪妲和伐木工已經制伏了基特，搶走他的武器和護甲。汪妲看起來已開始自療，但下巴歪掉。黎莎或許需要再把下巴打斷一次，才能接回原位。

「基特和史黛拉．音恩，你們被捕了。」黎莎說。「我希望永遠不會用到湯姆士伯爵建造的地牢，但你們讓我別無選擇。」

史黛拉咳嗽、吐血，但卻在笑。「關不了多久的。部落會聽說此事。他們會來救我們。」

「那他們就會和你們關在一起。」但如果剩下的魔印之子都在吃惡魔肉，黎莎知道事情不會這麼簡單。

情況好轉前會先惡化。

「我看不出來爲什麼有必要做這種事，女士。」妲西在和黎莎喝茶時問，眼看窪地士兵行軍進駐藥草師學院。

她們身處黎莎之前的小屋，現在是妲西院長的行政中心。這種感覺很奇怪，在自己家裡作客。

「我希望沒有必要。」黎莎說，「但是魔印之子的營地就在數哩外，而他們遲早都會發現我們抓了史黛拉和基特。在魔法強化情緒下，他們或許會報復，也不會挑剔報復對象。」

妲西露出理解的表情。「不是妳的錯，黎莎。妳不曉得會演變成那種情況。」

「我不知道嗎？」黎莎問。「亞倫告訴過我不要在皮膚上繪印。黑夜呀，他哀求我不要那麼做！他知道那樣會對人心造成什麼影響。我認爲他太小看我們了，而現在我認爲是我太小看他了。抗拒那種力量需要強大的意志……什麼人才辦得到那種事情？」

妲西吐出一口氣。「我一開始覺得瑞娜很糟糕，但她還是突破難關了，不是嗎？」

「我想是，但她有亞倫．貝爾斯陪在身邊，日以繼夜。魔印之子只有彼此。」黎莎啜飲一口茶。

梅兒妮端了個盤子從廚房出來。「吃餅乾嗎，女士？」

「謝謝妳，親愛的。」黎莎接過一塊餅乾。「聞起來很香。」

梅兒妮的笑容令她神采飛揚。她是個美麗的女孩，乳房腫大，自製連身裙幾乎塞不下她的肚子，但是旁觀她打理妲西的房子，絕對不會有人猜到她是安吉爾斯公爵夫人，在丈夫死於安吉爾斯攻城戰時混在黎莎的學徒中溜出城來。

「我還能爲妳做些什麼嗎，女士？」她問。

「茶有點甜，」黎莎說。「下次不用在我茶裡加糖。」

「我可以再拿一杯……」

「不用了，親愛的。」黎莎說。「妳過得如何？」

「很好，女士。妲西院長教了我很多東西。」

「廚藝教得還不夠。」妲西在年輕女子輕哼小調離開房間時喃喃說道。

黎莎看著餅乾。邊緣烤焦了，中間太厚了。她咬了一口，沒錯，中間還沒熟。

「妳帶回來的學徒大多還不錯。」妲西搖頭。「至於那個……」

「我目睹她丈夫身亡，」黎莎說。「她孤苦無依，我承諾過要照顧她。」這雖然不是全部眞相，但卻是眞話。如果比瑟公爵無法與密爾恩的羅蘭公主產下子嗣，梅兒妮肚子裡的孩子就是下任繼承人。

黎莎知道她或許有一天得把她們兩個當作政治工具，而她很討厭這種做法。「謝謝妳接納她。」

妲西聳肩。「那孩子不算聰明，還在學習廚房和掃把的雜事，但很擅長用針，而且永遠保持好心情。她會對所有人微笑，大家也都很寵她，特別是她肚子裡有孩子。」

「我們的密爾恩客人表現如何？」黎莎問。

「我向他們學的東西比教他們的東西還多。」妲西承認。「瑞根公會長和伊莉莎主母一整個禮拜都在擔任魔印課的客座講師。」她搖頭。「不過感覺不太對，教男人骸骨魔法。」

「妳要習慣，妲西。」黎莎說。「就像男人都在習慣女人拿起長矛。奧莉芙讓我思考許多我們畫地自限的事情。如果男人有天賦又願意學，爲什麼不能當藥草師？」

「我哪知道？」妲西吐氣道。「只是有點怪。接下來我們就要教他們火焰的祕密了。」

「妳聽說過安吉爾斯之役的消息。」黎莎說。「密爾恩的人已經得到火焰的祕密了，但只要心靈惡魔在新月時鎖定他們，全世界的火器都救不了他們。瑞根公會長撫養亞倫．貝爾斯長大。如果連他都不能信任，我們乾脆放棄希望算了。」

第十三章　亞倫．貝爾斯最後的遺囑和聲明　334 AR

「她會氣炸的。」瑞娜警告道。

「對，妳無法想像她會氣成什麼樣子。」亞倫同意。「但她有權知道。」

「妳確定不要我一起去？」瑞娜問。她沒有說出口，但靈氣中閃過亞倫和黎莎熱情擁抱的影像。他們已經結婚了，她不認爲眞要擔心，但她也不會忘記他們曾經抱在一起過。

「我很快就會回來，瑞。」他說，「但黎莎有權對我大吼大叫，我最好還是獨自面對。」

「只要她只是大吼大叫就行了。」瑞娜說。「只有我能甩你巴掌。」

「我眞幸運。」亞倫對她眨眼，深吸口氣，吐氣時全身變煙。惡魔說這叫作虛實不定的狀態，他們單純以能量的形式存在，成爲世間魔法流的一部分，只靠意志保持自我。

他延伸意志，找出一絲從地心魔域噴出的魔力，利用它的引導潛入地表。其他通道在他面前開啓，在複雜的迷宮中匯流，但他毫不遲疑地挑選他要走的路。即使距離數百哩，他還是可以感應到窪地大魔印的魔法流，將當地所有魔力吸成一道漩渦。

他讓大魔印吸引自己，進入魔印網內後，強化意志，落入大魔印中心點旁的漩渦軌道，以免又被拉走。進入大魔印後，他立刻開始得知近期發生其中的事件，他吸收，盡量了解缺席期間出了什麼事，同時篩選出一道靈氣，以思想的速度竄流而去。

黎莎在伯爵堡壘四周繪製的魔印十分強大，但主要目標都是惡魔，只有少數在防禦人類。亞倫非魔非人，穿越牆壁縫隙，眼睛沒有繪印的人都看不見他。即使擁有魔印視覺的人也只能看見魔力聚集，被牆壁上的魔印吸引。

亞倫就像穿越大魔印般輕鬆穿越那些魔印。黎莎的魔印技巧都是他教的；他比任何人更熟悉她的字跡。順著魔印流竄有點像是撫摸她的身體，讓他想起他們彷彿發生在上輩子的激情之夜。他很慶幸瑞娜沒有跟來。他們一起化煙時，情緒都會攤在彼此面前。

他發現她坐在伯爵辦公室裡。亞倫在陰影中凝聚形體，釋放一點本身魔力進入手臂上的隱形刺青。他躲在其他人看不見的地方，吸收房內魔力，加以解讀。這裡不是伯爵的辦公室了。湯姆士已經好幾個月沒有出現，而黎莎的靈氣顯示她現在是女伯爵。權力——以及隨之而來的負擔——宛如熱力般自她體內釋放而出，影像宛如惡魔般在她身邊圍繞。

亞倫想起要呼吸，讓痛苦穿體而過。儘管湯姆士伯爵盛氣凌人，但畢竟是個好人，而這個世界上好人真的不多。他的死對世界沒有好處。

黎莎不是一個人。汪妲在站崗，捲起的衣袖下露出黑柄魔印。她身上綻放魔光，那景象十分美麗。亞倫曾打量過上千道靈氣，很少有人能像汪妲．卡特這樣純淨不複雜。

但就連她也不能和搖籃裡的光芒相提並論。黎莎和賈迪爾的孩子，宛如小太陽般炙烈。他吞下喉嚨裡一枚硬塊，伸手抹去眼中淚水。房間內部繪有寂靜魔印。亞倫在空氣中繪印，啟動它們。

黎莎身體一僵，感應到屋內變化。她手掌探向掛在腰帶上的金殼惡魔骨魔杖。隨時警覺的汪妲也伸手握住腰間匕首。「沒事嗎，女士？」

「檢查門口，」黎莎說。「帶弓去。」

「沒必要，汪。」亞倫步出陰影。

黎莎立刻站起身來，在空中繪製化身魔印。

「我不是惡魔，黎莎，」亞倫說。「是我。眞的。」

「解放者。」汪妲單膝下跪。

亞倫兩眼一翻。「我要叫妳別來那套多少次才會聽，汪妲·卡特？」

汪妲聳肩，站起身來。「我想應該要一百萬次吧。」

「那大概快到一半了，」亞倫說。

「很高興見到你，先生。」汪妲說。「我就知道你沒死。」

「我也很高興見到妳，」亞倫說。「我有話要跟妳和其他幾個人說，待會兒。我以妳爲傲。但現在，請出去站在門外，確保不會有任何意外的訪客打擾我們。」

「是，先生。」汪妲拿起弓與箭筒，走向門口。

「別向任何人提起此事，汪妲。」黎莎說。

「是，女士。」汪妲關上房門。

「佩伯女伯爵，」亞倫說。「我該鞠躬，還是……」

黎莎將魔杖掛回腰帶，攤開雙臂。「閉嘴，來抱我。」

亞倫緊緊擁抱她，她也一樣。她的香氣充斥他的鼻孔——藥草、肥皀、母乳的甜味，還有獨一無二的體香。他抗拒從前那種想把臉塞到她頭髮中吸氣的衝動。

他們不太情願地放手，但他手一放鬆，黎莎立刻推開他。「你眞該死，亞倫·貝爾斯！你把我們全都嚇死了！你和你那些天殺的祕密計畫！阿曼恩也還活著嗎？」

亞倫按摩後頸。「當然活著，黎莎。我沒殺任何人。瑞娜告訴過妳了。」

「她沒有。」黎莎幾乎是啐出這句話。「她說他和你一樣不會回來了。」

她捶打他胸口。他可以阻止她，或閃開，或化煙，讓拳頭透體而過，但他任由她打。「發洩出來，黎莎。我知道我該打。」

「一點也沒錯！」她吼道，但他逆來順受的模樣讓她消了點氣。黎莎三不五時會大發雷霆，但內心深處一直是個理性的人。她有問題要問，大吼大叫就問不了了。

房間對面嬰兒突然受驚，開始哭泣。

「看看你做了什麼。」黎莎說。「我才剛哄她睡著。」

「又不是我在叫。」黎莎走向搖籃，但亞倫動作更快。他抱起小孩，忍不住面露微笑。他回過頭來，在黎莎的靈氣中發現驚慌之色。她很怕他碰她孩子，但沒有表現出來，也沒說什麼。亞倫伸出一根手指，孩子抓住它，瞪大小眼睛看他，忘記哭泣。

仔細打量小孩的靈氣後，他看出黎莎在怕什麼。「是了，這情況頗不尋常。」

黎莎的靈氣充滿戒心。「你就只有這句話說？」

亞倫忽略這個問題。「她叫什麼名字？」

「奧莉芙。」亞倫可以看見一顆橄欖的影像飄在黎莎頭上，咬了一半，露出果核。

他大笑。「橄欖有果核。」

黎莎雙臂交抱。「我媽也這麼說。」

「好名字。」亞倫說。「她會喜歡的。」

黎莎的靈氣從警戒轉為好奇。「你怎麼會認為奧莉芙是女生？」

亞倫回頭看孩子，自己也很好奇為什麼會有這種想法。他深入探索，用一絲魔法貫穿奧莉芙，然後收回來，解讀魔法留下的痕跡。她的靈氣中充滿影像。他從未見過這麼多影像出現在靈氣裡。那些並非她的思緒或記憶；她還太小了。那些是可能發生的未來。

「不知道。」他終於說。「但我知道我說的對。奧莉芙會接受『她』的身分，但一直清楚自己非男非女。」

痛楚穿透黎莎的靈氣。她眼眶濕潤，伸手摀嘴，壓抑哽咽。

亞倫一手摟著奧莉芙，伸出另一手輕捏黎莎的肩膀。「無所謂。她是奧莉芙，任何既有的框架都侷限不了她。只能讓世界習慣她。」

黎莎邊哽邊笑。「我媽也這麼說。」

「你媽聰明得像條鞭子。」亞倫說。「奧莉芙將會面對艱困的人生，但她和她父母一樣特別。說不定還更特別。世界上沒有什麼她應付不來的局面。」

黎莎抬頭看他，雙眼依舊淚濕。「你怎麼曉得這種事情？」

亞倫回頭看向在奧莉芙四周繞圈的影像，聳了聳肩。

「我現在能看見一些東西。有時候是人們在談論的事情，有時候……別的東西。我想是有點像骨骰。不是將會發生什麼，而是可能發生什麼。我們很有可能都沒剩下多少未來，但如果能度過接下來的考驗……」

「她父親在哪裡？」黎莎問。

「擔任守衛，等我這邊忙完，」亞倫說。「然後他也要去艾弗倫恩惠處理事情。之後我們又會離開。」

「什麼事？守衛什麼？要去哪裡？什麼考驗？」

亞倫吐出一口長氣。「我們捅了蜂窩，黎莎。惡魔大軍將至，某種程度來說是我的錯。」

亞倫在黎莎用掌根去揉腦側加以安撫前，就已經看見她眼睛後面湧現的疼痛。「聽起來就像我認識的亞倫・貝爾斯。」她走回椅子。「茶？」

「好，謝謝。」亞倫說。奧莉芙閉上眼，他輕輕在黎莎對面的沙發坐下，以免吵醒她。黎莎倒茶，他用空著的手接過茶杯。茶很苦，但是不意外。黎莎不是故意不放糖，她只是從未想過有人會想加糖。

她透過魔印眼鏡瞇眼看他。「黑夜呀，亞倫。你想加糖，說一聲就好了。」

他微笑。「妳解讀靈氣的技巧比看起來高明。」

「技巧熟練後才會開始看見影像。」亞倫說。

「不用是心靈惡魔也看得出來，」黎莎說。「你頭上飄了個天殺的糖罐。」

黎莎漫不經心地揮揮手，但他看得出來她很開心。

「這表示你一直以來都想加糖，只是一直沒說？」

亞倫聳肩。「除非有人要糖，不然妳不會擺糖罐出來，而我又不是喜歡麻煩別人的人。我喝過比苦茶還苦的東西。」

「膿汁？」黎莎問，亞倫覺得血液變涼。他保持討價還價時的面具，探測她的靈氣，確認她知道了多少。他吐出一口氣，放下茶杯。「妳怎麼猜出來的？」

「我沒有。」黎莎說。「是史黛拉・音恩。現在她被關在地牢的魔印囚室裡，還有幾十個醉魔法的青少年在藥草師樹林裡吃惡魔。」

「黑夜呀。」亞倫把臉埋進掌心。

「你該早告訴我的。」黎莎說。「你應該要信任我的。」

「就像我信任妳不要在他們皮膚上繪印？」亞倫問。「像我信任妳會相信我說過度使用魔法有危險？妳見過我當時的情況，黎莎。像野獸一樣活在野外，忘記所有身而爲人的意義。我差點把妳和羅傑丟在路上等死，幸好那天我心情好。」

黎莎雙臂交抱。「那瑞娜就沒關係？」

亞倫皺眉。「瑞娜在這件事情上給我的選擇不比妳多，黎莎。我身邊盡是不肯聽我說話的女人。」

她笑嘻嘻看他。「或許就是要這樣才能讓你別做蠢事。」

亞倫忍不住輕笑。「是呀，或許。」

黎莎起身，走到旁邊放著陶瓷茶具的桌子。這位女伯爵不用銀器。她帶著糖罐回來，用夾子夾起兩顆方糖，放入他的杯子裡。她放下糖罐，回到位子上。「現在告訴我你去了哪裡，幹了什麼。」

「信任妳，黎莎．佩伯，」亞倫說。「向來如此。但就如妳不肯告訴我火焰的祕密，我也有事情沒和妳說。我們都有權自行決定一些事情。」

黎莎噘起嘴唇，不過沒有爭論。

「現在……」他嘆氣。「我也不曉得有生之年還能不能再見到妳，所以保守祕密已經沒有什麼意義了。我會把妳想知道的一切都告訴妳，但我要妳發誓，大聲發誓，不會洩露出去。要是有人聽說我要告訴妳的事情，又被心靈惡魔抓到，全世界都會面臨危機。」

黎莎毫不遲疑。「我以在你懷裡睡覺的孩子起誓。我絕不會洩露你的祕密。」

亞倫點頭。「心靈惡魔不是無緣無故找上我和賈迪爾。他們對待解放者預言的態度比牧師還嚴肅，稱我們爲『統一者』。是煽動軀殼展開眞正反抗的心靈。只要我們活著，他們就會一直找上門來。」

「你派瑞娜來時就說過了。」黎莎說。

「我們以爲有能力對抗他們，就像古時候那樣。」亞倫說。「後來他們在新月時把我困在陷阱裡，翻箱倒櫃般搜索我的內心。我能聽見他們在我腦中交談。審視我的一生與計畫，嘲弄我有多可笑。」

「但是接著，」他輕拍自己腦側，「他們透露了一件小事。」

「什麼？」他看出她在抗拒湊上前來的衝動。

「他們看見我是從哪裡找回戰鬥魔印的，」亞倫說。「看見安納克桑，發誓要在下次新月時回去徹底摧毀該城。」

黎莎瞇起雙眼。「你知道他們會去哪裡。」

亞倫點頭。「當時我就知道不能殺賈迪爾。惡魔在我心裡看見那個計畫。我必須做點不在他們意料中的事情。」

「多明沙羅姆一開始就是場騙局，」黎莎猜。「你綁架賈迪爾，把他帶去那裡。」

亞倫點頭。「還有瑞娜、山娃、山傑特。」

黎莎緊握拳頭，靈氣怒到極點。「但是不找我。不找羅傑、加爾德或……」

「不能冒險，」亞倫說。「整件事的關鍵就是躲在一座小陵墓裡，等心靈惡魔跑來卡吉的棺木上拉屎。每多一個人都會增加被發現、趁我們動手前逃跑的機會。」

「那結果呢？」黎莎問。

「賈迪爾的皇冠投射出一個球狀魔印力場。」亞倫說。「惡魔進不去，也出不來。我們殺了幾隻低等心靈惡魔，囚禁了大魔頭。」

黎莎瞪大雙眼。「你是說……」

亞倫點頭。「阿拉蓋卡。他和妳我一樣眞實存在。」

「你們殺了他嗎？」黎莎問。

亞倫左顧右盼，確認寂靜魔印確實在運作。為防萬一，他又繪製了幾個魔印。隱形。困惑。黎莎耐心看著。

「那個天殺的混蛋把我們打得屁滾尿流，」他說。「不誇張。我、賈迪爾和瑞娜使出渾身解數才終於打倒他，鎖起來。」

黎莎驚呼。「鎖起來？」

「他還活著，」亞倫說。「賈迪爾就是在看守他。」

「為什麼？」黎莎問。

「妳不會喜歡這個答案的。」亞倫警告。

「我們要逼他帶我們前往地心魔域，除掉女王。」

黎莎皺眉，雙臂抱胸。「那就直接告訴我。」

「黑夜呀。」黎莎的靈氣顯示她本來打算斥責他，但是在逐漸了解事關重大後，她洩氣了。「惡魔大軍就是為了阻止你們？」

亞倫搖頭。「並不盡然。」

「黑夜呀，」黎莎在亞倫解釋完畢後又說一次。她一直知道他很瘋狂，但這……「你認為前往魔巢是好主意嗎？」

「妳有更好的主意？」亞倫問。

奧莉芙還在他懷裡沉睡，看起來很平靜。他的靈氣保護性地將她包覆其中。她成長過程中完全不認識他會怎麼樣？完全不認識她父親？黎莎解讀靈氣的技巧沒有他們高超，但就連她也看得出來亞倫認定這是一場有去無回的任務。

「你說低等心靈惡魔已經開始築巢。」黎莎說。「你們可以殺掉惡魔之王，一個一個獵殺。用傳統方式打這場惡魔戰爭。」

「從前人類數量比現在多很多。」亞倫說。「卡吉擁有數百萬大軍，但我們兵力不足，要是讓女王產下數十萬顆新鮮惡魔蛋，差距就會更大了。」

他吐出一口氣。「但或許這就是傳統方式，勉強算吧。伊弗佳說卡吉將戰場拉往地底，阿拉蓋卡也確認了此事。」

「卡吉殺了女王？」黎莎問。

「試過，」亞倫說。「很接近。但是在最後推進時出了差錯。造物主才知道是什麼差錯。」

「你從什麼時候開始相信造物主了？」黎莎問。

亞倫聳肩。「妳明白我的意思。」

「你怎麼知道這隻惡魔不會帶你們步入陷阱？」黎莎問。

他再度用那種令人生氣的方式聳肩。「很可能是。但地心魔物不曉得我們要去，拜妳的斗篷所賜，他們也不太可能看見我們。惡魔老爹紋身上鎖，能造成的傷害有限。」

「聽起來他已經讓你們知道他的極限超乎你們預期。」

亞倫點頭。「我們不會冒不必要的風險，但也不能坐在這裡等待黑夜徹底降臨。」

「不，」黎莎同意。「不，你們不能。」

「心靈惡魔會試圖把自由城邦當蛋一樣打碎。」亞倫警告。「他們需要新鮮的肉餵食剛出生的女王。所有人類主要聚落都會在他們標示地盤時遭受攻擊。」

「如果殺光我們，耗盡食物會怎麼樣？」黎莎按摩腦側。

「那他們就會擴張地盤。」亞倫說。「我們並非世界上唯一的人類，黎莎，這個魔巢也不是唯一的魔巢。」

「那是怎樣？」黎莎問。「你殺死女王，我們擊退大軍，但也只能暫時解決問題？」

亞倫搖頭。「如果我們繼續建造大魔印就不是。只要我們撐過明年，接下來一整個世代都不會有任何地心魔物在提沙現身。」

「你真的相信這話？」黎莎問。

「就和我相信任何事情一樣。」亞倫說，靈氣裡沒有任何說謊的意味。「我小時候，大家都不相信有人能對抗惡魔。我證明他們是錯的，然後他們又不相信克拉西亞人和提沙人可以攜手合作。我又證明他們錯了。只要我們夠膽去做，黎莎，就能寫下自己的命運。」

奧莉芙發出聲音，翻身擠入他懷裡，黎莎握緊一拳。「那我們就這麼辦。你需要什麼？」

「我得把話傳到其他城市去，」亞倫說。「妳可以負責安吉爾斯嗎？歐可不會聽，但我在密爾恩有其他朋友——」

「你沒有。」黎莎插嘴。

「嗯？」亞倫問。

黎莎享受那一刻。「伊莉莎和瑞根在這裡，在窪地。」

亞倫的眼睛瞪得比茶杯還大，她微笑。「克拉西亞人進攻雷克頓時，他們就在那裡。他們現在住在我這座堡壘裡，準備回程所需的補給品。」

「那可幫我省了一趟。」亞倫重新掌控表情，但她看得出自己的話所帶來的喜悅。

造物主呀，讓他享受這小小的喜悅。如果有誰夠格享受這點喜悅，肯定就是亞倫・貝爾斯了。

「妳可以請汪妲帶他們來嗎，拜託？我要回去帶瑞過來。」亞倫問。「還有羅傑和加爾德。」

黎莎身體一僵，努力保持冷靜的表情，但是沒有意義。亞倫一眼就看穿她。他的目光飄向她肩膀上方，顯然在看飄在那裡的鬼魂。他靈氣中的喜悅蕩然無存。

「羅傑死了?!」

奧莉芙在他懷裡開始哭。

和瑞娜在黎莎私人辦公室裡凝聚形體時，亞倫還在擦拭眼淚。黎莎依照他的要求，找來了瑞根、伊莉莎、德瑞克、汪妲，還有加爾德。

「黑夜呀，」加爾德對汪妲低聲道。「我以爲這輩子都不會看見解放者哭。」

黎莎瞪他一眼，但已經太遲了。亞倫的耳朵靈得像蝙蝠。

「我和你一樣只是凡人，加爾，」他大聲道。「我沒權利爲朋友落淚嗎？」

「當然有，」加爾德說。「我只是——」

「你只是放著木頭不去砍，老卡在這個天殺的解放者狗屁預言裡！」亞倫臉上慣有的寧靜神情蕩然無存。他的雙眼怒火中燒，就和之前史黛拉的一樣。他的靈氣火紅，房間裡所有人都看得見。

亞倫上前，加爾德後退。他膝蓋一彎，亞倫靈氣爆發。「你聽好了，加爾德・卡特，你要是給我下跪，我就……」

黎莎迎上前去，結果是雙眼紅腫、濕潤的瑞娜伸手拉他手臂，阻止他繼續說下去。

「呼吸。」她輕聲道。

亞倫停步，深吸口氣。憤怒隨著吐息離開靈氣，房間裡所有人都鬆了口氣。

「抱歉，加爾。」亞倫說。

「是我活該。」加爾德臉紅，揮手要他別提了。「不過我可能得換條褲子。」

「你不活該。」亞倫說。「我不是在氣你。我應該要在場的。我應該要……」

「對，」加爾德說。「我每天晚上都這麼想。我不該在他被關起來的時候離開安吉爾斯。」

「我們都很自責。」黎莎說。「沒人想到詹森如此膽大妄為。」

這下輪到瑞娜的靈氣轉紅。「我想這個詹森已經不會呼吸了？」

黎莎環顧四周。羅傑的妻子都已回克拉西亞，她沒有必要繼續保守這個祕密。「希克娃在皇宮廁所裡割斷他的喉嚨。」

加爾德眨眼。「小希克娃？不可能。」

「可能。」汪妲說。「那天晚上我礙到她。她把我當小孩子般打倒在地。」

「幹得好。」瑞娜朝地板啐道，黎莎忍住不說話。

「很遺憾錯過葬禮。」亞倫說。「聽黎莎說很盛大。」

「全窪地的人都來了，」汪妲說。「上萬人，吟唱羅傑的歌曲，祈求造物主在天堂祝福他。」

「我們剛好在舉行葬禮時抵達窪地。」瑞根說。

「我從未見過這麼美麗的事物。」伊莉莎補充。

亞倫吞下喉嚨中的硬塊。「那至少我有家人出席。」

他和瑞根伸手想握對方，想想覺得不對，改成短暫擁抱，拍拍對方的背。

男人。黎莎努力忍住不翻白眼。

伊莉莎伸出雙臂，將亞倫擁入懷中。他微微顫抖，所有人都低下頭去，讓他們保有片刻隱私。瑞娜在地板上看見口沫，於是伸指繪印蒸發掉它。

當他們終於分開時，伊莉莎拿出一條絲手絹，輕輕擦拭亞倫雙眼。黎莎很難想像亞倫會讓任何人這麼對他，但他只是輕聲抽咽，直到伊莉莎擦完淚水，吻他一下。

亞倫轉身朝瑞娜伸手。「這位是我妻子，瑞娜・貝爾斯。」

瑞娜上前一步，但目光保持低垂。她靈氣羞愧，影像閃爍。一套正式的服裝。一個澡盆。一個在她爲了避免打架時麻煩而割斷頭髮前的模樣。

*造物主呀，她短短一年內變化好大。*黎莎輕輕搖頭。*黑夜呀，我們全都一樣。*

她可以理解瑞娜的感覺，特別是在把貴族氣息當衣服穿的伊莉莎主母面前。不過她的靈氣或表情中都沒有呈現任何在乎這種事情的跡象。她像對待亞倫般朝她伸出雙臂，緊緊擁抱這個不太情願的女人。

「妳一直照顧我的孩子？」伊莉莎輕聲問道。

瑞娜哽咽點頭。「竭盡所能。」她退開，兩人終於目光相對。「亞倫母親去世時，我就在他身邊。他告訴我妳和瑞根一直陪伴著他，即使在他不知道自己需要你們的時候也一樣。謝謝你們。」

接著換伊莉莎淚流滿面，她們再度擁抱。

跟著上前的是德瑞克，凝望著亞倫，試圖看穿他臉上的刺青。他頭上冒出影像——年輕時的亞倫，黃棕色頭髮、白白淨淨的臉頰、全身上下沒有半個魔印。他很英俊，黎莎看得心都痛了。

德瑞克伸手。「好久不見。」

亞倫拍開他的手，把他拉過來擁抱。「太久了。你現在是信使了！誰想得到？」

德瑞克微笑。「只是需要推一把而已。要不是你，我到現在還待在布來楊黃金鎮裡腐爛呢。」

亞倫揮開那個想法。「史黛西和傑夫如何?」

「還不錯,只要我有機會見到他們。」德瑞克說。「布來楊伯爵把他們鎖在他的堡壘裡,而我在那裡待了兩週後就被趕出來了。」

「那就自己買棟房子。」亞倫說。

「用說的很容易。」德瑞克說。「史黛西和傑夫有貴族血統,我沒有。我不能提供布來楊伯爵提供的那種生活,就算他願意讓他們離開。我唯一能做的就是繼續工作,或許有一天賺到足夠的錢迎回他們。」

亞倫嘖了一聲。「『有一天』個屁。立刻解決此事。我們冒險帶你去密爾恩可不是要讓布來楊冷落你的。你比十個布來楊更有價値。」他望向黎莎。「介意我用一下妳的辦公桌嗎?」

黎莎點頭,亞倫坐下,擺上一張白紙,熟練地拿筆蘸墨水。他望向瑞根。「卡伯在他的遺囑裡留了多少財產給我?」

「魔印生意百分之五十一的股權。」瑞根說。「還有魔印交換所五個席位中的兩個,你的和他的。我們在出租席位。如果你要宣告所有權的話,你的身價超過數百萬金陽幣。」

亞倫點頭,彎腰在那張紙最上方寫下流暢美麗的字跡。

亞倫・貝爾斯最後的遺囑和聲明

「卡伯的席位交給你和伊莉莎,」亞倫對瑞根說,「外加我那百分之五十一股分裡的百分之三十。」他轉向德瑞克。「我的席位,還有百分之二十一的股份,你的。」

德瑞克瞪大雙眼,靈氣轉爲震驚的白色。「你不是認眞的。」

「和夜晚一樣認眞。」亞倫說。「你在以爲我需要幫助時離開魔印守護範圍來找我。現在你需要幫助，我很樂意效勞。」

「是，」德瑞克氣急敗壞，「但是數百萬金陽幣？萬一你有一天要用呢……」

「以我要去的地方來說，不太可能。」亞倫說。「再說，我在提沙境內到處都放了錢。」

「這是眞的。」加爾德說。「我見過那些桶子。」

「你把錢放在桶子裡？」德瑞克驚呼。

「總不能直接丟在地板上，是不是？」亞倫問。他寫完遺囑，吹乾墨水。「需要見證人。黎莎？加爾？」

黎莎拿筆簽名，然後把筆交給加爾德。他皺起眉頭，手掌顫抖，不過還是寫出了他的名字。羅塞兒的課程有所進展。

「好了。」亞倫說著吸乾墨水，捲起遺囑。「看看這下布來楊怎麼打壓你。」

「但你又沒死。」德瑞克說。

「對這個世界而言，我已經死了。」亞倫說。「不用老是擔心我，德瑞克。那些都是你的了。」

「我……」德瑞克搖頭。「我不曉得該說什麼。」

「說謝謝。」伊莉莎建議。

德瑞克再度擁抱亞倫。「謝謝你。」

「恭喜，合夥人！」瑞根拍拍德瑞克的背。「很高興和你合作！」

過了幾分鐘，黎莎才讓所有人坐下用茶。她特別把糖罐放在大家都拿得到的地方。

亞倫拿出一封信，交給瑞根。「給朗奈爾牧師的。他是另一個對解放者預言深信不疑的人，但那表示歐可不聽的話，他會聽。」

瑞根接過信。「你要我們告訴他你還活著嗎？」

「這個房間以外的人都不用知道。」亞倫邊說邊掃視房內所有人的目光。「你和伊莉莎是在我失蹤後不久離開密爾恩的。你們只要說是在第一次路過窪地時收到那封信和我的遺囑，之後一直帶在身邊就好了。」

「我們近期經常和密爾恩交換信息。」伊莉莎說。

亞倫聳肩。「告訴他是羅傑給你的，交代你不要讓其他人知道。」

「你神祕失蹤前交付的祕密信息？」伊莉莎問。「那只會堅定他心中你就是解放者的信念。」

「我不認爲有任何事情能讓他打消那個想法。」亞倫說。「信仰是種和石惡魔一樣頑固的東西。」

「對。」伊莉莎同意。「就像你堅信你不是解放者一樣。」

亞倫兩眼一翻。「黑夜呀，不要連妳也這麼說。」

「又沒有測驗可以肯定誰是解放者或不是。」瑞根指出這一點。

亞倫難以置信地看著他。「當初是你教我解放者不存在的。」

「我才沒教你這種東西。」瑞根說。「我說當人類有需要的時候，偉大的將領就會出面領導我們。他們的存在都有紀錄可循，亞倫。那是事實。造物主沒有從天而降證實這種事情，我也不期待祂現在會這麼做，但那並不能改變我們整個世界都因爲亞倫·貝爾斯頑固的信念而徹底改變的事實。」

「說得一點也沒錯。」加爾德說，就連黎莎也忍不住認同這種說法。亞倫·貝爾斯是解放者嗎？阿曼恩是嗎？如果要踏上解放者之道，有沒有神的祝福重要嗎？

「我不要別人等著我去拯救他們。」亞倫爭辯。

「這話我都聽膩了。」汪妲說。「我從一開始就相信你。那也沒有讓我放棄戰鬥。」

「我也沒有。」加爾德跟著說。

「窪地人大多沒有。」黎莎補充。亞倫皺眉看她，轉向瑞娜。

「有什麼關係？」她妻子問。「又不會改變任何人要做的事情。」

這話軟化了亞倫的靈氣，他開始思索之前固執的想法。「朗奈爾和其他牧師的信仰或許是及時解救密爾恩的關鍵。麻煩要來了，很快就會來。歐可把所有一切賭在火器上，但是長期來看並不夠。惡魔突破城牆後，聖堂將會變成密爾恩最安全的地方。」

瑞根和伊莉莎互看一眼，臉色發白。

「你認爲會走到那個地步？」瑞根問。

「密爾恩的城牆能撐這麼久都是因爲從未面對眞正的考驗。」亞倫說。「既然獨臂魔都能突破城牆，心靈惡魔更不會有問題。教會魔印比較強大，但還是沒辦法應付有石頭可丟的石惡魔。逃避並不足以解決問題。密爾恩人民得做好戰鬥準備。」

他很快地將剛剛告訴黎莎的事告訴大家——擄獲惡魔之王、即將出現的惡魔大軍，還有攻擊魔巢的計畫。

加爾德立刻起身。「和你一起去。」

「不，你不行。」亞倫說。

汪妲也站起來。「我不能讓你們兩個獨自跑到下面去。」

「不只我們。」瑞娜說。「賈迪爾和山娃也會去，而他們非常擅長戰鬥。你們兩個在地表上的貢獻會比下去大。」

加爾德搖頭。「羅傑的事情就已經夠糟——」

「新月時如果加爾德和汪妲・卡特不在，窪地郡也會面對同樣的命運。」亞倫插嘴。「你們願意去對我們來說意義重大，但瑞娜說得對。那不是你們的戰場。」

「不過我得請你們照顧承諾。」瑞娜說。「我不想帶她一起深入黑暗。」

「當然。」汪妲說。

「承諾需要嚴加管束，」瑞娜的聲音緊繃，像是把孩子交給別人的父母，「但她不會逃避戰鬥。」

「我會好好照顧她，」汪妲說。「我對太陽發誓。」

「你們會需要所有援助，」亞倫說。「心靈惡魔會全面進攻。你們要慎選策略，爭取所有優勢。保護窪地安全，但找出魔巢位置，盡可能摧毀。魔巢會設在有地表出口的地底洞穴。距離近到可以指揮軀殼攻擊窪地，但又遠得你們不可能碰巧找到。」

「我明天一早就派遣勘查隊。」黎莎說。

「如果阿曼娃和她的骨骸在就好了。」亞倫說。

「阿曼娃回克拉西亞了，但她保證會派另一個達馬丁來跟我們保持聯繫。」黎莎說。

「我不太信任阿曼娃，但至少她嫁給了羅傑。」加爾德說。「現在我們要相信與窪地毫無瓜葛的女祭司？」

「我了解你的感受，加爾，」亞倫說。「真的了解。但我們總得要開始信任他們。我們沒有時間內鬥。如果外面有個惡魔王子，伊弗佳教徒絕對不會謊稱沒有。」

「下次新月剩不到一週。」瑞娜說。「她能趕到嗎？」

黎莎搖頭。「話說回來，阿曼娃教過我一些解讀骨骸的法門，而我正在製作自己的骨骸。或許我可以幫忙指引方向。」

「妳眞的知道自己在做什麼嗎？」亞倫問她。

黎莎微笑。「你呢？」

加爾德和汪妲似乎對她這麼問有反感，但亞倫大笑。「這樣說也對。」

「對窪地而言不是問題，」瑞根說，「但是密爾恩有上千個洞穴可供心靈惡魔躲避陽光。」

「密爾恩沒有解放者……還沒有。」亞倫眨眼。「心靈惡魔會低估你們。或許會蠢到親自出面。」

「如果沒有呢？」伊莉莎問。

「留一管你的血給我。」黎莎建議。「或許我可以擲骰，或說服達馬丁幫忙。」

亞倫點頭。「好想法。我要在賈迪爾回克拉西亞前先和他談談。看看他能不能在那方面提供幫助。」

「安吉爾斯呢？」黎莎問。「雷克頓呢？」

「雷克頓危險不大，」亞倫說。「至少城市本身危險不大。水不是很好的魔力導體，心靈惡魔沒辦法在湖岸控制軀殼攻擊湖心。克拉西亞人會處理他們領土上的問題。至於安吉爾斯……」他聳肩。「我和比瑟公爵不熟，但我猜如果我直接出現在他辦公室裡，他應該不會聽我的？」

「猜得沒錯。」黎莎說。「他將你視為威脅，積極煽動他的牧師議會對抗你。」

亞倫吐出一口氣，轉向瑞根。「你在那裡的時間比我們都久，有認識願意聽我說話的人嗎？」

「我幾乎都是和林白克及詹森打交道。」瑞根說。「我與皇室兄弟一起打過幾次獵，但他們都有各自的隨行人員，其中我最不熟悉的就是比瑟。他記得我，會願意接見，但我懷疑是否能用未經證實的末日徵兆影響他的決定。我們幫魔印公會長賺了很多錢，但牧師有自己的魔印，而比瑟登上王座後，魔印公會就失寵了。」

黎莎看向伊莉莎。「你得去見阿瑞安。」

「老公爵夫人？」亞倫問。「那個蠢老太婆會幫忙？」

「老媽不蠢。」汪妲控制語氣，表達敬意，但黎莎看得出來她靈氣中散發強烈的忠誠，也知道亞倫肯定也看見了。「她幫了窪地很多忙。」

「比外表精明多了，」加爾德同意。「但她在戰爭方面幫不了什麼忙。」

黎莎嘆氣。如果情況和亞倫說得一樣糟，繼續隱瞞下去沒有意義。「直到林白克慘遭謀殺、希克娃暗殺詹森為止，阿瑞安公爵夫人都是安吉爾斯眞正掌權的人。」

亞倫眨眼。「怎麼會？」

「你以前老說那些皇室成員少了詹森連鞋帶都不會繫，」黎莎說。「這種說法比你想像得還要接近眞相。但是你和其他人都不曉得的部分在於詹森直接聽命於阿瑞安。」

亞倫盯著她看，解讀她的靈氣，而她知道他能看出她說的是實話。「我在你去晉見公爵時『消失』了一段時間，就是去和她協商窪地的事。你們那場會面中發生的一切都是阿瑞安一手安排的。林白克對那些事的決定權就和信使的馬對目的地的決定權差不多。」

「呃，」亞倫說。「那現在林白克和詹森死了？」

「我不知道。」黎莎承認。「我們離開時，羅蘭公爵夫人正在逐步掌權，而比瑟則說服造物主讓他登上王座。」

「她會比較容易在缺乏證據的情況下相信我們嗎？」伊莉莎問。

「我寫封信。」黎莎說。「我從前的老師吉賽兒現在是皇家藥草師。她曾到過窪地，知道我們在對抗什麼。我希望她會聽我們的話。」

「黑夜呀，」亞倫說。「沒時間搞政治和耳語。我們需要所有盟友。」

「你可以幫忙處理家裡附近的盟友。」黎莎說。「我要你去和魔印之子談談。」

亞倫搖頭。「絕對不幹。」

「你說我們需要所有盟友。」黎莎勸道。「所有優勢。他們實力強大，亞倫，他們崇拜你。你是唯一能引導他們的人。」

亞倫再度搖頭。「我詐死跑去塔裡躲幾個月可不是爲了大搖大擺地在一群暴民面前現身。越多人知道我還活著，風險就會變得越高。這是妳的爛攤子，黎莎。妳必須自行處理。」

「你們在說什麼？」瑞娜問。

亞倫轉向她。「黎莎自行決定在一群孩子身上繪製黑柄魔印。他們沉醉在力量裡，完全不講道理。」

「聽起來不算太糟。」瑞娜說。

「然後有一天晚上有人受激吃了惡魔心。」亞倫說。

「黑夜呀。」瑞娜喃喃道。

加爾德臉色發青。「那不是有毒嗎？」

亞倫吐出一口氣。「我就是要大家那樣想。你有想過我和瑞娜爲什麼白天也能保有魔力嗎？爲什麼厄文的獵犬影子會長到夜狼那麼大？」

「亞倫……」伊莉莎開口。

亞倫面對她的雙眼，靈氣中出現痛楚。「我沒得選擇。克拉西亞人把我丟在沙漠裡等死。除了惡魔沒有東西可吃。我當時心想，他們搶走我們這麼多東西，我何不搶一點回來？」

「我快吐了。」汪妲說。
「安靜。」黎莎對她說。
「沒關係。」亞倫說。「不怪妳，汪。但妳也知道在皮膚上繪印是什麼感覺。」
「如痴如狂，」汪妲同意。「和平常的自己不一樣。」
亞倫點頭。「我當時才剛發現戰鬥魔印。不論對錯，我心裡都只想到要活下來，把魔印帶回世界。」
「但如果妳覺得在皮膚上繪印讓妳如痴如狂，那還不能跟吃惡魔肉相提並論。」瑞娜說。「我一開始是爲了跟上亞倫的力量而吃，就在我們回到窪地前。還記得我剛來的時候是什麼樣子嗎？」
「很恐怖。」加爾德在瑞娜轉向他時縮身。「沒有不敬的意思。」
瑞娜對他笑。「我自己都嚇到了。現在有時還是會怕。每天都要面對全新的掙扎。但我有亞倫・貝爾斯幫我度過難關。」
「史黛拉和其他人也需要你。」黎莎對亞倫說。
「我不能扶起所有人。」亞倫說。「對這個世界來說，我死了。我得繼續裝死。」
「現在史黛拉在地牢裡，」黎莎說。「要不了多久，其他魔印之子就會來救她，我們將陷入內戰，就在需要聯手抗敵的時候。」
亞倫轉過身去，握緊拳頭。
瑞娜轉向黎莎。「我知道這裡是妳的辦公室，女士，但我希望能和我丈夫獨處幾分鐘。」
瑞娜頭上冒出她對準亞倫的光頭一巴掌甩下去的影像。那個畫面滑稽到黎莎差點忍不住笑了出來。
「當然。」

亞倫不必看瑞娜的靈氣，從她請其他人離開的語氣就知道她想怎樣。他曾要她承諾會在需要的時候打醒他，而她從來沒有辜負這個承諾。他轉身，準備擋開她的巴掌。

但瑞娜冷靜地站在原地，雙手抱胸。她靈氣中沒有怒意，只有失望。「背棄需要你的人？我可不是嫁給這種男人。」

這話令他咬牙切齒。「那我該怎麼辦，瑞？妳抓狂的時候，我也只是勉強管得住妳而已。聽黎莎的說法，他們有好幾十個人。沒時間搞這種事。」

「所以我們就放棄他們？」瑞娜問。「窪地居民？史黛拉・音恩？加倫・卡特？你和我有拯救的價值，他們沒有？」

「不是那麼簡單。」亞倫說。

瑞娜左右甩頭。「大家都是解放者，你說的。你是認真的，還是只是想把一群伐木工騙到黑夜裡？」

「當然是認真的。」亞倫說。

「那我們就得擠出時間。」瑞娜說。「你可以騰出兩個小時。」

亞倫皺眉。「兩個小時不夠。我過了兩年有人幫忙的日子，而我還是差點在受到刺激時扭下加爾德・卡特的腦袋。妳也聽到黎莎怎麼說了。法蘭克在他們腦中灌輸解放者的鬼話，已經扭曲我們說的話來達到他們的目的。不管我說什麼，只要一離開就會被曲解。」

「那就教訓教訓他。」瑞娜說。「在所有人面前，用他無法曲解的言語。造物主知道我不像鎮上其他人一樣喜歡黎莎・佩伯，但就連我也知道有必要叫魔印之子在惡魔大軍入侵期間服從她的命令。」

亞倫吐出一口氣。「就算我這麼做了。把史黛拉、法蘭克和任何需要聽話的人帶進柴房，告訴他們不准繼續偷竊、聽從窪地領袖的命令、專心對抗惡魔──我們先以這種假設來討論，就算這樣眞的起作用了。」

「然後只要有一個人跑到鎮上去亂說我還活著，或被心靈惡魔抓住。我們整個計畫就會分崩離析。我們這幾個月所做的犧牲都將失去意義。惡魔王子都不笨，瑞。他們會知道我們在打什麼主意，然後準備好因應之道。」

瑞娜雙手扠腰。「那好吧。我去。」

亞倫搖頭。「太危險了……」

瑞娜啐道：「那些小鬼還不了解他們的能力極限。我花了幾個月和性命危險才學會化煙，是時候讓他們學點教訓，回到陽光底下了。」

她微笑：「你以爲心靈惡魔害怕我們嗎？萬一外面有幾十個『我們』的話，他們會有什麼反應？」

慢慢地，亞倫露出微笑。「他們就會把注意力留在地表。不會來找我們。」

第十四章　教訓　334 AR

正如瑞娜所料，山娃就在她父親的牢房外靜坐冥思。

他們已經不能信任心靈遭受惡魔腐化的山傑特了。他被鎖在一間牢房裡，每天由女兒照料三餐和大小便。他的牢門隨時都上了鎖。

山娃把牢房外的走廊當作自己家，鋪了塊小墊子供她跪坐冥思、練習沙魯沙克或保養武器。只要沒有別的事，她就會待在這裡。

瑞娜無聲無息凝聚形體時，山娃的眼睛閉著，但還是感應到她的出現，隨即睜開雙眼。她立刻起身，來到瑞娜身旁。「姊姊，妳沒事吧？」

瑞娜搖頭。「沒事。有淚瓶嗎？」

「當然，姊姊。」她從墊子旁的袋子裡拿出了一個小玻璃瓶，瓶口斜向一側，藉以刮下臉上的淚水。

山娃跪倒在墊子一邊，比手勢請瑞娜照做。

「能協助妳哀悼祈禱是我的榮幸。是誰踏上孤獨之道？」

「我不喜歡祈禱，」瑞娜說，不過還是跪下，膝蓋痠軟。「我得去做一件事，很重要，若希望我們成功後世界上還有人類存活下來的話。」

「妳的榮耀無止無盡，姊姊。」山娃說。「妳會成功的。」

「啊，或許。」瑞娜說。「但此時此刻，我只知道我朋友死了，而我不……」

山娃默不吭聲，看著瑞娜在哽咽聲中恢復自制。

她雙眼抽動。「我不希望他以爲我忙到沒時間爲他哭泣。」

「當然。」山娃說。

「但我想，如果我口袋裡有個淚瓶……」

「妳就可以帶著他的榮耀一起去面對之後的挑戰。」山娃說。

「對，就是這樣。」瑞娜說。

「說出他的名字，讓艾弗……啊，讓造物主聽見。」山娃抬高淚瓶。

「羅傑，」瑞娜說。「啊，傑……窪地郡音恩家族的傑桑之子。」

山娃手掌一抖。「羅傑・音恩，吟遊詩人？」

「吟遊詩人，對，」瑞娜說。「妳認識他？」

「他是我的姻親。」山娃說。「娶了我的長矛姊妹希克娃和表姊阿曼娃。她們還好嗎？」

瑞娜眨眼。他們待在一起這麼久了，她怎麼會不知道這種事情？她和沙羅姆丁經常交談，但她突然發現她們有多不瞭解彼此。

「阿曼娃和希克娃都沒事。」瑞娜向她保證。「她們都懷了羅傑的孩子。現在正回去找英內薇拉。」

「謝謝妳，」山娃拿出另一支淚瓶。「我只見過羅傑一面，但我會和妳一起哭。」

「妳怎麼爲幾乎不認識的人落淚？」瑞娜問。

「噢，姊姊，」山娃悲傷地說。「淚水向來不難找。和我說說傑桑之子的事情。」

「我剛到窪地的時候，給人的印象不好，」瑞娜說。「沉醉在魔法裡，隨時都在生氣，我不能責怪鎮民不接納我，特別是他們全都希望亞倫娶那個嚴肅拘謹的黎莎女士。」

「黎莎・佩伯？」山娃問。「引誘我舅舅的北地妓女？」

瑞娜哈哈大笑。「妹妹，我們該多聊聊。」接著她想起她們爲何下跪，罪惡感隨即湧上心頭。

「窪地裡所有人都看我不順眼。」瑞娜繼續。「除了羅傑・音恩。我第一次見到他時，他就吻了我的手。在黎莎和其他人把我當作靴子上的大便時當我是人。」

她搖頭。「新月時救了我好幾次，根本數不清了。不光是我。〈月虧之歌〉保護了數千人，不管是不是在戰場上。要不是有羅傑・音恩，窪地郡早就淪陷了。」

瑞娜突然想道：「妳和希克娃是姊妹？」

山娃點頭。「表姊妹，但我們一起在達馬丁宮殿裡受訓。」

「黎莎說她是戰士。」瑞娜點頭。

「很高強的戰士。」山娃同意。

「我原先都不知道。」瑞娜說。「沒見她動手過，但惡魔都被她嚇得屁滾尿流。妳說妳們一起受訓。那表示妳也會唱歌？」

「我當然會唱歌。」

「她們在他葬禮上吟唱月虧之歌。」瑞娜說。「我不在場，就像他最需要我的時候我也不在場一樣。」

山娃伸手，把一個小淚瓶放在瑞娜手上。

「和我一起唱，姊姊，我們一起在孤獨之道上引導傑桑之子。」

聊天讓瑞娜平靜許多，她擔心眼淚不能說來就來，但接著山娃開口歌唱。

瑞娜伸手輕觸胸口，感受用皮繩掛在那裡的淚瓶。她慢慢跟在汪妲身後，眼看這個高大的女人吩咐地牢守衛下去休息。她持續運用魔力灌注皮膚上的隱形魔印，宛如夜空中的渡鴉，沒有細看的人絕對看不見她。有汪妲吸引注意力，沒人發現她。

「這下面。」汪妲說，打開一扇沉重金木門的門鎖，以魔印鋼鐵鑲邊。門後有道石階，通往視線範圍之外。

「謝謝，汪。」瑞娜說。

「很遺憾要妳來做這件事。」汪妲說。「訓練史黛拉和其他人是我的責任。」她垂下目光。「我傷他們很深。昨晚那個女孩眞的想殺我。」

「不是妳的錯。」瑞娜說。「血中魔法沸騰時，我曾不只一次想殺亞倫。」

汪妲驚呼。「當眞？」

瑞娜點頭。「他本來可以在我那麼做時殺了我的。黑夜呀，有時候我眞希望他動手了。但那不是我的錯。我控制了魔法，史黛拉也可以，她夠堅強。」

「如果不夠呢？」汪妲問。

瑞娜瞪她一眼。「如果不夠——如果他們有任何人不夠堅強——我會動手處理，不會讓妳的女士良心不安。」

汪妲的靈氣沒有呈現喜悅之情，不過還是有鬆了口氣的感覺。她看得出汪妲愛黎莎，但也知道她的女士沒有勇氣處決任何人，即使非處決不可也一樣。

瑞娜輕輕步下石階，在身後傳來關門鎖門聲，把她留在黯淡的魔印光中時，感到後頸的寒毛根根豎起。

她立刻感覺到牆壁和地板上的魔印開始拉扯魔力。這裡的空氣中沒有魔力存在，所有魔力都被吸入強大的魔印網，不讓囚犯取用。瑞娜加快腳步。如果不努力保住體內魔力，黎莎的魔印會把她也吸乾。

即使對地牢而言，這地方看起來也像沒有完工。湯姆士伯爵用人工打磨的石頭搭建牆壁和地板，防止地心魔物在室內現身，但就和堡壘中大多區域一樣，在他死前都尚未完工。黎莎不是喜歡把人囚禁在冰冷黑暗牢房裡的人，所以之前顯然都讓地牢保持原狀。石頭都很粗糙，牢房大多沒有欄杆。魔印網是用漆的，而非刻出來的。並非長久之計。

「是誰？」史黛拉在走廊另一頭叫道。她的聲音和瑞娜印象中半年前那個容易受驚的女孩不同。現在變得比較低沉。自信。「早就告訴過妳了，在魔印皮來救我前，我什麼都不會說。」

「唉，我想妳會和我談，」瑞娜說著走過去站在女孩的牢房欄杆外。

史黛拉瞇眼，肯定正以魔印視覺打量瑞娜耀眼的光芒。她身上很髒，不過比瑞娜印象中更高大強壯。身上的罩衫沒遮住布滿皮膚的刺青。她的靈氣很弱，被吸乾耗盡，但瑞娜看得出來惡魔肉已經改變了它，或許是永久性的。

*當初我以為亞倫看不出來實在太傻了。*瑞娜心想。

牢房看起來還算舒適，廁所有遮簾，還有張乾淨小床，不過沒有可以用來當武器或逃亡用具的東西。欄杆都是很粗的鐵桿，深深陷入石地板裡。

「瑞娜・貝爾斯。」史黛拉驚呼，直接單膝跪倒。

「立刻給我停止那套惡魔屎。」瑞娜很驚訝自己聽起來有多像亞倫。「我聽說魔印之子記載我和亞倫說過的每一句話，但我不記得我們有叫鎮民下跪。或是偷東西。或傷害親友。」

史黛拉站起身來，靈氣中浮現不確定的感覺。「他們不了解我們。」

「你們不了解自己！」瑞娜大聲道。「表現得像笨蛋、陶醉在魔法中，行爲不像人，像惡魔！」

史黛拉縮回牢房裡，瑞娜看得出來自己的話很刺耳。她的靈氣充滿羞愧和恐懼。很好。瑞娜上前一步，抓住鐵欄杆，再度吸收體內魔力。欄杆宛如軟樹枝般彎曲，讓她步入牢房。

史黛拉僵在原地，看著瑞娜走過身邊，坐上小床。她拍拍身旁的床緣。「過來坐我旁邊。造物主知道妳和妳朋友應該要受點教訓，但我不是來教訓妳的，除非妳逼我。」

女孩試探性地上前，在瑞娜拍過的位置坐下。

「我經歷過這個階段，」瑞娜說。「剛在皮膚上繪印時，一心就只想著要殺惡魔。我開始認爲屬於白晝的人很弱。輕視他們，不屑他們。酒館裡有個男人摸我的腳，我把他的手砍了下來。」

史黛拉朝地板吐口水。「活該。」

「對，或許。」瑞娜說。「但我動手不是因爲他活該。我動手是因爲我眼中只看得見血紅。因爲我沉醉魔法，無法思考。」

瑞娜伸手揚起史黛拉的下巴，直到兩人目光相對。「那是動物的行爲，史黛拉・音恩。那是地心魔物的戰法。完全出於衝動，沒有任何想法。那就是伐木窪地之役裡一群嚇壞了的伐木工可以痛扁它們、趕跑它們的原因。」

她收回手指，攫住女孩的目光。「但是心靈惡魔在新月出沒時，惡魔的戰法就不蠢了。我們得放聰明點。因爲心靈惡魔將會捲土重來，這點就和太陽會升起一樣明確。」

史黛拉開始流淚。「我試過了，貝爾斯夫人。我試過了，但情況完全失控。我遇上一個男孩。好男孩，我從來沒有這麼喜歡過一個人。但我沉醉在魔法裡，想都不想就傷害了他。而當他背棄我時……」

「妳一心只想要撲上去。」瑞娜幫她說完。

「對。」史黛拉傷心地說。

「他還活著嗎，這個男孩？」瑞娜問。

「不是因爲我沒動手的關係。」史黛拉哽咽道。

「妳殺過其他人嗎？」瑞娜問，深入打量她的靈氣。「別騙我。」

「沒有。」史黛拉說，靈氣證實了這一點。「有時候會想。打斷過幾根骨頭，但沒殺過人。」

「那還不算太遲。」瑞娜說。「還來得及回到正途，控制自己。妳吃了惡魔心，永遠不能當正常人，但可以控制自己的力量，就像亞倫和我一樣。」

史黛拉瞪大眼睛看著她。「解放者以前也會失控？」

「妳知道他不喜歡別人叫他解放者。」瑞娜說。「不過沒錯。從來沒有眞的徹底控制這股力量，但沒關係。有時候妳需要衝動，需要那種敵意。有時候，當妳面對惡魔利爪時，那是唯一讓妳存活下來的東西。但妳要記得眞正的敵人是誰，史黛拉・音恩。永遠不能忘。」

「惡魔。」史黛拉說。

「對，」瑞娜同意。「妳用黑夜的力量對付白晝的人民，妳就會變得和惡魔一樣。妳想要那樣嗎？」

史黛拉搖頭。「不，女士。」

「其他人呢？」瑞娜問。

史黛拉垂頭喪氣。「他們迷失了，貝爾斯女士。就和我之前一樣。黎莎女士吸乾我的魔力時，我找回了一絲理性，但他們依然渾身充滿惡魔膿汁。我不知道他們願不願意聽，即使說話的人是妳。」

瑞娜伸手放在她手上。「那就逼他們聽。」

汪妲開門看見史黛拉站在瑞娜身後時愣了一愣，但她沒有說話，後退讓她們通過。史黛拉看著她，靈氣痛苦。「我迷失了，汪妲。我知道這樣講不會好過一點，但……我迷失了，我很抱歉。」

汪妲噘嘴。「我知道那是什麼情況，史黛拉。我知道。但我爸以前常說：『抱歉只能糾正一半錯誤』。」

「我們要去糾正另一半。」瑞娜說。「告訴黎莎我和魔印之子談過後會去找她。」

「好。」汪妲說。

「基特怎麼辦？」史黛拉問。

「他可以等。」瑞娜說。「可以確保他表現良好。再說，如果沒效，我還有其他方法能對付他。」

她牽起史黛拉的手，皮膚上的魔印交觸。碰到時有點刺痛。瑞娜灌了點魔力到女孩體內，然後又吸回來，解讀她。血液中的變化。或許還不足以讓她控制它——暫時不能——但又或許足夠……

她瓦解形體，帶著史黛拉一起進入大魔印，前往藥草師樹林。

他們片刻過後在樹林外凝聚形體。黎莎和亞倫在窪地大魔印中留了一條縫隙給藥草師樹林，一方面是因為要改變這麼多樹木的位置很困難，另一方面是爲了在裡面隨意實驗惡魔魔法。

「要吐了。」史黛拉跌向旁邊，四肢著地，開始嘔吐。她過了好久才恢復正常呼吸，擦拭嘴巴。

「每次都這樣？」她問。

瑞娜聳肩。「我不受影響，但我吃惡魔肉很久之後才嘗試瓦解形體。或許由妳駕馭的話會比較輕鬆。」

「是。」史黛拉同意。「感覺像是不知哪裡飛出來一隻風惡魔，一把抓住我，然後飛回天上。只不過沒有空氣。」

「腳掌著地，吸收一點力量。」瑞娜說。「這樣會好過一點。」

「吸收？」史黛拉問。

「就像透過腳底吸氣。」瑞娜說。「深吸口氣，從大魔印裡扯出魔力。不要吸太多。」

史黛拉揚起一邊眉毛，然後緊閉雙眼，咬緊牙關，深深吸了一大口氣。那模樣看來有點滑稽。她沒吸到任何魔力，靈氣黯淡無光。

「不是那樣。」瑞娜說著走過去，再度牽起她的手。「像這樣。」她開始吸，透過史黛拉從大魔印中吸取魔力。她的靈氣立刻變亮，背脊也挺得更直。

史黛拉驚呼。「我又變強了。妳是怎麼做的？」她的靈氣充滿渴望，魔法成癮症狀再度浮現。

「我會教妳，如果其他人聽話的話，我也會教他們。」瑞娜說。「不過要小心。大魔印蘊含了很多力量。太貪心的話，妳就會和著火的油一樣迅速燒光。」

史黛拉吞嚥口水，靈氣中閃過恐懼。

「現在帶我去魔印之子營地。」瑞娜說。

魔法提供了過人速度，兩旁的樹木在她們奔跑時化爲殘影。瑞娜曾在這片樹林中待過一段時間，但史黛拉對此地瞭若指掌，就像自己家客廳一樣。幾分鐘內，瑞娜透過魔印視覺看見魔光，知道營地已經近了。

她抓住史黛拉的手臂，拉她停下腳步。「伸手出來。」

史黛拉靈氣困惑，但毫不遲疑，瑞娜在她手上和胸口繪製隱形魔印，灌注些許魔力。她啓動自己的魔印，兩人融入黑夜之中。她在史黛拉完全消失前伸手拉她的手，兩人放慢速度前進。

她們進入營地時，魔印之子並沒有放哨，而是聚在一張講台旁，看著法蘭克弟兄來回踱步，大吼大叫。六名年輕手足派的人站在布道台前，目光堅定地掃視人群。

這個聖徒和之前開會時瑞娜印象中那個嚴肅的輔祭截然不同。原先修剪整齊的鬍子和頭髮全都又亂又長，上好的聖袍變成了鄉下牧師的自製棕袍，髒兮兮的，割掉袖子，露出刺青。刺青綻放魔光，他的靈氣亮眼。遠比講台四周的任何一個人都亮。

「我們要坐視不管嗎？」法蘭克大聲問道。「任由他們因爲我們的兄弟姊妹想在裸夜中自由奔跑，而囚禁他們嗎？」

「不！」手足派的人應聲大叫，人群中有不少人也跟著叫，靈氣呈現憤怒的紅色。瑞娜一眼就認出魔印皮，因爲他們的靈氣幾乎和法蘭克一樣耀眼，還有手持惡魔骨武器的骸骨派。他們失去了領導人，怒不可抑。影像在他們頭上飄浮——魔印之子闖入黎莎的堡壘，踢開房門的影像。從這些人身上聚集的力量來看，瑞娜認爲他們有可能成功。

但並非所有人都認同這種做法。沙羅姆站在旁邊，以賈莉特和她孫女爲首，靈氣平靜地看著群眾。他們看起來不像會改變心意，但也不打算干涉此事。

不過幫浦派的人似乎會加入他們。加倫・卡特和賈斯・費雪站在最前面，雙手抱胸。他們也很氣憤，但沒有失去理智，因爲他們接觸的魔力沒有其他人那麼多。他們沒有一起吼叫。

「加倫弟兄！」法蘭克叫道，很清楚自己該說服的是誰。「你質疑我們的正義之道？」

「我和大家一樣想要史黛拉與基特回來，」加倫說。「但並不表示我打算踢開黎莎女士的大門。」

「有信念的男女有時候得起身對抗不公義的事情。」法蘭克大叫。「我親耳聽見亞倫．貝爾斯告訴海斯裁判官：『你敢把私通者綁在木樁上餵惡魔，我會折斷那根木樁，一半插到你的門裡，另一半插到伯爵的門裡。』解放者透過這種方式告訴我們在夜晚對抗惡魔的人不用遵守人類的法律。」

瑞娜記得那些話。亞倫是在盛怒下說的，諷刺的是，那場爭執的部分起因在法蘭克幫她倒酒時嘲笑她沒有教養。現在變成他沒教養，宛如野獸般踱步，試圖以她丈夫之名煽動群眾進行暴動。

夠了，她心想，解除隱形魔印的魔力。

「當時我也在場！」瑞娜邊喊邊大步走向群眾。人們轉頭看她，瞪大雙眼。魔印之子後退，撞上站在後面的人，讓路給她走向講台。

「瑞娜．貝爾斯。」四周都有人在竊竊私語，但瑞娜忽略他們，瞪著法蘭克。

「看呀！」法蘭克以吟遊詩人般的誇張姿態指向她。「瑞娜．貝爾斯，解放者之妻，回來領導我們走向正義之道！」

「攻擊窪地毫無正義可言。」瑞娜吼回去。法蘭克遲疑，但只維持片刻。「妳難道不承認解放者親口說的話嗎？『既然你提起了管轄權，我就要讓你知道你的管轄權能夠管到哪裡。』」

瑞娜化身魔霧，轉眼間在法蘭克身邊現形。她抓住他的棕袍，順勢一扭，把他丟下講台，摔在圍觀群眾中間的空地中央。

「當你想要告訴我，我丈夫講話是什麼意思的時候，那就是你管不到的地方了！」瑞娜說。「他會講那些話都是因爲你引發的衝突！」

她走下台階，目光憤怒地看著法蘭克，但他的年輕輔祭阻擋她的去路。他們的靈氣充滿困惑。他們崇拜她，但是眞正認識、訓練他們，取得他們效忠的卻是法蘭克。賦予他們權力的人是法蘭克。她得對付他們，或許還要對付其他人，但該先處理的事情還是得要先處理。她在空中繪製衝擊魔印，擊潰他們的防線，宛如夜狼般迎向他們的領袖。

法蘭克弟兄蜷伏在地。他沒有受傷，體內充裕的魔力撐起他的身體，靈氣怒不可抑。

很好。瑞娜毫不防禦，朝他走去，引誘他動手。

法蘭克上鉤了，迅速衝上去，試圖撲倒她。她輕鬆側跨，抓住他的手臂順勢轉圈，利用他的衝勢把他摔向空地另一邊。

法蘭克還是沒受傷，但瑞娜並不擔心。儘管她很想痛扁他一頓，但把戲做足還是最重要的。圍觀群眾得看到公平打鬥，看到她強勢取勝。

法蘭克的靈氣綻放刺眼魔光，而他的體重比她多將近一百磅，但他學過的沙魯沙克只是皮毛。瑞娜曾經也是這種打法，單靠蠻力。對付無腦的惡魔軀殼，這樣通常就夠了。

但瑞娜經過山娃調教後已經大有長進。在她學會尊重防禦和敵人的智慧前，沙羅姆丁差不多就是以同樣的方式羞辱她。更有甚者，她教過瑞娜匯流點的知識，人體能量線匯集和分叉的位置。那是達馬丁沙魯沙克的祕訣，而瑞娜透過魔印視覺能夠清楚看見法蘭克靈氣中的亮點，就像夜空中的星辰一樣。

法蘭克怒氣翻倍，再度撲上。他開始攻擊上路，但卻一拳揮空，因爲瑞娜身體後彎，一腳踢中他腰間的匯流點。他像紙一樣對折，瑞娜手臂宛如靈蛇般竄上他的右臂二頭肌，然後又從他手臂下回扯，將他的手扭到背後。她一腳踢中他後膝，令他跪倒在地，同時扭動他的手臂，直到臂骨清脆折斷。

法蘭克痛得大叫，但她透過靈氣看出這場架還沒打完。他奮力縮腿，一腳撐在身體下，手臂折斷，失去大部分優勢。沙魯沙克的關鍵在於打鬥雙方的體重和支點，但在法蘭克體內的魔力之前，瑞娜的體重就和布娃娃差不多。

她放開他，雙手扠腰，笑嘻嘻地看著他蜷伏在地，咬牙切齒，拉直手臂，讓魔法療傷。片刻過後他就能起身再戰。

瑞娜在他恢復前上前打算解決他，但是手足派一聲發喊，朝她衝去。他們已經從震驚中冷靜下來，開始像一群軀殼般動手保護他們的心靈。

瑞娜深吸口氣，找回中心自我，專注在他們靈氣中的匯流點上。有個年輕女子出腳踢她，瑞娜一把抓住她，兩個指節擊中對方大腿，癱瘓她的腳。另一個對她揮拳，結果發現自己騰空而出。她繼續轉身，壓低身形，勾住一個她先前見過在鎮上馬廄裡掃馬糞的男孩的腳。

最後一個是戰技比其他人高強的克拉西亞人，但他的速度差得遠了。瑞娜後退兩步，擋下他拳打腳踢，直到他出現在適當的位置，動手擊碎他的骨盆，讓他退出戰團。

現在她和法蘭克之間再也沒有阻礙，不過法蘭克也復元了。他的靈氣燃放怒火，但現在知道徒手肉搏打不過她，於是揚起一手，在空中繪製發光的衝擊魔印。他施法的技巧非常初階，在魔印中灌注了過多魔力。

瑞娜在衝擊魔力襲體的同時瓦解形體，魔法擊中身後輔祭，打得他肢體扭曲殘缺。

太超過了。

她宛如狂風般竄過空地。法蘭克緊張地瘋狂出拳，但就和毆打空氣沒什麼兩樣。她在他身後凝聚形體，一手勾住他的喉嚨，另一手勾住他腋下，鎖住喉嚨上的手腕。

在正常打鬥中，她應該會扣到他窒息，但法蘭克太強壯了，而她也不想散布這種訊息。最後她透過皮膚上的魔印連結法蘭克的魔印，不過並不是像對待史黛拉那樣灌注魔力給他。她使勁吸收，抽走他的力量。

法蘭克肌肉緊繃，彷彿被閃電惡魔的口水噴到。瑞娜保持控制，毫不鬆手，增加吸收的力道。她皮膚上的魔印開始發光——強光——直到她開始感覺到高溫。她的眼睛、喉嚨、氣管全都乾枯、燒灼。她繼續吸魔，眼看法蘭克靈氣變暗。痛苦逐漸加劇，直到她全身宛如著火，但她持續不斷，直到他的靈氣即將熄滅。

瑞娜一腳踢開法蘭克，讓他癱倒在地上。現在她痛得難以忍受，於是朝天上噴灑魔力，透過光魔印將黑夜變爲白晝。

由於渾身依然魔力充斥，她化身魔霧，來到骨盆被她打碎的克拉西亞輔祭身邊，打量他的靈氣，接好他的碎骨，灌注一部分魔力將骨頭合而爲一。她竄向被法蘭克衝擊魔印擊中的年輕輔祭，但他已經死了，靈氣宛如蠟燭般熄滅。

可惡。

她施展亞倫的另一個把戲，將身體部分化爲魔霧，躍向空中，飄在神色讚嘆的魔印之子頭上，背對光魔印的強光。他們瞇起雙眼，伸手遮在眼前，努力凝望強光中的她。

黑夜呀，她心想。*全都好年輕。*

「亞倫．貝爾斯沒叫你們打家劫舍！」瑞娜繪製魔印強化音量，音波強大撼動樹木。「沒叫你們劫獄！他要求尊重，沒錯，但他先尊重別人！」

「他信任黎莎女士！她在需要的時候站出來捍衛窪地，比任何人貢獻都大。她領導大家，比任何人都強。亞倫知道，我也知道，現在你們也該認清這一點。這裡有任何人不聽她號令的話，我就會讓他的下場比法蘭克更悽慘！」

現場一片死寂，數十張臉抬頭看她，被魔印光照亮。

「聽見我的人，說是！」她大叫。

「是！」他們高呼。「是！是！是！」

瑞娜伸手一指，繪製小魔印照亮走進空地扶法蘭克起身的史黛拉。「史黛拉・音恩，說是！」

她又迅速繪印，史黛拉的「是」比其他人更爲響亮。

瑞娜握拳，手上的魔印綻放魔光。「法蘭克弟兄，說是！」

法蘭克抬頭看她，黯淡的靈氣終於受挫。「是。」他聲音嘶啞，但瑞娜確保所有人都聽見他的話。

她緩緩飄落，聲音轉柔，調暗身後的光。「我知道你們的感覺。魔法讓你們難以思考，所有情緒強如風暴。我經歷過這個階段，亞倫也一樣。」

她的腳接觸地面。她邊說話邊緩緩轉身，面對四周的目光。「但比起從前，你們現在更不能忘記你們是人。地心魔域即將再度來襲，你們要嚴陣以待，不光爲了窪地郡，還爲了全體人類。錯過就再也沒機會了。」

她看向賈莉特。「沙拉克卡不再是即將來臨。它已經開始了。」

她攤開雙掌。「現在你們擁有魔力，但卻沒人知道該怎麼控制。情況會變糟，」她指向縮在地上的輔祭屍體。「但你們不能變糟。我可以幫助你們，但說到底，你們必須自助。」

瑞娜透過黎莎的靈氣看出她一開始看見魔霧在辦公室中凝聚時心情很輕鬆，不過在發現來人是瑞娜不是亞倫後，又緊繃了起來。

很好。我可不想她過得太舒服。

兩個女人對看片刻，但黎莎很快就偏開目光。「謝謝妳跑一趟。喝茶嗎？」

「好，謝謝。」瑞娜說。「不能待太久，得在太陽出來前回去找亞倫。」她坐上一張女伯爵的好椅子，兩腳蹺在桌上。黎莎看了她的腳一眼，不過在汪妲倒茶時沒說什麼。

「妳見到了他們？」黎莎問。

「見到了。」瑞娜說。

「然後呢？」黎莎在她不主動說明時提問。

「史黛拉說得對，」瑞娜說。「他們打算進攻窪地，踢開妳的大門。」

「黑夜呀，」汪妲說。「多少人？什麼時候？」她頭上冒出影像，黎莎堡壘圍牆上站滿拿曲柄弓的女人。

瑞娜揮手要她冷靜。「我說過會處理此事。」她轉向黎莎。「還是會惹麻煩，不過那就是妳的問題了。」

「我可以請問妳做了什麼嗎？」黎莎一副剛剛吃了顆檸檬的模樣。瑞娜沒有笑，但黎莎顯然可以看見她靈氣中的情緒，但那無所謂。

「主要搧風點火的人是法蘭克。」瑞娜說。「狂妄自大，爲了自己的目的曲解亞倫的話。我在眾目睽睽下把他教訓了一頓。讓他們對造物主心存敬畏。不保證他們會一直聽話，但當黑夜降臨時，他們會爲窪地而戰，也不會再搶鎮民的東西。」

「我們要怎麼確保他們會繼續聽話？」黎莎問。「他們有什麼要求嗎？」

瑞娜搖頭。「被我教訓過後，他們還在換褲子，但是撐不了多久。我得多拜訪幾次，讓他們牢記在心。妳可以明天一早放走基特，釋出善意。可以的話，解散部落。把幫浦派和骸骨派的人分配到伐木工裡，或許在約拿的新牧師議會裡幫法蘭克安排一個席位。」

「妳剛剛才說就是他在搧風點火！」汪妲說。

但黎莎點頭。「那就更有理由把他擺在我們看得見的地方。我會和約拿談談，要求議會在白天開會。」

「聰明。」瑞娜同意。「魔印皮不管安排到哪裡都會是問題。保持在視線範圍內，但我不會讓他們進入妳的堡壘。」

「我們會想辦法。」黎莎說。

「沙羅姆我就不知道能怎麼處置了。」瑞娜繼續。「可以在賈迪爾去見他老婆前問問他有什麼想法。」

黎莎眉頭一皺，瑞娜暗罵自己愚蠢。以前她可能會故意挑釁，但現在……

「抱歉，」她說。「我不是要……」

「是什麼就是什麼。」黎莎說。她伸手到眾多口袋之一，取出一封封好的信。「妳見到他時可以幫我轉交這封信嗎？如果他終究會聽說孩子的事，我希望由我來告訴他。」

瑞娜點頭，接過信封。「當然。」

「謝謝妳，瑞娜。」黎莎說。「我知道我們之前……」

瑞娜一揮手。「這話都聽膩了，黎莎。妳不喜歡我，我不喜歡妳。那並不表示我們不是同一邊的人。我不會阻止妳照顧妳的孩子。」

瑞娜的手指本能性地掠過她平坦的小腹，想著在肚子裡滋長的生命。

「說得沒錯。」黎莎說，但她突然側頭，打量瑞娜的靈氣。她看得太久了一點，久到瑞娜有點毛骨悚然。

「幹嘛？」她突然問。

「汪姐，親愛的，」黎莎道。「可以請妳出去一下嗎，拜託？」

「是，女士。」汪姐說，取下牆上的弓，朝門口走去。

門一關上，黎莎立刻啓動房間四周的寂靜魔印，瑞娜站起身來，無法呆在原位。「幹嘛?!」

「妳懷孕了。」黎莎說。

瑞娜心裡一涼。她吸牢靈氣，調整呼吸，保持冷靜。她該否認嗎？爭論？告訴黎莎那不關她的事？確實不關她的事——黎莎的孩子也不關她的事，但半年前瑞娜絲毫不留情面地揭她隱私。

她吐出一口氣。「我結婚了，黎莎。我不用向妳解釋。」

「不用呀。」黎莎站起身來，走向她。她攤開雙手，目光沉著，語氣慰藉。她的靈氣很緊繃、很擔憂。「但是我懷孕時使用魔法有對我的孩子造成影響。拜託，爲了孩子好，讓我產檢一下。」

瑞娜肌肉緊繃。雙手握拳，而她需要以強大的意志力才能鬆開手指。她才剛教訓完魔印之子，現在體內的魔力卻在大叫，強化她自己的情緒，告訴她快逃，或攻擊黎莎，在她告訴任何人前封她的嘴。她唯一能做的事就是站在原地喘氣。

不管瑞娜如何努力掩飾靈氣，黎莎顯然看穿了她的想法，但依然冷靜面對，沒有動作、不發一言。

「好。」瑞娜終於說。「我想這是個好主意。」

「結果如何？」亞倫在瑞娜於塔內廚房中凝聚形體時問道。他、賈迪爾和山娃都坐在餐桌上吃早餐。

「打斷幾根骨頭，展示一下實力。」瑞娜說。「讓他們對造物主抱持敬畏，但他們要學習，要在惡魔大軍來襲時做好準備。我得在離開前多回去幾次。」

她望向賈迪爾。「裡面有些克拉西亞人。黎莎護衛隊的遺孀和子嗣。他們在皮膚上繪製黑柄魔印，據我所知沒吃惡魔，但他們迷失了，賈迪爾。窪地是他們的家，偏偏他們無法融入。」

「我不認為他們融入得了。」賈迪爾說。「但他們也不太可能離開自己丈夫和父親灑血的聖地。」

「黎莎說如果你有建議，她會聽從。」瑞娜說。

「誰領頭？」賈迪爾問。

「賈莉特。」瑞娜說。

賈迪爾點頭。「卡維爾的吉娃卡。我審視過她的靈魂，純淨無瑕。她很擅長凝聚人心。我會和英內薇拉談談她。她得派達馬丁前往窪地，派沙羅姆守護他們。我們不會遺忘藥草師樹林裡的兄弟姊妹。」

「還有，」瑞娜說著拿出信。「黎莎要我交一封信給你。」

賈迪爾睜大眼睛，接下信，立刻放到鼻子前吸一口氣。「謝謝妳，瑞娜·吉娃·亞倫·安貝爾斯·安提貝溪。」他再度鞠躬，然後迅速離開廚房。

瑞娜搖頭。「上一刻裡還在說他妻子，下一刻就去聞黎莎的香水。」

「我們對婚姻的觀念和你們綠地人不同，」山娃說。「伊弗佳教我們愛是無止無盡的。分享丈夫不會令達馬佳蒙羞。無盡的一部分還是無盡。」

「那是雙方面的嗎？」瑞娜問。「愛有無止無盡到能讓一個女人擁有兩個丈夫嗎？」

「妳有對象？」亞倫問。

山娃沒有說話，但她的表情顯示這種說法令她十分反感。

「應該沒有。」瑞娜說。

瑞娜看著瑞根在練習場尷尬地試著駕馭黎明舞者，努力找尋手感。他身材高大，騎術精湛，但舞者不是普通馬。他比其他馬斯譚馬高上一個頭，和密爾恩信使偏好的重裝戰馬比起來宛如巨人。亞倫仔細考慮了很久，但最後只能把寶貴的戰馬交給他最信賴的人——他朋友——瑞根，教他騎馬的人。

承諾是送給她的訂婚禮物。他們本來打算把馬配種，透過超過一種方式擴張他們家族。瑞娜帶兩匹馬離塔時，亞倫眼裡泛著淚光。眼看汪妲走近，瑞娜開始感同身受。她拍拍承諾頸部，緊抓她的鬃毛。馬似乎感應到她在緊張，開始噴息踏腳。瑞娜將頭貼在她頭上，沒有強忍淚水。「我會回來找妳。向太陽發誓。汪妲會善待妳。我不在的時候，沒有人比汪妲更適合駕馭妳了。」

汪妲神色自信地來到馬旁，不過瑞娜在她靈氣中讀出恐懼。亞倫和瑞娜的馬在窪地乃是傳奇。

「她不肯裝馬勒或馬鞍，」瑞娜說。「有鞍帶固定行李，讓妳保持在馬背上，不過她不喜歡韁繩。如果她想把妳甩開或不受控制時，不要怕扯她的鬃毛。她承受得起。」

汪妲吞嚥口水，但她點頭。「我爸以前有匹勞役馬。沒錢買馬鞍，我都是裸背騎。」

「在她學會尊敬妳前，不要忍氣吞聲。」瑞娜說。「那樣妳就不會有問題。」

承諾冷冷看著汪妲，但允許女人伸手撫摸她的背。這個動作給瑞娜一種眞的要分開的感覺，她喉嚨中的硬塊變大。

「她最喜歡綠蘋果。」她哽咽道。「酸的，像她的個性。」

「我今天已經買了一桶。」汪妲說。

「如果能在她的燕麥裡加蜂蜜就太好了。」瑞娜說。

「堡壘裡有養蜜蜂。」

瑞娜再也忍受不住了。她哭著擁抱承諾最後一次，然後逃出庭院。

「大魔印是我們最強大的幫手，也是最糟糕的敵人。」瑞娜大聲說，在藥草師學院的教學劇院中來回踱步。地板上漆了小型大魔印，以牆壁上的霍拉石灌注魔力。

黎莎和汪妲站在一邊，雙臂交抱看她上課。她們兩人都渾身綻放魔光，劇院四周的魔印之子看得清清楚楚。瑞娜保證過她們安全無虞，但是她們不打算冒任何風險。

「記得亞倫飄在空中嗎？」瑞娜問眾人。「對惡魔投擲閃電？」

數名魔印之子歡呼鼓掌。瑞娜點頭，等待眾人安靜。「記得他最後摔下來了嗎？」

這下就沒人鼓掌了。那是窪地最黑暗的時刻。

「魔印吸收魔法，積蓄魔法，」瑞娜說。「透過魔印的形狀加以引導。但當你站在那些線條之中時，」她站入地板上的大魔印裡，「就可以透過意志力取用魔力。」她吸收魔力，越來越亮，直到有些觀眾伸手遮眼。示範完畢，她讓魔力回到魔印。

「窪地大魔印裡的魔力足以讓你覺得自己宛如造物主本人，但人體並不能承受那麼強大的力量。我不能，就連亞倫・貝爾斯也不能。他吸太多魔力，結果油盡燈枯，墜落在石板地上，像蛋一樣摔得稀爛。」瑞娜指向黎莎。「要不是黎莎女士趕來救他，他早就死了。」

黎莎點頭回應，這是特別安排用來提醒眾人她的實力堅強。

「史黛拉・音恩。」瑞娜喊道。「下來從這個魔印中吸收魔力。」

史黛拉的靈氣中浮現恐懼，但她依然上前，有些遲疑地踏上劇場地板。

「脫鞋。」瑞娜說。「用妳的魔印直接接觸大魔印線條。」

史黛拉踢掉草鞋，站在一條比較粗的線條上，閉上雙眼。

「照我教妳的做，」瑞娜說。「輕輕吸、慢慢吸。小心點，不要吸太多。」

史黛拉呼吸平穩，但心跳猛烈，努力將襲體而來的歡愉狂喜感保留在體內。「多少算太多？」

「暫時這樣就夠了。」瑞娜在史黛拉的魔印開始自行發光，沒有魔印視覺的人都能看見時說。「再多，妳的內臟就會開始發癢。眼睛、喉嚨和鼻子會變乾，注意力會渙散。更多一點，妳會開始疼痛，思考變得困難。繼續吸就會失控，自我焚燒。」

「多餘的魔力要怎麼釋放？」史黛拉聽起來很擔心，靈氣中的恐懼攤在觀眾面前。

「大魔印現在就已經在吸取妳的魔力了。」瑞娜說。「是妳把魔力留在體內的。慢慢將魔力穩定排出體外，像是從壺裡倒開水出來。」

史黛拉閉上雙眼，以意志力排出魔力，但她排得太急了，把魔力逼出體外，而不是讓魔印自行吸收。威力強大的大魔印貪婪地吸收魔力，瑞娜得在女孩被吸乾前伸手抓她，阻止大魔印的吸力。

「很好。」瑞娜說。「回去坐著。艾拉・卡特，下來試試看。」

她在下個女孩走近時聞了一聞。魔印皮還在吃惡魔肉，但她沒有要求他們停止。他們很快就會需要那股力量。

如果她能教會他們控制力量。

第十五章　姊妹歸返　334 AR

英內薇拉眾多耳環其中一枚開始震動。她沿著右耳的軟骨摸到那枚耳環。上面數下來第二枚。

達馬佳吐出一口長氣。終於。

她扭動耳環，直到對準位置，震動停止。

「女兒。」

「艾弗倫祝福妳，母親。」阿曼娃說。「很高興再度聽見妳的聲音。」

「我也是。」英內薇拉說。「艾弗倫一直看顧妳。」

「或許。」阿曼娃說。「我離開艾弗倫恩惠不到一年，已經變成寡婦了。」

「那是英內薇拉。」英內薇拉說。「骨骰告訴我妳肚子裡有傑桑之子的骨肉。」

「希克娃也是。」阿曼娃說，「不過都還在懷孕早期。」

「所以妳們更應該回家，」英內薇拉說。「希克娃和妳在一起？」

英內薇拉左耳的耳環立刻開始震動。「我在，達馬佳。」希克娃在英內薇拉轉動耳環時說道。

「妳們多久可以回來？」耳環的有效距離不遠。

「再一天。」阿曼娃說。「最多兩天。」

「我派護衛隊去。」英內薇拉說。「賈娃帶隊。不要和其他人走。」

「情況危急到連我哥派遣的護衛隊都不能信任？」阿曼娃問。

「不只，更危急。」英內薇拉說。「阿桑政變時企圖殺害阿希雅。」

「不！」希克娃驚呼。

「阿希雅比較強，」英內薇拉說。「把阿蘇卡吉打成殘廢。」

「至少阿桑不會再強迫我嫁給我表弟。」阿曼娃說。

「或許。」英內薇拉同意道，「但那是妳在他眼中最主要的價值。不要以爲他不會爲了削弱我的實力而動手殺妳。」

「只要我還活著，沒人可以傷害阿曼娃，達馬佳。」希克娃說。

「妳或許會發現妳也是暗殺目標，外甥女。」英內薇拉說。「我已經讓阿希雅離開艾弗倫恩惠，而山娃還沒有回來。妳現在是沙羅姆丁卡了。」

耳環中好一陣子寂靜無聲。終於，阿曼娃開口了。「恭喜，妹妹。艾弗倫祝福妳。」

「我不夠格。」希克娃說。

「在艾弗倫面前謙遜是好事，」英內薇拉說，「但妳現在是最高階的長矛姊妹。我眼看妳成長，知道妳的價值。」

「我沒能保護好丈夫。」希克娃說。「他的血染紅我的榮譽。」

「沒那回事，」阿曼娃說。「我也在場，妹妹。妳已經盡力了。要不是因爲妳，我們根本不可能帶著他的血脈活下來，爲他報仇。」

「骨骰已經說話了，」英內薇拉說。「蜜佳和賈娃一與妳們會合就會對妳效忠。妳不能逃避這個責任，外甥女。沙拉克卡即將到來，所有人都要回應艾弗倫的召喚。」

「是，達馬佳，」希克娃說。「我會盡力贏取領導的資格。」

「妳已經贏得了。」英內薇拉說。

「這表示我們可以擺脫我的妹妻是個柔弱戴爾丁的假象?」阿曼娃問。

「立刻。」英內薇拉說。「宮廷裡沒幾個人蠢到現在還沒看出這一點。」

「很好。」阿曼娃說。「她能穿護甲保護肚子裡的孩子讓我比較放心。」

「窪地還有什麼消息?」英內薇拉問。「黎莎女士肚子裡的孩子?」

阿曼娃沒有問她是怎麼知道的。這女孩很清楚她母親的預知能力。

「孩子出生了。」阿曼娃說。「我親手接生的。」

「這麼快?」英內薇拉難掩驚訝之情。「才六個月……」

「黎莎女士懷孕期間施展不少強力魔法,」阿曼娃說。「魔法加速懷孕過程。我妹妻和我必須注意這一點。」

此事有風險,但風險並非英內薇拉此刻關心的事情。這是可能左右戰爭走向的發展。

「那孩子呢?」她問。「是男是女?」

「奈達馬基丁阿曼娃・娃・阿曼恩・安賈迪爾・安卡吉,沙達馬卡及達馬佳長女,克拉西亞全境公主。」詹莫瑞達馬在阿曼娃晉見頭骨王座時宣告道。

阿曼娃身上的達馬丁白絲袍宛如煙霧般在她身邊飄動,但又足以強調她的女性特徵,提醒所有人她是英內薇拉的女兒。阿桑依然在陽光中上朝,金光照亮他衣服上的琥珀金魔印。

她的白面巾已經換成黑色,證實了所有在場之人都已經知道的事實。滿十八歲那一年,她會接下卡吉達馬丁領導人的職位。

「凱沙羅姆丁希克娃・娃・漢雅・安賈迪爾・安卡吉。」詹莫瑞繼續,「沙達馬卡三妹漢雅公主的長女。」哈席克的名字——及隨之而來的羞辱——都被拔掉，但刻意不提那些還是會讓人想起她父親的罪。

儘管如此，希克娃依然氣勢非凡，身穿沙羅姆黑袍，頭戴白面巾。背上的雙矛可輕易拔出，固定在一面大圓盾下，全都以堅不可催的魔印玻璃鑲以琥珀金所製。她動作宛如獵食者般優雅，戰袍下的玻璃護板爲嬌小的身材增添分量，特別是走在身穿薄紗的阿曼娃身後更是顯眼。

「祝福妳，妹妹、表妹。」阿桑在王座上喊道，雖然他看到希克娃作戰士打扮時臉色不太好。英內薇拉在她的枕台上觀看，毫不掩飾笑容。

在朝臣眾目睽睽下，兩名女子跪倒，雙掌貼地，額頭伏低。她們同時抬頭望向七級台階上的高台。阿曼娃伸指輕觸喉嚨，她清脆悅耳的嗓音在王座廳中迴盪。「我們回應頭骨王座召喚，尊貴的哥哥，回到解放者宮廷中擔任我們應有的職位。」

「卡吉部族的女子需要妳的智慧及領導，妹妹。」阿桑的語氣聽起來很誠懇。他望向希克娃。「但我沒有傳喚妳，表妹。」

「是我傳的。」英內薇拉插嘴，和阿曼娃一樣，用她的魔印首飾強化音量。她的魔法在陽光下大多起不了作用，但她喜歡提醒其他達馬丁和他，自己並非全然無助。「有鑑於你高貴的妻子阿希雅去世、山娃失蹤，沙羅姆丁卡的白頭巾將會交付給希克娃。」

阿桑皺眉，貝登達馬走出達馬基行列，在頭骨王座前鞠躬。「沒有不敬的意思，達馬佳，但此事並無先例。沙達馬卡高貴的表妹並沒有在戰場上殺過阿拉蓋。她並未贏得攜帶長矛的權利，更別說是指揮艾弗倫的長矛姊妹。」

阿曼娃看他的眼神像隻隨腳就能踩扁的昆蟲。「沒有不敬之意，達馬基，我沒聽說你晚上會上戰場，即使是現在，即使是沙達馬的年代裡。你有什麼能耐見證我的吉娃森在阿拉蓋沙拉克中的表現？」

她環顧所有朝臣，再度啓動項圈，把話傳入所有人耳中。「我以我的榮譽及進入天堂的希望發誓，我在艾弗倫和頭骨王座前作證：希克娃．娃．漢雅．安賈迪爾．安卡吉送入陽光下的阿拉蓋比克拉西亞所有沙羅姆更多。」

「太荒謬了。」王座廳裡到處都有人認同貝登達馬的話。「解放者的大軍裡有很多沙羅姆早在這個女孩出生前五十年就已經在殺阿拉蓋了。這話令他們所有人蒙羞。」

阿桑長矛捶地。「道歉，妹妹。」

阿曼娃揚起雙眼直視她哥。「即使是你，沙達馬卡，也不能命令我在頭骨王座之前作僞證。我與我的妹妻及丈夫攜手合作讓無腦的惡魔大軍成爲窪地部族武器下的亡魂。就連殺害安奇度訓練官的化身魔也畏懼我們的歌聲，任由我們的同伴摧毀它。」

阿桑沒有出聲。艾弗倫恩惠有許多戰士都曾見證傑桑之子的小提琴魔法，眼看音樂誘導阿拉蓋宛如羔羊般遭受屠殺。那是阿桑本人垂涎的力量，而只有阿曼娃和希克娃擁有解開它的關鍵。

「或許，」貝登承認。「但沙羅姆用矛作戰，不是魔法。」

阿曼娃微笑。「你想試試我妹妻的矛技嗎，達馬基？」

貝登嘲弄。「妳是要我在解放者的宮廷中毆打女人？」

「當然不是，德高望重的達馬基，」阿曼娃說。「我請你挑選代表下場。隨便挑個你宣稱殺過的惡魔比我妹妻多的人？」

她轉身，掃視人群。「或許是你那個聲名遠播的孫子，沙達馬拉吉？」

所有人轉向拉吉。這個年輕的沙達馬只比希克娃大幾歲。是以毫不懼怕阿拉蓋著稱的戰士祭司。他即使在白天都攜帶武器，指節上配戴魔印銀器，輕靠著他擅用的魔印鞭杖。一條帶刺的阿拉蓋尾掛在腰帶上。他身材高大，令希克娃顯得格外嬌小，但她毫不遲疑，轉身雙拳交抱胸前，行戰士鞠躬禮。

拉吉笑著上前一步，目光飄向爺爺，請求允許痛扁這個目中無人的女孩。然而達馬基察覺不對。數十年來，貝登一直與達馬丁密切合作，他比任何人都清楚不能小看她們。阿希雅的戰技已經成爲皇宮中的傳奇。如果希克娃和她一樣厲害，而他孫子又在眾目睽睽下受挫，他的臉就丟大了。他遲疑，偏偏遲疑得越久就越沒面子。

阿桑也看出來了。「夠了。我父親不允許任何人在他的宮廷中暴力相向，我也一樣。貝登達馬說得對，沒人質疑這種……歌唱魔法的威力，但沙羅姆是透過長矛晉升的。不管希克娃技巧有多高超，她都沒有在見證人面前於戰場上殺過阿拉蓋。」

「那就今晚吧。」阿曼娃主動說道。「你要幾個見證人？」

「就算她成功了，用達馬佳的隱形矛和護甲殺惡魔也不是什麼了不起的榮譽。沙羅姆丁卡必須有足夠的實力在沙拉克卡中率領戰士。王座不承認希克娃的實力。」

「什麼樣的榮譽才能讓沙達馬卡滿意？」阿曼娃問。

「她得像眞正的沙羅姆一樣，」阿桑說。「像我們父親一樣，穿拜多布，用沒有繪印的矛，爭取他的護甲。」

「沙達馬卡決定了。」英內薇拉宣告，「枕頭王座同意。今晚希克娃會穿拜多布、持無印矛參加阿拉蓋沙拉克。明天黎明她要拿顆阿拉蓋頭顱呈交王座，在太陽下焚燒，不然就另找人領導艾弗倫的長矛姊妹。」

王座廳中驚呼不斷，特別來自達馬基丁，因爲這種強迫女人在男性戰士面前裸露的命令冒犯了她們。

希克娃不給她們時間反對，直接下跪，額頭抵地。「我以艾弗倫之名起誓，絕不會讓你失望，沙達馬卡。」

英內薇拉研究阿曼娃固定好的骨骰，石板上有個記號標明方位和時間。「妳確定一模一樣？」

阿曼娃的靈氣掀起不耐煩的漣漪，一個努力走出父母陰影的小孩。如果要女兒當有影響力的達馬基丁，英內薇拉就必須小心應付她的情緒，但此事太重要了，不能顧及她的尊嚴。

「是，母親。」阿曼娃說。

「妳知道這是什麼意思。」英內薇拉謹慎地讓這話聽起來像在陳述事實。她女兒可不是笨蛋。

「那表示一旦此事洩露出去，阿桑就會不擇手段殺死這個孩子。」阿曼娃說。「那表示在艾弗倫眼中，奧莉芙·佩伯是阿曼恩·賈迪爾眞正的後裔。那表示這孩子有潛力成爲解放者轉世。」

這是苦澀的事實。英內薇拉與解放者做愛無數次，給他生下四個兒子、三個女兒，但他們都沒有這種潛力。北地妓女和他廝混一週，然後就產下了一整個世代第一個有潛力成爲沙達馬卡的孩子。

英內薇拉搖頭。「解放者不是天生的，女兒，是後天打造出來的。」

阿曼娃側頭。「如果眞是如此，爲什麼不打造出一整支解放者軍團，就像亞倫·貝爾斯那樣？」

「如果可以就好了，」英內薇拉說。「在妳父親和亞倫·貝爾斯雙雙失蹤之時，這孩子就是據我們所知唯一有可能成爲解放者的人。或許全世界就他一個。」

「我們得保護他。」阿曼娃說。

「她。」英內薇拉糾正。「妳給佩伯女士的建議很對。讓外界以爲那孩子是女的對她比較安全。阿桑的巫師無法證實這是謊言，就算他們掌握了預知技巧也一樣。」

「她。」阿曼娃同意。

「佩伯女士要求什麼換取讓妳擲骰的機會？」英內薇拉問。骨骰告訴她要當面提問此事，當阿曼娃和她獨處的時候。它們說她不會喜歡這個答案的。

確實，阿曼娃靈氣一沉，就像拿著錢袋的扒手被人抓到一樣。她閉上雙眼，調節呼吸，在回答前找出中心自我。

「我在孩子出生前用黎莎女士的血擲骰。」阿曼娃說。「當時我就知道生產過程會很艱困，孩子會很特別。或許是妳多年前就要我留意的孩子。」

「妳在拖延時間。」英內薇拉說。

阿曼娃又吸口氣。「佩伯女士要我教她解讀阿拉蓋霍拉。」

「什麼?!」英內薇拉吼道。

阿曼娃保持冷靜，依然閉著雙眼，穩定呼吸，雙手交疊膝上，跪在英內薇拉寢室的枕頭上。

「我知道妳有理由討厭黎莎．佩伯，母親，」阿曼娃說。「我難道沒有奉妳號令在她茶裡添加黑葉？」

她睜開雙眼，直視英內薇拉。「但妳看錯她了。她是奈的敵人，而她在幫世界準備迎接沙拉克卡方面，做得比我認識的任何人都來得多——即使在她生下這個孩子之前就已經如此。如果想打贏第一戰爭，她就必須取得所有優勢。」

英內薇拉透過鼻子深深吸了口氣，這是唯一呈現在外的憤怒跡象。阿曼娃做得太過份了，不但教導綠地妓女達馬丁的祕密，還挑戰達馬佳的權威。

但她說得偏偏又是事實。當她在自己的情緒之風前彎腰時，英內薇拉在她的中心自我裡看出了眞相。

「再一次，妳說得對，女兒。」英內薇拉說。「我本來還怕妳的年紀不足以接任黑頭巾，但顯然是我多慮了。妳會成爲很稱職的達馬基丁。」

阿曼娃的靈氣浮現驕傲之情，但她只是鞠躬。「妳令我深感榮幸，母親。」

「黎莎女士在妳離開前短短的時間內不可能學會太多。」英內薇拉說。

阿曼娃點頭。「我把伊弗佳丁相關的記載留給了她，但她需要有人指導。我承諾會派遣達馬丁代替我進駐窪地。潔雅，或許，或塞兒瑟。」

英內薇拉噘嘴。「她們經驗不足。可以派其中之一協助，但我們得派個聰明人去執行如此重要的任務。」

「可以信任誰？」阿曼娃問。「達馬丁大多會直接割斷女士的喉嚨，偷了孩子逃走，想辦法成爲下任達馬佳。」

「有風險。」英內薇拉同意。「我們必須擲骰決定。我寧願親自出馬殺她、偷小孩，但是只要妳哥哥坐在王座上，皇宮就不是安全的地方。奧莉芙離他越遠，就越有機會長大成人，繼承沙達馬卡的衣缽，拯救阿拉。」

「或摧毀阿拉。」阿曼娃說。

英內薇拉點頭。「這是解放者必須承擔的重擔。」

希克娃跪在頭骨王座前，除了拜多布——一條黑布包住她的乳房，在胯下交叉——外一絲不掛。她的臉和頭髮都露出來，沒有佩戴任何魔印首飾，就連她遠近馳名的項圈都沒戴。她身旁躺著一把木柄鋼頭的無印矛，不過灑滿在晨光中滋滋作響的惡魔膿汁。

那模樣就任何人的標準來看都很暴露。英內薇拉享受所有男人失態的模樣。半數渾身不自在，刻意偏開目光。其他人則直勾勾地盯著她看。所有人都無法冷靜思考。

七名戴黑面巾的沙羅姆丁跪在她身後，每人攜帶一個黑絨袋。

「你沒有特別指定哪一種阿拉蓋能為我帶來最大的榮耀，尊貴的沙達馬卡。」希克娃說，「所以我為天堂七柱各帶一顆惡魔頭來。」

她的戰士聞聲打開布袋，往大理石地板倒出風惡魔、火惡魔、石惡魔、田野惡魔、沼澤惡魔、淺灘惡魔的頭顱。

陽光一照到頭顱，立刻起火燃燒。

如果這個景象令阿桑不悅，他也沒有表現出來。「起身，沙羅姆丁卡。」

阿曼娃帶著用白頭巾裹起的頭盔上前，在希克娃起身時戴在她頭上。有人給了希克娃一件素色黑袍，她不慌不忙地披上袍子。

「忙完丁的事情了。」阿桑揮矛要她們下去。「該來處理馬甲部族的問題。」

守衛打開王座廳門，讓阿雷維倫達馬基及其隨行人員入廳。察薇絲隨他一起來，貝麗娜恭恭敬敬跟在後面，再度換上奈達馬基丁的白頭巾和黑面巾。伊拉文也與他們同行，目光低垂。只有艾弗倫知道阿雷維倫和察薇絲要他發下什麼誓言才能恢復他在部族裡一點卑微的地位，但那算好事——如果他們還抱著任何能讓馬甲部族回心轉意的希望的話。

如同之前說定的，王座廳中擺了一張桌子，阿桑和英內薇拉步下台階，接見馬甲代表團。皇冠和長矛爲阿桑增添帝王之氣，但阿雷維倫似乎毫不在意，一心只想趕快跑完流程。

詹莫瑞呈上條約，兩份鉅細靡遺的文件，賦予馬甲部族離開艾弗倫恩惠，返回沙漠之矛的權利。

英內薇拉討厭阿桑把他們逼到這個局面，但事到如今已經無法挽回。阿桑和阿雷維倫刺破手指，擠出鮮血，沾筆簽名。

其他達馬基跟著照做，包括馬甲的附庸部族，他們會留在艾弗倫恩惠跟隨阿桑。弱小部族——比方說沙拉奇——不會有重大損失，但南吉觀察兵已經追隨馬甲部族好幾個世紀了。阿雷維倫在阿桑的南吉弟弟簽名摧毀同盟關係時臉色一沉。

「這樣就結束了。」阿雷維倫說著捲起文件，放入一根魔印管內。「我們和平分開，但卻沒有原諒彼此。阿拉很大，多采多姿。願艾弗倫允許我們永遠不會再度相逢。」

他大步走向門口，輕彈手指。貝麗娜和伊拉文看了英內薇拉最後一眼，然後跟著其他隨行人員離開王座廳。

之後幾天過得很漫長，無止無盡的請願者排隊晉見，有些人覬覦馬甲部族走後空出來的職缺，其他人尋求保護，或重新協商土地權。馬甲拋下了他們的領土，而他們控制了廣大、肥沃、適合耕作，讓綠地人變得如此軟弱的土地。

一開始，阿桑會在黃昏祈禱前一小時退朝，但隨著日子一天一天過去，他工作得越來越晚，直到日落後還在上朝。英內薇拉本來以爲只是一時疏忽，但隨著她的珠寶頭飾啓動，她開始透過艾弗倫之光視物，她終於知道那並非意外。

現在達馬基全都綻放魔光，手指和頭巾裡都有魔印珠寶，腰帶上掛著黃金手杖和霍拉袋。達馬巫師大搖大擺地走動，他們的沉重惡魔骨權杖提供大量魔力。

阿桑發現她在看，朝他母親露出獵食者般的笑容。

達馬丁在夜裡的優勢逐漸消失。他會在多久之後決定不再需要她了？

英內薇拉喘氣，努力找回中心自我。一開始打破性別平衡的人是她，讓女人使用長矛，但她並沒有想過要讓女人取代部族裡的男人。

阿桑或許不會這樣想。他的朝臣裡有很多人相信他們應該回歸傳統，女人沒有權力出聲的年代。順從。奴隸。

她抖了一抖。片刻後她才發現有枚耳環在抖。

她伸手，精細修剪過的指甲滑過軟骨，細數是誰在聯絡她。會在上朝時打擾達馬佳肯定是很重要的事情。

不是她的妹妻，不是沙羅姆丁。不是她女兒。

最後她的手指停留在耳垂上，心臟立刻停止跳動。那枚耳環已經好幾個月沒震動過了。

打從阿曼恩墜入黑暗後就沒有了。

第十六章　親愛的　334 AR

帕爾青恩陪賈迪爾走到塔外的一塊空地。「你覺得你掌握訣竅了嗎？」帕爾青恩的靈氣呈現擔憂的情緒，讓他很感動。賈迪爾曾兩度試圖殺害他，而他的綠地兄弟還是擔心他的安危。

「我不會有事，帕爾青恩。」賈迪爾說，壓抑他的疑慮。

「風會很大，你得準備好……」帕爾青恩開口。

賈迪爾大笑。「夠了，帕爾青恩！我有個過度關懷的母親和十五個妻子。我不需要你也來給我餵奶。」

「你就一定要把情況搞得這麼尷尬。」帕爾青恩揚起一手，但賈迪爾忽略他的手，緊緊擁抱他的阿金帕爾。

「時間不多了。」帕爾青恩說。「處理你的事情，不要深陷其中。」

「你也一樣，帕爾青恩。」賈迪爾說。「照顧好你的吉娃。山娃的榮耀無止無盡，但她對父親的愛是弱點，阿拉蓋卡一有機會就會加以利用。」

帕爾青恩點頭。「沒問題。你就……快點回來，好嗎？」

「好。」賈迪爾說著取下背上的卡吉之矛，像達馬的鞭杖般斜握。這把武器的琥珀金矛頭和矛身上刻有數千個魔印。就和卡吉之冠一樣，賈迪爾漸漸了解大部分魔印的用途，但其他魔印依然是謎，其中有些他才剛剛發現而已。

他以拇指抵住空氣魔印，凝聚意志，召喚蘊含在古老武器中的力量，一躍而起，狂風直接將他捲入夜空。

他越飛越高，哈哈大笑，看著地面逐漸縮小。令人振奮的狂風撲面而來，在肺裡顯得冰冷清新。夜空裡的星星越來越亮，他從來沒有這種和艾弗倫的創造物融爲一體的感覺。

正如帕爾青恩警告，天上的氣流強勁，但直到竄入一團矮雲前，他一直調適得很好。突然間目不視物，又遭受水和冰塊衝擊，賈迪爾心神渙散，朝阿拉疾墜而下。

他及時凝聚力量，衝擊地面，儘管這麼做減緩了撞擊力道，卻沒有阻止他落在一片開闊的田野上，壓斷一片凍結一半的高草。

他站起身來，咒罵一聲，吐出乾草，拍掉戰袍上的污垢。他體內凝聚的魔力讓他毫髮無傷，但黎莎的隱形斗篷弄髒了——玷污她的榮譽令他心痛。他釋放魔力到斗篷的魔印裡，宛如鍋裡的水般蒸乾斗篷上的污點。

至少已經遠離帕爾青恩的視線範圍，他心想。

他開始凝聚意志，再度嘗試，不過在聽見一聲低吼時提高警覺。田野惡魔轉眼撲上，但對抗阿拉蓋數十年的賈迪爾不用更多反應時間。他轉身，以矛柄刺穿對方，宛如透過吸管吸水般吸收它的魔力。

他再度躍入空中，身體在上升加速中微微晃動，但最後終於開始平飛。在雲裡飛行很冷，但他吸收更多魔力，在朝西北艾弗倫恩惠方向前進時加熱自己的體溫。

夜空中傳來尖嘯，賈迪爾轉頭看見三頭風惡魔在追他，振動大皮翅努力拉近距離。

他本來可以加速，但他不願在惡魔前逃走，任由它們去阿拉上獵食。他不再前進，上升迴轉，讓惡魔飛到他前面。他小心不去干擾持續飛行的魔力交互作用，將卡吉之矛指向其中一頭惡魔，發射一道照亮天際的魔光，結果沒有射中加速飛行的惡魔。他再一發，又一發，最後終於打穿它的翅膀，讓它疾墜而下。阿拉位於下方超過一哩，就連阿拉蓋強大的治療魔法也不能治療這種衝擊造成的傷勢。

其他兩頭惡魔再度發現他的蹤跡，伸長翼爪，分別從左右兩側繞回來攻擊。

在高速迎向它們的情況下，賈迪爾深怕自己射不準，也不認為他能在承受撞擊後繼續待在空中。但還有其他選擇。他在其中一頭惡魔穿越一片雲時繪製冰冷魔印。濕氣覆蓋在它的外皮上，凝結成冰，讓它宛如石頭般墜落地面。

最後一頭惡魔高速來襲，賈迪爾沒有試圖攻擊或逃避，只是盡可能飄在原位，讓自己成為容易得手的目標。這麼做的同時，他啓動卡吉之冠裡的力量，在身邊製造出護盾力場，奈的僕人無法通過。

惡魔撞上力場的衝勁之強，全身骨頭都像撞上玻璃窗的鳥般粉碎。膿汁噴灑，在墜落時留下一大片黑色污漬。膿汁在賈迪爾撤下護盾，繼續前進時隨風而去。

現在他掌握訣竅了，身體持平，降低風阻力，發現信使大道在遙遠的地面上呈一直線，帶他通往回家的路。

他等到遠離高塔後才開始嘗試聯絡英內薇拉，以免奈的僕人察覺空氣中的震動。他絕對不能讓它們得知阿拉蓋卡被關在哪裡。他與帕爾青恩認為一個小時的距離應該足夠，但在空中判斷時間很難，不管怎麼樣都是要猜。

艾弗倫恩惠位於數百哩外，他耳環中的小霍拉石沒辦法傳送那麼遠，但賈迪爾這輩子第一次完全掌握自己的力量，深刻了解魔法運作的細微原理。他只要集中精神，用皇冠強化耳環的力量，就能讓吉娃卡耳中的耳環震動。

她肯定會大發雷霆，但賈迪爾想到她會有多驚訝就忍不住微笑，而想到能再度聽見她的聲音也令他心跳加速。

他過了很久才感覺到連結開啓，魔法順暢無礙地抵達英內薇拉的耳環，然後又傳回來。「是誰？」她怒氣沖沖地問。「誰膽敢……！」

「冷靜，吉娃。」賈迪爾說。「不是妳丈夫還能是誰？」

「阿曼恩・賈迪爾死了。」英內薇拉斷聲道。「我不會被假扮他的化身魔玩弄。」

賈迪爾皺眉。他設想過很多反應，但卻沒想到他妻子會直接認定他是冒牌貨。「是我，妻子。我們第一次見面是在達馬丁的大帳裡，哈席克打斷我手臂那天。妳教我要擁抱痛苦。妳很美，我把妳的容貌記在心裡多年，直到婚禮當天才再度見到。」

沉寂片刻後，耳環裡傳來賈迪爾從未聽他無畏無懼的妻子發出過的怯弱語氣。「阿曼恩？」

賈迪爾覺得喉嚨一緊。「是，親愛的。」

「那是什麼聲音？」英內薇拉聲音顫抖。「你從天堂和我傳話嗎？」

賈迪爾過了一會兒才了解她的意思。他大笑。

「不，吉娃。只是風聲，在我迎向妳的途中呼嘯而過。」

「怎麼可能？」英內薇拉問。「骨骰說你死了。」

「是嗎？」賈迪爾問。「妳告訴過我阿拉蓋霍拉不會騙人，但有時候它們的意思跟我們想像中不同。」

「半年前，骨骰說阿拉蓋前去褻瀆沙達馬卡的遺體。」

「那是眞的，但不是我的遺體。」賈迪爾說。

「不可能是帕爾青恩。」英內薇拉說。「如果你擊敗他，早就回來了。」

「也不是帕爾青恩。」賈迪爾同意。「阿拉蓋王子爲了摧毀卡吉的城市，在他的遺骸上噴屎，跑去了安納克桑。」

英內薇拉的驚呼聲幾乎淹沒在他耳中的狂風裡。一聽到她的聲音，他立刻本能性開始加速，迫不及待想再度擁她入懷。

「你不允許它們那麼做。」她猜。

「不允許，」賈迪爾同意。「對。肯定阿拉蓋王子會進攻何處，催生了一場在其他狀況下絕不可能的結盟。帕爾青恩和我一起前往安納克桑，在卡吉永眠之地等候。」

「後來怎麼了？」英內薇拉問。

「我要見到妳才能說，要在皇冠的保護範圍裡面。」賈迪爾說。「告訴我妳的情況。我不在的這幾個月肯定很難過，但阿拉上沒有人比妳更適合承擔這份重擔。妳過得好嗎？」

「我心碎了，但沒有屈服。」英內薇拉的話令賈迪爾鬆了口氣。

「妳的榮耀無止無盡。」賈迪爾說。「妳有讓阿山登上王座嗎？」

英內薇拉好一陣子沒有出聲。賈迪爾忍不住釋放魔力，確認耳環的連結沒斷。

「妻子？」

「這也是我們最好見面再談的事情。」英內薇拉終於說。

賈迪爾飛抵艾弗倫恩惠中央山丘上的皇宮時，英內薇拉在屋頂等他。她身上珠寶的魔光照亮隨風飄動的紅色薄紗。他透過絲袍看見她嬌軀的曲線，沒有留下多少想像空間。

他從前很討厭那些裸露的絲袍，因爲它們象徵他無法完全控制自己的第一妻室。但現在，分開數個月後，他腦中唯一能想到的就是她的美。他吸氣，淺嚐夜空中的香水味，下體直接硬了起來。

她在他落地時撲入他懷中，他緊擁她。她的身體十分柔軟，但也充滿力量。他知道她使力的時候肌肉會變多硬。他們有很多話要說，但他暫時拋開一切，鼻子塞入她抹油的髮絲裡，享受她的體香。

他們微微縮頭，神色飢渴地四唇相貼。賈迪爾感到心跳加速，於是推開她。他動念間利用皇冠之力在身旁施展寂靜力場。

「路上都是馬甲部族的人。」他說。「怎麼……」

「待會再說。」英內薇拉一邊吻他，一邊解他褲帶。

「這裡？」他問。「現在？」

她一把抽走他的褲帶。「我一刻也不能等。」她從他肩膀上拉下黎莎・佩伯的隱形斗篷，彷彿沙地上的毯子般鋪在塔頂上。

他低吼一聲，握住她的纖腰，踢倒她的雙腳。她毫不抗拒，任由他將她放在斗篷上，在沒能立刻脫掉絲袍時乾脆撕爛它。她刮毛抹油，陰部滑溜溜地讓他插入。

這次做愛沒有任何達馬丁的把戲，沒有枕邊舞蹈或七點技巧。他們情慾大發，將數個月來的鬱悶一掃而空。他們連抓帶咬，連甩帶拍，以吼叫和抽插溝通需求和慾望。賈迪爾知道他應該要祕密歸返，但此時此刻他眼中只有英內薇拉，而激情主導一切。

結束之後，他們躺在寒冷的夜色中流汗，一同蜷縮在殘破的衣衫中。賈迪爾目光流連在她臉上，宛如即將渴死之人般暢飲她的美貌。他手指拂過她的臉龐，摸到耳朵，感覺每個耳環的連結。他其他妻子。他的外甥女。現在對魔力深入了解，他無法想像之前怎麼會沒有感應出來。

「我應該氣妳沒告訴我耳環的事情。」他說。

英內薇拉微笑。「看顧丈夫是第一妻室的職責。你如果知道的話，就會在做不想讓我發現的事情時想辦法不被我聽到。」

「就像我和黎莎・佩伯上床的時候。」賈迪爾說。

英內薇拉保持冷靜，但她無法在靈氣中掩飾情緒。他偷看她的靈魂，看見其中的痛苦。

「妳全程監聽。」他說。

「怎麼能不聽？」英內薇拉說。「你就要被那個……」

賈迪爾雙手捧起她的臉，再度親吻她。「絕對不會，親愛的。我們羈絆在一起，這輩子和下輩子都是。我現在了解妳爲什麼會和安德拉上床。雖然妳把沙拉克卡放在第一位所做的事情並不需要原諒，但我原諒妳。」

英內薇拉啜泣，他擁抱她。「我需要妳，妻子。從未如此需要過，我們必須團結。不能再有祕密。不能再有謊言、不盡不實。全阿拉的命運都懸在我們手上，而我最信任的人就是妳。」

她親吻他，後退面對他的目光。「我了解你和黎莎・佩伯上床的原因。雖然你把沙拉克卡放在第一位所做的事情並不需要原諒，但我原諒你。我是你的，就像你是我的一樣。骨骰說你的歸返代表沙拉克卡正式展開，而我們只要齊心協力就能平安度過。不能再有祕密。不能再有謊言、不盡不實。我在艾弗倫面前以我進入天堂的希望發誓。」

她伸手，觸摸他耳朵上的耳環。「爲什麼你墜崖後我會聽不見你的聲音？」

「帕爾青恩比我先發現耳環裡的連結。」賈迪爾說。「他阻隔了它們的力量，我們很快就離開了傳送範圍。」

「帕爾青恩。」英內薇拉啐道。「我當初應該趁有機會時殺了他。」

賈迪爾搖頭。「那樣或許就註定阿拉會走向滅亡之道。是他教我如何用卡吉之冠強化耳環的魔力，從數百哩外聯絡妳。」

英內薇拉瞪大雙眼。「你辦得到？」

賈迪爾點頭。「輕而易舉。我也可以教妳。帕爾青恩囚禁我的時候教了我很多東西。」

「囚禁？」英內薇拉吼道。「他竟敢……？」

賈迪爾揚起一手。「冷靜，妻子。傑夫之子所做的一切都是爲了取得沙拉克卡的優勢。就和妳一樣。」

「我才不信。」英內薇拉說。

賈迪爾輕輕摟住她的手臂，凝望她雙眼。「凝視我的靈魂，吉娃。如果妳什麼都不肯信，請相信我說帕爾青恩所做的一切都是爲了沙拉克卡。我本來打算在多明沙羅姆裡殺了他的，但他從未想過要殺我。他有更遠大的計畫。榮耀非凡的計畫。」

「去安納克桑攻擊奈的王子。」英內薇拉說。

賈迪爾微笑。「噢，吉娃。那只是開端而已。」

「達馬佳。」蜜佳在英內薇拉推開塔頂樓梯的門時說道。「妳的袍子……」

確實，絲袍爛了，但用手握住絲袍並沒有影響英內薇拉尊貴高雅、指揮統御的氣勢。「沒事。淨空通往我寢宮的路。」

「是，達馬佳。」蜜佳說。賈迪爾很驕傲地看著他女兒身穿沙羅姆丁黑袍，一舉一動體態優雅，但他裹著黎莎的隱形斗篷，用自身魔力強化斗篷的力量。蜜佳和他另一個戰士女兒賈娃——在他們下樓梯時跟隨在後——都沒看到他隨英內薇拉進入寢宮。

「確保沒人來打擾我。」英內薇拉告訴他們，關門上鎖，啓動足以抵抗任何部隊的魔印網——不管是人類，還是阿拉蓋。

她走回來，再度擁抱賈迪爾。「又獨處了。在決定如何宣告你回來前絕對不會有人來打擾我們。」

賈迪爾嘆氣。「恐怕講那個還太早了，親愛的。我還不能重返頭骨王座。或許永遠不能。除了妳，誰都不能知道我回來過，而我得在黎明之光把我羈絆在阿拉上前離開。」

「不可能。」英內薇拉說。「你才剛回來。」

「無所謂，必須如此。」

「你不懂。」英內薇拉說。「這些日子發生了很多事。」

「不管什麼事都不能跟我之後的道路相提並論。」賈迪爾說。「沙拉蓋卡的重擔壓在我們身上。」

英內薇拉吸氣，她在靈氣冷靜下來時伸手牽他的手。「阿山死了。」

賈迪爾眨眼。「什麼？」

「還有賈陽。」英內薇拉繼續，在提到他們長子之名時緊握他的手。「整個達馬基議會成員都死光了，還有你兒子馬吉。全都在阿桑奪權那天晚上死在他手上。」

賈迪爾張開嘴巴，但卻說不出話來。那些人裡隨便死一個都會對他造成打擊。全部一起死去令他震驚到無言以對。他擁抱一切，輕捏英內薇拉的手。「通通告訴我。」

他難以置信地聽著英內薇拉述說克拉西亞自從他失蹤後所發生的事情。他知道自己統一各部族的力量十分脆弱，但卻沒想到少了他會在轉眼之間分崩離析。

「讓阿蘇卡吉成爲卡吉部族的繼承人是個錯誤，」賈迪爾說。「這樣會讓阿桑想要晉升就只剩下奪權一途。」

英內薇拉搖頭。「那是正確的決定，丈夫。你不可能知道他可以爲了奪權殺這麼多人。」

「趁夜利用霍拉奪取王座，」賈迪爾捏緊拳頭，「他褻瀆了我們代表的一切。」

「還犧牲了我們最強大的部族之一。」英內薇拉說。「但現在，你回來了，或許馬甲部族會回心轉意。」

賈迪爾搖頭。「除非洩露我還沒死的祕密，不然不可能讓他們回心轉意，親愛的，但我不能這麼做。」

「爲什麼不能？」英內薇拉問。「有什麼會比在沙拉克卡即將展開之時統一你的部隊更重要？」

「沙拉克卡並非即將展開，親愛的。」賈迪爾說。「已經展開了。現在。阿拉蓋已經開始集結，在綠地上建立巢穴。我得前往一切的根源，阻止它們。」

英內薇拉難以置信地看著他。「你不可能是指奈的深淵？」

賈迪爾點頭。「我們趕去安納克桑不是爲了阻止阿拉蓋褻瀆祖先。事實上，我們任由它們這麼做。」

「爲什麼？」

「我們是去抓阿拉蓋卡的。」賈迪爾說。「而且，親愛的，我們成功了！」

「不可能！」英內薇拉說。

「差點失敗。」賈迪爾說。「我與帕爾青恩，加上他的吉娃卡、山傑特和山娃，所有人的力量加起來也差點敗給他。」

「山傑特和山娃找到你了？」英內薇拉問。

「沒錯。」賈迪爾說。「謝謝妳，親愛的，謝謝妳派他們來。要不是有他們，我們或許不會成功。

他們的榮耀無止無盡。現在山娃也殺過阿拉蓋王子了。」

「山傑特呢？」

賈迪爾嘆氣，告訴她阿拉蓋卡企圖逃跑，摧毀他們姻親心靈的事。他提起審問阿拉蓋卡，還有帕爾青恩的計畫。

「太瘋狂了。」英內薇拉說。

「美麗的瘋狂。」賈迪爾說。「光榮的瘋狂。足以匹配卡吉的瘋狂。這是很大膽的計畫，但卻能直擊奈的心臟。」

「你要相信謊言之王的話？」英內薇拉問。「艾弗倫的睪丸呀，丈夫，你真的蠢到這個地步嗎？」

「當然不是。」賈迪爾捲起衣袖，露出手臂。「這是一場把全阿拉當成賭注的賭局。」他伸出那條手臂，布滿英內薇拉用彎刀刻劃出來的疤痕。「我大老遠跑回艾弗倫恩惠就是要請達馬佳擲骰預測成功的機率。」

賈迪爾在治療英內薇拉上一條血痕時抗拒想把手臂抽回來衝動。她似乎打定主意要把他的血吸乾，就像要把他的精液吸乾一樣，一再投擲骨骰，尋找答案。傷痕都很淺，在帕爾青恩指導過後可以輕鬆治療，但傷痕癒合時會讓皮膚發癢。基於某種理由，那種感覺比痛還難抹除。

「妳看到什麼？」他在終於受不了時問道。

「死亡。」英內薇拉說，依然凝望骨骰，詭異的紅光照亮她的臉。「分歧。欺瞞。」

「那些字眼毫無幫助，親愛的。」賈迪爾說。「帕爾青恩的計畫有希望成功嗎？」

「機會渺茫。」英內薇拉說。「但無論如何，你都非去不可。」

這話讓他吃了一驚。他以爲她會想盡辦法讓他留在克拉西亞。

啊，親愛的，他心想。我又再一次低估妳了。

「有些未來顯示你們全部都會死在深淵裡，距離目標很遠。」英內薇拉繼續。「也有你們找到阿拉蓋丁卡的未來，不過寡不敵眾。有些未來裡，你們動作太慢，交配已經結束。」

「但有可能成功。」賈迪爾握拳問道。

「有可能，就像在沙漠裡找出某粒特定的沙一樣有可能。」英內薇拉說。「即使在那些微的可能中，你們也不會全部存活下來。」

「無所謂。」賈迪爾說。「我們的性命在這個目標前微不足道。」

「不要這麼急著當殉道烈士。」英內薇拉說。「你必須時刻警覺。我在每個角落都看見背叛。」

「但我非去不可？」賈迪爾問。

英內薇拉點頭。「如果不去……所有人都會面對末日。帕爾青恩釋放了一條河，河水在抵達大海之前都不會停。」

賈迪爾伸手到戰袍上一個特別口袋裡，拿出四個小瓶子，放在她面前的枕頭上。瓶裡裝滿深紅色的液體，附著在玻璃上。「帕爾青恩、他的吉娃、山娃和山傑特的血。」

英內薇拉迫不及待拿起它們。「祝福你，丈夫。」

賈迪爾又伸手到袍裡，拿出第五隻瓶子。跟其他瓶不一樣，這瓶裡的液體漆黑如焦油。

英內薇拉眼睛一亮，靈氣轉寒。「那是……？」

「惡魔膿汁。」賈迪爾確認她的想法。「從阿拉蓋卡身上強奪來的。」

英內薇拉手掌微顫，接過最後的瓶子。「我需要時間，準備骨骰進行新的擲骰，還要思考問題。」

賈迪爾點頭。「我會趁機處理一些事情。」

「我認爲時候到時我該同去，」英內薇拉說。「就像帕爾青恩的吉娃。」

「絕對不行。」賈迪爾說，或許反應得太快了點。英內薇拉眉頭一緊。「現在是克拉西亞最需要妳的時刻。」這是實話，不過不是全部實話，而英內薇拉顯然也看出這一點。「奈的大軍將至，妳必須統領部族對抗他們。我的政治手腕向來比不上妳。」

「或許，」英內薇拉說。「我會擲骰看看。但如果我出現能夠增加你們成功的分歧點……」

「那我們就和得勝歸來發現族人因爲缺乏領導而慘遭屠殺的分歧點比較看看。」賈迪爾說。

英內薇拉握緊那些瓶子，神色哀傷地點頭。接著她把瓶子放到一旁，走到一個亮面盒子前，拿了針和管子回來。「我需要更多血。除了現在用，還有等你離開後用。」

賈迪爾反射地抓抓他的手臂。

抽血完後，她又上了他一次。和在星空下發情狂歡不同，這一次是在夫妻共享多年的絲枕上溫柔做愛。她先從枕邊舞蹈開始，慢慢脫去絲巾，直到身上除了首飾外一絲不掛，然後拿出護矛油，依照伊弗佳丁指示按摩他的矛上七個聖點。

然後她才套上他的矛，隨著古老的節奏搖擺，帶著兩人同登天堂，最後飄回阿拉。

兩人躺在薰香枕頭上溫存時，賈迪爾的肚子咕嚕咕嚕直響。「我可以治療傷痕，親愛的，但魔法無法憑空製造血肉。」

英內薇拉點頭。「當然。但儘管魔法無法憑空製造血肉，它還是可以把任何東西變成食物和水。」

「呃？」賈迪爾問。

「這是達馬丁換上白袍前必須學會的初階魔法之一。」英內薇拉說。「對你的任務極具價值的魔法。」

她走向一個大陶甕，挖了兩大碗白沙出來。她撫平沙面，用精美的指甲在沙面上繪印，賈迪爾仔細觀察那個複雜的魔印網。

片刻後，一個碗裡裝滿清澈的冰水，另一碗則是熱騰騰的蒸丸子。賈迪爾咬了一口，瞪大眼睛。「我從未嚐過如此……」

「完美的東西。」英內薇拉說。「如果畫錯，食物和水就會有毒，但只要正確無誤，它們就會變成與艾弗倫之光一樣純淨的物質。」

確實，片刻前還飢腸轆轆，但一口蒸丸子加一口冰水就滿足了賈迪爾的口腹之慾。「帕爾青恩說通往深淵的道路要走好幾週。我還擔心我們得攜帶整趟旅程的補給。」

英內薇拉搖頭。「只要有艾弗倫的祝福，一切都有可能。現在過來，脫掉那些不體面的袍子。如果你要去深淵，就得穿著符合沙達馬卡身分的服裝，讓奈的僕人打從內心懼怕你。」

賈迪爾低頭看，完全忘記帕爾青恩在囚禁期間給他換上的卡非特褐袍。他這麼做是為了讓他謙遜——或許他也該學點謙遜——但已經不用這套衣服了。

而且他還有其他理由換穿他本身的服飾。

賈迪爾掌貼寶庫大門，感覺到英內薇拉給他的手環開始加溫。這扇大門，重達好幾噸的巨石透過琥珀金魔印強化，就在這輕輕一碰之下開啓，宛如墓穴般了無聲息。他面前的走道籠罩在魔印光中，除了牆壁上的符號外什麼都沒有。

賈迪爾在門關上時裹上隱形斗篷，迅速沿著走道而行，直到來到岔路。他要去的那扇門外有守衛站崗——身穿沙羅姆黑袍的無舌閹人，手腕和腳踝上都有金鐐銬。閹人守衛都是沙羅姆丁沙魯沙克大師，敏捷又致命。

賈迪爾用手指在空氣中繪印，以卡吉之冠灌注魔力。片刻過後，閹人的眼瞼開始低垂。他奮力抵抗，搖頭保持清醒，但是魔法的力量無法抗拒。他背靠牆壁，長矛撐地，站著睡著。

賈迪爾利用他的皇冠視覺，把沉重的木門當成玻璃鑲板般看穿。他母親在裡面，尚未入眠，正在教訓幫她綁頭髮的媳婦——賈迪爾的妻子，艾佛拉莉雅和塔拉佳。房內裝飾華麗，但依然是間牢房。

「別綁那麼緊，笨女孩，」卡吉娃對綁出一條完美辮子的艾佛拉莉雅大聲說道。「妳到底要多少年才能做好這一件事？還有妳？」她半轉向把她的頭髮梳得光滑柔順的塔拉佳。「我說了梳一百下。我才數到九十七下。重新梳起。」

眼看他的戴爾丁妻子得和他母親一起遭囚讓賈迪爾心裡很難受，除了名義上不是外，她們根本就是奴隸——雖然卡吉娃的折磨會比其他主人好一點。他對他的子民，甚至家人，視而不見太多不公平的事情。如果他有多加留意母親加諸在他妻子身上的試煉或他兒子的野心，是不是就能阻止在他家中蔓延的疾病呢？

他搖頭。執著過去沒有任何好處。現在是向前看的時候。他繪製更多魔印，讓艾佛拉莉雅和塔拉佳像閹人守衛一樣睡著。

卡吉娃察覺女人不再動作，回頭發現她們閉上雙眼、呼吸沉穩。她放聲大叫。「傲慢的女孩！妳們膽敢在神聖母親說話的時候睡覺?!」

賈迪爾揚起一手，門後的門閂抬起。他在卡吉娃要甩艾佛拉莉雅巴掌時進房。

「不要碰我妻子，母親。」他說。「她聽不見妳說話。我讓我的吉娃沉睡，因為我要和妳私下談談。」

卡吉娃嚇壞了，轉身面對聲音來源，然後又叫一聲。「阿曼恩，我兒！我兒！你從深淵回來了！」她跑向他，喜極而泣，而他在她撲上來時回應她的擁抱。一時間，他允許自己忘記使命，最後一次當她兒子，安安穩穩地待在母親懷抱裡。但接著她說話了。

「感謝艾弗倫你回來了，我兒。」卡吉娃泣道。「你娶的那個希莎把我當成偷麵包的卡非特囚禁。你該鞭打她，懲罰她的傲慢。我向來認為你不夠嚴厲，任由她打扮成枕邊舞者上朝……」

賈迪爾握住她雙臂，把她向後推開，面對他。

「夠了，母親！妳說的是克拉西亞達馬佳，不是妳的戴爾丁女僕！她每天沒日沒夜在對抗奈的大軍，而妳卻無所事事地抱怨苛責僕人和我們家的女人！妳的行為令我們家族蒙羞！」

卡吉娃神色震驚、瞪大雙眼。「但——」

「我不要聽。」賈迪爾打斷她的話。「妳說我不夠嚴厲，說得沒錯。但我應該要嚴加管教的人是妳。」

「不准說這種話！」卡吉娃喊道。「我向來對你忠心耿耿！」

「是我讓英內薇拉坐在頭骨王座台上。」賈迪爾說。「是我讓她挑選繼承人。我把遠行期間人民的安危交在她手上。而妳的支持在哪裡？」

「我支持你的兒子和子嗣。」卡吉娃說。

「我兒子還太年輕，承擔不起統治的重擔！」賈迪爾大叫。「即使阿桑殺了他弟弟和半數議會成員，妳依然認為他比英內薇拉更適合統治克拉西亞？」

「那個女人是怎麼把你從我身邊奪走的？」卡吉娃問。「她搶走我的孫女和外孫女，給女人長矛——」

「奈的黑心呀，母親！」賈迪爾吼道。「妳除了自己，誰都不放在心上嗎？沙拉克卡已經降臨，而妳要拿這些女人的爭執來毒害我的宮廷？是我讓女人拿矛的，不是英內薇拉，如果她沒有從妳手中搶走山娃，那個女孩就會是一無是處的廢物。但艾弗倫本身賜給英內薇拉預知的視野。她看見我的試煉，訓練那個女孩，在我最需要的時候派她來幫我。要不是有她和她父親與我並肩作戰，我過去幾個月裡早就寡不敵眾。或許已經死了，而阿拉就會隨我一起滅亡。」

「但是阿希雅打我。」卡吉娃抗議。「殺害沙羅姆，偷走我孫子。」

「阿希雅是那孩子的母親，妳不是。」賈迪爾說。「她不可能偷走本來就屬於自己的東西。那個女孩的榮譽超過解放者長矛隊最強的隊員，就因爲妳，她和她孩子被迫離開艾弗倫恩惠。」

卡吉娃的靈氣一沉。「卡吉離開了？」

「他離開了。」賈迪爾確認。「只有這樣才能防止阿桑利用那個孩子，就像他利用妳一樣。用來驅逐艾弗倫達馬佳的工具，用個完全不懂該怎麼統治人民的愚蠢老女人來取代她。」

「你從來沒有這樣和我講話過。」卡吉娃說。「我生下你。我餵你奶。我在你父親踏上孤獨之道後支持你。我到底做了什麼讓你這樣罵我？」

「是我的錯。」賈迪爾承認。「我把心力都放在我們外在的敵人身上，沒有關心宮廷裡的女人。我任由妳指揮她們，讓妳對敢拿錯蜜酒或把頭髮綁太緊的人大吼大叫。是我讓妳認爲因爲妳身處皇宮，所有人都有責任要服侍妳，而不是妳要服侍別人。」

卡吉娃越縮越遠，他可以從她的靈氣看出他的話對她造成多大的痛苦。但他還是繼續說下去。他們的關係將會徹底改變，但是非這樣不可。這是他最後一次打醒她的機會——讓卡吉娃成爲克拉西亞需要的盟友和領袖。

「聽我說，母親，聽清楚。」他說。「全阿拉都面臨危機，我得肯定我遠行期間妳會支持我。我需要妳這麼做。克拉西亞需要妳。」

卡吉娃下跪。「當然，我兒。這是我唯一的心願。告訴我該怎麼做，我會照做。」

「每當妳刁難達馬佳，全克拉西亞都會受苦。」賈迪爾說。「我明天早上又要離開，可能要好幾個月才能回來——如果回得來的話。妳在我回來之前都要聽英內薇拉的話。不要聽阿桑的。不要聽我兒子和孫子的。聽英內薇拉。」

「如果你沒回來呢？」卡吉娃問。她的靈氣中浮現痛苦，但他沒時間安撫她。

「那到死都要聽她的話。」賈迪爾說。

賈迪爾舉起卡吉之矛，放上她肩膀。「發誓。在我面前發誓，在艾弗倫面前發誓。」

「我發誓。」卡吉娃說。

賈迪爾壓低聲音。「妳發誓什麼，母親？」

她淚流滿面，抬頭看他。「我發誓，在艾弗倫面前、在我兒沙達馬卡面前，發誓聽從達馬佳，英內薇拉・娃・阿曼恩・安賈迪爾的命令，一切全部聽命於她，從現在開始直到你回來，或到我死。」

她捉住他的袍緣。「但你一定要回來，阿曼恩。我不能像失去你父親和賈陽那樣失去你。」

「那是英內薇拉，親愛的母親。」賈迪爾說。「妳得對艾弗倫遠大的計畫保持信心。我不會隨便犧牲性命，但如果我必須爲了阿拉犧牲自己，我絕不會拒絕。」

這話令卡吉娃嚎啕大哭，賈迪爾半跪而下，在她哭泣時摟著她。哭完之後，他站起身來，一併扶起她，讓她站好。「我現在要離開妳，等我離開妳就自由了。不要告訴任何人妳見過我，就連我的吉娃森也不行。」

「爲什麼？」卡吉娃問。「知道你還活著可以給我們人民帶來很大的希望。」

「因爲即使是現在，奈的大軍都在獵殺我。」賈迪爾說。「我回來的謠言會危害妳的安危，引來奈的王子的注意，而我要它們去管別的事情。」

他走向塔拉佳和艾佛拉莉雅，親吻沉睡中的她們。「祝福妳們，我親愛的妻子。」他在走向門口時最後一次轉向他母親。「從今以後，妳要給我妻子、女兒、外甥女她們應有的尊重。」

卡吉娃鞠躬。「當然，我兒。」

他凝視她的靈氣很長一段時間，在小孩的崇拜和成年人的智慧之間遊走。他很難過地發現這兩種心態大不相同。「我愛妳，母親。儘管我踏上前往奈的深淵之路，妳永遠不要懷疑這一點。」

「永遠不會。」卡吉娃承諾。「你也不要懷疑你母親對你的驕傲和愛遠比任何人都來得深。」

他點頭，然後離開。

賈迪爾離開房間，吸走讓他妻子和守衛沉睡的魔力。他們醒來時，寶庫門已經關上了。

他再一次裹上隱形斗篷，穿越皇宮，來到一扇沒人看守的窗口，溜出窗外，起飛。魔力令他振奮，冷風於月光和星光照亮夜空時撲面而來。他必須提醒自己飛行是艾弗倫的禮物，是神聖的工具，不是娛樂用的玩物。他飛到皇宮另一側，從前屬於他的寢宮——現在被他妄自尊大的兒子占據。

窗戶都用魔印和欄杆守護，避免不速之客。阿桑顯然害怕暗殺，而這種恐懼其來有自。他不榮譽的登基過程激怒了許多克拉西亞有權有勢的人。最後賈迪爾挑選了一條人跡罕至的走道外牆，繪製了他在和阿拉蓋卡作戰時用很大代價學來的一串魔印。牆壁上的石塊融化成泥，打開一條大到足以供他通過的洞口。進去後，他在空氣中繪印，讓洞口能夠阻擋阿拉蓋進入。即使在這裡，克拉西亞的權力中心，他也不會留下任何對抗黑夜的弱點。

進入室內後，他再度啓動斗篷的魔力，無聲無息地沿著走廊進入他兒子的寢宮。在裡面，他很悲傷但不驚訝地發現英內薇拉告訴過他會發現的人——久病在床的阿蘇卡吉，靈氣平靜，了無生氣，還有阿桑，依然戴著複製皇冠，親自照顧他的愛人。房內沒有僕人，賈迪爾感到慶幸。

儘管賈迪爾隱形了，阿桑還是察覺不對勁。他的靈氣先出現變化，接著他微微僵硬，豎起耳朵。他轉身，緩緩掃視屋內，頭冠發出強光。這孩子已經很熟悉皇冠的用法，正如英內薇拉所警告的；就算該皇冠比不上賈迪爾的，它的力量依然十分強大。

「是誰？」阿桑問，目光飄向賈迪爾身後的牆壁，努力聚焦在他身上。他站起身來，伸手去拿他的矛，又是一把魔力強大的複製品。

賈迪爾看不出繼續隱身的理由，於是拉下斗篷。

「哈囉，我兒。」

他以爲對方會大吃一驚，甚至驚慌失措。但沒想到阿桑會展開攻擊。就像地道蛇般，他舉起閃亮的長矛疾刺。

「冒牌貨！我父親死了！」

賈迪爾差點來不及舉起長矛，架開矛尖。阿桑不爲所動，以飛快的速度甩動武器，一刺再刺，每一矛都以不同的角度刺出，尋找父親防禦中的漏洞。

他毫不懷疑這個戰士曾經徒手在夜裡對抗惡魔——血洗七級台階，殺上頭骨王座。賈迪爾親自訓練這個孩子，教導他和他兄弟一套混合各部族最致命招式的沙魯金。賈陽高大、強壯，比較像賈迪爾。在他們小時候，那是很大的優勢，但阿桑在沙利克霍拉中勤奮學習，自創一套戰鬥模式。他動作很快、毫不疲憊、招招致命。長矛和皇冠灌注魔力，賦予他難以想像的力量。

被賈迪爾架開的矛頭擊中一根比成人環抱還粗的大理石柱，蛛網般的裂縫直達柱子另一端。

兒子突如其來的攻擊令賈迪爾震驚無比，只能想辦法防禦自己，一點也不打算殺害他的次子，特別在他剛剛得知自己長子的死訊時。就像父親所教的，阿桑盡可能不施展重複招式，雙腳持續移動，一般戰士絕對猜不到他的下一步。

但賈迪爾不是一般戰士，他一樣也是靠實力打上頭骨王座的；儘管阿桑利用皇冠視覺的技巧與日俱增，但還是沒有達到他父親的程度。男孩的靈氣很沉穩，但在將能量灌往肢體時還是會掀起漣漪。調整片刻過後，賈迪爾已經可以預先看出兒子將要施展的招式。

當阿桑再度出矛時，賈迪爾已經展開行動。他閃到長矛側面，一手離開自己的矛，抓住阿桑的矛柄。他奮力一踢，阿桑因爲手持武器，腰部完全承受這一腳的力道，整個人彎腰後退，撞在牆上，兩把武器都落入賈迪爾手中。

「阿桑！」阿蘇卡吉叫道，但是叫聲嘶啞，幾乎細不可聞。他的靈氣浮現痛苦，試圖強迫殘軀幫助愛人。

「現在你願意談談了嗎，我兒？」賈迪爾說，但阿桑再度撲上，毫不畏懼。

賈迪爾丟下武器，落在隨手可得之處。他必要時可以用魔印讓矛回到自己手裡，但如果要和兒子打架，最好還是徒手，以免在和兒子交談前失手殺了他。

「滾，惡靈！」阿桑邊叫邊打。「不要再來糾纏我！」

賈迪爾沒來得及擋下那一拳，但他順著能量的脈動而走，不給他兒子任何優勢展開接下來的攻擊。他的話令他遲疑，於是趁著打鬥的空檔偷看兒子靈魂，尋找源頭。影像在他的皇冠視覺前閃爍——阿桑在睡夢中輾轉難眠，呻吟吼叫，猛然驚醒。他曾有一次在半夢半醒間毆打阿蘇卡吉，之後他們就分床睡了。還有一天晚上，他差點殺了詹莫瑞——差點在年輕達馬喚醒他前在枕頭上掐死他。

確實，阿桑被鬼魂糾纏，只要一閉上眼就會看見父親不認同的表情。

他本該如此，賈迪爾心想。他承受一記側擊，搶到近處，抓起阿桑的袍子，猛踢大腿，強迫他膝蓋繃緊。阿桑完美的平衡感受到影響，賈迪爾利用重心轉移的瞬間壓倒他。他們開始近身肉搏，動作太快太猛，沒辦法透過解讀靈氣研判反應。那是一種原始的支配競爭——賈迪爾一輩子都在做的事情。阿桑也很擅長這種格鬥，但身爲克拉西亞王子，他一直知道對手會擔心錯手殺了他。

賈迪爾在崛起的過程中沒有享受過這種禮遇。這就是他在征服沙漠之矛時擊敗眾多達馬的原因，也是此刻能夠得勝的關鍵。一吋一吋，他慢慢取得優勢，控制他兒子的腹部，讓他的腳發揮不了作用，將他一手壓在身體底下，然後再以手臂扣緊兒子喉嚨，箝制他另外一條手臂。

他本來可以強行推開他兒子的頭。不被對手看見乃是非常強大的優勢，但阿桑最大的恐懼就是父親不認同的表情，於是賈迪爾強迫他面對自己的臉。

「我不是惡靈。你沒在睡。我是回來糾正你在我遠行這短短數個月間，在宮廷裡搞出的爛攤子。」

阿桑掙扎的力道加劇，驚慌和恐懼賦予他全新的力量，但賈迪爾完全箝制住他，不肯放手。阿桑的拳打腳踢都難以施力，而且賈迪爾比他高大、比他重、也比他強。他稍微放鬆，阿桑隨他挺身，接著他又使勁下壓，把兒子的額頭壓去貼地。

「我不是來打架的！」賈迪爾吼道。「我不想殺自己兒子，雖然我有足夠理由。」他再度壓下阿桑的腦袋，撞裂地板瓷磚。「但如果你不給我其他選擇，我會動手。」

終於，阿桑不再掙扎，不過是出於順從還是缺氧，賈迪爾難以肯定。他繼續施壓，等到兒子靈氣黯淡，雙眼顫動。然後他放手，迅速起身後退。他在空氣中繪印，卡吉之矛飛回他手中，阿桑奮力喘息，一手無力地撐在地上，奮力起身。

「選，」賈迪爾說。「保持跪姿，接受我的審判，或是繼續攻擊，那我就送你踏上孤獨之道，讓艾弗倫親自審判你。」

阿桑靈氣擾動，就連賈迪爾也猜不透他會怎麼做。他看得出來那孩子已經明白眼前之人眞是他父親，但他奪下王位時就已經越界，心知此刻無路可退。

終於，他雙掌貼地，渾身顫抖地將額頭伸到手掌中間。「你要怎麼處置我，父親？」

「還沒決定。」賈迪爾說。「你要爲罪行付出代價，但沙拉克卡或許還有用得上你的地方。」

「我犯了什麼罪，父親？」阿桑揚起目光，觀察他父親的靈氣。他在吸收皇冠中的力量，迅速治療。片刻過後，他就會恢復戰鬥力。賈迪爾做好準備，以免他蠢到再度動手。

「這還需要問嗎，我兒？」賈迪爾問。「你背叛你哥，送他面對死亡，還殺了你叔叔，奪取他名正言順取得的王位。」

「那和你所樹立的榮耀典範有何不同，父親？」阿桑問。「你難道沒有背叛帕爾青恩，送他面對死亡？你難道沒有在取得頭骨王座的過程中殺害在沙利克霍拉訓練你的阿馬戴佛倫達馬基，還有他所有兒子？你難道沒像卡非特殺豬一樣插死安德拉？」

「那不一樣。」賈迪爾說，但這話究竟是說給他兒子還是他自己聽的，他也不確定。

「有什麼不一樣？」阿桑逼問。

「那是英內薇拉。」賈迪爾說。

「艾弗倫的旨意？」阿桑問。「還是我母親的旨意？」

「都有。」賈迪爾說。「安德拉腐化了。他的愚蠢害死我們的族人。阿馬戴佛倫是個好人，但他是腐化體系的一部分。他的死無損他的榮譽。」

「我哥哥也腐化了。」阿桑說。「他的愚蠢害死我們的族人，爲了滿足征服的慾念和渴望，證明他有資格繼承王座，他在我們準備好前強迫我們開戰。如果他成功，克拉西亞就會在他的統治下受苦。」

「或許。」賈迪爾說。

「又或許帕爾青恩帶矛進入大迷宮後也可以率領我們迎上光榮。」阿桑說。「我們的選擇是基於自認怎麼做對我們的族人來說最好，父親。那是你教我的。我一點也不想殺叔叔，但他也是腐敗體系的一部分，他的死無損他的榮譽。我沒有用霍拉，公開挑戰他和達馬基，一切符合我們的法律。」

「在夜裡，」賈迪爾吼道。「所有男人都是兄弟。你教唆我其他兒子在神聖挑戰中用霍拉作弊。」

阿桑再度聳肩。「帕爾青恩在多明沙羅姆前公告你的叛行是不是謊言？你有沒有在夜裡背叛他，把他丟給惡魔？」

賈迪爾咬牙切齒。「有。那是我一生最大的恥辱。要不是帕爾青恩比我想像中堅強，全阿拉都會因而受難。」

阿桑側頭。「怎麼說？」

「帕爾青恩和我已經和好。我們聯手擒獲阿拉蓋卡，要把他當作人質殺去深淵。」

如果這話有令阿桑驚訝，他也沒有表現出來。「爲什麼？」

「爲了穿越深淵迷宮和奈的無盡大軍，直到我們站在阿拉蓋丁卡面前。」

阿桑眨眼。「你們眞的有辦法辦成這種事？」

「阿拉蓋霍拉說我是解放者。」賈迪爾說。「不然就是帕爾青恩。如果有人辦得到這種事，肯定就是我們兩個聯手。」

「你或許不會回來。」阿桑說。

「你還想保住你偷走的王座。」賈迪爾說。

阿桑面對他的目光。「說了我沒有犯任何罪，父親。」

賈迪爾點頭。「你讓達馬基和安德拉英勇戰死。你哥哥的死是出於他自己的愚行。」

他以就連阿桑也看不見的速度扣住兒子的喉嚨。他伸出另一手拔下阿桑的皇冠，丟到房間另一側。阿蘇卡吉嘶吼一聲，阿桑則在父親鐵箍般的手掌下無助掙扎。

「但有一項罪名你無法撇清，」賈迪爾吼道。「我絕不原諒的罪。」

他把阿桑拉到鼻子相觸的距離。「你想殺你母親。」賈迪爾把他兒子提離地面，撞上大理石柱。「光是這項罪名就足以判任何人墜落深淵。而英內薇拉還是達馬佳，艾弗倫的吉娃卡。」他手掌扣緊，阿桑奮力吸氣，臉色發紫。「爲此，就算把你拔除白袍、丟出窗外都嫌太仁慈。就算把你赤身裸體鎖在大市集裡讓卡非特撒尿，然後焚燒你的身體去烤豬都嫌太仁慈。」

阿桑的手徒勞地拍打賈迪爾手臂，進行最後的掙扎。賈迪爾本來只想作戲而已，但他發現自己怒不可抑，很想在他奸詐不忠的兒子進一步羞辱頭骨王座及其人民之前殺了他。

賈迪爾大吼一聲，把他兒子丟到癱瘓的阿蘇卡吉身旁的枕頭上。「但如果你還有心再度找回榮譽的話，我就還有需要你的地方。」

再一次，阿桑奮力喘氣，胸口起伏，但這一次他沒有皇冠提供魔力，恢復的速度很慢。雖然時間不多，但賈迪爾耐心等候。

「你還沒準備好登上王座，我兒。」賈迪爾在阿桑目光轉爲清澈後說。「你的背叛就是證明。但無論如何，沙拉克卡都已經降臨在你身上。阿拉蓋開始集結。很快阿拉蓋丁卡就會開始產卵，地表會湧現阿拉蓋大軍。即使是現在，奈的王子都在世界各地建立巢穴，並且召集他們的部隊加以防禦。克拉西亞需要領袖。」

阿桑在枕頭中掙扎，結果重重摔在地板上。他掙扎，強迫空氣穿過被壓碎的喉嚨，跪倒在地，額頭抵地。「謹遵號令，父親。」

賈迪爾觀察兒子的靈氣。難以解讀他說這話是否眞心，但他已經可以看見阿桑闖入黑夜獵殺阿拉蓋王子的影像。這個男孩渴望榮耀。渴望贖罪。渴望證明，終於，證明自己是他父親的兒子。

賈迪爾在空氣中繪印，召喚阿桑的矛。他將矛插在肩膀後方矛套裡，然後召喚皇冠，綁在腰帶上。

「明天，你要在所有朝臣面前，踏上七級台階，跪在達馬佳枕前。你要祈求她原諒，宣誓效忠於她，就像效忠我一樣，無論實質或精神上都要，直到你死。眞心這麼做，她就會把矛和皇冠交還給你。不這麼做，你就永遠別想進天堂。」

阿桑的靈氣擾動，再度遲疑。賈迪爾命令他在整座宮廷之前羞辱自己。「她抓了我兒子，還有你母親。」

「卡吉和他母親，你的吉娃卡在一起。」賈迪爾轉頭瞪著殘廢的阿蘇卡吉，他的靈氣中充滿羞愧。

「你企圖殺害的姊姊。」

他回頭看向阿桑。「我不承認那孩子是你的。你爲你表弟強奪子嗣的行爲毫無榮譽可言，我一開始就不該坐視這種事情。只有阿希雅有權交還你作爲父親的權利，而你要讓她原諒你，那可不容易。」

阿桑的靈氣轉暗，賈迪爾知道他或許要求太多了。但男孩再度額頭貼地。「如你所願，解放者。」

「我的神聖母親會重獲自由。」賈迪爾說。「我已經處理好了。你或英內薇拉都不准再度囚禁她。你也要釋放曼娃，在求你母親原諒時一起帶上朝。」

「當然，父親。」阿桑說。

賈迪爾再度轉向阿蘇卡吉。「你呢，外甥？你這個謀殺至親，你父親和姊姊，讓我大妹成爲寡婦的人。你打算繼續躺在那裡，自怨自艾，讓靈魂枯萎成奈的黑心？」

阿蘇卡吉擁抱靈氣中的擾動。「不，解放者。」他輕聲道。「我已經準備好要踏上孤獨之道，面對艾弗倫的審判。」

賈迪爾觀察外甥的靈魂，宛如翻看衣櫥中的袍子般翻閱他的希望和夢想。他對於榮耀與功績的渴望不亞於他的愛人。阿桑和阿蘇卡吉在霍拉之夜裡扮演同等重要的角色。

但當天晚上，阿蘇卡吉學會了謙遜。被他姊姊擊敗的影像深深烙印在他的靈魂裡，成爲可能永遠都不會癒合的傷口。殘廢數個月令他心生絕望。如果他有辦法自殺，他早就自己動手了。

但他內心深處依然有著火花。他是眞心認爲自己已經準備好面對艾弗倫的審判，終於了解自己是怎麼失敗的。他與阿桑生下來就擁有特權，將領導人民視爲理所當然，但他們確實有心對抗奈。

賈迪爾在男孩躺著的枕旁彎腰。「沒有那麼簡單，外甥。你可發誓要對抗奈，無論今生或來世？」

「我發誓，解放者。」阿蘇卡吉說。

「你可發誓服侍達馬佳？」賈迪爾問。「和阿桑一樣懇求她原諒？」

阿蘇卡吉的靈魂中燃起一小絲希望火苗。「我發誓，解放者。」

「你可會服侍你的族人，而不是期待他們服侍你？」賈迪爾問。「不管是達馬，還是最低等的青恩？」

這個問題太大了，男孩的心靈無法理解，但他毫不遲疑。「我發誓，解放者。」

賈迪爾伸手放在阿蘇卡吉額頭上，以自己的靈魂深入男孩體內，找出他的能量線遭受切斷的匯流點。他找到了，一團傷痕截斷了連結，身體和心靈間的裂縫。

賈迪爾使勁一推，粉碎那道牆，重新連結遭截斷的雙方。阿蘇卡吉大叫，一開始出於痛苦，接著發自喜悅。他開始笑，一邊揮動無力的雙手一邊哭泣。

賈迪爾放手退開。阿桑衝到愛人身邊擁抱他，兩人臉上滿是淚水。賈迪爾點頭，裹起斗篷，啓動隱形魔印。在他們眼中再度容得下彼此以外的事物前，他已經步入黑夜，飛回英內薇拉的皇宮側廊。

賈迪爾穿越英內薇拉寢宮的窗戶，深吸一口香氣四溢的空氣。他享受那股香味，刻入記憶。根據伊弗佳記載，深淵充滿硫磺、死亡和絕望的氣味。

他走到她的香水桌前，拿起細緻的香水瓶，嗅聞著它們的香味，直到找出最能讓他聯想到他吉娃卡的那一瓶。他把香水放入口袋。在奈的深淵中的無盡長夜，這瓶香水會是與任何魔印一樣強大的防禦。

他發現英內薇拉陷入沉思，凝望著散落面前的骨骰，靈氣平淡冷靜。他看得出來她知道他來了，但他沒有吭聲，耐心等候她坐回腳跟，扯緊身上的薄紗。

即使經歷過當晚的激情，這個畫面還是令他心癢。他與她分開太久，光是一夜根本不夠。

英內薇拉回頭看他，面露微笑。「快了，我的愛。你離開前我會再要你一次。」

賈迪爾感覺心跳加速。「妳不再認爲妳非跟來不可了？」

英內薇拉傷心地看回骨骰。「就像你害怕的一樣，我跟去只會增加一點你們成功的機會，但就算獲勝了，回來也會發現我們的人民死傷殆盡。奈的力量鼎盛，我的愛。全阿拉都會在她的盛怒下顫抖。」

「妳還看出了什麼？」賈迪爾問。

「阿拉蓋卡很古老。」英內薇拉說。「謊言之王說他經歷過卡吉的年代是眞的。」

「他是惡魔之父。」賈迪爾說。「或許一直都是，打從奈的污穢首度滲入阿拉開始。」

英內薇拉搖頭。「從他們的眼光來看，他在卡吉的年代只是剛出生的小孩。打從奈降臨世間以來，已經出過無數個惡魔之父了。」

「帕爾青恩相信還有更多惡魔。」賈迪爾說。「就算我們獲勝了，奈的污穢還是會繼續延續下去。在大海的另一側，或許。在高山的另一邊。在北地積雪以外。」

「艾弗倫和奈永恆對抗。」英內薇拉說。「地上如此，地下也是如此。」

賈迪爾點頭。「世界上最寶貴，也最稍縱即逝的東西就是和平。所以阿拉蓋卡是在卡吉的年代之後才成爲惡魔之母的配偶。妳對他有什麼了解？」

「在如此漫長的一生中，我只能驚鴻一瞥。」英內薇拉說。「但他怕了。或許是他漫長的存在中首度感到害怕。」

「爲他自己害怕？」賈迪爾問。「還是阿拉蓋丁卡？」

「他自己。」英內薇拉說。「除了自己的地位和權力都出自身爲她的配偶之外，他毫不在乎惡魔之母。他怕死在你們手裡，或是死在缺席期間宿敵策畫的陰謀下。」

「我們能相信他會帶領我們前往奈的深淵嗎？」賈迪爾問。

「相信？」英內薇拉笑。「你們要懷疑阿拉蓋卡說的每個字、每個動機。他會背叛你們，這點無庸置疑。但他會帶你們前往深淵，不是爲了你們，而是爲了他自己。」

「陷阱。」賈迪爾說。

「或許。」英內薇拉說。「或是騙局。阿拉蓋卡會在真話裡面添加假話，不會全盤托出。你們得準備面對任何狀況。」

賈迪爾噘嘴。這是好建議，但顯然就是模糊其辭。

「我希望我可以多告訴你一些，親愛的。」英內薇拉說。「但你們要面對的分歧點太多了。你們是沿著沙地上的淺線走向風暴。」

「妳曾提到過沙地上的石柱。」賈迪爾逼問。「混亂未來中的不變常數。」

「你們會找到卡吉的東西。」英內薇拉說。「你的祖先留下來，在黑暗中引導你的禮物。」

賈迪爾立刻湊上去。「什麼東西？在哪裡？」

「看不出來。」英內薇拉說。「不是要你刻意去找的東西。是你註定會找到的東西。或許英明睿智的解放者知道自己可能會失敗，於是爲他的繼承人留下了什麼徵兆？」

「三千年前？」賈迪爾問。

「時間對艾弗倫毫無意義。」英內薇拉說。「祂的存在超越這些，而祂會與祂的先知溝通。」

「那帕爾青恩呢？」賈迪爾問。

「他必須選擇。」英內薇拉說。「他的吉娃和他的職責。一切都取決於他的選擇。」

「她懷孕了。」賈迪爾說。

英內薇拉點頭。「潛力無窮的孩子，未來堪慮。他會在黑暗中出生，一輩子都揹負黑暗。」

「所以他會活下來。」賈迪爾說。那表示瑞娜起碼會活到生下他，至少那是一件好事。

「或許。」英內薇拉說。「如果瑞娜·娃·豪爾·安貝爾斯·安提貝溪隨你們一起進入黑暗，在某些未來裡，她的兒子能活下來，有些未來不能。有些未來他是在囚禁時出生，母子都淪爲阿拉蓋卡的食物。有些未來中他生下來就是孤兒，從她冰冷的屍體中被挖出。」

賈迪爾緊握拳頭。帕爾青恩的吉娃輕率無禮、不值得尊敬，但她的榮耀遠遠超越除了英內薇拉以外他所認識的任何女人。

「如果她留下來呢？」他問。

「你們會失敗。」英內薇拉冷冷說道。「全阿拉都會滅亡。」

「那我們必須相信她。」賈迪爾說。「我觀察過豪爾之女的靈魂。她不會有絲毫動搖。」

「希望不會。」英內薇拉同意。

「帕爾青恩也會堅持到底。」賈迪爾說。「就算他珍惜他的妻子、他的孩子，他還是會親手持矛貫穿奈的心臟。」

「別太認定這一點。」英內薇拉說。「不管你對他有什麼感覺，不管你在他的靈魂裡看見什麼，他都是個男人，男人會犯錯，特別是牽扯到他們的配偶時。」

阿桑的臉出現在賈迪爾的心眼之前，因爲攻擊他的吉娃，而被父親掐得漲成紫色。「妳的話很有道理，親愛的。我會確保帕爾青恩待在應有的道路上。還有別的事嗎？」

「目前還沒有。」英內薇拉說。「我先想想骨骰剛剛透露的事情，然後再度擲骰。」

「透過強化過的耳環，妳應該可以和我保持通話，直到我們抵達阿拉的入口，進入地底的黑暗。」賈迪爾說。「一旦進入地下，魔法就會干擾共鳴。」

「現在，我們有些事要先討論。」英內薇拉說。

賈迪爾拿出阿桑的矛和皇冠。「明天早上阿桑和阿蘇卡吉會跪倒在妳面前，祈求寬恕，請妳歸還他們力量。如果他們能夠說服妳，那所有人都會知道他們臣服於妳。」

英內薇拉吐出一口氣，面紗宛如煙霧般飄動。「我母親？」

「她會同時獲釋。」賈迪爾冷冷看她一眼，不容她討價還價。「我母親也一樣。你們雙方都不准再度囚禁她。」

「當然，親愛的。我說囚禁她是爲她好是眞的。我絕對不會傷害她。」英內薇拉鞠躬鞠得很眞誠，但靈氣有點不盡不實。

「我以爲我們會坦誠相對，親愛的。」賈迪爾說。

英內薇拉直視他的目光。「我把沙拉克卡放在第一位，丈夫。我囚禁卡吉娃爲的是讓阿桑企圖推翻我的時候沒有必要去傷害她。」

賈迪爾咬緊牙關，但他擁抱那種情緒。他不能爲此事責怪他妻子。他愛他母親，但她完全沒有資格登上七級台階。

他換個話題，消除緊張感。「阿邦在哪裡？」

「骨骰說他還活著。」英內薇拉說。「我相信哈席克爲了動他而殺了賈陽，奪走卡非特。阿希雅此行就是要去找他們。」

賈迪爾皺眉。「讓哈席克活下來是我太蠢了。我每次寬恕他都會後悔。」

「寬恕永遠不該是後悔的原因。」英內薇拉說。「或許沙拉克卡還有用得到哈席克的地方。」

「或許。」賈迪爾說。「我的時間不多。還有什麼事要辦？」

英內薇拉觸碰一枚手環作爲回應，他們身後傳來門閂開啓的聲響。門開之後，阿曼娃和希克娃走了進來。

賈迪爾不耐煩地看了英內薇拉一眼。「我說不要告訴任何人。」話是這麼說，他還是無法否認自己很高興看見長女裏上黑頭巾，外甥女則裏著白頭巾。溫柔的希克娃的戰袍打扮看來十分英勇，手持矛和盾，那畫面令他深感驕傲。

「阿曼娃和希克娃有很重要的消息。」英內薇拉說。「你會想直接聽她們說。」

「父親。」阿曼娃在他面前下跪，雙手抵地。「看到你平安歸來，我的心在高聲歌唱。我曾認定帕爾青恩是看重榮譽之人。很高興我沒有看錯他。」

賈迪爾攤開雙臂。「平身，親愛的女兒，過來擁抱我。」

阿曼娃撲到他懷裡的速度快到有點失禮，但賈迪爾只是大笑，將她擁入懷中。他上次這樣抱她是多久前？當時她還沒有被送去達馬丁宮殿，十幾年前的事了。他和英內薇拉花了許多時間培養孩子成爲領導人，很少有機會顯露父母之愛。

現在對他的孩子們而言都已經太遲了，但一時間，他允許自己放下沙達馬卡的面具，單純當個父親。

「我以妳爲傲，女兒。不要懷疑這點。」

「我不會，父親。」阿曼娃說，和他一樣不太情願地退開。她眼眶濕潤。

賈迪爾沒有完全退開，一手摟著她，另一手迎向希克娃。「還有妳，外甥女。我對妳的損失深感遺憾。傑桑之子的榮耀無止無盡。少了他，阿拉都變暗了，但天堂肯定今後都會大放光明。」

英勇的外表消失了，她又變成溫柔的希克娃，與她姊妻一起投入他懷抱，兩人放聲大哭。透過皇冠視覺，賈迪爾看見附近的魔力受到她們的情緒吸引，注入淚水之中。淚水宛如光流般順著她們臉頰而下，看來美不勝收。

英內薇拉拿出一支淚瓶，收集寶貴的淚滴。淚瓶滿了之後，她蓋上蓋子，拿在手上。瓶子綻放魔光，與身上的霍拉珠寶很像。

「和我的香水一起帶著前往深淵。」她的笑容帶著嘲弄。「在充滿絕望的地方提醒你家人的愛。」

賈迪爾虔敬地接過淚瓶，一邊鞠躬一邊放入他的口袋。

「山娃眞的要隨你一起進入黑暗嗎，舅舅？」希克娃問。

「眞的，外甥女。」賈迪爾說。「妳長矛姊妹的榮耀難以估量。她殺了一個惡魔王子，還一度獨自抵抗奈的大軍，讓帕爾青恩和我擒獲阿拉蓋卡。」

希克娃再度下跪，解下背上的亮矛和鏡盾。兩樣都是玻璃和琥珀金所製，英內薇拉親手鑄造繪印。希克娃脫下身上的戒指和手環、腳環、項鍊、項圈。所有東西通通綻放魔光，他妻子和女兒繪製的複雜魔印在他的皇冠視覺下閃閃發光。

「這麼重要的任務，我的長矛姊妹必須攜帶最好的武器和裝備，解放者。」希克娃說。「如果你能帶著我的愛和祝福將這些東西帶給她，我會感到十分榮幸。」

賈迪爾一手搭上她的肩膀。「沒問題，沙羅姆丁卡，我的榮幸。」

「告訴她月虧之歌會在夜裡守護她。」阿曼娃說。「如果她的聲音夠強，甚至能在前往奈的深淵路上守護你們所有人。」

賈迪爾點頭。「傑桑之子看見了我們早已遺忘的東西。艾弗倫的祈禱古歌中蘊含了對抗奈的眞實力量。等我們在天堂與他相會，妳們丈夫必定坐在艾弗倫的桌旁。」

這話引出了全新的淚水，但現在不是哭泣的時間。他們面面相對，在枕頭上跪成一圈。英內薇拉的魔印強大，但賈迪爾不冒任何風險，還是啓動了皇冠的保護力場。

「黎莎女士產下了你的子嗣，父親。」阿曼娃說。「我親手接生的。」

黎莎的信提到產子之事，但沒說是阿曼娃接生的。他目光飄向英內薇拉，但她的靈氣保持平靜。

「我用孩子的胎血擲骰，父親。」阿曼娃說。

賈迪爾握緊拳頭，擁抱突如其來的緊張感。他有幾十個小孩。這孩子的命運爲何對他如此重要？

「妳看到什麼？」

「潛力。」阿曼娃說。

「所有艾弗倫的小孩都有潛力。」賈迪爾說。

「成爲沙達馬卡的潛力。」英內薇拉插嘴。「拯救世界或毀滅世界的潛力。」

賈迪爾看向英內薇拉，轉向阿曼娃，然後又看回去。「妳確定？」

「就與骨骰所有預言一樣確定。」阿曼娃說。

「我們的女兒很擅長解讀骨骰，親愛的。」英內薇拉說。「我親自看過骨骰的排列圖案。那孩子像你——像帕爾青恩。」

「解放者。」賈迪爾說。

「解放者是後天打造的。」英內薇拉說。「問題在於，你的青恩希莎能夠教導所有必要的知識嗎？」

「不要那樣叫黎莎·佩伯。」賈迪爾大聲道。這話彷彿抽了英內薇拉的靈氣一鞭，但他就是忍不住要說。「她是我孩子的母親，奈的強敵，曾不只一次在妳暗殺她的行動中存活下來。妳不用愛她，甚至不必對她好，但是看在艾弗倫的份上，她早該贏得妳的尊重。」

英內薇拉繃緊下巴，但她鞠躬。「我道歉，親愛的。事情只要扯上你的綠地吉娃……」

賈迪爾揚起一手。「我了解，親愛的。妳沒理由不這麼感覺。但沙拉克卡已然降臨，我們必須擺脫那種爭執，與我們的北地表親和平共處，人類才有可能存活下來。」

「當然。」英內薇拉深深吸氣，找回她的中心自我。「我會與我的北地……薩凡和平共處，就像你與你的薩凡一樣。」

薩凡。這個字是「宿敵」的意思，不過同時也代表「地位相等之人」。這是英內薇拉第一次承認黎莎・佩伯是這種身分，而他知道要她承認這個並不容易。

「小孩應該與母親待在一起。」賈迪爾說。「奧莉芙遠離克拉西亞的政治陰謀會比較安全。即使阿桑眞的找回了榮譽，還是會有很多人想要利用這個孩子。」

「或是謀殺。」英內薇拉同意。

「但那不表示我們不能派老師去教導孩子。」賈迪爾說。「還有貼身護衛。骨骰告訴妳可以信任的人，知道他們肩負的榮耀之人。」

「奧莉芙會以女子的身分長大，」阿曼娃說。「我們可以在她身邊安插一名沙羅姆丁，像希克娃那種祕密護衛。」

賈迪爾望向希克娃。「建議人選？」

「蜜佳。」希克娃毫不遲疑。「她是我以下最年長的沙羅姆丁，傳承自解放者的沙羅姆血脈，也是奧莉芙・佩伯同父異母的姊姊。她會以性命守護那個孩子，教她如何保護自己。」

「很好。」賈迪爾點頭，望向英內薇拉。「幫她擲骰的人？」

「我們會派三個達馬丁去窪地部族。」英內薇拉說。「一名少女、一個母親、一位老婦。」

「誰領頭？」賈迪爾問。

「老法娃的擲骰技巧在我還在穿拜多布時就已深受推崇。」英內薇拉說。「她很嚴格，不會向青恩低頭，但小孩就需要這樣的老師。」

賈迪爾認識那個老女人。她的目光連他都會感到很不自在，但她靈魂純淨。「那母親呢？」

「和我一起在達馬丁宮殿受訓的莎賽兒達馬丁。」英內薇拉說。

賈迪爾點頭。莎賽兒在賈迪爾崛起過程中一直是英內薇拉最親近的顧問。「少女呢？」

英內薇拉轉向阿曼娃，女孩低頭沉思。片刻過後，她伸手到腰帶裡，擲出阿拉蓋霍拉，仔細研究它們。

「潔雅達馬丁。」阿曼娃終於說。「她最近才換上白袍，尚未產子。骨骰預言她會在綠地遇上夠格的父親，進一步強化我們與窪地部族的羈絆。」

「很好。」賈迪爾說。「黎明近了，還有一件事要討論。」

「馬甲部族。」英內薇拉說。「他們要回沙漠之矛。」

賈迪爾臉色發白。「什麼？」

「英內薇拉。」他妻子說。「那是骨骰的意思。」

「不可接受。」賈迪爾說。

英內薇拉聳肩。「如果你直接飛過去，像對付你兒子一樣對付阿雷維倫，肯定能讓他們回心轉意。」

賈迪爾搖頭。「那樣就會危及我們努力成就的一切。」

「那我們就得相信艾弗倫的旨意。」英內薇拉轉向其他女子。「出去。」

賈迪爾在他女兒和外甥女離開時望向窗外，地平線上已經出現色彩。「妳把我留到日出了。」

英內薇拉微笑。「在你趕赴深淵之前，丈夫，能夠安安穩穩休息一天可不是小事。」

夜幕降臨時，冷風吹過賈迪爾臉上，他從皇宮屋頂起飛。他本來打算立刻飛回塔裡，但發現自己轉而向北，迅速飛向窪地。他沒想過抵達後要怎麼做，但是對幾個兒子的教育失敗令他心情沉重。如果他們沒能成功，奧莉芙或許就是阿拉最後的希望，而他無法忍受在前往深淵前沒去抱抱她、輕聲祝福她。

窪地晚上很熱鬧，但——身處大魔印之中——窪地人並沒有仰頭看天的習慣。賈迪爾輕易找出阿曼娃描述過的堡壘，裹在斗篷裡，透過皇冠視覺偷看窗戶和牆壁，最後找到他要找的房間。裡面有個搖籃，搖籃中綻放純潔無瑕的靈氣。

房間四周的魔印十分強大，但主要是阻擋阿拉蓋，而非人類。賈迪爾施展一點魔力打開窗閂，偷偷溜進去。他把涼鞋留在窗沿，無聲無息地來到搖籃前，小心不驚醒孩子。

他沒必要費心。低頭看她時，奧莉芙的雙眼筆直凝望著他，彷彿早就料到他會來。

她的靈氣明亮到只有帕爾青恩和他吉娃可以媲美，但……很潔淨。沒有被任何妥協、失敗或羞愧所拖累。

接著，賈迪爾老起臉皮，目光下移。

眼前的景象令他驚訝。聽說奧莉芙的情況後，賈迪爾以爲那會是她必須克服的缺點，彷彿兩種性別各半讓她兩種性別都比不上。

但當他以皇冠視覺深入檢視她時，奧莉芙身邊浮現難以計數的畫面描述她可能未來的幻影，遠超過他在單一靈氣中曾經見過的數量。奧莉芙的人生沒有減半，她的可能性比常人加倍。

奧莉芙在他從搖籃中抱起她來時輕叫一聲。那美妙的聲音令賈迪爾熱淚盈眶。他把她摟在懷中。

「艾弗倫祝福妳，女兒。」

她皺起鼻頭，打個呵欠，湊上他身邊。一時之間，他不知道該怎麼做。他從來沒有如此溫柔地抱他其他小孩。

如果他有，事情或許就不會演變到這種地步。

「妳母親相信我是很糟糕的父親。」他低聲道，「或許，如果我誠實面對自己的話，她說得沒錯。我的心思一直放在沙拉克卡，而不是家人身上。我辜負了我最大的幾個兒子，幾乎不認識我女兒。」

奧莉芙伸手，手指塞入他鬍子裡，拉扯的力量出奇大。「我不敢保證妳的人生會過得比較好，奧莉芙．娃．阿曼恩．安賈迪爾．安窪地。我踏上一條或許不會回來的道路，但是出於愛才這麼做的。為了妳，為了阿拉上的全人類。我希望妳永遠不會了解這種負擔，但如果有一天妳要扛起這種責任，艾弗倫會賜給妳肩負責任的力量。」

「安佩伯。」他身後響起人聲。

賈迪爾嚇了一跳，轉身擺開防禦架勢，用他的身體擋住孩子，順手拔出矛。

黎莎．佩伯雙臂交疊在睡袍的寬大衣袖裡，沒有流露任何威脅。她和他印象中一樣，如同黎明般美麗，像山一樣高傲。「我們沒結婚，阿曼恩。她名叫奧莉芙．佩伯，不姓賈迪爾。」

「她是我的孩子，黎莎。」賈迪爾說。「靈氣中表露無遺。妳不讓我認她嗎？」

「當然不是。」黎莎說。「我不會隱藏她的身分，但每當你的子嗣感到威脅時，你的姓就會引來殺手。」

「我教訓過阿桑了。」賈迪爾說。「他不會……」

「你有七十幾個小孩，阿曼恩。你能保證接下來的歲月裡，他們全都會乖乖聽話嗎？」

「我也不能代表阿拉蓋說話。」賈迪爾說。「奧莉芙這種人一輩子都會遭受奈的攻擊。這若是英內薇拉，她就能在攻擊中存活下來。那可不是藉口。」

「我不用藉口。」黎莎說。「我們沒有結婚，法律十分清楚。她是奧莉芙·佩伯。有什麼理由不是？創造她的人是我。她在我的身體裡成長，喝我的奶茁壯。保護她的人是我。養育她的人是我。」

「我的姓和祝福是我前往深淵前唯一能夠送她的禮物。」賈迪爾說。

黎莎終於微笑。「那就用中間名吧。奧莉芙·賈迪爾·佩伯。」

賈迪爾接受讓步，回頭面對孩子的眼睛。「艾弗倫祝福妳，奧莉芙·賈迪爾·佩伯。」

黎莎走到他面前，輕輕親吻他的臉頰。「我們的孩子很美。」

奧莉芙扯他鬍子，想要扯進嘴裡。「沒錯，很美。」

「我想你不是來找我的？」

「事實上，我不知道妳想不想見我。」賈迪爾說。「妳信裡沒說。我只是想來祝福孩子。」

黎莎輕輕撫摸奧莉芙的頭，梳理她柔順的黑髮。「你祝福過了。」

「那我也祝福她母親。」賈迪爾說。「依然如藍天般美麗。」

黎莎笑。「又來散發魅力了。別以為你走前可以再塞個孩子進來。一個就夠了。」

賈迪爾臉頰發熱。「我……沒有那個……」

黎莎輕笑，捧起他下巴。「逗你的，阿曼恩。」

賈迪爾很想抱她，但卻迅速將目光轉回奧莉芙身上。「英內薇拉會派三個達馬丁來窪地輔佐她、教導她。隨她們而來的還有我女兒蜜佳。她會穿戴爾丁袍，但她和希克娃一樣是安奇度的徒弟。她會保護同父異母的妹妹安全。妳可以信任她。」

「我會。」黎莎保證。「謝謝你。」

賈迪爾輕輕將奧莉芙放回搖籃，把她的小手從鬍子裡解開。「我得走了。」

他轉身，但黎莎抓住他的手臂，拉過來緊緊擁抱。他最後一次擁抱她，聞著她頭髮的香味。她頭靠在他胸口。「小心點，阿曼恩。回來看你女兒成長。」

「我不會隨便犧牲性命。」阿曼恩保證。「艾弗倫祝福妳，黎莎・娃・厄尼・安佩伯・安窪地。」

他吻她。宛如羽毛般輕點她的唇，隨即分開。他走回窗口，穿上涼鞋，跳入黑夜。

第十七章　森林堡壘　334 AR

瑞根在太陽開始下山時緊握黎明舞者的韁繩。他感覺到這頭巨獸開始緊張，強壯的肌肉緊繃，準備迎接瑞根希望不要到來的戰鬥。

「太陽下山後繼續趕路感覺很怪。」德瑞克的魔印護甲剛剛修好，擦得晶亮，但他的手一直放在馬腹旁的矛套上。

「習慣就好。」楊．葛雷是他們的伐木工護衛隊隊長。他身材高大，肌肉結實。「道路都有繪印，你們還有伐木工守護。」

「如果連夜趕路，多久才能抵達？」伊莉莎身穿在窪地購買的魔印斗篷，還有新的皮馬衣。瑞根在他們結婚前二十年間從未看她穿過馬褲，現在馬褲在她身上就像她的騎術一樣渾然天成。

「我也不知道。」楊承認。「我人生前八十年裡從未到過離家兩哩外的地方。明天我們就會抵達我從未去過的地方。」

瑞根眨眼。楊已經八十幾歲了？這傢伙看起來比他還年輕。

「那爲什麼自願護送我們前往密爾恩？」伊莉莎問。

楊摸摸他的長鬚，最接近臉的部分是黑色，然後是鐵灰色，最外緣是純白。「兒子和孫子都長大成人了。十六年前把我妻子放上火葬堆。魔法給了我人生第二次機會。這一次我想多看看世界。」

「想當信使的話，我們公會有缺。」德瑞克說。「我在布來楊黃金鎮住了二十二年。全鎮居民不超過六十人，十五分鐘就能從鎮頭走到鎮尾。」

他吐出一口氣。「但現在我已經見識過大部分我想去的地方。兒子和僕人比和我熟。我妻子的家人希望我離他們遠一點，但等我回密爾恩，我就不打算再離開了。」

「對。」瑞根同意。「我們全都早該回家了，但還有很多路要趕。從前我每年都會走一次這條路線。一個人趕路的話，從這裡回密爾恩要兩週。以現在這種陣容，如果不逼緊一點，可能要走整整一個月。前方幾小時的路程外有個營地。如果到那裡再休息，我們可以多趕半天路程。」

伊莉莎保持外表冷靜。半天聽起來不多，但是與一個月的路程比起來，天黑後多趕點路總是好的。*孩子需要妳。瑪雅。小亞倫。*他們會如何看待父母離家將近一年？儘管用書信確保大家都平安無事，但是沒有任何東西能夠取代母親的引導、父親的愛。

爲了回到他們身邊，她願意連夜趕路。

她拍拍掛在腰帶上的絨布袋，袋裡的銀筆讓她安心。

這枝筆乃是他們在藥草師學院和窪地魔印師公會學習的成果。窪地人利用霍拉魔杖在空氣中繪印，但伊莉莎覺得魔杖太笨重，又不夠精準。她喜歡用筆繪印。

當黎莎女士很大方地提供材料製作他們自己的霍拉魔杖時，伊莉莎、瑞根和德瑞克都做了霍拉筆。這些筆的筆桿中鑲有惡魔骨核心，裹以刻印的銀，並以琥珀金做筆尖。透過切換筆桿上的魔印，伊莉莎可以調整進入筆尖的魔力量，讓每個魔印得到應有的魔力。

但是在安全的學院裡練習在空氣中繪印與面對疾撲而來的惡魔時繪印，是截然不同的兩回事。遠方有惡魔在吼叫，伊莉莎雙腿夾得緊到深怕她的馬會窒息。

他們又騎了三個小時，傍晚的微光轉爲絕對的漆黑。魔印樁的黯淡光芒只能照到路邊一點點的景象。更遠的地方充滿了尖叫、吼叫與某物在黑暗中移動的聲音，但沒有惡魔測試魔印。

黎明舞者踱步噴息，瑞克努力駕馭這頭強壯的巨馬。德瑞克拿起盾牌。就連楊也神色緊張，手掌移動到掛在馬鞍上的斧頭長握柄上。「新月剛過，地心魔物會群起進攻。」

新月。伊莉莎感到毛骨悚然。亞倫說平時無腦的地心魔物會在力量強大的心靈惡魔出現時協同作戰。她伸手摸摸頭上的金環，一手摸過上面的心靈魔印。其他人的頭盔上都有同樣的魔印。

造物主呀，希望它們不會派上用場。

「我們加速。」瑞根說。「營地不遠了。」

他們一聲不吭，在尖叫和吼叫的背景聲中，以隊伍中馬車能夠達到最快的速度前進。隨著視覺逐漸調適，伊莉莎開始看見路旁的黑暗中出現飛掠而過的陰影。他們被跟蹤了嗎？

終於，她再也忍耐不住。她伸手到絨布袋裡，取出銀筆，雙眼掃視黑暗。一看到動靜，她立刻朝該方向繪製光魔印，於筆尖灌注些微魔力。

魔光大作，伊莉莎立刻後悔自己這麼做。

他們被包圍了。數十頭地心魔物從亮光前逃竄，光線照射範圍外肯定還有更多。

「伐木工！」楊叫道。「拔斧頭！準備曲柄弓，除非惡魔突破魔印，不然不要浪費箭矢！」

恐懼加快了他們的腳步，沒多久車隊營地映入眼簾。營地裡有人，不過還有空間容納他們的車和馬。伊莉莎感到輕鬆了一些。

但接著，地面開始震動。

楊啐道：「石惡魔。所有人進入營地！弓箭手外圍守衛！立刻！」

伐木工迅速冷靜移動，但這景象無法安撫伊莉莎的恐懼。她壯起膽子，又施展另一道光魔印，看見兩頭十五呎高的石惡魔，外殼宛如花崗岩。其中一頭手握松樹當作木棒。大塊泥土依然黏在樹根上，樹幹有幾根斷掉的樹枝凸起。它們後面聚集了大批地心魔物。

另一頭石惡魔手裡拿著一顆雨桶大小的石頭。

造物主呀。她才剛了解對方的意圖，惡魔已經把長臂當成投石器，朝營地拋出巨石。

巨石以很高的弧度飛入空中，伊莉沙眼睜睜看著，嚇得呆了，過了好一陣子才想起她的筆。她迅速繪製衝擊魔印。但因為沒時間計算阻止巨石要多少魔力，伊莉莎完全放開筆尖，灌注魔力。

衝擊的力量震碎了巨石，但後座力震得她直接墜馬。她重重落地，麻痺的手指放開銀筆，塵埃和碎石宛如大雨般落入營地。

「伊莉莎！」瑞根跳下黎明舞者，在她掙扎起身時衝到她身邊。

她揮揮手。「我沒事。對付那頭惡魔！」

德瑞克拿出他的銀筆，細心繪製光魔印，照亮敵方。伐木工瞄準石惡魔拉開曲柄弓，但小小的箭矢只是在地心魔物逼近時激怒它們。

「要解決它們就得跨越魔印圈。」楊舉起斧頭。「賈斯！拉瑞！跟我上！」

「等等！」瑞根叫道。「數量太多了！待在魔印圈裡！」

「有兩頭石惡魔揮樹投石，魔印圈撐不了多久！」楊吼回去。「讓我們放手去幹。」

「見鬼了。」瑞根趕在伐木工前搶上。拿樹的石惡魔將樹舉起，準備攻擊魔印樁。瑞根拿出他的筆，繪製熱魔印。

他灌注魔力，火光大作，呼嘯聲起，但卻成效不彰。樹有一端被燒焦了，空氣中火星飛散，但卻沒對地心魔物造成阻礙。

「惡魔屎！」瑞根吼道，再試一次。這一次他灌注太多魔力。那棵樹直接爆炸，火焰吞噬惡魔，點燃夜空。

另一頭石惡魔雙掌擋在臉前，承受第二波伐木工的曲柄弓攻擊，但接著它雙爪交錯，大石拳狠狠捶中地面。伊莉莎跌跌撞撞，努力起身，營地裡的人也都和她一樣站不穩。不少箭矢都偏離了目標。

伊莉莎慌慌張張地在地上找她的銀筆。如果石惡魔擊破魔印圈，惡魔就會蜂擁而入。片刻過後，她找到了，連忙擦掉魔印上的塵土。她衝往魔印樁，仔細繪製攻擊魔印，灌注適當的魔力。這回她早有準備，後座力沒有之前糟糕，魔印發光啓動，擊中撼動地面的惡魔胸口。

惡魔向後倒下，但似乎毫髮無傷。德瑞克繪製寒冷魔印，灌注大量魔力。他嘶吼一聲，手指麻痺，放掉銀筆，但倒地的惡魔雙腳都化爲白霜。

瑞根繪製一連串粗線條的衝擊魔印，重擊結冰的惡魔腳。打到第三下時，就聽見喀拉一聲，惡魔其中一條腿斷了。

松樹上的火焰熄滅，燃燒的石惡魔毫髮無傷。它衝向魔印，但伊莉莎、瑞根和德瑞克都嚴陣以待，同時繪印。伊莉莎擊倒惡魔；德瑞克凍結它胸口——因爲之前處於高溫之下，突然變冷讓外殼碎裂。瑞根迅速施展一連串衝擊魔印，摧毀惡魔胸口，擊碎它的心臟。

其他惡魔立刻撤退，回到魔印光照耀的範圍外。

「它們戰法聰明，」楊啐道。「除非有心靈惡魔在場，不然惡魔應該不會使用武器，但新月已經過去三天了。」

「我們還有很多不瞭解的地方。」伊莉莎說。「黎莎女士說化身魔也能領導軀殼。」

「對。」楊同意。「但如果附近有化身魔，它不會隨便現身。」

「或許。」瑞根說。

「我們不要冒險。」楊說。「從現在起，我們天黑前紮營，整夜站哨。」

「我們最近比較擔心克拉西亞人，都沒把地心魔物放在心上了。」伊莉莎說。

「看來情況又要變回來了。」楊說。「黑夜的力量越來越強。」

幾天後，瑞根帶他們抵達農墩鎮。他們幾天下來都沒睡好，現在他們每天晚上都花一個小時強化魔印，惡魔也不再來測試魔印。他們在瑞根最喜歡的旅店用餐，好好休息一晚，第二天早上繼續趕路，在午餐時分抵達安吉爾斯堡。

現在大木城門無法密合，被克拉西亞人打爛的部分已用新的木材補好。到處都是鷹架——新任公爵一邊修補損傷，一邊強化防禦。

「他們在加厚城牆。」瑞根說。「這是好事。」

「對抗克拉西亞人，或許。」楊說。「要是讓幾頭石惡魔有石頭丟，那些城牆就撐不久。」

身穿來自瑞根家鄉的熟悉制服，山矛軍在城牆上巡邏、看守城門。他們的刺刀和任何矛一樣致命，不過基本上是裝飾用途。在展示過他們火器毀滅性的力量後，沒人膽敢挑釁他們。相形之下，安吉爾斯林木士兵背上的刺擊矛顯得古色古香，只能做些詢問旅人、搜索貨車的瑣事。

「姓名和目的。」其中之一走到車隊最前方的瑞根面前問道。

「瑞根，密爾恩魔印師公會會長。」瑞根說著拿出蓋有歐可本人印記的文件。守衛瞪大雙眼，跑去回報他的上司，一名山矛士兵。

「現在安吉爾斯士兵變成密爾恩的下屬了？」伊莉莎問。

「林白克的弟弟或許還坐在王位上，」瑞根說。「但歐可似乎才是安吉爾斯眞正掌權者。」

「我們要小心點。」伊莉莎說。「宮廷肯定對我們頗有怨言。」

穿越城門時，山矛軍的總指揮官騎在一匹純白戰馬上迎接他們。

「瑞根！」瑞根很高興聽見這個宏亮的聲音。「我就說我聞到南方吹來臭氣！」

「布魯斯！」瑞根叫道，與對方一起跳下馬鞍。「我不知道歐可派來安吉爾斯的是你這張醜臉！」他們豪邁擁抱，胸甲交撞，哈哈大笑，然後後退。

「守護公主的責任不能交給其他人。」布魯斯是歐可最信賴的軍事顧問。瑞根認識他有幾十年了。

瑞根拍拍布魯斯肩膀上的肩章。「看來你還升官了。」

布魯斯點頭。「我們擊退克拉西亞大軍後，歐可又派三千山矛軍南下，除了晉升公告外，還外帶一箱差點壓斷騾背的金子。」

「了不起。」瑞根說。

「你才了不起呢！」布魯斯說。「你和伊莉莎主母從克拉西亞戰線後傳來的情報令全北境的人民受惠。歐可肯定會在你回密爾恩時大大獎勵你。現在請你到皇宮裡去休息。要待多久就待多久。」

「恐怕不能待太久。」瑞根說。「我有消息要交給宮廷，而伊莉莎和我急著想要回家看孩子。」

「當然，當然，」布魯斯說。他吹聲口哨，一支山矛軍護衛隊立刻開始大叫推擠，清空道路。

「沒必要這樣。」伊莉莎在一名守衛推倒一個沒來得及讓路的小販時說。

「別這麼說。」布魯斯說。「這些木腦要學會在山矛軍吹哨時趕快讓路。要不是我們，他們早就死了，或是淪爲克拉西亞奴隸。」

瑞根緊閉雙唇，看向伊莉莎，輕輕搖頭。謝天謝地，她沒有繼續追究。

「我來其實是有正事。」瑞根說。「我已經好多年沒當皇家信使了，但黎莎女伯爵說服我最後一次重操舊業，在比瑟公爵的宮廷裡代表窪地發言。」

布魯斯揚起一邊眉毛。「密爾恩公會長代表安吉爾斯女伯爵？這樣不會有利益衝突嗎？」

瑞根聳肩。「時局所逼，大人。你總不能怪她不願在牛掌剛死不久就派他的繼承人來安吉爾斯。」

「歐可不會喜歡這樣。」布魯斯說。

「公爵閣下也不是第一次對我發脾氣了。」瑞根說。

布魯斯大笑。「是呀，這樣說還真是含蓄。」

他們抵達皇宮，入口大廳有另一個熟人在等。

「造物主饒了我吧。」瑞根在奇林——歐可的白痴傳令——衝上來迎接他們時喃喃說道。

「瑞根！」奇林叫道，彷彿迎接老朋友般張開雙臂，雖然他們根本不熟。這兩個人十五年前合作過一趟信使任務，不過彼此之間並沒有什麼好感。奇林的名聲基本上建立在亞倫的事蹟上，而且還在亞倫揭穿他時派學徒毆打他和他朋友傑克。

奇林在瑞根側身一步不給他碰時順勢轉身。「很高興見到你，老朋友。」

瑞根繃緊下巴。「有什麼我能效勞的，奇林？」

「我希望能和你的車隊一起回密爾恩。」奇林說。

瑞根搖頭：「歐可派你來此擔任他的信使，在他要求你回去之前，我不能牽涉進來。」

「噢，拜託。」布魯斯努力忍住不笑。「奇林大師早就完成任務了。我們只是沒有足夠資源護送他回去，而儘管他的英勇事蹟堪稱傳奇，他還是不願意獨自回去。」

奇林嚥口口水，但沒有爭辯，只是壓低音量，只說給瑞根聽。「你也聽到了。他們不歡迎我，這裡的宮廷經常害死吟遊詩人。先是傑辛・黃金嗓和他的學徒在下層走道遇害，然後是可憐的半掌大師，斃命於南塔之中。我不在乎被歐可開除。我只想回家。」

瑞根看向伊莉莎。她也不喜歡奇林，但她伸手摸他手臂。「我知道急著想回家的心情。你當然可以和我們走。」

吟遊詩人展顏歡笑，雙掌緊握伊莉莎的手，不停親吻。「謝謝妳，主母。造物主祝福你！我立刻去收拾行李。」他歡呼一聲，穿著他的七彩表演服來個後空翻，沿著走廊跑開。

「我們會後悔的。」瑞根說。

「或許。」伊莉莎說。「但是出門這幾個月後，我絕不會阻擾一心只想回家的人。」

一名男侍趕來，布魯斯朝他揮手。「請容我告退，我還有事要處理。公爵閣下會在晚朝時接見你們。在那之前，小總管會滿足你們的需求。」

「小總管？」瑞根問。

男孩鞠躬。「我是包爾。總指揮官這樣叫我是因為我父親是詹森總管。」

「又不是我開始叫的，但是很恰當。」布魯斯弄亂男孩的頭髮。「他是唯一看得懂他父親帳冊的人。少了他，我們就搞不清楚狀況。」

「這邊走。」包爾領著伊莉莎、瑞根、德瑞克和楊走過一條長走道。「你們的房間應該很快就會備妥。在那之前，我們準備了接待室讓各位飲食休息。」

「只有有錢人家裡才會有房間專門用來接待人。」楊說。

接待室很華麗，有張放滿食物的餐桌和熱騰騰的茶具。有水、紅酒，甚至還有一壺麥酒。連趕好幾天路後，一切都看起來十分誘人，讓伊莉莎過了好一會兒才發現沙發上坐了個在品茶的老太太。

看到她身上的首飾和絲袍，伊莉莎立刻屈膝行禮。她用手肘頂頂瑞根，瑞根也連忙半跪而下。正在前往餐桌途中的楊和德瑞克尷尬地僵在原地。

老公爵夫人不耐煩地揮揮手。「眞是夠了！我不會阻止飢餓之人用餐。去吃吧，孩子們。」

「我聽得出來這是叫我退下的意思。」瑞根和其他人立刻鞠躬，快步走向肉和麥酒。

「過來讓我看看妳，親愛的。」老公爵夫人說。「我的眼力不比從前了。」

伊莉莎走過去，在阿瑞安站起身來迎接她時抗拒再度行屈膝禮的衝動。「老公爵夫人。」

「我們可以把頭銜留在門外，伊莉莎。」阿瑞安說。「早在妳出生前，我就已經在和妳母親通信了。翠莎伯爵夫人和我是老朋友。她肯定提起過我。」

這句話讓伊莉莎不太高興。每當有人提起她母親時就會這樣。「伯爵夫人和我不常交談。」

阿瑞安哼了一聲。「這樣說還眞是含蓄。邊喝茶邊聊。」

包爾幫伊莉莎拉了張椅子，倒杯茶，還從餐桌拿了些看起來很精緻的三明治。

「我有信要交給妳。」伊莉莎在男侍退回牆邊時說。

「開門見山。」阿瑞安說。「妳比想像中更像妳母親。」

這話惹惱了伊莉莎，但她壓抑回嘴的衝動，拿出黎莎寫給阿瑞安的信。老公爵夫人用銳利的指甲劃開封印，迅速閱讀內文。

阿瑞安嘆氣。「恐怕我只能提供建議。」

伊莉莎眨眼。「黎莎說妳是安吉爾斯眞正的掌權者。」

「以前是。」阿瑞安說。「詹森遇害之前。歐可用我們的命爲代價收買藤蔓王座之前。而羅蘭尙未從我這裡奪走的權力也都被比瑟搶光了。從前全安吉爾斯的政務都會通過我的繡花間。現在那裡面只剩下一堆沒繡完的繡花環。」

「那可能會有問題。」伊莉莎說。「羅蘭和我……」

「從孩提時代那場爭執後就一直處不好。」阿瑞安說。「小沙曼特領主邀妳參加春分舞會的事？」

「夏至。」伊莉莎說。「我拒絕了。」

「但卻讓密爾恩公爵之女覺得自己矮人一截。」

「妳怎麼知道？」伊莉莎問。

「翠莎打從開除妳第一個奶媽以來就一直在講妳的故事。」阿瑞安說。「她很以妳為傲。」

這一回伊莉莎忍不住了。「如果妳這麼想，那表示妳沒有想像中了解我母親。」

「不要這麼武斷，親愛的。」阿瑞安說。「妳從日出大殿離開，跑去嫁給信使的時候引發了一場大醜聞。她只是為妳好。」

「我看不出和我脫離母女關係怎麼會是為我好。」伊莉莎說。「幸好我那些姊妹都能盡忠職守，願意嫁給我媽帶到我家花園裡的那些男爵。」

阿瑞安揮揮手。「她永遠不會承認這點，但翠莎很欽佩妳膽敢忤逆她。那是妳那些沒有骨氣的姊姊欠缺的特質。妳只要願意開口，她一定會再度接納妳。」

「接納我。」伊莉莎咬牙切齒。「好像嫁給我所見過最好的男人是要彌補的罪行一樣。我不要她『接納』。我母親可以繼續玩弄她的宮廷政治和耳語。」

阿瑞安輕哼一聲。「妳或許沒得選擇。妳見識過太多，也做過太多事，不可能再回那間魔印舖洗刷地板。我認為妳一回去，主母議會就會傳喚妳，要求回報妳在濕地的冒險事跡。我和那群尖酸刻薄的老女人很熟。不管妳是怎麼看待妳母親的，她都領導主母議會。有她當盟友比當敵人強。」

伊莉莎吞嚥口水。密爾恩主母議會的權力可媲美歐可公爵，主管大部分密爾恩城內的日常事務。儘管不願意承認，如果她和瑞根想在一切太遲之前造成任何改變，她就需要主母議會站在她這邊。

「妳說得或許沒錯。謝謝妳的建議。」這話說得不情不願，但她還是努力擠出禮貌的笑容。

「當然，我們都知道妳母親不是你們家最有趣的話題。」阿瑞安從桌上拿起一個小三明治，兩口吃光。

「噢？」伊莉莎問。

「我去年見過年輕的貝爾斯先生。」阿瑞安說。「在沙漠惡魔的事情展開前。他比傳說中矮，但看來是個好孩子。理想主義，或許，但是年輕人向來追求理想。」

「他是好孩子。」伊莉莎謹慎重複她的話。

「讓歐可看起來像笨蛋的好孩子。」阿瑞安說。「現在大家都知道你們家的浪子就是魔印人，宮廷朝臣會想確認你們了解多少，什麼時候知道的。如果妳夠聰明，就會先想清楚該怎麼回答，確保妳和妳丈夫說詞一致。」

「他們想問什麼就問什麼。」伊莉莎說。「我們沒有什麼好隱瞞的。」

「當然。」阿瑞安拍拍茶杯旁的黎莎的信。「妳相信這封信裡的內容，女孩？惡魔大軍將至？」

「相信。」伊莉莎說。「即使窪地和克拉西亞人每天都殺幾千頭地心魔物，它們的數量還是越來越多。它們在路上獵殺我們。」她迅速解釋石惡魔攻擊魔印的事情。

「兩頭惡魔測試魔印並不能證明惡魔別有所圖。這裡看不出惡魔有任何行為上的改變。或許那是因為窪地郡的人挑釁惡魔。」

「妳打算冒這個險嗎？」伊莉莎問。

「克拉西亞人才是眞正的敵人。」阿瑞安說。「他們殺了我三個兒子。比瑟的兄弟。羅蘭的丈夫。自由城邦各地數千名丈夫、妻子、孩子——遠比惡魔在這段時間裡殺的人還多。現在安吉爾斯之役的逃兵形成流浪強盜，四下燒殺擄掠。他們閹割男人和男孩，強行徵兵，沿路只留下鮮血和灰燼。東方的小村落無一倖免。」

「他們讓歐可無法自立爲王。」伊莉莎說。

「現在我不知道有任何事情可以阻止他。」阿瑞安說。「歐可這把牌打得太好了。他會持續派遣山矛軍沿著驛站南下，直到集結足夠的兵力，和比瑟的窪地軍聯手一起消滅克拉西亞人。」

伊莉莎啜飲她的茶，目光低垂。「佩伯女伯爵不太可能在相信惡魔威脅與日俱增的情況下派遣戰士攻擊鄰居。」

「她還在調適學習。」阿瑞安同意，「但她或許沒有多少選擇。妳有妳的問題。回家後，步步爲營。」

「這——就——是——爲何稱地——心——魔——物——爲『瘤』——！」奇林在最後一段魯特琴旋律中收尾，伊莉莎吐出一口長氣。離開安吉爾斯讓吟遊詩人開心到已經好幾天沒放魯特琴回琴盒裡了。感謝造物主。晉見比瑟和羅蘭的情況不是很好，阿瑞安的警告一直令她不安。回家後，步步爲營。

伊莉莎才剛讚美完寧靜，奇林就已經開始演奏另外一首歌曲。

伊莉莎抗拒掩耳的衝動。「我願意付一千金陽幣叫那個男人閉嘴。」

「我警告過妳。」瑞根說。

「沒那麼糟。」楊和其他窪地人都很享受歌聲，還會邊騎邊唱。「他不是半掌，但我們窪地人很喜歡紅髮吟遊詩人。我在河橋鎮的酒館喝過一杯或七杯酒。那裡的人告訴我奇林砍斷過一頭天殺的石惡魔的手。甚至沒有演奏音樂。想想看那個小個子和石惡魔面對面的模樣。」

「太荒謬了。」瑞根同意。

楊悠遊神往。「眞希望我有在場目睹那一幕。」

瑞根張口結舌。「你眞的相信那個故事？」

「信呀，爲什麼不信？」楊說。「這兩年見識過的事情能讓以前所有麥酒故事和潭普草故事相形見絀。我想他能出任皇家信使總不是靠說謊。」

瑞根驚訝得呆了，花點時間思考該怎麼回應。但是在他開口前，伊莉莎伸手搭他手臂，於是他冷靜下來。

「我們不能丟下他不管。」伊莉莎說。「安吉爾斯準備打仗，而不管他在酒館裡有什麼樣的名聲，你和我都知道奇林不是戰士。」

「幸運的是，歐可爲了支援安吉爾斯的山矛軍建造了驛站。」瑞根說。「窪地人不用看到他晚上的鳥樣。」

確實，他們前幾晚都安安穩穩住在驛站強大的魔印牆內，每座驛站都由配備火器的山矛軍駐守。伊莉莎每天都期待看見黃昏。他們已經好幾天沒見到小村落或城鎮了，每晚能看見魔印牆令她安心，而在南方這麼長一段時間，她也很高興能待在充滿密爾恩口音的地方。

已經可以看見下一座驛站了，位於山丘頂的制高點。驛站的厚牆和煙囪代表了遠離惡魔的暖夜。但當他們接近以後，伊莉莎看見牆壁崩壞處。風中傳來一股氣味，她發現驛站的煙似乎不太友善。

第十八章　家園

傑夫・貝爾斯坐在最愛的搖椅上抽他的菸斗，眼睛望著庭院。他的孩子在前廊欄杆旁排成一列，在太陽下山時注視四面八方。他聽見屋內傳來諾莉安和伊蓮在廚房裡準備晚餐的聲響。

庭院中的陰影越來越長，傑夫抗拒重新檢查魔印的衝動。他靠向椅背，把菸斗裡的菸草吸得發亮。就連他也對這種自制力感到驚訝。日落往往能放大人們白天掩藏在心中的恐懼，而傑夫向來都是個懦夫。不到一年前，每天這時候他還會在屋裡走來走去，一再檢查鎖和魔印。

十五年前，他就是在這個位置上看著他妻子希兒維遭受惡魔攻擊，除了夾緊大腿，避免失禁之外，什麼都不能做。

但去年瑞娜・譚納出現在他家院子裡慘叫，心裡多年的羞愧和緊繃感終於斷裂。他拿起斧頭，跳出前廊，做了多年前早該爲希兒維而做的事情。

接著渾身刺青的信使帶著他的魔印武器來到鎮上。之後傑夫殺了或幫忙殺了三十七頭惡魔。他最喜歡——最安全——的手法，就是在惡魔完全現形前狠狠砍下，讓武器停留在傷口中，吸收惡魔力量。

惡魔中有兩種。第一種，普通惡魔，總是從同一個地點現形，以永生不朽的耐性攻擊同樣的魔印，等待人類維護失當，禁忌魔印被削弱到能夠突破的那天晚上到來。

另一種，遊蕩惡魔，會四下遊蕩、找尋獵物。除非被騷動吸引，不然會避開常態惡魔的地盤。

不久前，他家院子黃昏時會充滿魔霧。但信使用魔印箭淨化了院子，殺光大多常態惡魔。傑夫以緩慢但穩健的步調除掉他土地上其他常態惡魔，就像除草一樣。

他的土地已經好幾週沒有惡魔了，但像傑夫的農場這種地方，孤立無援，充滿人類和牲口的氣味，很容易吸引遊蕩惡魔，如果不處理的話就會變成常態惡魔。

「那裡！」希兒維尖叫，指向白晝豬欄。一陣模糊的影像，宛如煙霧或夏霾，距離與她同名之人慘遭惡魔毒手處約莫十呎外，惡魔正凝聚形體。

傑夫吐口口水，把菸斗的菸渣倒入口水中，在腳下踩熄。

「這些天殺的地心魔物比狼還討厭。」他說。「每當我開始放鬆……」

小傑夫舉起他的弓，搭上一支魔印箭。「交給我，爸。」

「不，你待著。」傑夫伸手去拿他那把沉重的斧鋤。「你待在前廊，留意其他地心魔物。這隻交給我。」

傑夫很欽佩那孩子的勇氣，但小傑夫才十四歲，而他的箭術沒有自己想像中那麼準。惡魔療傷的速度很快。如果沒殺了它，地心魔物就會逃走，然後帶著怨念回來。

他大步走入院子，依然在感慨生活的改變有多大。從前在惡魔於院子中凝聚形體時，走出魔印守護範圍是必死無疑的事情。現在只是另一件日常瑣事。危險，但如果不小心，農場裡很多工作都很危險。

傑夫向來小心。他持續觀察惡魔凝聚成型，不過也在留意院子裡其他部分，確保這頭地心魔物沒帶朋友來。

傑夫走到時，魔霧已經呈現出田野惡魔的外型。它張嘴對他嘶吼，但是沒有發出聲音；凝聚形體尚未完成。接下來幾秒內，它都傷不了他。

但他傷得了它。傑夫訓練有素地將斧鋤順勢舉到肩後，以足以砍斷木材的力量對準惡魔腦袋狠狠砍下，讓末端的利刃發揮功用。

正常斧刃會被惡魔的硬殼頭顱彈開，在沒有造成傷害的狀況下觸怒它，但傑夫親手繪製那把斧鋤的魔印。魔印在擊中目標時開始發光，釋放出一股魔力沿著他的手臂而上，斧刃則深深陷入其中。

他隨著類似歡愉，接近淫慾的快感顫抖。力量竄入他體內，讓他感覺強壯、所向無敵。他年近五十，但又覺得比三十歲時還要強壯。他的感官敏銳，清楚聽見前廊上孩子的聲音，屋內女人的聲音，甚至是院子對面鎖在沉重穀倉大門裡的牲口聲音。

他傾聽其他惡魔的聲音。有一瞬間，為了再度感受那股快感，他甚至希望還有其他惡魔。讓他搶回一點失去的東西，搶回它們從他一生中奪走的東西。他齜牙。

控制你自己，笨蛋傑夫．貝爾斯。他腦中的聲音是他父親的，一直提醒他生活常識。什麼樣的笨蛋會希望院子裡出現惡魔？

他搖頭，恢復理智。他會殺惡魔，但他沒像提貝溪鎮裡不少人那樣喜歡上那種感覺。突如其來的力量超越他認知中所有快感，但那並不值得讓他失控。控制是在其他人都淪落到火葬堆裡時，讓你存活下來的關鍵。

「爸！小心！」小傑夫大叫。

傑夫轉身看見數呎外有另一頭惡魔凝聚形體。通常惡魔都會在太陽開始下山時就逐漸現形。這傢伙必定是睡過頭了，他在對方成形時心想。這隻惡魔雙腳直立，八成是隻小木惡魔。

他立刻上前拔除這株野草，但正當他舉起斧鋤時，旁邊又有另外一頭惡魔開始成形。他遲疑。

不是兩隻惡魔的對手，他父親在他腦中說。跑。現在就跑。

小傑夫也和他父親一樣害怕。「爸！趴下！」男孩拉弓搭箭，在較近的惡魔撲向傑夫時放箭，對方凝聚形體的速度遠遠超乎想像。他聽見咻的一聲，然後是箭柄抖動的聲音。

傑夫眨眼，看見信使站在他面前，嚴肅地抓著差點射中傑夫腦袋的箭。

他穿的不是上次來訪時的牧師棕袍，但那身刺青不容錯認。他身穿褪色的白棉寬領上衣和丹寧褲，袖口和褲管都向上捲起。

信使轉頭瞪向前廊。「如果你不知道有人在前面的時候不要射箭，小傑夫，那你就沒資格拿那把弓！」

「信使？」男孩叫道。「我還以爲你是惡魔！」

「他說得有理。」傑夫說著轉身面對信使。「你跟惡魔一樣從魔霧中凝聚形體……」他在看見信使身旁凝聚形體的女人時閉上嘴巴。他差點沒能認出她來。她剪掉了長髮，把衣服也裁到幾乎和沒穿差不多，身上也紋滿刺青，但那雙眼睛，她的臉型，太像他妻子了，絕對不會認錯。

「瑞娜？」他問。「瑞娜・譚納？」

「她現在是瑞娜・貝爾斯了。」信使說。

「呃？」傑夫問，又回頭去看信使。

信使看著箭上的魔印，嘟噥一聲。他伸手搭傑夫的肩膀，直視他雙眼。他的眼神有點熟悉，但傑夫說不出熟在哪裡，直到對方再度開口。「說來話長了……爸。」

傑夫站在原地，愣愣看著他。院子裡很黑，但他的斧鋤依然朝手臂灌注魔力，所以夜視能力很強。他透過心眼剝離那些魔印，就像瑞娜一樣，看出男人的臉型就跟十五年前死在這個位置上的他媽一樣。

他膝蓋痠軟，斧鋤脫手，插入腳邊的地面。突然間頭昏眼花，他依靠斧柄撐住自己身體。空氣凝重，黑夜宛如大水般自四面八方逼近。

「亞倫？」他呼吸困難。無法站立。

信使在他摔倒時接住他。「對，爸。是我。」

傑夫迷迷糊糊地領著他兒子和——瑞娜現在是他的什麼人？小姨子？媳婦？——來到前廊上。

「進去洗手，準備吃飯。」他對孩子說。「叫你媽多擺兩套餐具。」他們站在原地，看著剛來的人，直到傑夫拍手。「快去！」

傑夫看著孩子蹦蹦跳跳跑入屋內，自覺不能責備他們。他走到旁邊，讓他的客人先進去，盯著自己長大成人後的兒子看。他可以原諒自己之前沒看出來，但現在知道了真相，他的長相絕對不可能弄錯，不管有沒有魔印。

亞倫還活著。

他長大成人的兒子回家了。

餐桌旁的空氣感覺很脆弱，似乎一說話就會粉碎這場夢境，而那兩個人就會化身魔霧，彷彿從未出現過般離開。諾莉安帶領眾人做個簡短的餐前禱告，然後大家就一聲不吭地開始吃飯，就連孩子也看出氣氛緊張。他們沒有像往常一樣爭吵，沒在桌底下捏來捏去，沒有白天工作時的荒唐故事。

「請把馬鈴薯傳過來，好嗎？」亞倫對裘里說，而那個男孩好像見鬼般嚇了一跳。就某方面而言，他確實見鬼了。他大哥的鬼魂，現在回到家裡來向他要馬鈴薯吃。

伊蓮終於忍不住了。「這可得要一陣子才能習慣，瑞。把妳當成我媳婦。」

「應該不難。妳早就扮演我媽很多年了。」瑞娜的語氣彷彿有很多話可以接下去。造物主知道，真的有很多話可以接。她們母親在瑞娜小時候去世，伊蓮則在幾年後和傑夫私奔，把兩個妹妹留給她們禽獸不如的父親。

伊蓮繃緊神經，等著她出言責備，但不管本來打算說什麼，瑞娜都吞下去了，換上一副笑臉。她轉向孩子。

「從我的外甥和外甥女來看，妳當媽媽得心應手。」

伊蓮吐了口氣，回應她的笑容。「我有幸從自己的錯誤中學習。」她在兩人越說越僵前轉向亞倫。「看來你眞的信守承諾，爲了瑞娜回到家鄉。」

傑夫咬牙切齒。這個蠢女人就不能不提那個？她難道打定主意要把他們逼走？

但亞倫似乎把這話當成逃生索般趕緊抓住。「我不是爲了瑞回來的。我回來是爲了再看一眼家鄉，確保你們得到能保護自己的魔印。確保從前發生的慘劇……」他和瑞娜一樣暫停片刻，思索用字遣詞。「發生在提貝溪鎮許多家庭中的慘劇，」他朝諾莉安點頭，「永遠不會再發生。但當我發現瑞被綁在木樁上……」他搖頭。「總不能不聞不問，是吧？」

餐桌旁掀起一陣尷尬的沉默，因爲不聞不問就是他們——全鎮的人——當初的反應。

「當然不能。」傑夫終於擠出這句話，直視他兒子的眼睛。「那向來不是你的處世之道，感謝造物主。你令全鎮的人自慚形穢，而我們理應感到羞愧。」

亞倫以幾乎看不出來的動作點頭。「我記得瑞。我……離家期間偶爾會在夜裡想起她。想起媽死前那晚她的吻。」他搖頭。「當年我不認爲我們父親握個手就算眞的訂婚了。我認爲像她那樣的女孩肯定能找到對象。」他轉頭，牽她的手，凝望她雙眼。「我去過密爾恩和克拉西亞沙漠。幾乎所有值得一看的地方我都見識過了。有很多人想幫我找對象安定下來，但從未成功過。誰知道最適合我的女人一直都在家鄉等著我？」

「我知道。」瑞娜捏他手掌。「但亞倫・貝爾斯向來都很頑固。」

「對，那是含蓄的說法。」傑夫同意，眾人發出幾乎算得上是輕鬆的笑聲。

「我覺得很浪漫。」珍妮・泰勒說著牽起小傑夫的手。他們訂婚了，肯定也是父親握手說定的，不過他們還要再過幾年才能結婚。「你會遊歷世界，然後回來找我嗎，傑夫？」

小傑夫臉色發青，邊咳嗽邊發出聽起來像是說會的回應。珍妮似乎沒注意到他有多不自在，臉上笑容不減。

「那你們會回來定居嗎？」伊蓮問。「回來成家？我們一直說要造間新房子——親手打造。陽光牧地的人紛紛搬來提貝溪鎮。日子漸漸開始好轉了，即使有那些麻煩也一樣。」

亞倫抬頭。「麻煩？」

「裘里、希兒維，」傑夫說。「清理餐桌、燒水，然後下去玩。」

「今天早上做了一個蛋糕，」諾莉安說。「本來是要第七日禮拜時吃的，但今天是很特別的日子。珍妮？妳何不和小傑夫去切蛋糕，順便泡茶？」

「我想留下來。」小傑夫抱怨。

「你和珍妮可以弄好茶和蛋糕再回來。」傑夫說。「快去！」

小孩各自去忙，傑夫站起身來，好整以暇地去拿他的菸斗和菸草袋。他把菸草袋遞給兒子。「我還有一支菸斗……」

「不用了，」亞倫揮手道。「以前當信使時會抽。抽菸讓我想家。現在我已經在家了……」他聳肩。「感覺很奇怪。」

傑夫點頭，很慶幸能有藉口低頭塞菸草，然後拿紙媒點火。他吸了幾口，吸亮菸草，吞雲吐霧一番，然後才回到座位上。「你離開後……情況有點混亂。提貝溪鎮開始擴張，但鎮民就……」

「變得難以相處。」伊蓮說。

「大家鼓起勇氣對抗地心魔物，」諾莉安說，「但有些人……愛上那種感覺。」

亞倫點頭。「意料之中。他們惹麻煩了？」

「都在西莉亞控制之下，」傑夫邊抽邊說。「她組織民兵團——清除大多騷擾鎮中廣場和博金丘的惡魔。布來恩在樹林那裡的情況比較麻煩，但伐木工已經把砍木惡魔的本事練到駕輕就熟。」

「不意外。」亞倫說。「我敢說他們產出的木材也比過去幾年多。」

「對。」傑夫咬住菸斗。「大家的工作效率都提高了。提貝溪鎮沒人餓肚子。」

「好消息，」亞倫說。「你需要木材做新籬笆。」

「新籬笆？」

「我會教你們一套在伐木窪地測試過的全新繪印方式。」亞倫說。「能夠徹底趕跑你土地上的惡魔。」

傑夫拿下菸斗，吐出一口甜煙。「聽起來好得不像真的。」

「我還有很多壞消息沒說。」亞倫說。「待會兒再說，我要先聽鎮上的事情。魚洞的人還是會惹麻煩？」

「一開始有點。」傑夫靠上椅背。「但他們的魚矛上沒有魔印，而其他人又……」

「變強了。」亞倫說。「殺惡魔會有這種效果。」

傑夫點頭。「之後漁夫就沒辦法繼續欺負其他人了。洛達克一直想要繼續掌權，但他的人想要民兵團保護，於是投票罷免他。他依然是發言人，只是沒有之前那種影響力了。」

「我不認同他們的做法。」諾莉安說。「但造物主為證，現在可不是當漁夫的好時代。民兵團欺壓他們，還搶走很多魚。」

「要在情況惡化前阻止。」亞倫說。

「他們罪有應得。」瑞娜說。她父親殺死科比・費雪後，就是魚洞的人煽動暴民把她綁上木樁的。

「洛達克・勞利罪有應得，瑞，」亞倫同意。「加瑞克・費雪，或許。但他們已經知道錯在哪裡了。爲了兩個水腦懲罰所有人沒有任何好處。面對惡魔，我們全都站在同一陣線。」

瑞娜一副想要爭辯的模樣，但她只是點頭。「我吃完蛋糕就滑過去和西莉亞談談。」

「滑？」傑夫問。

「我遠行期間學會的一種……魔術。」亞倫說。「我和瑞就是那樣抵達這裡的。」

「你們化身魔霧。」傑夫說。黑夜呀，他差點都忘了。「和惡魔一樣凝聚形體，而不是騎那匹嚇死人的大……」

他越說越小聲，但亞倫只是輕笑。「對，舞者沒在踢惡魔腦袋的時候感覺是有點嚇人。牠跑得比你見過的馬都快，但就連那種速度也不能與化身魔霧、乘著地底魔流移動相提並論。」

「魔流？」伊蓮問。

「魔法洪流，」瑞娜說。「像是從池塘分流出來的小溪般從地心湧向地表。只要學會方法，就能像乘坐紙船般順流移動。」

「胡說八道。」諾莉安說。

「待會示範給妳看。」亞倫說。他那種陳述事實的語調讓她安靜下來。他沒有想要說服對方——他彷彿茶餘飯後展示新犁頭般提起某樣不可能的東西。「那就是鎮上最大的麻煩？鎮民欺負漁夫？」

傑夫搖頭。「喬吉。」

亞倫皺眉，不過在珍妮和小傑夫端上茶和蛋糕時沒有吭聲。喬吉・華許，南哨的發言人兼牧師，乃是鎮議會決定把瑞娜送入黑夜時的決策法官。

亞倫直視傑夫雙眼，等他繼續說下去。杯盤都放好後，小傑夫和珍妮回到座位上，傑夫沒理由繼續拖延。

「南哨一得到戰鬥魔印立刻脫離提貝溪鎮。」

亞倫舀起一匙蜂蜜，倒入茶中。「他們本來就算不上是鎮上的一部分。」

「我小時候，」諾莉安插嘴，「南哨和其他地區一樣都是鎮上的一部分。後來喬吉因爲有個孫女在鎮中廣場被惡魔殺死，而與鎮長——西莉亞的父親——起了爭執。之後南哨的人除了偶爾跑來交易或回應大號角的召喚，就不來鎮上了。沒人再提此事，但聽說雙方都懷恨在心。」

「那是多久以前的事？」亞倫問。

諾莉安聳肩。「約莫五十年前。」

「懷恨得太久了點。」亞倫說。

「怨念只會隨著時間加深。」傑夫說。「直到你再也承受不住，徹底崩潰。」

「他做了什麼？」亞倫問，拿叉子切開甜蛋糕。傑夫強迫自己往後靠，吐一口煙。「吞併潮濕沼澤。」

亞倫咬口蛋糕，目光上揚。「什麼？」

傑夫抽口菸。「沼澤人向來比較古怪。不與人交往，有自己的習俗。他們不喜歡年輕人跑來鎮中廣場——因爲太多人會在衣服上的泥巴乾掉後打算留下。而且沼澤裡有自己的惡魔。與外面惡魔不同。」

「對。」亞倫點頭。「沼澤惡魔的口水能蝕穿鐵器，而且能像浣熊一樣穿越樹林。泥沼惡魔動作比較慢，但它們能融入樹林，攻擊範圍也很大。至於躲在水裡的那些就更別提了……」

傑夫吞口水。「是。總之沼澤居民在趕走地心魔物方面遇上的困難比其他地區多。損失了一些人手後，開始心生怨懟，喬吉就趁機提出條件。」

「什麼條件？」亞倫的語氣冰冷。

「保護，就像西莉亞的民兵團保護漁洞人那樣。」傑夫說。

「代價是？」亞倫逼問。

「改信教。」傑夫說。「接受喬吉為牧師和發言人。送他年輕的妻子，每週交稅。」

傑夫直視亞倫的雙眼。「他自認是解放者。」

「可惡！」亞倫丟下叉子。

「除了你自己，怪不了別人。」諾莉安說。「你把那個蠢點子放到他腦裡，結果收到效果了。」

「那還眞是天殺的諷刺。」亞倫吼道。

「我知道。」諾莉安說。「沼澤以北的人全都知道。但是南哨的看法和我們不同。」

「萬一他是呢？」小傑夫問。

傑夫看他兒子。「呃？」

「萬一他眞的是解放者呢？」小傑夫再問一次。

「他不是。」亞倫說。

「他已經一百一十一歲了。」珍妮說。「但他們說他頭髮是黑色的，帶領群眾作戰。南哨的惡魔都被清空了。」

「那是魔法的效果。」亞倫說。「殺惡魔會讓老人變年輕，讓你變強壯，但並不會讓你成爲解放者。」

「西莉亞的髮根也變黃了。」諾莉安說。「而她年紀比我大。那並不表示她是解放者。」

「造物主呀，我也有這種感覺。」傑夫說。「從前犁田的日子我的背會痛到動不了。現在我可以直接推犁，不用馬拉。」

「你聽我說，小傑夫。」亞倫說。「聽你哥哥和長輩的話。世界上沒有解放者這種東西。那是所有男人和女人得自己去做的事情。不要依賴別人在惡魔面前拯救你，你要學會拯救自己——行有餘力再去救其他人。」

傑夫點頭。「你哥的建議很好。」

「如果你們不阻止此事，提貝溪鎮肯定會有麻煩。」亞倫說。「地心魔物並非全都無腦。它們會注意到有領導人組織群眾殺光常態惡魔，會吸引鎮民尚且無法應付的麻煩。」

「或許我們能解決他。」瑞娜說。

「太冒險了。」亞倫說。「南哨人太看重喬吉。如果用妳對付法蘭克那套做法，肯定會引起反彈。」

傑夫感到一陣恐懼感油然而生。「你說會吸引什麼樣的麻煩？」

亞倫環顧四周。「有紙嗎？」

傑夫搖頭。「霍格最近漲了紙價。」

亞倫看著桌子，然後轉向伊蓮。「我知道這樣很沒禮貌，但我得畫在桌巾上。要不是非常重要，我不會如此要求。」

「好，沒關係。」伊蓮說，雖然這張桌巾是他們長子出生時西莉亞送的禮物。她傷心地看著桌巾，而亞倫攤開他的魔印工具，挑出一支舊筆刷和一瓶黑墨水。

「心靈惡魔只能在新月現身。」亞倫說。「新月前一晚、新月當晚、新月後一晚。」他在桌巾上畫了一個大魔印。「需要這個魔印才能阻擋他們，不然他們能像翻箱倒櫃般翻閱你的思緒和記憶。」

「這個魔印怎麼連成魔印圈？」傑夫問。

亞倫示範如何將魔印連到其他魔印上，手掌一如往常般穩健。亞倫的繪印技巧是傑夫親手調教，而他向來都以兒子超越自己的技巧為傲。

「不要冒險。」亞倫說。「開始注意月曆，新月之夜把這個魔印畫在項鍊上、綁在帽子上或用布條綁頭。小孩也要。」

「心靈惡魔出沒時，惡魔會變聰明。」瑞娜說。「會開始攜手合作，使用武器和工具，投擲石頭。」

「黑夜呀。」傑夫又開始夾腳憋尿。「那要怎麼應付？」

「第一步是要把它們趕出你的土地。」亞倫開始畫新的魔印，這個魔印比傑夫見過的魔印更大更複雜。「這是大魔印。」他邊畫邊說。「把你家的土地依照這個形狀排列。」

傑夫驚呼。「怎麼做？」

「基本上是用籬笆和牆壁。」亞倫說，揮手比向魔印凹凸不平的邊緣。「房子和穀倉在這裡。」他在魔印中間畫下小建築。「內部線條用石道排列，或種植灌木。」他用筆桿一比。「或許在這裡造屋頂形狀奇特的小屋，你可以一路種植作物到籬芭那裡。越密越好——可以強化魔印。」

「光用想的背就痛了。」傑夫說。

「對，有得忙了。」亞倫同意。「但是只要能讓惡魔從此不再來你家，這點工作算不了什麼。小孩可以在天黑後去院子裡玩。牲口也不用每晚趕入穀倉。」

「要怎麼能做這麼大的魔印而不出錯？」傑夫問。

亞倫從工具袋裡拿出一根直木棍，開始在魔印上添加網格。「在室外畫上同樣的網格。在屋頂上建座小塔，俯瞰全貌。」

傑夫打量他畫的圖。大魔印中還有類似的魔印相互交疊。「你說你在其他地方試驗過？」

亞倫點頭。「安吉爾斯有整座城鎮根據大魔印的形狀排列。街道本身就是保護線條。」

亞倫伸手搭上傑夫肩膀。這是父親會對兒子做的動作，他從未想到自己兒子會對他這麼做。「我需要你這麼做，爸。盡快做好，示範給別人看。召開議會，四處發送心靈魔印。全提貝溪鎮男女老幼的性命可能都取決於此。」

傑夫伸手放在他兒子手上。「我會做到。向太陽發誓。」

不孕西莉亞在民兵團騎馬回到鎮中廣場，結束巡邏回家時指尖依然隱隱刺痛。鎮上的常態惡魔早就被清光了，每晚的巡邏隊也解決了大部分遊蕩惡魔。他們今晚只找到一頭惡魔，西莉亞親手插死它。她手掌的皮膚比從前滑順，皺紋全部消失。就連她臉上的紋路也沒了，只剩下眼角和嘴角還有細紋。

「如果妳同意，今天就到此結束了，鎮長。」路席克・博金在抵達通往博金丘的路時若有所思地摸著他的矛說。他和許多人一樣，開始渴望魔法的刺激。

「好，回家休息。」西莉亞說。「對寧靜的夜晚心存感激。造物主知道並非所有夜晚都如此寧靜。」

「我們爲如此寧靜的夜晚祈禱了三百年。」哈洛牧師沒有持矛，不過他的彎頭杖上會有衝擊和防禦魔印。他身材高大，可以勾住惡魔的喉嚨，絆倒它，然後打爛它的頭。但儘管手法凶猛，牧師似乎完全不受惡魔膿汁影響。

「是，寧靜的夜晚對大家都有好處。」路席克調轉馬頭，哈洛和其他來自博金丘的人都跟了上去。

「我們也要走了。」佛德·米勒說。「得去回報。」

「不能讓老霍格等。」西莉亞點頭讓他離去。洛斯可·霍格很少與民兵團一起出動，但會僱用人手以他的名義參加巡邏。

「不知道他們會不會因爲沒帶地心魔物回去而被扣酬勞。」可琳·特利格說。

這是個好問題。霍格不作戰，但和其他人一樣對魔法上癮。大家都知道他的手下會把惡魔帶去給他刺，讓他竊取一點魔力。這是很危險的工作，但霍格支付很優渥的酬勞。

「霍格擺脫的灰髮幾乎和我一樣多。」西莉亞說。「那可不是用錢能衡量的代價。」

「但霍格還是想出了辦法。」藥草師的語氣只有一點苦澀。可琳從不作戰，儘管新戰鬥魔印將其他人的身體恢復到巔峰狀態，她依然承受著體重和年齡的負擔。不過她還是每天晚上隨巡邏隊出勤，在有人受傷時提供她的針線和藥膏。

「要我們幫妳保留一頭惡魔嗎，女士？」雷莎·史克爾問。這個女孩剛過二十歲，但魔法使她強壯。裸露的手臂上滿是肌肉。握矛的手掌布滿疤痕。但她還是有著柔弱的一面。美麗的臉龐圓嘟嘟的……

西莉亞搖一搖頭，在被人發現她盯著對方看前偏開頭去。可琳嗤之以鼻，一臉不屑。「不自然。我們出生、衰老、死亡。人生本當如此。或許造物主想要你們戰士變壯——我不是牧師，不會猜測祂的計畫——但是壓住一頭地心魔物，讓我像蚊子一樣吸收它的魔力？我不幹。」

「妳不知道妳錯過了什麼。」雷莎說。

「夠了。」西莉亞大聲道。「剩下的人都上床睡覺。不管晚上面對了什麼情況，白天還有工作要做。」

剩下的巡邏隊員各自回家，西莉亞一個人沿著道路騎去。不久前這樣做還會令她恐懼，但西莉亞隨時警覺，感官在魔法的刺激下極為敏銳。她的矛伸手可得，馬蹄上的魔印也足以踏碎惡魔骨。鎮中心照理說應該安全到能夠讓她安心，但她還是會聯想到一些更棘手的麻煩。外圍區域和農場依然存在惡魔問題，更別提南哨和喬吉所帶來的威脅。

多年前，為了所有人好，她父親和南哨的牧師沒有洩露那場醜聞。但喬吉沒有遺忘。在沒有讓提貝溪鎮所有人都換上黑袍、扣緊鈕釦、皈依他嚴加解譯的卡農經教義之前，絕對不會善罷干休。

最好還能把我綁在鎮中廣場的木樁上。

她抵達家中，越過魔印，帶她的馬前往小屋後方的馬廄休息。她點燃一盞提燈，幫馬梳毛，添加水和飼料，然後走向屋子。

雷莎步出黑影，臉上帶著好像剛剛偷了塊餅乾般的笑容。她動作很快，抓住西莉亞的後頸，把她拉到身前。她的嘴唇柔軟濕滑，抹有香蠟。味道宛如蜜糖，西莉亞口水直流。

她推開雷莎，深吸口氣，只希望聽起來比驚呼聲有尊嚴一點。「蠢女孩！看在地心魔域的份上，妳以為自己在幹什麼?!萬一被人看見怎麼辦？」

「不在乎。」雷莎再度伸手抱她。

西莉亞拍開她的手。「妳當然不在乎。妳根本不知道如果傳出去會有什麼後果。」

雷莎笑容不減。「我來之前要繞過一大圈。我多留一個小時媽不會發現的。我可以進屋……」

她再度上前，西莉亞心跳加速。她渾身充滿活力，感官敏銳。她可以聞到雷莎的汗水、情慾的氣味。她也感覺到自己的情慾，雙腿間已有三十年不曾如此濕滑。

「我不能一直帶妳上床。」西莉亞說。「黑夜呀，女孩，我比妳大五十歲！」

雷莎聳肩，雙手摟起西莉亞的腰，把她推得背貼馬廄牆。「喜歡的話可以在這裡做。沒人會看見。」

她伸手扯西莉亞的裙子。

片刻過後，她就會蹲下去，而希利雅，沒用的傢伙，就沒辦法阻止她了。她看向房子，雷莎一副獲勝的模樣皺起鼻頭。但接著希利雅銳利的眼睛看見陰影中有動靜。她渾身一僵，推開雷莎，在昏暗的光線下搜尋動靜的來源。

雷莎立刻警覺，手握腰帶上的魔印刀柄。「什麼東西？地心魔物？」

希利雅搖頭。「沿著陰影走。立刻回家。」

「但是……」雷莎抱怨，那語氣讓她想起年輕時的自己，而那只有更堅定西莉亞的決心。

「下次再說，」西莉亞說。「快走。」

雷莎垂頭喪氣，不過聽話離開。西莉亞等到她走之後，轉身面對陰暗的前廊，雙手抱胸。「直接出來吧。」

她一開始沒認出那個年輕女子，只看見裸露在外的手腳和腹部，渾身都是魔印。她的頭髮短得不會遮臉，在腦後打了個長辮子。她看起來很像那個信使——不光是因爲在皮膚上繪印，還因爲她眼中那股獵食者般的目光。想到這一點，她立刻猜出她的身分。

「瑞娜・譚納，回提貝溪鎮來啦。」她說。

瑞娜步入燈火下。「我現在不姓譚納。結婚了。」

「恭喜。」西莉亞說。「嫁給信使，我猜？」

瑞娜點頭。「我現在叫瑞娜・貝爾斯。鎮民從前叫妳不孕西莉亞，但今晚我不禁懷疑他們弄錯了。或許妳根本不是不孕。」

西莉亞雙手扠腰，輕輕踏腳。「妳要告訴鎮民？」

「誰要親誰不關我的事。」瑞娜說。「就和太陽會出來一樣，肯定也與鎮民無關。這點我很清楚。」

「謝謝妳。」西莉亞說。

「不必道謝。」瑞娜說。「應該是我要謝妳。我絕對不會出賣妳的，鎮長。當時我神智不清，但我記得妳爲我出頭。在其他人沒有膽子出面時和我站在一起時。」

西莉亞喉嚨一緊。「我辜負了妳。」

瑞娜迎上前去，西莉亞再度看見她有多美。身上的魔印和整齊的頭髮給她一股類似雷莎的英姿。

「沒有。」瑞娜說。「妳幫我爭取時間恢復理智。也讓亞倫有時間來救我。」

西莉亞大吃一驚，將瑞娜的美貌拋到腦後。「亞倫？亞倫・貝爾斯？妳是說那個讓提貝溪鎮徹底改變的信使是傑夫・貝爾斯的兒子？」

「對。」瑞娜說。「而他的身分不只如此，還多著呢。」

西莉亞嘆氣。「進來吧，女孩。我煮壺開水。」

傑夫和亞倫拿著一壺博金麥酒坐在前廊。就算不是剛剛目睹瑞娜化煙消失，這個畫面仍如夢似幻。小孩子全都驚呼連連，之後花了很大工夫才哄他們上床，但現在萬籟俱寂，只剩下蟋蟀的叫聲和傑夫的搖椅聲。

「多年之後再回到這座前廊，好像什麼都沒發生過般看著院子，感覺很奇怪。」亞倫說。

「但是發生了很多事。」傑夫說。「還記得你從前每天晚上都透過窗葉往外看，尋找地心魔物的蹤跡。我的院子裡已經沒有那種東西了。」

「對，暫時沒有。」亞倫喝著麥酒，瞭望遠方。

傑夫清清喉嚨。「乾脆就來聊聊地心魔物吧。看著你媽遇害的地點一定很不好受。當時我僵在這個位置上，忍著不尿褲子，眼睜睜著你跑出去救她。」

「不好受。」亞倫同意，又喝一口酒。「不過我現在年紀大了。見識也多了。我見過惡魔會對人做出什麼事情，讓人絕望無助，彷彿反抗毫無意義。」

「但你反抗了。」傑夫說。「十一歲的時候，你對抗惡魔，而且贏了。」

「沒贏。」亞倫。「只是沒死罷了。」

「你阻止它們殺害你媽。」傑夫說。

亞倫嘆氣。「那個也沒辦到。我幫她多爭取了兩天，但還是沒能救活她。」

「本來救得活。」傑夫說，「只要我有膽子繼續趕去老梅．弗利曼家。」

亞倫搖頭。「我以前也這麼想。之後很多年都這麼想，責怪你。痛恨你。」

傑夫咬牙聽著。過去十五年來，他常常幻想到兒子的鬼魂跑來和他說這些話，但是活生生的他在面前這麼說感覺截然不同。

「但那之後我見過很多人死在惡魔手下。」亞倫說。「如果當晚這裡有個窪地藥草師在場，媽就能活下來。如果可琳・特利格的醫術能與自由城邦的普通藥草師媲美，媽到第二天也能康復；但就算我們趕到梅那裡……」他一口啐到前廊欄杆外。「太遲了。」

「但你媽叫我幫忙的時候還不算太遲。」傑夫說。

「對。」亞倫凝視院子，又喝了一口酒。

「我沒有藉口。」傑夫說。「伊蓮是個好妻子。我愛她，也愛我們的孩子。但如果時光可以倒流，我一定會回去矯正錯誤，救回你媽，就算那表示我要代替她死也一樣。我愛了她一輩子。從前我會故意弄壞馬蹄鐵……」

「只爲了藉口去蹄鐵舖找她。」亞倫說。「媽也很愛提那個。」

傑夫哽咽，摸著喉嚨，緊閉雙眼。他兒子有權恨他，而他不打算利用罪惡感逼亞倫流下同情的淚水。

「那晚我辜負了你們兩個。」傑夫恢復之後說道。

「對。」亞倫說。「我不會騙你。從前我一直都很氣你。每當我打算做蠢事時，我就會聽見你的聲音。我討厭那個聲音，常常只爲了和那個聲音作對而去幹蠢事。」

傑夫噗哧一聲，亞倫有點訝異地看著他。

「不是好笑。」傑夫說。「只是讓我聯想到我腦子裡也常聽見我爸的聲音。每當我想鼓起勇氣時就罵我笨蛋。」

亞倫靠上椅背，又喝了一口酒。「對。或許父子之間就是這麼回事。」

「對。」傑夫說。

「去年回來時，我本來想和你說清楚的。」亞倫說。「當時我腦筋不太清楚。我自認我變成了……不是人的東西。準備去死，想要在黑夜吞噬我前把該辦的事情辦一辦。」

「造物主呀。」傑夫很想伸手去抱兒子，但他的手背叛了他。如果他伸手卻被亞倫推開，他怕自己難以承受。

「我不在乎你做過什麼。」結果他說。「不在乎你變成什麼。我見過你爲你媽做過什麼，爲瑞娜、爲這座小鎮做過什麼。如果你不是人，我們還有什麼希望？」

「大家都經歷過低潮。」亞倫說。「會承受身邊的人遺忘或從未發現的罪惡。」

「說得沒錯。」傑夫說。「即使已經過了這麼多年，那幾天的情況依然歷歷在目。」

「我知道。」亞倫說。「那天晚上的事情讓我們兩個都以不同的方式認清這個世界。花了你不少時間，但是當你的院子裡再度傳來呼救聲時，你沒有待在前廊上。我回來時滿心以爲會跟你大吵一架，但當我聽說你爲瑞做的事情後，我才知道自己有多傻。」

「你有權對我懷恨在心。」傑夫說。

「對，或許，但懷恨不會讓人變成更好的人。」亞倫說。

「說得沒錯。」傑夫放鬆一些，喝了一大口麥酒。「你們兩個有沒有可能回家定居，像伊蓮說的那樣？小孩子多認識認識大哥對他們有好處。」

「很想。」亞倫說。「造物主呀，我最想做的就是這個。但骨骰中沒有提到這種未來。事實上，我是回來道別的。」

傑夫眨眼。「道別？」

亞倫按摩後頸。「恐怕我……帶回戰鬥魔印時就掀起了一場戰爭。該是結束戰爭的時候了，而情況肯定會越來越糟。我上次回來沒讓你知道我是誰，那樣不對。我得更正這個錯誤。」

傑夫正要鬆口氣，突然又緊張了起來。「越來越糟？」

亞倫吐一口氣，揚起一支手指，在空氣中繪印。傑夫發現自己緊握杯子，必須強迫自己鬆手。

「就像我說的，」亞倫繪印完畢後說，「反擊會引起一種特定惡魔注意。他們找上門來，受到教訓，現在計畫大舉來犯。我擬定了個瘋狂的計畫，要在他們動手前殺去他們的地盤。」

傑夫臉頰一涼，膀胱緊縮。他夾緊大腿，希望亞倫沒發現。「他們的地盤？」

亞倫朝地面側頭。「地下。」

「造物主呀，」傑夫說。「怎麼可能？」

「不能說。」亞倫說。「心靈惡魔能像拔蘿蔔一樣拔出你的想法。我說得越多，就越有可能危及計畫。」

「瑞同意這個計畫？你跑到……地下？」傑夫對於這個想法還是有點麻木，難以想像那是什麼概念，但他親眼看到瑞娜化身魔霧、滲入地底。這件事其實也沒那麼難相信。

「不要告訴她姊，瑞娜會和我一起去。」亞倫說。「另外還有幾個人。」

「帶大軍去。」傑夫說。

「大軍會引起惡魔注意。我帶的人足夠完成任務，又不至於洩露蹤跡。」亞倫又喝一口。「至少，我希望是這樣。事實上，我也不曉得是在扯爛根還是捅蜂窩。」

傑夫很想爭論。想說服亞倫放棄這條路，回家安安穩穩過日子。看著他兒子，知道亞倫也認定他會這麼說，父親的聲音要求兒子小心。

兒子的表情令他鼓起勇氣面對恐懼。亞倫下定決心要走一條路後，絕對沒有人能夠改變他的想法，但或許傑夫可以撫平他的疑慮。「我向來不知道你會陷入什麼局面，兒子。如果樹根給我惹這麼大麻煩，就算有被蜜蜂刺的危險，我也要把蜂窩丟到袋子裡，能綁多緊就綁多緊。但是你絕不能毫無悔恨地把那些東西留在你的土地上。」

「對。」亞倫說。「謝謝，爸。」

「看來我們兩個都有工作要做。」傑夫說。「你眞的認爲有頭心靈惡魔會跑來提貝溪鎮築巢？」

亞倫聳肩。「遲早都會。有可能是下個月，有可能是十年後，但只要你們一直殺惡魔，肯定會惹來心靈惡魔。提貝溪鎮的人太多了，而他們從我的記憶中得知你在這裡，遠離任何外援。」

「那我們要如何應付？」傑夫問。

「他們只是惡魔，爸。」亞倫說。「比大多惡魔聰明，也會一些魔法，但我殺過不只一頭，瑞娜也殺過。我們不是解放者，和你及其他鎮民一樣都只是提貝溪人。我們辦得到，你們也一定辦得到。」

他喝完麥酒。「不要繼續僵在原地。如果我們不搶先進攻，黑夜就會主動來襲。」

第十九章　追殺　334 AR

「我們死定了。」奇林看著還在冒煙的歐可驛站廢墟哀號。圍牆被打爛，石塊上有深深的爪痕，地心魔物腳印布滿建築物的硬地板。空氣中瀰漫著焦屍的酸臭和惡魔屎的刺鼻氣味。

伊莉莎張口欲言，但瑞根動作更快，伸手抓住吟遊詩人七彩服前緣。他差點把奇林拉下馬，鼻子幾乎貼著他的鼻子。

「再說一次，你就不用擔心地心魔物。我會親手殺你，太陽下不會有人懷念你。」

「吟遊詩人應該知道不能說那種話。」楊說。「你的工作是提振我們的士氣，不是製造恐慌。最好備好那把魯特琴，今晚會很漫長。」

奇林一副他瘋了的模樣看他。「看在地心魔域的份上，我的魯特琴在裸夜裡能有什麼用處？」

「是呀，我知道就好了。」楊做個彈琴的動作。「羅傑能魅惑惡魔，不讓它們發現我們在這裡。」

「那種本事可沒防止半掌被殺，不是嗎？」奇林說。

楊捏緊拳頭。「繼續講那種話，你這個小混蛋，瑞根想殺你就要排隊了。」

奇林駕馬遠離對方，但其他人都在聽他們吵嘴，緊張地看著驛站廢墟。看來窪地人對吟遊詩人的期待很高。

伊莉莎朝他騎過去，伸手到鞍袋裡，找出哈利・滾球者的皮箱。

「窪地吟遊詩人公會長給我們的。」她把一疊紙交給奇林。「能讓技巧高超的吟遊詩人影響惡魔的音樂。」

「太荒謬了。」奇林說。但他接過樂譜，開始翻閱。伊莉莎看不懂樂譜上的線條和符號，只希望奇林看得懂。

「這些曲子都不簡單。」奇林看著西下的太陽。「妳要我兩個小時內學會？」

伊莉莎保持冷靜的神情，但瑞根看得出來就連她也要失去耐性了。「除非你想淪落到惡魔肚子裡。不然我建議你開始練習。」

奇林用力扯動韁繩，調轉馬頭離開，不過他還是從鞍袋裡拿出魯特琴，騎到石牆一處破洞，在其他人搜查廢墟時坐下來練習。

「幹得好，我的愛。」瑞根跳下馬來，交出韁繩。

「我不知道威脅他的性命怎麼能激勵那個傢伙。」伊莉莎也下馬，讓他在臉頰上輕吻。

「我並不打算激勵他。」瑞根說。「只是要他閉嘴。他不講那種話，情況就夠糟了。」

「確實。」伊莉莎同意。「如果你想活下來傳誦這些故事，你最好別再威脅，開始激勵別人。」

瑞根驚訝地看著她，片刻過後點點頭。「智慧之言，主母。」

伊莉莎眨眼，和他一起走向驛站。進去後，濃煙和臭味強烈到必須用濕毛巾遮臉，但瑞根堅持要全面搜索，尋找倖存者。

沒有倖存者。地上鮮血四濺，到處都有白色人骨插在漆黑油膩的排泄物裡。他們找到幾頭地心魔物的焦黑屍體，但驛站的編制有三十人，全都配備火器。

「看來歐可的武器對抗惡魔成效不彰。」瑞根聽起來並不驚訝。

「對。」楊說。「就算遭受突襲，三十個配備魔印武器的人也該表現得更好。」

瑞根看著殘破的石牆。「待在這裡沒有意義。我們不可能在天黑前修復魔印網。」

「我們可以躲在裡面。」伊莉莎建議。「如果惡魔認為這地方已經毀了，而我們繪製幾個困惑和隱形魔印……」

瑞根搖頭。「如果只有幾個人，或許可以這樣做。但我們人數眾多，而這地方天黑之後就會擠滿惡魔。就算看不見我們，也會聞到味道。」

「或許它們離開了。」伊莉莎說。

「不是那樣運作的。」楊說。「地心魔物在前一天早上消失的地點出現，而看起來它們曾留下來進食。」

「惡魔習慣上會在它們摧毀的聚落附近逗留。」瑞根補充，「希望人類會被吸引而來。最好以最快的速度騎一個小時，然後在天黑前沿著馬車外圍架設魔印圈。」

「往前還是往後？」楊問。

瑞根皺眉。「如果惡魔是攻擊驛站，那兩個方向都不安全。我打算回家，楊。」

「是，我們會護送你回家。」楊說。

「瑞根。」伊莉莎語氣緊繃。「萬一不是在攻擊驛站呢？萬一它們知道我們在趕路，打算截斷補給呢？」

「新月過很久了。」楊說。「附近沒有心靈惡魔。」

「要在前往安吉爾斯的路上獵殺我們不用心靈惡魔指揮。」伊莉莎說。

楊微微發抖，手握斧柄。

瑞根轉向伊莉莎。「妳說的對，但那並沒有改變當前處境。現在還不到丟下馬車逃命的時候。我知道前面有個可以看見惡魔來襲的地點。」

瑞根沿路都能聽到數哩外傳來的地心魔物叫聲。現在已經不用懷疑惡魔是否在等他們了。

「妳猜對了，莉絲。它們在獵殺我們。」

「難得希望我猜錯。」伊莉莎說。

瑞根看向他們的營地。他們挑選了最好的地點，視線清楚，可供窪地曲柄弓射擊，能讓惡魔利用的樹木和石頭也很少。馬車的魔印圈威力強大，瑞根、伊莉莎和德瑞克則親自監督外圍的魔印樁。

但如果眞有心靈惡魔在指揮大局，這些保護——讓瑞根平安度過三十年旅途的保護——可能不夠。

「或許我們應該放棄馬車，直接趕往下一座驛站。」瑞根說。「或在前往安吉爾斯路上遇襲後雇用更多護衛隊。」

「乾脆希望我們一開始沒出門好了。」伊莉莎說。

瑞根的笑容毫無笑意。「布萊爾並非眞的需要我們拯救。」

伊莉莎搖手。「事後回顧很容易發現錯誤。」

馬車魔印圈裡，牲口在惡魔接近時發出緊張的聲音，混雜著奇林努力照著羅傑的樂譜彈魯特琴但卻越彈越凌亂的聲音。當動作較快的惡魔開始出現時，琴聲幾乎沒有發揮作用，田野惡魔和火惡魔在圈外環繞，眼睛在黑暗中閃閃發光。

「唱！」楊對守在外圍魔印圈旁的伐木工叫道。護衛隊的男男女女以讓瑞根羨慕的冷靜態度站在原地，持平曲柄弓，提高音量唱著〈讓爐火燒〉。

惡魔對這首歌的反應沒有在窪地那麼強烈，不過顯然不喜歡。火惡魔朝唱歌的人噴火，火唾液掠過外圍魔印網的魔法網。田野惡魔尖叫衝撞魔印網，在魔光前反彈而出。

正常惡魔在魔印網發光打傷它們時，會本能性後退。它們會低聲怒吼，謹慎繞圈，三不五時刺探魔印網。

但這些惡魔不同。它們用力衝撞，一次接著一次，沿著魔印網移動，瘋狂尋找防禦力場中的漏洞。瑞根能在每次魔印啓動時看見魔印網。層層交疊的保護網緊密又規律，它們闖不進來，不過太多地心魔物有可能會讓魔印負載過重。那樣需要數十頭惡魔同時進攻，而惡魔陸續抵達，包圍著他們的營地。瑞根看見它們在魔印光照射範圍外迅速移動。

「攻擊！」楊叫道，曲柄弓射擊，沉重的魔印箭矢近距離插入惡魔體內。地心魔物摔倒在地，有些立刻死亡，其它則在體內的魔印矢持續吸收它們的魔力時抖動不停。

那一刻讓大家很滿意，可惜並沒有延續多久，因爲立刻就有新的惡魔遞補上來。它們生性凶殘，但卻沒有攻擊倒地的同類，只是繼續測試魔印。

「光！」瑞根揚起筆，伊莉莎和德瑞克分別自魔印圈另兩個角落與他做出同樣的動作，同時朝天空釋放光魔印，將營地四周照得宛如白晝。在上方無聲盤旋的風惡魔尖叫轉向。

瑞根在看見有多少惡魔圍住他們時心裡一沉。除了田野惡魔、火惡魔、木惡魔，還有礫惡魔也扛著驛站廢墟中的石塊，從道上趕來。魔印圈能阻止惡魔進入，但卻沒辦法阻擋丟過來的石頭，如果它們擊中魔印，抹花魔印圈……

「弓箭手！」楊大叫，伐木工揚起他們的重曲柄弓。「攻擊礫惡魔。」

瑞根遲疑，試圖測量曲柄弓跟礫惡魔的射程。礫惡魔強壯至極，但投石距離沒有窪地曲柄弓遠。但看起來曲柄弓也無法阻止它們進入投石範圍。能夠刺穿低階惡魔的箭矢會被礫惡魔外殼彈開或插在上面，只能激怒惡魔，卻不會造成多大傷害。

其中一頭胸口插了支滋滋作響箭矢的礫惡魔闖入投石範圍，揚起一條大手臂，拋出一塊蘋果箱大小的石頭。

瑞根繪製熱魔印和衝擊魔印，但他又灌注了過多魔力，銀筆脫手而出。那塊石頭炸成碎片，波及礫惡魔的手掌。它抱緊斷手，放聲慘叫，瑞根連忙轉身在地上找筆。

另一頭礫惡魔準備投石，但德瑞克熟練地繪製衝擊魔印，像球一樣打掉惡魔手上石塊。路上又冒出更多礫惡魔，瑞根趴在地上，在草皮裡摸索他的筆。第三頭礫惡魔準備投石，伊莉莎用寒冷魔印攻擊它的肩膀。當它揮臂投石時，整條手臂喀啦折斷，和石塊一起摔在地上。

瑞根找到筆，用他的上好魔印斗篷擦掉泥巴，轉身看見一塊石頭正中珍瑪・卡特胸口，將她打離陣線，摔在一輛貨車上，讓內魔印圈出現縫隙。

黑夜呀。珍瑪幾歲？比亞倫還年輕。她的魔印護甲或許能承受這一擊，但即使如此，也沒人能在那種衝擊力道下存活。

「夠了！」楊叫道。「伐木工！拿出工具！」

伐木工開始揮舞他們的斧頭、鐵鎬、鋤頭，像砍木頭一樣劈裂任何蠢到接近魔印網的惡魔。女人持續射擊，掩護男人。

又有兩塊石頭砸入伐木工群裡。拉瑞・卡特把長柄斧當作拐杖般奮力撐起自己。他弟弟菲爾則躺在地上，在砸碎的護甲中微微抽動。

惡魔持續朝那個位置投石，終於有一塊石頭擊中外圍魔印樁，打破魔印網。田野惡魔和火惡魔衝向缺口，遭遇一面伐木工人牆。楊和他的手下擊退它們，用斧頭砍爛惡魔的四肢和軀幹。

瑞根繪製更多魔印，打塌了一頭礫惡魔的胸口。它舉起的石頭砸在自己屍體上，但瑞根短暫的滿足感在另一頭礫惡魔撿起石頭朝他丟來時蕩然無存。他在最後關頭閃開，石頭在一輛馬車上打出大洞。他聽見馬車另一邊傳來動物叫聲。

一頭田野惡魔跳出陰影撲向楊。伊莉莎繪製田野魔印，地心魔物宛如鳥撞上玻璃般撞上禁忌力場，讓楊有時間打爛它的腦袋。

一頭木惡魔攻向拉瑞，她用熱魔印放火燒它。地心魔物跌跌撞撞地點燃矮樹和草地，四周的惡魔紛紛走避。她在火勢延燒前繪製寒冷魔印，火焰熄滅，惡魔渾身僵硬，摔倒在地，身上布滿白霜。

她的手毛在繪製電魔印時根根豎起，朝衝向瑞根的一群田野惡魔投射閃電，打得它們倒地抽動。閃電的效果很短暫，但能爲他們爭取時間。

但接著她陷入陰影之中，抬頭看見一塊巨石出現在她頭上。她大叫一聲，撲倒在地，那塊巨石則擊中她面前的魔印樁，彈過她身上，離她只有幾吋之遙。她感到一陣強風呼嘯而過。

一頭田野惡魔衝過缺口，朝她衝來，速度快到她差點來不及繪製禁忌魔印。魔印啓動時，地心魔物口水亂噴的嘴巴離她的臉只差幾吋。她的筆還與魔印相連，惡魔彈開的後座力震得筆脫手而出。

她努力把手撐在身體下。*如果活下來看見明天的太陽，我可得做條腕帶來用。*

更多惡魔擁入魔印缺口。伊莉莎在口袋中找出錢包，扯開繩結。她把窪地木卡拉幣撒在地上，每一枚錢幣周圍都印有魔印圈。單獨使用太小，沒有多少效果，但是全部一起用，或許能幫她爭取時間找回魔印筆。

一頭木惡魔盯上她，揚起宛如大木棒的手臂，但它在卡拉幣突然發光躍起時絆了一跤，摔在一頭田野惡魔身上。兩頭惡魔摔成一團，開始互相攻擊。

現在外魔印圈出現好幾個缺口，惡魔蜂擁而入。窪地人放下弓，開始近距離格鬥，用斧、矛、盾對抗數量持續增加的敵人。

一頭石惡魔衝向一道缺口，把一棵大樹當成木棒甩。伊莉莎找回筆，畫了一個寒冷魔印。那棵樹變白蒙霜，化爲碎片，但卻來不及解救用盾牌承受重擊的阿咪・普蘭特。

突然失去武器讓惡魔重心不穩，楊毫不遲疑地跳上前去，一斧砍入它的膝蓋。好幾個男人衝上去包圍石惡魔的腳，有些人猛砍，有些人則用武器柄上的防禦魔印架開惡魔的攻擊，掩護同伴。

另一頭田野惡魔攻向伊莉莎，她畫下禁忌魔印，但因爲上一道魔印耗費過多魔力，空氣中的線條較爲黯淡。惡魔衝勢變緩，但卻沒有停下來，把她撲倒在地。伊莉莎不像瑞根和德瑞克穿了護具，在魔爪陷入皮膚時放聲慘叫。

伊莉莎沒有武器，只能做她唯一想得到的事情——把筆插入惡魔眼裡。這是情急拚命。她不可能用筆殺死惡魔，但或許能阻擋它片刻，好讓其他人趕來救她。

但接著筆身上片刻前還黯淡無光的魔印，突然在膿汁覆蓋下大放光明。她本能性地越插越深，手指移動到會引發吸魔的魔印上。

魔印的光芒刺眼到她得閉上雙眼。魔力竄入魔印筆，補滿魔力，在其中的霍拉無法容納後灌入她體內。

她的傷口開始癒合。不再耳鳴。前所未有的力量湧入她的肌肉。她反過來把惡魔壓在地上，直到掙扎的力道開始減弱。

然後魔印筆開始變熱，她的眼睛開始灼燒。她拔出筆，踢開了無生氣的惡魔。她揚起魔印筆，擊退一群朝她逼近的惡魔。

瑞根聽見一聲吼叫，轉身發現有頭木惡魔對他揮掌。護甲上的防禦魔印發光，但後座力讓他騰空而起，重重摔落，以掛在背上的盾牌著地。他搆不到剛剛插在地上的魔印矛，而他的魔印筆在眼前的惡魔再度揮爪時似乎毫無用處。

瑞根翻身，讓背上的魔印盾牌擋下惡魔爪，然後繼續翻滾，鬆開盾牌，左手插入盾牌上的皮帶。惡魔大吼一聲，露出宛如刀刃般的利齒。瑞根的本能叫他逃命，但還有很多人要仰賴他的力量。

木惡魔再度進攻時，他已經準備好了。他用盾緣勾住魔爪，然後踢中它肚子，拉開距離，繪製衝擊魔印撞倒惡魔。他用木魔印把惡魔固定在地上，讓它無法再戰。

旁邊有一頭田野惡魔擊中諾娜・卡特的盾牌。瑞根繪製寒冷魔印，諾娜毫不遲疑揮動盾牌擊碎冰凍鱗片，打碎它的胸骨。

瑞根氣喘吁吁，環顧四周，心跳加速。魔印圈到處都有缺口，光靠伐木工的盾牌根本封不住。他們的陣型亂了，喘到無法歌唱。所有人都各自作戰。

「退入馬車圈！」瑞根繪製聲音魔印，在混戰中強化音量。內魔印圈已經有缺口了，但或許他們能爭取時間重新站穩陣腳。

伐木工盡量找機會依照命令行動，從馬車缺口退入內魔印圈。女人先進去，找到掩護後就舉起弓。她們在戰鬥中吸飽魔力，不用曲柄就能單靠肌肉拉開繃緊的弓弦，掩護男人撤退。

和瑞根擔心的一樣，這道防線也沒撐多久。一頭礫惡魔抓起一台受損的貨車，舉起沉重的車身拋到旁邊。黎明舞者扯斷木樁，跳向那頭惡魔，大魔印角貫穿惡魔，但有田野惡魔跳入缺口。

奇林出現了，在絕望中演奏他的魯特琴，但是對進犯的惡魔似乎毫無作用。兩名伐木工趕到他面前抵擋惡魔。一頭風惡魔俯衝而下，抓住其中之一，飛回天上。

瑞根一腳踏上黎明舞者的馬鐙，翻身上馬。「能上馬的人，立刻上馬逃命！我在前面開路！」

這是最後一招，但或許能有幾個人逃過惡魔追殺，撐到黎明降臨或是趕到下一個驛站。

接著他看見一頭衝向奇林的惡魔縮身轉向。吟遊詩人毫無所覺，只是繼續演奏，但戰陣喧囂掩蓋了他的琴聲，稍微離他遠一點的地方都沒受到影響。

瑞根揚起魔印筆，在皇家信使身邊繪製聲音魔印。突然間他樂器不諧調的曲調撼動夜空，惡魔齊聲尖叫。

效果太強大、太即時，完全沒有人錯過。惡魔從吟遊詩人身旁退開，伐木工則在他四周圍成一圈，在奇林的音樂傳入黑暗時將傷患拉入圈內。

火惡魔和田野惡魔迅速逃竄。礫惡魔以爪掩耳，一邊後退一邊吼叫，成爲老練伐木工眼中輕鬆的獵物。風惡魔在天上尖叫轉向。

奇林越演奏越有信心，改變曲調引回逃亡的惡魔，讓它們剛好在強力曲柄弓的射程範圍內，讓女伐木工挑選目標。當惡魔接近到令他不安時，奇林再度變調驅退它們。

伊莉莎開始照料傷者，瑞根和德瑞克則拿魔印筆彌封保護網的縫隙。依照眼前形勢，他們似乎有機會存活，甚至大獲全勝。

但接著一顆巨石砸入他們陣地，戰士匆忙閃避，奇林也跌向一旁。他沒有放開樂器，但音樂停了，地心魔物搖頭晃腦，開始恢復正常。

一頭大田野惡魔體型和馬差不多，跑得比黎明舞者還快，闖入魔印缺口。它的頭型平坦，沒有耳朵，在奇林又開始演奏後似乎不受影響，其他惡魔也再度開始吼叫。

一名伐木工上前擋在吟遊詩人面前。賈斯迅速敏捷，算準時機揮斧，但惡魔沒有放慢腳步，它的皮膚隨著斧勢變化。惡魔側跨一步，人立而起，在揮臂攻擊的過程中長出兩呎長利爪。賈斯的腦袋離體而去，惡魔繼續衝向奇林。

自信蕩然無存。奇林不再演奏，企圖逃命，但毫無希望；惡魔太快了。

雖然它很快，但伊莉莎比它還快。她揚起魔印筆，在空中繪製閃電魔印。她灌注魔力，閃電貫穿怪物，擊倒了它。它融化形體，重新塑形，繼續進攻。

「可惡，奇林！」瑞根在其它地心魔物開始集結時叫道。「繼續演奏！」他一邊叫，一邊提筆，以衝擊魔印擊倒化身魔，然後又用寒冷魔印凍結它。

白霜覆蓋惡魔的鱗片，但它雙眼如同火惡魔般發光，霜開始融化。

伊莉莎和他聯手，兩人一起繞著惡魔施放寒冷魔印，奇林則恢復演奏。德瑞克強化奇林音量，然後用衝擊魔印把化身魔當作玻璃般擊碎。

就這樣，戰鬥結束了。惡魔的碎片化成膿汁，了無生氣，惡臭難當，奇林的音樂趕跑其他低等惡魔。

即使在魔印圈都修復完畢後，奇林還是繼續演奏。他彈到手指流血，包紮起來，接著繼續彈。

他彈到太陽升起，然後才爬上一輛完好的馬車，癱在裡面。

「把屍體放進破損的馬車，然後放火燒了。」

楊懷疑地看著瑞根。「丟下他們似乎不太對。」

「這段受詛咒的旅程從頭到尾都不對。」瑞根說。「但如果惡魔在追殺我們，不能讓死者拖慢活人。」

楊吐口口水。「是，好。」

過了半個早上，他們再度上路，拋下所有馬車，只留下奇林睡在裡面的那一輛——裡面放滿窪地帶來的寶貴霍拉。剩下的人依然受到殺惡魔的魔力影響，雖然缺乏睡眠但精神飽滿，傷口也幾乎痊癒。

當天下午，他們老遠就看見下一座驛站冒出的黑煙。這座驛站沒有前一座毀壞的那麼徹底，但坍塌的牆壁代表的意義十分明顯。

「黑夜呀。」德瑞克喘氣道。

「喂，車隊！」觀察塔上傳來熟悉的聲音。

「喂，驛站！」瑞根策馬上前，迅速拋下其他人，衝到大門口。守衛在門口迎接他，瑞根很驚訝地發現自己認得對方。密爾恩的城門守衛，蓋恩斯中士。

「瑞根公會長！」蓋恩斯叫道。「感謝造物主！你們車隊裡有藥草師嗎？」

「沒。」瑞根說。「但我受過一些藥草師訓練，我們的窪地護衛隊員也有不少治療惡魔傷的經驗。這裡出了什麼事？」

「地心魔物在黎明前攻擊驛站。」蓋恩斯在伊莉莎、德瑞克、楊趕過來時說。「事先毫無徵兆。惡魔會在傍晚或深夜進攻，從未在天空開始轉亮時動手。當我們發現它們時，圍牆已經破損，地心魔物擁入庭院。我們對它們開槍，擊倒幾頭低等惡魔，但大多不把槍傷當一回事。子彈甚至無法拖慢大型惡魔前進。」

「造物主呀。」伊莉莎說。

「我們堅守驛站內部，但地心魔物裡有隻變形怪，它在牆上打洞，像麵糊般鑽進來。然後它就闖入我們陣地……」蓋恩斯越說越抖。

「多少人活下來？」瑞根問。

「這就是問題，」蓋恩斯說。「它沒殺死任何人。」

瑞根眨眼。「沒殺人？」

蓋恩斯搖頭。「打爛我們的武器。連咬帶抓。把幾個人弄成殘廢，不少身負重傷。所有人都躺平，但目前爲止還沒死人。」

「你怎麼會沒事？」瑞根問。

蓋恩斯臉色發白，瑞根不需要他回答。「你跑了。」

守衛低頭看腳。「躲在冰凍地窖裡。」

「你這個小……」楊捏緊拳頭，但瑞根揚手阻止他。

「稍有理智的人面對化身魔都會逃命，楊。我們不是來審判他們的。」

楊攤開手掌。「對，說得沒錯。審判是造物主的事。」

「誰是指揮官？」瑞根問。

「沃倫小隊長。」蓋恩斯說，「但他傷得很重。」

「去告訴他有幫手來了。」瑞根說。蓋恩斯立刻後退，遠離楊後衝入驛站。大門被打爛了，但圍牆大多沒事。

「在安吉爾斯聽了那麼多麥酒故事後，我以爲山矛軍有多了不起。」楊等對方走遠後說。「我敢說那個小混蛋有事沒告訴我們。地心魔物不留活口。」

「它們也不會在黎明前進攻。」伊莉莎說。

「除非它們就是被奇林趕跑的那群惡魔。」德瑞克說。「它們要跑大半夜才能抵達這座驛站，不讓我們有安全的地方過夜。」

「那不能解釋它們闖入圍牆卻留活口的事實。」楊說。

「這不只是不給我們安全的地方過夜。」瑞根發現。「這是陷阱。」

伊莉莎點頭。「二十個傷兵待在已經被攻陷的驛站裡，它們知道我們不能丟下不管。」

「不能嗎？」所有人都轉向德瑞克。

楊又捏緊拳頭。「就這一次，小鬼，我當你沒說過那種話。」

德瑞克揚起雙手。「我和你們一樣想幫這些人，但如果惡魔想要我們做某件事，我們至少應該考慮不做的可能。」

「想考慮就考慮。」楊說。「但想逃跑的話，你一個人逃。伐木工不會把人留給惡魔。」

伊莉莎伸手抵住德瑞克的手臂。「楊說得對。」

德瑞克吐出一口氣。「對，好。我們要怎麼做？」

「叫所有人進來，用魔印椿去補圍牆缺口。」瑞根說。「一定要建立徹退陣地。叫醒奇林，安排他上觀察塔。伊莉莎和我去找小隊長談談。」

「好，交給我們。」楊說。

伊莉莎震驚地看著傷兵。她去年看過很多血腥場景，赤裸裸地提醒她人類是由脆弱的血肉和骨骼組成的。

「很高興……見到你……公會長。」這話似乎讓沃倫小隊長筋疲力竭，他往後靠回牆壁，氣喘吁吁地緩緩吸了口氣。他的山矛插在肚子上，刺刀尖端貫穿背後。他臉色蒼白、渾身冒汗，伊莉莎很難想像他竟然還沒死。

「我不敢拔。」蓋恩斯指著武器說。

「你如果拔了，他就已經死了。」瑞根說。伊莉莎不禁懷疑惡魔是否故意把武器留在體內，讓他活久一點。它們那麼聰明嗎？

「我們該怎麼做？」蓋恩斯問。

「不確定有什麼能做的。」瑞根說。「我可以縫合傷口，處理燒傷，但這……這要動手術。」

「拜託，」蓋恩斯說。「不能讓他死掉。沃倫和我已經在一起十五年了。」

「或許可以用霍拉魔法。」伊莉莎說。

蓋恩斯驚呼。「妳說眞的？」

伊莉莎點頭，蓋恩斯失態地一把抱住她。「造物主祝福妳，主母！」

瑞根清清喉嚨，守衛立刻退開。瑞根湊上前去，以只有她能聽見的音量說：「妳確定妳不是在給他虛假的希望？」

「虛假的希望也比沒希望好。」伊莉莎拿出藥草師學院給他們的治療魔印寶典。

「如果拔出那支矛，但卻搞混了之前學到的知識，他就會死。」瑞根說。

「他本來就會死。」伊莉莎說。「如果想不出辦法讓他們站起來的話，我們全都會死。」

他們遮蔽窗戶，剪開沃倫小隊長的衣服和護具。瑞根把刺刀與山矛槍管分開，只留下刀刃在體內，伊莉莎則清理傷口附近的皮膚。她把書攤開，擺在面前，拿出銀筆，在入口傷和出口傷旁邊精確繪印。她灌注了一點點魔力，直到整個魔印圈畫完。

「準備好了？」瑞根問。

「沒，」伊莉莎說，「但是來吧。」

「抓緊他。」瑞根對蓋恩斯說，然後拔出刺刀。

刺刀一離體，伊莉莎立刻放開筆尖，朝魔印圈灌注魔力。魔印開始發光，彷彿在傷口旁旋轉，飢渴地吸取魔印筆的魔法。沒過多久，筆中魔力耗盡，魔印消失，只留下一道大疤。

「太驚人了。」沃倫的聲音比之前有力。

「不要……」蓋恩斯說，但他扶著沃倫咬牙起身。

「謝謝妳，伊莉莎主母。」沃倫說。

「不客氣，小隊長。」伊莉莎將霍拉石放入一個銀盒，然後將筆尖插入一個小洞，啓動吸魔魔印，重新補充魔印筆裡的魔力。「現在去處理其他人的傷吧。」

伊莉莎在爬上觀察塔途中聽見奇林在幫魯特琴調音。這時天快黑了，窪地帶來的霍拉魔力已幾乎耗光，但現在驛站的二十名士兵全都再度加入守衛的行列。

「奇林大師，你還好嗎？」

「如果我能說實話的話，糟糕透了。」奇林說。

「恐怕今晚又會十分漫長。」伊莉莎站在觀察塔上看著在圍牆和庭院附近忙進忙出的人們。

「我經常白天睡覺，晚上表演。」奇林揉揉包了繃帶的指尖。「不用擔心，我會做好自己的工作。」

「我從未懷疑。」伊莉莎說。「昨晚是一輩子難得的演出，但今晚你必須超越自己。」她拿出一小塊刻有聲音魔印的惡魔骨，放進奇林魯特琴的音洞。

「那是……」奇林開口。

「對，」伊莉莎插嘴。「不要曬到太陽。魔力會消失，搞不好還會起火燃燒。」

奇林張口結舌，宛如愛人般看著魯特琴。「或許我不該……」

「我們今晚都有危險，奇林。」伊莉莎交給吟遊詩人一個絨布袋。「所以太陽出來前記得把它拿出來塞進袋子。現在彈琴。」

奇林彈奏樂器，音量撼動空氣。他差點吃驚到放開他的寶貴樂器，伊莉莎則得伸手掩耳。

「我有蠟，」伊莉莎說，「可以在你演奏時用來塞我們耳朵。」

「我們？」奇林問。

「當然。」伊莉莎拿出她的筆。「總要有人保護你安全。」

修好的魔印網迫使惡魔在圍牆外現形，山矛兵在它們現形時開火。瑞根親手幫大部分子彈繪印，滿意地看著它們擊中目標時綻放魔光。低等惡魔倒地後沒有像前一天晚上那樣恢復。

就連石惡魔也會避開密集的火力。它們的投石距離只有火器射程範圍的三分之一，而且很快就發現它們在火網裡活不了多久。

速度夠快，或幸運到穿越火網的惡魔，都被奇林的音樂趕回去。他們就這麼與地心魔物僵持了幾個小時。

但有頭石惡魔衝入火網，動作快到連山矛兵都跟不上。錯過目標的子彈比擊中的多，瑞根看見宛如擒抱球般勾在惡魔腋下的大石頭。他揚起銀筆，但伊莉莎動作比他還快。塔上傳來一陣魔光，惡魔腳下的地面爆炸，石惡魔重重倒地，巨石從手中墜落。

「現在，趁它倒地時！」瑞根大叫，但山矛兵都知道該怎麼做，火力集中在惡魔的腦袋和胸口上。惡魔試圖爬出射程範圍，但很快就動不了了。

「伊莉莎主母！」瑞根大叫，眾人歡呼。

又一頭石惡魔高舉巨石衝向圍牆。這一次瑞根比較快，在它的路徑上製作石惡魔防禦力場。惡魔宛如全速衝刺撞上牆壁的人一樣撞上力場。強大的衝擊力道造成魔光大作，惡魔摔倒在地，巨石重重砸在它腦袋上。

「哈！」瑞根聽見伊莉莎在塔上大笑。「瑞根公會長！」眾人歡呼。

「下一頭是我的！」德瑞克叫道，瑞根開始期望他們今晚不會面對近身肉搏的情況。

但是下一波共有六頭石惡魔，他們三人竭盡所能才擋下對方攻勢。他們的魔印本來流暢精準，現在卻顯得鬆散迫切，只能盡力跟上施法速度。

石頭開始穿越防線而來。有些砸在牆上，有些越過圍牆墜入庭院，但瑞根很快就發現它們集中火力。他繪製聲音魔印。「離開觀察塔！」

奇林的音樂突然中斷，片刻過後，一塊石頭擊中塔頂。「伊莉莎！」瑞根大叫，但是沒有回應。他們有及時爬下樓梯嗎？

瑞根和德瑞克開始拚命繪印，在石頭擊中目標前打爆它們，但又有一塊石頭穿越火網，擊中塔底。觀察塔向內折斷，完全倒塌。

瑞根放聲怒吼，以熱魔印和衝擊魔印狂炸惡魔，但敵人同時行動，一待音樂中斷便衝向圍牆。對方數量太多，防禦魔印超載，惡魔闖了進來，爬上牆壁，擠入缺口。

瑞根幾乎算是高興地收起筆，換上矛與盾開打。憤怒在他刺、踢、盾擊所有在牆頂露臉的惡魔時提供他力量。

牆上的山矛兵都沒有時間重新裝填彈藥，於是在瑞根、德瑞克和女伐木工的協助下展開刺刀戰。庭院裡，楊率領持斧的伐木工守住一處缺口。沃倫跟一群山矛兵守住另外一處。雙方濺出的鮮血和膿汁差不多，但地心魔物占有數量優勢，瑞根知道戰敗只是遲早的事。

庭院一陣爆炸吸引了瑞根注意，他深怕是火惡魔炸掉了彈藥庫。結果他看見觀察塔的廢墟裡多了一個冒煙大洞，奇林正從洞中爬出來。他頭上包了血淋淋的繃帶，但開始彈琴，庭院裡的惡魔慘叫。

伊莉莎出現在吟遊詩人身後，魔印筆綻放魔光；在塔毀之後，瑞根終於恢復正常呼吸。

「我們不可能每天晚上這樣撐下去。」沃倫小隊長臉色發白，滿頭大汗。

「不用。」瑞根說。「天亮後，我們就趕往下座驛站。」

「如果惡魔也攻擊了那座驛站呢？」德瑞克問。

「那就持續移動。」瑞根說。「我不會像夜狼一樣被困在自己的巢穴裡。」

沃倫點頭。「我會命令弟兄盡量攜帶彈藥和補給品。」他站起身來，隨即皺眉摀住身側。蓋恩斯連忙跑去扶他。

「你作戰時受傷了？」伊莉莎問。

沃倫搖頭。「我想是還沒治療完畢。我還能感受到那把刺刀。」

「讓我看看。」伊莉莎說，小隊長揭開胸甲，撩起上衣。沃倫腹部鼓脹，疤痕紅腫，但是沒有裂開。那情況和窪地藥草師完全癒合的傷口不同，但她只有向她們學習幾週而已。她又畫了一組魔印，用筆灌魔，幫忙消腫。「今天盡可能休息。」

沃倫點頭。「謝謝妳，主母。」

奇林又在黎明時爬進霍拉馬車昏睡，不過伐木工和山矛軍都爲他歡呼。伊莉莎在他從窗簾後消失前看見他正偷笑著。

他們的人數倍增，但恐懼讓趕路速度加倍，還沒到中午就抵達了下一座驛站。

這一次，惡魔不留活口，擊碎牆壁，還翻開了庭院地板，讓它們在天黑後可以直接從驛站內現形。

他們放棄圍牆，繼續趕路。

河橋鎮與哈爾登園之間共有十二座驛站。惡魔攻擊了六座——距離兩座城市及安全的希望最遠的那些。有時候有活口，有時候沒有。瑞根和伊莉莎的隊伍比原先膨脹了五倍，晚上都擠在一起接受奇林的魯特琴保護。

開頭幾天晚上，他只是阻止惡魔接近，但隨著他逐漸熟悉半掌的音樂，奇林的能力也開始強化。他很快就開始在馬背上演奏，宛如隱形魔印般讓所有人隱形，連夜趕路，最後甩開追兵。

最接近城市的驛站都沒事，也不知道其他驛站遭受攻擊。即使沃倫和其他軍官作證，驛站指揮官還是拒絕在沒有命令的情況下擅離職守。

瑞根警告他們，然後繼續帶著隊伍趕路，直到他們抵達哈爾登園。

「黑夜呀，」楊在馬鞍上啐道。「我直接可以跨過那座牆。」

這樣說有點誇張，但也沒誇張到哪裡去。哈爾登園是緊密合作的農業聚落。五百個居民分成數大家族，農場集中在一座五呎高的石牆後方，以高大魔印樁守護。

每個家族都會負責房子後方的土地，形成市鎮的外緣地帶，以更矮的城牆守護，每隔一段距離就插一根魔印樁。瑞根看見田野間也有一排一排整整齊齊的魔印樁，專門對付風惡魔。

「天氣好的話，你從這裡就能看見密爾恩。」瑞根指向高山，在這個距離下，密爾恩的巨大城牆顯得十分渺小。「我來過哈爾登園上百次了。這裡的人都是好人，而且全都有血緣關係。」

從楊年輕的嘴唇裡聽見老人的竊笑聲感覺很奇怪。「是呀，我知道那是什麼情況！如果有哪位女士需要種樹的話，盡管叫她們來找我。」

阿蒙・葛洛弗——打從瑞根還在當信使的年代就一直是哈爾登園鎮長——站在城門口等著他們。他靠著一把已經多年沒用過的草耙，布滿老人斑的雙手微微顫抖，但思緒依然清楚。

阿蒙也跟驛站軍官一樣不接受他們的警告。「哈爾登園已經存在上百年了，瑞根。我們不會因爲惡魔攻擊南方一週路程外的驛站就放棄一切。」

「那就一天檢查三次魔印，鎮長。」瑞根說，「願造物主保佑你們。」

阿蒙點頭。「你們也一樣。」

抵達密爾恩時，奇林整個人骨瘦如柴。他眼眶下沉，黑眼圈明顯，頭髮凌亂。他的七彩表演服布滿焦痕血跡，破破爛爛。

幾乎所有人都有受傷。楊有一條手臂被火唾液噴到，現在布滿宛如融蠟般的紋路。拉瑞・卡特瘸腿走路。卡爾・卡特瞎了一眼，而他妻子諾娜，則少了一部分腳掌。就連伊莉莎胸口也有三條爪痕——差點被惡魔開膛剖肚所留下的。

但最令他們擔心的還是沃倫。他大小便裡都有血，腹部再度腫大。他看起來比奇林還要憔悴。瑞根看向小隊長，對方注意到了，於是點頭回應。接著他兩眼一翻，摔下馬背。

瑞根跳下黎明舞者，檢查男人的脈搏。他還活著，但是奄奄一息。「帶他回我們家，找藥草師來。」瑞根對伊莉莎說。「我去皇宮向公爵回報。」

奇林搖頭。「你們都回家休息。我是皇家傳令使者。該是我表現得像個傳令使者的時候了。我先去向公爵閣下回報。」

瑞根微笑。「該是跟大家傳誦你英勇事蹟的時候了。」

奇林搖頭。「我不會再搶別人的功勞了。要是沒有半掌的音樂和伊莉莎主母的霍拉石，我根本是個廢人；要是沒有伐木工和山矛軍用性命幫我爭取時間，我的音樂也派不上什麼用場。」

瑞根看著他，很難把他跟當年一起前往提貝溪鎮的那個人聯想在一起。「你確定你要一個人去嗎？歐可或許會不高興……」

「經歷過去一週後，公爵閣下不太可能嚇到我。」奇林伸出一掌，但瑞根握住他的手腕，拉他近身擁抱。

「造物主祝福你。」伊莉莎說，跟著也擁抱吟遊詩人。

「讓半掌的在天之靈驕傲。」楊說著拍拍吟遊詩人的背，力氣大到害他咳嗽。「我懷疑羅傑本人能不能表現得這麼好。」

「是呀。好吧。」奇林對其他人點頭，踢他的馬，隨山矛兵一起朝皇宮前進，瑞根則領著窪地人前往他那有圍牆的大宅院。

「黑夜呀，」楊語氣讚嘆。「你住在這裡？這裡和黎莎女士的堡壘一樣大。」

「更大。」瑞根大宅的圍牆足足有十五呎高，還用魔印玻璃強化，裡面有大型花園、魔印師、鐵匠、僕人住所，外加足以支撐一整個月的糧食。

但即使眼睜睜地看著，瑞根還是知道這樣不夠，如果亞倫猜的沒錯的話。

「母親！父親！」僕人擁入庭院，但小孩把他們拋在後面，從房子裡衝出來，好像有火惡魔在後面追一樣。

瑞根看得喉嚨緊縮。他和伊莉莎過去幾個月裡幾乎隨時處於危險之中，但他總是用孩子安全無虞來安慰自己，從來沒讓自己懷疑這個想法。現在，眼看他們精力充沛、興高采烈，埋在心裡好幾個月的擔憂突然湧上心頭。

瑞根才剛下馬，不滿十歲但和母親一樣美麗的瑪雅已經跳入他懷裡。他哈哈大笑，用力抱到她出聲尖叫。他一鬆手，又換成她緊緊抱他，他則突然雙腳軟癱，單膝著地，抱著她哭。和孩子分開九個月對他而言恍如隔世。對他們而言會是什麼感覺？

遠行期間變成六歲的小亞倫在伊莉莎下馬時跳上跳下。他像老鼠一樣跳到她腳上，爬入她懷中，依偎在她胸口，而她也開始抱著他哭。

「我們安全了。」他對瑪雅輕聲說道。「我對太陽發誓，我們會一直安全下去。」

剩下的人全都待在後面，讓他們享受家人團聚的時刻。瑪格莉特主母接手主持大局，指揮馬廄的人照顧牲口，迎接他們的客人。

「去找藥草師。」瑞根對她道。「最好的藥草師。我們的護衛隊都是客人。」

瑪格莉特點頭，派人去找藥草師。高大的女人在孩子們鬆手落地時走到他們面前，一把將瑞根和伊莉莎擁入懷中。

「感謝造物主你們回來了。」她輕聲道。

「我不曉得既然體內在持續出血，傷口怎麼會完全癒合。」安奈特女士綁好沃倫肚子上長長傷口上最後一條縫線。「我得割開傷口才能治療裡面的傷。他能活下來運氣很好。」沃倫在包覆口鼻的面罩持續灌煙下保持昏迷。

伊莉莎擰手道：「是我的錯。」

「胡說八道。怎麼會是妳的錯？」安奈特是藥草師學校的校長，或許是密爾恩最頂尖的藥草師。她經常幫貴族和有錢人看診，很少會離開大圖書館校園，但造訪公會長大宅是名利雙收的美事。

「我用惡魔骨彌封傷口。」伊莉莎說。「我以為魔法可以治好體內的傷。」藥草師以一副她發瘋了的模樣看她，但伊莉莎是有貴族血統的有錢人，兩者都具備很容易沾染怪癖的特質。

「繃帶。」老女人讓她的學徒處理傷口，自己走去臉盆旁洗刷掌心和手臂上的血跡。一條血痕沿著潔白無瑕的圍裙流下。

「不管是怎麼回事，總之他休養一段時間後應該就可以痊癒。他接下來幾週都不該下床，要過幾個月才能走遠。」

那種不耐煩的語氣激怒了伊莉莎。她花了一個禮拜逃出生天，可不是為了讓這個很可能一輩子都沒在書本外見過地心魔物的女人用這種語氣對她說話的。「那樣不行。」

老女人一副快要失去耐性的模樣，但伊莉莎不給她時間回應，從腰帶上拿出銀筆。「妳肯定聽說過對抗惡魔的男女接觸反饋魔法的效果。」

安奈特女士神色懷疑地看著她的筆。「我不曉得妳從窪地帶來什麼見解，女士，但我們密爾恩人的醫療技術著重科學，不是魔印把戲。」

「沃倫小隊長的命是妳的科學救的。」伊莉莎同意。「現在該是妳擴展視野的時候了。」

天色在藥草師工作時暗了下來。伊莉莎只要轉個開關就關掉電燈電源，讓房內陷入黑暗。魔印筆拖曳銀光，她在空氣中繪印，灌注魔力，架設一道魔印圈飄在上方，讓屋內籠罩在潔白的魔光下。

安奈特雙臂抱胸。「妳可能很難想像我以前見過光魔印。」

「或許，但妳沒見過這個。」伊莉莎走到床前，藥草師的學徒緊張兮兮地退開，完全不想扯進兩位女士的衝突中。

「妳想幹嘛？」安奈特在伊莉莎撕開學徒剛剛裹上的繃帶時跟過去。

「讓這個男人好起來。」伊莉莎說。

安奈特抓住她的手。她頭髮花白，但手勁很強。

「我說過──」

伊莉莎再度提筆，安奈特立刻住嘴。她後退一步，瞪著她說：「如果妳搞砸了，不要賴在我頭上。」

「看著就是了。」伊莉莎轉向沃倫，用握刷的手法握筆，以細小的銀色筆跡沿著長長的縫線書寫，每個魔印都與旁邊的魔印相連。魔印網完成後，她灌注魔力。藥草師和學徒全都在魔光閃爍時反射性地湊向前去。

「這是什麼情形？」安奈克眼睜睜看著傷口癒合。片刻過後傷口痊癒──沒有紅腫，沒有疤痕。只有幾點血跡，還有縫線原先所在的粉紅色線條。

老女人在沃倫深吸口氣，睜開雙眼時發出不太莊重的尖叫。

第二十章　護衛隊　334 AR

「簽這裡。」珍雅主母從彷彿永遠簽不完的文件堆中拿出另一張文件，放在瑞根面前。伊莉莎坐在數呎外另一張書桌旁，處理一疊差不多厚的文件。小孩都在角落安靜讀書。

「回來不到一天，已經被文件埋起來了。」瑞根呻吟道。

珍雅笑道：「這些還是急件。我會等你安頓好再把剩下的文件推過來。」

「黑夜呀。」瑞根揉臉。

「活該，誰教你就這麼消失將近一年。」珍雅說。

瑞根翻到一頁，看見一個熟悉的簽名。這個簽名出現的頻率多到令人不安。「文辛。」此人原先是魔印公會會長，十年前被卡伯趕下台。他們鬧得不太愉快。

珍雅一聽到這個名字就顯得有點緊張，他知道這是她不太想提的話題。「我本來想等你跟上情況之後再提的。」

瑞根放下他的筆。「那就來提吧。」

「你遠行期間，文辛召開特別會議。」珍雅說。「他現在是魔印師公會的代理公會長。」

「惡魔養的！」瑞根吼道。「妳打算等我們進了宮廷才說嗎？」

「別責怪信差，親愛的。」伊莉莎頭也不抬地說。

他吸口氣。「我想妳翻閱過公會規章？」

「當然，」珍雅說。「聲譽良好的魔印大師有權在公會長超過六個月無法親自或書面執行職務時召開緊急選舉，直到公會長歸返——如果到時候會長的任期還沒屆滿的話。」

「所以現在我回城了，就能自動恢復原職？」瑞根問。他的兩年任期還剩下將近一年。

「不盡然。」珍雅說。「公會會在缺席公會長宣告歸返後召開會議，多數投票表決通過後批准復職。在那之前，文辛掌權。」

「那就召開會議。」瑞根說，但他很快就知道問題在哪裡。

「只有公會長可以召開會議或投票。」

瑞根聽完後緊握拳頭。「如果我不能召開會議，那就放話給城內所有魔印師，告訴他們我帶著能夠改變公會未來的消息回來了。」

「我立刻派人傳話。」珍雅說。「什麼消息？」

「窪地的霍拉魔法。」伊莉莎說。「我們學會利用惡魔骨提供魔力的方法，即使附近沒有地心魔物也能施法。有時候就連在陽光下也行。」

珍雅一聲不吭地看著她，彷彿在等她說出最好笑的關鍵妙語。發現她已經說完話後，珍雅清清喉嚨。「如果是眞的，那改變了整個形勢。」

「是眞的。」瑞根說，「但是我們不期待任何人會在缺乏證據的情況下相信。」

就連珍雅也不太相信，但她還是在寫字板上記錄。「我這就去辦。」

「也請聯繫玻璃匠。」瑞根說。「我們要更動一下大宅的配置。」他拿出一張地圖，展示他和伊莉莎花了很多時間設計——以他們的房子和僕人住所排列而成的大魔印。很多建築結構得重新規劃，但是非這麼辦不可。

珍雅看看地圖，瞪大雙眼。「你打算……用魔印玻璃鋪地板？」

「我們會用霍拉灌注魔力。」伊莉莎說，「但是沒錯。」

「先用漆標示位置，」瑞根說。「這就動手。那樣可以在開始製作玻璃時確保形狀正確。」

珍雅研究圖案，瑞根看得出來她在腦中計算。「這樣會花很多錢。」

「我們有很多錢。」瑞根說。「我不要爭論此事，珍雅。去做。地心魔物日益壯大，遲早會來攻擊密爾恩。我們必須準備好，現在就開始準備。」

珍雅臉色發白，拿起設計圖。「是，當然。」

庭院中傳來騷動。瑞根抬頭，但小亞倫已經跳到窗口。「山矛兵！」他指著窗外，跳上跳下。

瑞根和伊莉莎對看一眼。他們知道公爵會傳召，但沒想到會派山矛兵來。他們和小亞倫一起來到窗口，瑞根一看到五十名背上揹著火器的山矛兵，整整齊齊從大門到房子前門排成兩列為一輛皇家馬車開路時，心裡立刻沉了下來。

「奇林？」伊莉莎問。或許公爵派他的傳令使者來找他。

「不夠華麗。」瑞根說。「吟遊詩人的馬車看起來像是被彩虹吐過。」

瑞根的僕人和伐木工圍了上來，但是被警覺的士兵擋在外圍。情況看起來不像會起衝突，但緊張的氣氛也沒有緩和的跡象。

「看在地心魔域的份上，究竟是怎麼回事？」瑞根在男僕跳下馬車，放置小台階，打開車門，伸出戴手套的手去扶車上的人時問道。

瓊恩主母，歐可公爵的宮廷總管步下馬車。老女人五官擠在一起，脾氣堪比地心魔物，她不喜歡離開歐可的堡壘。既然她跑來了，肯定沒好事。

「珍雅……」伊莉莎的眼睛飄向孩子。

珍雅立刻動作，緊抓瑪雅和亞倫的肩膀，帶他們遠離窗口。「來吧。宮廷總管是來和你們父母談正事的，小孩子不要礙手礙腳。上樓回房間。」

瑞根在孩子離房時牽起伊莉莎的手。「爲了展示權威。歐可很喜歡放大他的自尊，但不敢威脅我們……」

「那會是什麼目的？」伊莉莎這麼問時，又有另一輛馬車停在前一輛馬車後面，第二輛車上有晨郡的印記。伊莉莎把瑞根的手掌握得發痛。

從第二輛馬車上下來的女人是翠莎伯爵夫人。

伊莉莎的母親。

伊莉莎握緊拳頭，提起裙襬屈膝行禮。應付一小隊山矛軍完全不能與應付她母親相提並論。

阿瑞安公爵夫人的話主動回到心裡。回家後，步步爲營。

「伊莉莎，親愛的。」翠莎伯爵夫人攤開雙手。「過來抱抱妳媽。」

伊莉莎反射性屏住呼吸，不光是因爲她母親慣擦的那股香水氣味。她母親上次想要和她擁抱是什麼時候？當年她還是小孩。這個動作在她腦中拉起警報。

「不要說話，讓我來說，親愛的。」翠莎低聲道。「我是來讓大家和平相處的。」

或許母親的本意是要她放心，但伊莉莎覺得一點也不能放心。

如果翠莎是密爾恩第二有權有勢的人，瓊恩主母就是第一。公爵的阿姨年近七十，是個背脊直挺的瘦女人。她的衣著保守，長袖高領，材質和穿的人一樣僵硬。一如往常，她看起來像是剛剛吃了顆檸檬的模樣。

她冷冷點頭。「瑞根、伊莉莎。歡迎回家。」

瑞根展顏微笑，他向來有辦法在渾身緊繃的時候假裝輕鬆。「確實，妳帶來很棒的歡迎隊伍。他們會不會開槍致敬，慶祝我們回家？」

「他們只是護衛隊，瑞根。」瓊恩說。

「密爾恩在我們遠行期間，已經變得如此不安全，需要五十名配備火器的山矛兵護送才能在城內行走嗎？」瑞根問。

「當然不是。」瓊恩說。「但你們是從戰場回來的英雄。就當他們是光榮護衛就好了。」

「如果事先告知有護衛隊的話，我會覺得比較光榮。」瑞根說。

楊出現在他們背後。他肯定是從後門繞過來的。「沒什麼事吧？」

「啊，這位肯定是葛雷隊長。」瓊恩說。「很榮幸認識你，隊長。公爵閣下正式邀請你今早入宮晉見。」

楊的目光飄向瑞根，然後回頭面對瓊恩，雙臂交抱。瓊恩很高，將近六呎，但魁梧的伐木工還是比她高很多。「好，可以。」

瓊恩似乎不把高大的男人放在心上。「你入宮晉見公爵閣下前得將武器交給皇宮守衛。」她比向他肩膀上的大斧頭。

「我才不交。」楊說，所有人繃緊神經。

「歐可公爵不允許其他公爵領地的武裝士兵進入他的王座廳。」瓊恩的笑容和她臉上的五官一樣擠在一起。「即使是你也該了解這一點。」

楊吹聲口哨，所有守衛都在拉瑞．卡特出現時拔出肩膀上的火器。楊解開背上的斧頭，交給拉瑞。

「解放者親手刻印這把斧頭。我絕不會把它交給任何不是窪地的人。」他對瓊恩露出同樣屈尊俯就的笑容。「即使是妳也該了解這一點。」

瓊恩清清喉嚨。「是，好吧。我們可以走了嗎？」

他們步入庭院，穿過神色不善的山矛軍，前往馬車，伊莉莎回頭看向僕人恐懼的表情。所有人都很緊張，等著瑞根和伊莉莎指示他們該怎麼做。

只要露出些微不悅之情就有可能以流血收場，瑞根顯然很了解這處境。他神態自若，彷彿在逛花園，但伊莉莎知道內心深處他已經緊繃得像個彈簧。

翠莎勾起伊莉莎手臂。「妳和瑞根坐我的車，親愛的。」她看向瓊恩。「我們說好了。」

伊莉莎努力不縮手。「母親，究竟——」

翠莎捏她，纖瘦的手指陷入伊莉莎的二頭肌裡。「葛雷隊長得坐後面。馬車只有四個位子。」

「四個？」伊莉莎在身穿她母親家族制服的駕駛開門時問道。德瑞克．高德渾身不自在地坐在裡面。他的黑眼圈很嚴重。

「不成問題。」楊似乎很慶幸能夠遠離這個戲劇性場景，爬上後座長凳。

「時間不多。」翠莎等門關上後立刻說道。「你們運氣好，讓我得知此事，還能及時趕來確保瓊恩和她手下不會亂來。要是我沒出現，他們就會搜查你們家。」

「搜什麼？」瑞根問。「這到底是怎麼回事？」

「我想要警告你，」德瑞克說。「但布來楊的人不讓我這麼做。我一回家就被軟禁了。」

「軟禁你？」伊莉莎難以置信。「為什麼？」

「他們說不是軟禁。」德瑞克說。「只是把我和史黛西及小傑夫鎖在屋裡，然後在門口和窗口派守衛站哨。我本來可以用筆逃出來的，但是伯爵封鎖了整座堡壘，所有人都配火器。我自認沒辦法不打傷人逃出來。」

「幸好你沒有。」翠莎說。「你惹得麻煩已經夠多了。」

「什麼麻煩，母親？」伊莉莎不耐煩了。「我們回城還不到一天。我們怎麼可能惹上什麼麻煩？」

「歐可知道你在交換所交換戰鬥魔印。」德瑞克說。「而現在他知道魔印人就是亞倫・貝爾斯……」

「他認爲我們故意耍他。」伊莉莎把話說完。

「你們有嗎？」翠莎問。

伊莉莎謹愼地打量她。她母親效忠於誰？他們兩人彼此看不順眼，而她媽從不掩飾她不喜歡瑞根的事實。她眞的是來幫助他們——就算只是爲了避免家族進一步蒙羞——或單純是歐可派來引誘他們認罪的？

瑞根聳肩。「不算刻意。此事遲早都會走露風聲。」他轉向德瑞克。「他們還知道什麼？」

翠莎在德瑞克回答前插嘴。「如果你是想問歐可知不知道你在製作魔印武器和護具販售，他知道。」

「如果他知道，也是最近才發現的。」伊莉莎說。「我今天早上查過那些訂單。貨都準時送到信使公會，也全都簽收了。」

「有理由不能簽收嗎？我們又沒犯法。」瑞根目光保持在德瑞克臉上。「他怎麼發現的？」

德瑞克臉色發白，目光低垂。

伊莉莎雙臂抱胸。「史黛西。」史黛西主母是德瑞克的妻子，布來楊伯爵的表妹。布來楊是歐可最信任的顧問，也是唯一比瑞根和伊莉莎有錢的家族族長。他花了大筆資金投資歐可的火器，肯定將魔印武器視爲競爭對手。布來楊的兒子娶了歐可的長女海帕緹雅，而他孫子是最可能成爲下任公爵的人選。

「不是她的錯。」德瑞克說。「是我的錯。我寫信不夠小心。伯爵叫僕人偷看她的信，收集情報。她氣得像石惡魔一樣。」

瑞根吐出一口氣。「現在說什麼都沒用了，德瑞克。」他朝翠莎微微側頭。「我知道讓髒兮兮的信使弄髒地毯會對皇室造成多大的羞辱。等我們處理完你繼承的遺產後，你就可以自立門戶。」

「好，我喜歡。」德瑞克說，「問題在於伯爵把史黛西和傑夫關起來了。我不能丟下他們不管。」

「你沒必要丟下他們。」伊莉莎說。

「我能做的不多，」德瑞克說。「城內不會有任何法官會和我站在一起對抗天殺的布來楊伯爵。」

「不光是你，德瑞克。」瑞根說。「你不再是孤身一人。今天在宮廷裡公開宣布你要帶你的家人搬到我家裡來。如果布來楊不同意，魔印師公會就不做他和他手下的生意，直到他同意爲止。」

德瑞克張口結舌。「你願意這麼做？」

「天殺的沒錯。」伊莉莎忍不住故作叛逆地偷看她媽一眼。「你是我們家人。」

「你現在不是公會長了，這些話只是虛言恫嚇。」翠莎提醒他。

瑞根面露冰冷的笑容。「這個我們走著瞧。」

「所以你知道亞倫．貝爾斯就是魔印人？」翠莎逼問，回到原先的話題。「你刻意隱瞞這個事實？」

「他是我們兒子。」伊莉莎說。「和親生兒子無異。」

翠莎輕哼一聲。「你應該來和我說的。」

伊莉莎大笑。「和妳說？母親，妳什麼時候站在我這邊過了？黑夜呀，我甚至不知道妳現在是不是站在我這邊！」

翠莎一副深受冒犯的模樣。「不管妳怎麼想，妳這個嬌生慣養的小混蛋，我所做的一切都是爲了妳好。」

「就連把我逐出家族也是？」伊莉莎看到瑞根和德瑞克在她和翠莎吵嘴時縮到旁邊，但現在她們別無選擇。伊莉莎必須在這趟車程結束前弄清楚母親的立場。

「妳從主母學校畢業時，我就告訴妳那件事情已經過去了。」翠莎說。

伊莉莎嗤之以鼻。「那是因爲妳要在主母議會裡多我一票。爲不爲我好和那個一點關係都沒有。」

翠莎雙臂抱胸。「好了，不管妳喜不喜歡，現在妳都蹚入政治混水裡了。妳把自己丟進旋風中心，如果想以自由之身活著離開，妳就需要我幫忙。」

「代價呢？」伊莉莎忍不住問道。

翠莎的目光飄向瑞根和德瑞克。「那個可以晚點再說。暫時而言，請相信我們的利益一致。」

「妳的意思是如果沒有妳幫忙，我們就會被捕？」

「只要你們在宮廷裡注意用字遣詞，應該不會走到那個地步。」翠莎說。「你們三個是密爾恩所有酒館裡的英雄。逮捕你們會引發暴動。」

「應該不會？」伊莉莎問。

翠莎聳肩。「你們永遠不會再像今天這麼束手無策——這樣毫無準備。如果歐可眞的怕你們，他或許會認爲最好趁現在把你們關起來，以免你們壯大到難以應付。」

瑞根發現有一群女人等在入口大廳裡。「你現在要靠自己了，瑞根。」翠莎說。「主母討論此事期間，你盡量不要讓情況惡化。」

說完後，翠莎和瓊恩就帶著伊莉莎一起進入主母議會廳。瑞根懷疑下次見到她時會不會是在法庭。

奇林等著帶領他們進入歐可的王座廳。吟遊詩人換回了皇家七彩服，藍灰條紋的上衣和寬鬆褲子，搭配黑色的絨布斗篷，以金鍊條和歐可的高山徽章固定。斗篷內裡是色彩鮮艷的絲綢，讓他可以一揮手就從歐可偏好的陰暗色調變成鮮明的表演服。

但奇林的表情就和他的打扮一樣嚴肅。「我很抱歉，瑞根。我發誓我不知道。」

瑞根拍他肩膀。「不是你的錯。情況有多糟？」

奇林看看他們的護衛，開始前進，領他們進入宮廷。他壓低音量小聲道：「公爵閣下……很不高興。他會試著恫嚇你，但主母議會認爲沒有足夠證據起訴你，除非你自己把事情搞砸。」

「你怎麼知道？」瑞根小聲提問。

「我昨晚在家裡打探消息。」奇林說。他結了婚——娶了凱特男爵夫人，一個在主母議會有一定分量的有錢寡婦，但過得不太幸福。

「在這裡等。」奇林在他們抵達歐可王座廳大門外時說。山矛兵將門開到剛好能夠讓他進去的大小。

「瑞根大師、德瑞克・高德信使及窪地郡的楊・葛雷隊長！」

「跟著我做，讓我代表發言。」瑞根說著以緩慢莊重的步伐領頭進殿，沒有露出半點擔心的模樣。

王座廳的窗葉全部敞開，整個房間充滿陽光，顯然是爲了在情況惡化時反制他們的魔法。

歐可坐在高台頂，腦滿腸肥，滿頭灰髮，但還是一副可以徒手扭斷大多男人脖子的模樣。傳說克拉西亞信使前來要求全世界臣服在阿曼恩・賈迪爾腳下時，歐可親手把那個傢伙揍昏，然後朝他癱在地上的身體撒尿。歐可身穿毛邊藍斗篷和灰上衣，掛著沉重的金項鍊，手指上的戒指閃閃發光。他頭上戴著薄薄的金頭環。

王座左邊站著朗奈爾牧師，率領一群灰鬍鬚牧師的皇家圖書館員。歐可並沒有完全控制這群牧師，但是聽命於公爵的皇家圖書館員乃是密爾恩大圖書館及大教堂的牧師，並且是教會首席牧師。

布來楊伯爵，採礦及借貸公會會長，站在王座右側，其他公會會長旁邊。他稀疏的頭髮已經全白，不過剪得很短，讓這個線條分明的男人看起來像塊有稜有角的岩石。文辛輕蔑地站在他身旁，油亮的山羊鬍已經變灰，柔順的頭髮垂在腦後。肥大的手指上掛滿閃亮的戒指。他胸口別著魔印師公會會長的關鍵魔印胸針。

文辛身旁站著整間王座廳中最有可能站在他那邊的人，信使公會會長馬爾坎。馬爾坎比其他公會會長都高一個頭，信使生涯留下的獨眼眼罩和側臉傷疤爲他增添不少氣勢。當年公會長自己包紮傷口，然後跑完行程，之後又繼續擔任信使多年，然後才轉行政工作。

水肥、商人、收割、石材及乞丐公會會長站在一起，在緊張的氣氛下不安地扭動身體。其中有不少人都欠瑞根一大筆錢。

「歡迎回家，瑞根。」歐可說。「你回來之後肯定已經聽過上千次了，你在克拉西亞戰爭中所盡的心力令全密爾恩人受惠。」

瑞根深深鞠躬。「公爵閣下的話令我們深感榮幸。我們看重對你的職責，還有對全自由城邦人民的職責，任何一個我們這種身分地位的人都會這麼做的。」

「故作謙虛不適合你，瑞根。」歐可說。「你應該以你的成就爲傲。那可是我唯一還沒把你們丟進大牢裡的原因。」

歐可說這話是想要嚇嚇他們。確實，楊渾身緊繃，隨時準備動手或逃命，但瑞根卻鬆了口氣。苦惱和踱步都是黃昏時幹的事，因為威脅尚未真正降臨。當天色全黑，惡魔成形後，就比較容易專心應敵。

「你有什麼理由把我丟進大牢呢，公爵閣下？」儘管很清楚答案，但瑞根仍問。「我對密爾恩向來忠心耿耿。」

「但你卻和你從偏遠村落帶回來的外國流浪兒一起密謀對付我。」歐可吼道。

「根據我的印象，我是在以你的名義前往提貝溪鎮收稅時遇上那個男孩的。」瑞根說。「如此看來，亞倫是密爾恩人。」

歐可滿臉通紅，瑞根很慶幸他在道上留了鬍子，不至於被人看見他在偷笑。歐可向來都會犯這個錯。他想把人抓過來罵，但從未想過，當對方有膽量在眾朝臣面前頂嘴時該怎麼反應。

「他去年來我宮廷晉見的時候，你沒有吐露他的身分。」歐可說。

瑞根攤開雙手，轉頭看向王座廳裡其他人。「這裡有誰家中沒有保守一點祕密的？在我擔任皇家信使期間，我得知了許多祕密，其中有不少都比這個祕密還有分量。」他回頭看向公爵。「亞倫・貝爾斯沒有煽動叛亂、沒有偷竊財物、沒有傷害人民。他最大的罪行是打爛了公爵閣下的地板，而我很樂意出錢修復。」

「你會出錢的。」歐可同意，「還要出錢支付他虛情假意販售魔印給我的錢，因為你的私下交易讓那些魔印變得毫無價值。」

「毫無價值，公爵閣下？」瑞根問，提高音量讓他的話在天花板上迴盪。「那些魔印是我的隊伍能從安吉爾斯活著回來的原因。那些魔印是讓窪地郡從比哈爾登園還小的村落在短短兩年中擴張成能跟任何自由城邦媲美的聚落的原因；也是克拉西亞人離開沙漠，入侵南境的原因。」

「而在他把魔印給你放到交換所去之後，」歐可說，「你的學徒用很高的代價販售給我。」

他在釣情報，但瑞根不否認。

「亞倫要求什麼代價，公爵閣下？在你公然威脅要你的守衛押住他，好讓你抄錄他皮膚上的魔印之後？在你命令我讓魔印師躲在黑暗中，抄錄下每一個他們偷看到的符號後？」

現在王座兩側都有人開始不安扭動了，而瑞根繼續出擊。「他只有要求你協助來森難民，而那顯然是公爵閣下本來就會做的事情。」

「我不會被人操弄去照顧所有邊境乞丐，瑞根。」歐可吼道。「我以公道的價格購買那些魔印。」

「我也是以公道價格賣給所有魔印師。」瑞根說。

歐可握緊拳頭。「所以你承認你造成我的損失？」

瑞根一副深受冒犯的模樣。「我沒有承認那種事。我沒有犯法，公爵閣下。我是以合法途徑取得那些魔印，而身為魔印公會公會長兼魔印交換所老闆，我有執照販售魔印寶典，打造魔印武器和護甲。」

「而現在你富可敵國。」歐可嗤之以鼻。

瑞根攤開雙手。「公爵閣下本來也可以和我一樣在交換所交易魔印的。是你自己選擇要把你的魔印寶典鎖在大圖書館裡，為你的軍隊配置火器。」

「那些火器拯救了安吉爾斯，防止克拉西亞人占領分界河以南的土地。」布來楊伯爵插嘴道。

「沒錯。」瑞根同意。「山矛軍對抗克拉西亞人表現得很好，造物主知道，那些沙漠老鼠必須學點教訓。但惡魔的勢力日漸茁壯，聰明的人就會在武器和護甲上繪印，應付接下來的大戰。」

「去！」歐可嘲笑。「大家都說窪地人和克拉西亞人每天屠殺數千頭地心魔物。活下來的惡魔會想要群起報復也沒什麼好奇怪。」

瑞根搖頭。「不只如此，公爵閣下。它們現在比較聰明了，會用武器和策略，我在道上幾十年從未見過這種情形。根據窪地郡佩伯女伯爵提供的情報，我們遭遇的地心魔物與地心魔域裡的數量完全不能相提並論。」

「那個女人是異教徒。」歐可插嘴。「他們的牧師脫離了北方正教，成立自己的教會，而那個女伯爵根本無權指派叛教者約拿為牧者。他們把你的死學徒當成解放者崇拜，雖然他只有帶來沙漠老鼠的戰爭和大瘟疫的惡化。」

「才不是那樣。」楊似乎對自己的吼叫聲在大廳中迴盪感到有點驚訝，但在所有人轉頭看他時堅定神色。

歐可微笑。「不要客氣，楊隊長。啓發我們。」

「說你從未見過的人是冒牌貨和騙子很容易。」楊說。「安安穩穩坐在距離窪地數千哩外的魔印高山堡壘裡批評我們是很容易的事情。當年藥草師去世，窪地人生病時你們都不在場。當火頭四起，惡魔闖入魔印時你們都不在場。我在伐木窪地活了超過八十年，全鎮三百四十七個人我全部認識。一個老殘廢眼睜睜看著一半認識的人在身邊倒下。惡魔闖入屋內，在街道上跳舞。」

他上前一步，激動的語氣吸引所有人的目光。就連歐可也安靜下來，沉浸在他的故事。「最後全鎮唯一完好的建築就是聖堂，而約拿接納了所有人。他腳斷了，但不肯休息，拄著拐杖四下奔走，像藥草師一樣照顧病人。告訴大家我們還沒有輸。造物主自有安排。」

楊搖頭。「當時我不相信。沒人相信。我認定那天早上就是人生的最後一天。但接著亞倫・貝爾斯及黎莎・佩伯和羅傑・音恩騎馬入鎮。叫我們不要自怨自艾，振作起來。他們說只要我們堅持下去，就能度過難關。因爲他們，我們活了下來。」

他目光掃視眾人。「不要盡信吟遊詩人的故事？對，我聽過描述我有十呎高的故事。但是不可否認，短短兩年間，我們從不足兩百人的小鎮，成長爲比我到過所有自由城邦居民還多的大郡。」

瑞根趁楊說話時打量皇家圖書館員，在那張漠不關心的面孔上找尋爲楊的故事動容的跡象。尋找他有可能是亞倫口中盟友的跡象。

「你們或許不相信亞倫・貝爾斯是解放者。我懂。要不是親眼所見，我或許也不會信。但我親眼看到了。我看到他飄在天上，宛如太陽般發光，朝地心魔物拋擲火球和閃電。如果那樣還不是天殺的解放者，我不知道怎樣才算。」

四周傳來竊竊私語的聲音，瑞根等待片刻，讓大家思索楊的話。歐可看向朗奈爾，彷彿用意志要求他反駁這個故事，但圖書館員目光低垂，在身後的老人低聲爭論時一言不發。

瑞根打破寧靜。「我和亞倫・貝爾斯很熟，但神學上的事情就留給牧師待在魔印牆守護的聖堂裡去討論。我一輩子都待在裸夜裡，比較清楚惡魔的威脅，稱之爲瘟疫並不能改變任何事實。我們現在有武器可以對抗地心魔物，應該把武器放在所有能殺惡魔的人手裡。」

「然後在過程中塡滿你的荷包？」歐可問。「魔印和武器製作都在你的控制下，誇大威脅當然會增加獲利。我不沒收所有你用非法取得的魔印製作的武器就已經對你夠好了。」

馬爾坎公會長清清喉嚨，吸引所有人的目光。

歐可揚起一邊眉毛。「你有話要補充，馬爾坎？」

信使公會長趁著話頭離開其他公會長，大步走到瑞根身旁。「信使公會都是支付公道價格購買那些武器的，公爵閣下。你似乎忘記了在夜裡以身犯險傳遞你的公文、護送你的車隊、促進你城市裡所有交易的人是我們。我們在亞倫‧貝爾斯把魔印賣給你後要求你分享魔印，但是你卻一再拖延，即使當惡魔在道上攻擊的次數日漸頻繁時也毫不在乎。現在我們得到保護自己的工具，絕對不會交出來。」

這等叛逆言語讓歐可臉色難看，他的聲音聽起來低沉、危險。「你承認與瑞根合謀犯罪？」

「沒有人犯罪。」馬爾坎說。「我們是在交換所合法購買魔印，也是在魔印師公會合法下單訂購武器和護具。你無權沒收任何東西。意圖這麼做，全城的信使都會罷工。」

這話讓所有人驚訝得說不出話來。少了信使，城內不少重要事務將會停止運作，而王座廳內所有人都會荷包受損。

「魔印師公會也一樣。」瑞根補充。

「你已經不能代表魔印師發言了，瑞根。」文辛公會長不屑地說。「你擅離職守時就放棄了發言權利。現在公會長是我。」

「你是只要召開會議就會被投票解除職務的代理公會長。」瑞根反擊。「我很感謝你在我遠行期間代理職務，文辛，但你不可能永遠不讓我復職。我控制交易舖。」

文辛皺眉，但瑞根說得沒錯。文辛可以拖延程序，但一旦瑞根歸返的消息傳開，公會的人就會逼他退位。

「今天早上我已經簽署了文件，讓德瑞克‧高德取得魔印交換所的終生席位，還有我的魔印生意、玻璃生意和倉庫百分之二十一的股權。」瑞根繼續強化優勢。「我已經邀請德瑞克和他家人搬來我家居住，直到他建好自己的房子。」

「很大方的提議，瑞根，但是沒有必要。」布來楊微笑，但是笑得很勉強。他沒料到會有這種事。

「我表妹在我家住得很舒服。」

德瑞克上前一步。「謝謝你，大人，但我們已經打擾你們家太久了。我們會立刻建立屬於自己的家園。」

「那不是你能決定的，商人。」布來楊說。「史黛西和傑夫是貴族，他們過慣了你永遠無法提供的生活和社交階級。」

「他們是我妻子，我兒子。」德瑞克說。

布來楊露出牙齒。「他們是被你強暴的處女和血脈比父親高級的私生子。你或許說服她嫁給你，把你骯髒的血脈拉出僕役階級，但你配不上她，永遠不配。你兒子的成長過程中，你在哪裡？遊手好閒。」

馬爾坎雙手抱胸。「遊手好閒？你是這樣看待信使的工作，大人？」

「德瑞克不是強暴犯。」瑞根說。「這傢伙膽敢在公爵大人的宮廷裡撒此漫天大謊。」

「我不會被缺席的公會長或缺席的父親恫嚇。」布來楊大聲道。「要罷工就罷工。讓你所有工人知道他們是因爲某個可憐的貴族被迫待在娘家忍受奢華的生活才沒薪水拿的。」

「想編什麼謊隨便你編，大人。」德瑞克吼道，「你不能違逆我妻兒的意願囚禁他們。」

布來楊哼了一聲，轉頭去看公爵。歐可揚起一手，彷彿揮開臭味。「別拿你們家務事來煩我。那是主母議會的管轄。去找她們說。」

「妳參與了亞倫．貝爾斯顛覆王座的陰謀嗎？」瓊恩主母不再踱步，直視伊莉莎雙眼。

審問已經進行了幾個小時，眾主母質問伊莉莎關於亞倫的童年到戰時待在雷克頓的細節。翠莎從頭到尾都安安靜靜坐在伊莉莎旁邊，挺直背脊，面無表情。此刻手持發言槌的是布來楊伯爵的妻子，瑟拉伯爵夫人主母。

她們終於要進入主題了。

「不要回答。」翠莎一手抓住伊莉莎的手臂，彷彿把她當成可能會跑上街去的小孩。「程序問題。」翠莎對眾人補充。「尚未證實有陰謀存在。」

很多議員點頭，也有很多議員皺眉。伊莉莎這輩子第一次感謝她母親拉她的手。這地方比任何繁忙的街道還要危險，而這裡所有女人都尊重翠莎——甚至效忠她。

「同意。」瑟拉擊槌的時候表情很酸。瑟拉和瓊恩的想法差不多，但即使目的相同，她們還是不能破壞議會的規則和先例。至少，在翠莎掌握多數票的時候不行。

「當然。」瓊恩不爲所動。她已經種下種子了。「請容許我重新提問。在亞倫‧貝爾斯去與公爵會面前，妳知道他就是魔印人嗎？」

翠莎的手捏緊她手臂，但伊莉莎覺得自己坐得比之前高。她不會在議會上說謊，也不會在任何情況下否認她的養子。

「我知道。」她說。「亞倫‧貝爾斯是我的養子。他回到密爾恩沒多久就來找我。」

這話掀起一陣議論。翠莎對這種反應似乎不太高興，但她沒有說話。

「妳承認欺騙公爵閣下？」瓊恩逼問。

「怎樣欺騙？」伊莉莎反問。「我是個商人主母，根本沒資格進入公爵閣下的宮廷議事。如果你們沒辦法在晉見前好好過濾請願者，我看不出那怎麼會是我的責任。」

「完美。」翠莎放鬆手掌，輕聲說道。

「但妳丈夫是公爵閣下的朝臣，不是嗎？」瓊恩問。

「當然。」伊莉莎看出她想問什麼。

「而亞倫‧貝爾斯去找妳時，瑞根公會長在場？」瓊恩說。

「不在。」伊莉莎說。

瓊恩皺眉。「但他知道……」

翠莎再度捏緊。「程序問題。不論男女都沒有義務在議會上做出對配偶不利的證詞。」

「提出這個問題只會讓妳看起來有罪。」瓊恩對四周竊竊私語的人說。

「玩弄規則只會讓妳看起來沒有掌握實質證據。」翠莎反擊，竊竊私語的人又變多了。

「夠了。」瑟拉主母擊槌要求肅靜。「伊莉莎主母不是來此幫她丈夫做出有利或不利的證詞的。」

「那今天就到此爲止了。」翠莎說，手指用力捏著伊莉莎的手臂。

瑟拉持槌指她。「妳今天不是發言人。」

翠莎完全不怕。「不是，但我女兒已經回答了主母提問超過四個小時。除非瓊恩主母還要繼續釣情報，我提議今日休會，讓才剛剛度過生命危險回城的伊莉莎主母，回到她已經好幾個月沒有見到的家人身邊。」

「附議。」凱特男爵夫人立刻說。

大多人都認爲她們今天已經忙夠了。伊莉莎可以在許多主母眼中看出此事尙未完結，但至少她有時間喘口氣。

「謝謝妳。」她在走回馬車的路上對母親說。

「要謝我就回日出大殿吃午餐。」翠莎說。

伊莉莎一聽到這個晨郡的祖傳權力中樞就感到神經緊繃。

她差點就能逃掉了。

「那個地心魔域養的。」德瑞克在歐可宣布退朝，讓他們離開宮廷時低吼道。「竟因爲男爵的女兒愛上僕役階級，而說我是強暴犯。」

「不會有事的。」瑞根伸手搭上德瑞克肩膀。「布來楊沒理由傷害史黛西和傑夫。我們很快就會解決這件事。」

「說得容易。」德瑞克說。「除非我回去受制於布來楊，不然我連見都見不到他們。下次或許就連翠莎伯爵夫人也沒辦法帶我出來。」

「我們不是虛言恫嚇。」馬爾坎說。「布來楊在主母議會裁決之前都無法運送信件和商品。」

「是，但誰知道裁決結果會如何？」德瑞克說。「那些老女人都不在乎我的家人，只想把此事變成政治優勢。瑟拉主母握有很多票。加上瓊恩，他們可以壓倒翠莎。」

「不管政治形勢如何，她們都不能違背主母的意願加以囚禁。」瑞根說。「只要史黛西作證，他們就別無選擇，只能釋放她。」

「那她們就不會讓她作證。」德瑞克說。「我了解布來楊。她會先莫名其妙生病，不能見任何人。然後他會賄賂某個『公正無私』的人去拜訪她，強迫她簽署聲明。如果我們要求審判，他會堅持在他的郡中，法官全都被他收買的地方執行。他或許贏不了公平審判，但可以拖延好幾個月，甚至好幾年，讓所有官方人員和我作對。說到底，他是貴族，我不是，這點說什麼都無法改變。」

「如果事情走到那個地步，」瑞根壓低音量，「我們就用魔法催眠他們，然後踢門而入。」這是個很醜陋的提議，但德瑞克精神一振。

「用魔法？」馬爾坎問。

「我們現在不是只有魔印能夠武裝你的信使了。」

「噢？」馬爾坎揚起一邊眉毛。

瑞根從外套口袋裡拿出銀筆，交給馬爾坎檢視。「筆裡面有塊惡魔骨核心，一遇陽光就會起火燃燒，但用黃金或另一種金屬包覆，就能保留魔力。鑲入護甲，穿的人就能夠抵擋山矛兵的火器或是承受石惡魔打在胸口的重擊；鑲在曲柄弓矢裡，就能射穿石牆。」

馬爾坎打量銀筆，然後看向瑞根。「這話如果是別人講的，我會說他滿嘴惡魔屎。」

「要不是在道上靠它逃出生天，我自己也不相信。」瑞根說。「我家裡還住了一群伐木工。像楊這樣的老練惡魔戰士，可以訓練你的信使使用魔印武器和護甲。」

「是，」楊說。「最會砍惡魔的就是我的伐木工了。我很樂意把解放者傳授的知識教給你們。」

「所以是眞的，」馬爾坎說。「你們窪地人相信亞倫・貝爾斯是解放者？」

「貝爾斯先生一直否認，但他若不是解放者還能是什麼人？」

「是個好人，」瑞根說。「努力拯救世界，消滅惡魔。」

馬爾坎的目光在兩人之間游移，神色懷疑。

「那個無關緊要。」瑞根取回他的筆。「重要的是我們可以提供武器，訓練你的信使。道上比從前危險。如果你什麼都不信，至少相信這一點。」

馬爾坎點頭。「我會放出風聲。你今晚會有一群觀眾。」

第二十一章　新郡　334 AR

伊莉莎和她母親直挺挺地坐著，下巴上揚，望向馬車窗外，目光沒有焦點。她們講和了，但是很脆弱的和平。

日出大殿聳立在面前，穿越殿門讓伊莉莎覺得自己又回到童年。大殿是古世界遺跡，有部分毀於大回歸，在數百年後由第一任晨郡伯爵重建。

僕人全部出來迎接伊莉莎。站在最前面的是索蘭主母，三十多年前是伊莉莎的家庭老師。伊莉莎對她的印象停留在童年那個高大、強勢的女人，但垂暮之年的她看起來嬌小脆弱。

「伊莉莎主母，親愛的，歡迎回家。」索蘭攤開雙臂，伊莉莎撲入她懷中，緊緊擁抱。她當年很嚴厲，但比翠莎更像媽媽。人群裡還有其他急著想見她的人，有些是童年玩伴，有些是深愛她的家僕。這些人都比她媽和她幼時就嫁給當地男爵的姊姊更像家人。

「我想念妳。」伊莉莎在車夫扶翠莎下車時說道。索蘭主母和其他僕人身體僵硬，雙眼直視前方。接著伊莉莎和她母親一聲不吭地走過一整排面無表情的僕人。

片刻過後，她們在客廳中獨處。這個房間和伊莉莎印象中一樣——乾淨到一塵不染，在電暖器的高溫中顯得很悶。翠莎主母隨時都覺得冷。

客廳裡沒人，但伊莉莎看得出來僕人才剛打理過。茶壺在冒煙，放在兩只剛剛倒滿茶的瓷杯正中央。薄片三明治和其他一口點心排列出整齊圖案，在乾乾淨淨的大理石桌面上各據一方。

兩只水晶杯與一個水晶冰桶擺成三角形。來森夏酒的瓶頸上還有水氣凝聚。酒杯裡已經倒好了酒。

一個擦得晶亮的銀鈴放在桌上，以免她們還有其他需求。

伊莉莎微笑，認出這是出自僕役長之手。「凱絲主母比索蘭年紀還大，但是依然手法超群，不見蹤影。」

「僕役本來就該不見蹤影，除非妳有需要。」翠莎直接走到她最偏愛的椅子上坐好。她身旁已經擺好一個瓷盤，裡面放著伯爵夫人偏好的三明治、牛奶及肯定甜得過火的茶。「我可不希望她們成天圍在我身邊。」

眞是悲傷孤獨的人生。伊莉莎知道不能把這種話大聲說出口。她伸手去拿酒。

「她們看到我沒有看到妳那麼興奮，當然。」翠莎伸手拿起擺在雅緻摺紙上，以免弄髒手的小三明治。她像鳥一樣小口小口吃著。光那張紙的價値就比大多僕役的薪水還多。

「或許妳有花心思去記他們名字的話。」伊莉莎已經喝光一杯，又伸手去拿另一杯酒。她母親揚起眉毛看她，但伊莉莎不理會。

「我知道他們的名字。」翠莎捏皺紙。「妳以爲這麼多年來是誰付他們薪水的？但我懂什麼？妳把自己的小孩留給僕人帶了將近一年。」

「妳現在是在氣那個？」伊莉莎問。「有什麼差別？妳讓僕人撫養我長大。」

翠莎朝她揮手。「看看妳現在過得多好。」

「妳除了至節晚宴，從不來看瑪雅和亞倫。」儘管她母親在測試她的極限，伊莉莎依然努力保持冷靜語調。「突然間妳又想要他們在妳身邊亂轉，不分日夜？」

「當然不是。」翠莎道。「但我認識所有知名學院的董事成員。我可以……」

「妳可以和他們相處到把他們送去學校爲止。」伊莉莎說。「妳根本不想認識他們。或我。」

翠莎端起茶，吹口氣。伊莉莎眨眼。「妳竟然不反駁？我上次那樣說話時，妳拿盤子砸我的頭。」

翠莎嘆氣喝茶。「妳撐了很久，但現在妳也是主母了。我不能再把妳當成女兒看。過來坐到我旁邊。」

伊莉莎照做，一時之間，感覺很像剛剛坐在馬車裡，一邊喝酒一邊遙望遠方，等母親安安靜靜地吃她的手指三明治。伊莉莎喝完第二杯酒，起身去倒第三杯。

「我可以搖鈴。」翠莎說。

「我不用人幫忙也會倒酒，母親。僕人養育我的過程中，我學過很多事情。」她想都不想就出言諷刺。她和母親的相似度高到令她不願承認。

杯盤交擊聲顯示她母親有點惱怒。「妳該慶幸妳父親沒有活著聽妳那樣和我說話。」

「父親在世時，我沒必要那樣說話。」伊莉莎說。

「當然，妳父親是造物主的禮物。」翠莎笑道。「就像妳的養子。就像妳愛上的信使。妳認爲妳關心過的男人全都是解放者嗎，親愛的？」

伊莉莎輕哼一聲，但接著在看清酒杯圖案時瞪大雙眼。「上好水晶？我以爲這杯子只有貴族來訪時才會拿出來用。」

「妳是貴族。」翠莎說。

「我嫁給瑞根時，妳可不是這麼說的。」伊莉莎的聲音宛如尖叫。「『嫁給那隻骯髒的旅行老鼠，我就和妳脫離母女關係！看看妳喜不喜歡商人的生活！』」

「我沒眞的做。」翠莎說。

「呃？」伊莉莎喝到一半停下。

「脫離母女關係。」伯爵夫人解釋。「沒有簽署文件、沒有提出申請。妳能想像那會引發多大的醜聞嗎？」

伊莉莎難以相信她的耳朵。她看著手裡的杯子。她已經喝完第三杯酒了嗎？「所以妳是要告訴我這麼多年來……」

「妳是自願過著商人生活的。」翠莎明說。「想要回家，妳只要道歉就好了。」

伊莉莎咬牙。「道什麼歉？瑞根是好人！她比妳把我姊嫁的那兩個白痴男爵好上十倍！」

翠莎將茶杯和盤子放在桌上，站起身來，姿態強硬，雖然她現在比伊莉莎矮了。「妳說得對。」

「啊，什麼？」伊莉莎說。

「我道歉。」翠莎說。「瑞根是比我想像中好很多的丈夫。」

伊莉莎驚訝得說不出話來，接著轉頭環顧客廳。「難怪妳不要有人在。」

「我錯了就會承認。」翠莎拍拍衣服上的灰塵。「把握時間好好享受，親愛的。我敢說妳活不到我再度認錯的時候。」

伊莉莎搖頭。「我早該知道妳不會和女兒脫離母女關係。」

翠莎大笑。「脫離母女關係？不會。解除繼承權？肯定會。」

「我從沒想過要當伯爵夫人。」伊莉莎說。

「而妳姊姊又太想當了。」翠莎回道。「只可惜她們都沒半點頭腦。我寧願交還頭銜，讓歐可拿去清償人情，也不要讓妳隨便哪個姊姊成為伯爵夫人。妳是我的孩子裡唯一有成就的人。」

「造物主呀，母親！」伊莉莎大聲道。「妳難道就不能直說妳想我？妳想認識妳外孫？妳的自尊就是要高到像城牆一樣嗎？」

「如果我的自尊是城牆，妳的就是高山。」翠莎說。「我們爲了這件小事損失了幾十年。拿不回來的歲月。魔法或許減少了妳的魚尾紋，但歲月持續對我造成負擔。我是垂死的老婦，而且積習難改。」

伊莉莎感到一陣震驚，轉身牽起她母親的手。「什麼意思？妳又沒那麼……」

翠莎輕笑。「把那句話說完，麻煩妳！告訴我妳的眞心話，我就告訴妳我的。」

她們對看片刻，然後同時垂下目光。

「怎麼回事？」伊莉莎問。「妳有去看藥草師嗎？」

「癌症。」翠莎說。「有，我找了密爾恩最頂尖的藥草師進進出出，還在大圖書館裡翻了好幾個月書。」

她走回最偏愛的椅子坐下。

「密爾恩藥草師的知識是全世界最豐富的。」伊莉莎說。「但他們的醫術無法與克拉西亞及窪地的醫者相比。」

翠莎搖頭。「我不要和妳的惡魔魔法扯上關係。」

「不是惡魔魔法，」伊莉莎說。「只是魔法。法力來自地心魔域，惡魔只是進化到吸收了那些法力而已。」

翠莎揚眉。「妳有證據嗎？」

伊莉莎深吸口氣。「我有證據，但不充足。我們還在學習……」

「我不會拿神聖的靈魂去當某種實驗的賭注。」翠莎說。「有必要的話，去拿受傷的戰士測試妳的理論，在乞丐和僕人身上測試，但不要拿我測試。我活得夠久了，而我很累，莉莎。」

她伸手，纖細的手指握住伊莉莎的手。「全密爾恩的人都在談論妳的名字。有錢和血統一樣有用，而世界上比瑞根有錢的人不多。只要拿一把錢和一支筆，我就可以讓你們兩個成爲我的繼承人，就連歐可都無法阻止我。」

伊莉莎伸手蓋在母親手上，想要給她一點溫暖。「姊姊會恨我的。」

「哈！」翠莎說。「她們早就恨妳了！也恨我。那兩個傢伙和她們貪婪的丈夫把恨當成麵包一樣過活。他們痛恨地位比他們低的人，因爲低賤；又痛恨地位比他們高的人，因爲高貴。他們痛恨太陽和雲。讓他們去恨。我不會把日出大殿和晨郡的人民託付給他們。」

伊莉莎雙腳痠軟，於是坐下。「我……我得和瑞根談談。」

「當然。」翠莎彷彿揮開蒼蠅般揮手。「但我們都知道除非他抽了潭普草，不然絕對不會拒絕。」她喝一口茶。「相信我。有一整個郡的人支持妳時，要做任何事都比較簡單。接受妳天生的權利。如果妳眞的關心這座城市及居民，待在公爵宮廷裡能做的事情絕對比魔印交換所多。」

伊莉莎本能性地低頭，摸摸掛在腰帶上的銀筆。她能接受嗎，還是另有出路？

翠莎注意到這個動作。「如果不爲了那個，就當是爲了讓我在人生最後幾個月裡能和天殺的外孫一起度過吧！」

伊莉莎微笑，突然一切都清楚了。「如伯爵夫人所願。」

瑞根抵達密爾恩大圖書館和大教堂所處的丘頂時，管風琴剛好奏起。再過一會兒就會演奏日落之歌，宣告離宵禁還剩下一小時。

管風琴會在日落、日出及正午時演奏。大教堂後方的高山具有吟遊詩人音貝棚的效果，將音樂的音量放大到全城都能聽見。

大圖書館是少數古世界殘存下來的建築之一。大回歸後提沙全境只有這一座圖書館完好地被保存下來，在惡魔燒燬古世界時保護裡面的知識。

只要知道該往哪裡找，到處都有古世界遺跡，但自由城邦還在使用的古世界建築不多。而其中最壯觀的就是密爾恩大圖書館，這是隨便哪個小孩都知道的事實，但大多在圖書館裡進進出出的學生和牧師都已經習以為常，也從未見過可以相提並論的建築。

瑞根見過。安吉爾斯大教堂、黎明修道院、地平線神廟。唯一比大圖書館還大的建築，是沙利克霍拉，但那裡還是不能媲美大圖書館的美景，聳立在兩座高山前，提醒所有進館之人儘管知識就是力量，世上還是存在著更高層次的力量。

據說沙利克霍拉真正的力量在高牆內部，用殞落戰士骨頭裝飾的地方。瑞根身為青恩，沒有資格進去朝聖。但是人骨怎能與這裡面守護的無價知識——多年來讓密爾恩擁有全提沙最強實力的知識相提並論？

大圖書館四周是一大片校園，主母學校和藥草師學校都在這裡，還有其他科學和學習機構。輔祭學校位於大教堂的地窖裡，深入山丘開鑿而成。

丘頂沒有圍牆，外圍建有許多三十呎高的守護者雕像——自從提沙之王死於大回歸後所有密爾恩公爵的雕像。守護者的盾牌和護甲，還有大理石台座上都刻有強大的教會魔印。

教會魔印與魔印師公會交換的魔印不同。這種魔印更美麗、更複雜，編織出力量強大的魔印網。這種魔印不但能阻擋惡魔進入，還能將攻擊的力量反擊回地心魔物身上——有些魔印能反轉效果。瑞根曾見過一頭火惡魔對教會魔印吐火唾液，結果冒火的唾液彈回惡魔臉上，一接觸外殼立刻結冰。惡魔在慘叫聲中逃回黑夜。

據說技巧高超的牧師繪製的魔印能讓惡魔把自己打死。雕像圈形成了全密爾恩最牢不可破的魔印網。如果城內其他地方都淪陷了，這裡就是最後的希望。

但此時此刻，那一切都不能與開始演奏的管風琴聲相提並論。瑞根本來打算直接進入大圖書館，結果發現自己受到音樂的力量吸引。

大教堂裡滿是信徒，不少人在他路過時交頭接耳。主母、藥草師、牧師全都假裝沒在偷看他。爲了擺脫他們，他亮出公會長胸針，進入管風琴師所在的高層包廂，俯瞰擁擠的中殿。他看見下方的朗奈爾牧師正結束布道。

管風琴師不是輔祭，甚至不是牧師，而是朗奈爾的女兒玫莉主母。瑞根看著她的手指技巧高超、順暢無礙地沿著琴鍵而下，宛如滾過石頭的溪水。她的鞋子躺在長凳下，赤腳靈活地踩著踏板。

琴聲在大廳中凝聚，上揚到百呎上漆成高山天空圖案的圓頂天花板。這首歌還是童年記憶中那首讓他從頭到腳都會顫抖的歌曲。他感到眼中盈滿淚水，發現過去幾個月自己有多接近再也聽不見這曲子的命運。

玫莉演奏完畢，虔敬地蓋上琴鍵。瑞根在她穿鞋時走了過去。

「彈得眞美。」他說。

「瑞根公會長！」玫莉嚇了一跳，摔回長凳，一隻鞋飛了出去。

瑞根反射性地接下鞋子，半跪而下，拿好鞋子給她穿。「叫我瑞根就好。除非妳堅持要我叫妳主母。」

玫莉搖頭。「當然不。我們好多年沒說話了。我不想假設太多。」

「多久沒說話不是重點。」瑞根說。「妳年輕時來過我們家很多次，伊莉莎和我永遠把妳當家人看。」

玫莉臉紅，垂下目光。「謝謝你，公會……瑞根。這話對我意義深遠。」

「我聽妳演奏聽到哭了。」瑞根說。「這麼多年，我都不知道是妳在彈琴。」

「我只有在我父親主持儀式時彈奏。」玫莉說。「所有輔祭都上過管風琴課程，不過要在十四歲正式任職後才會開始練琴。我父親在我的腳搆得到踏板時就抱著我練琴了。」

「我敢說技巧有差。」瑞根說。「我曾聽過地平線神廟的唱詩班演唱，也聽過達馬在沙利克霍拉塔頂高聲禱告，但那些都不像密爾恩管風琴在高明琴師演奏時那麼搖晃地面、撼動人心。」

「謝謝你。」玫莉說。

「這麼多年了。」瑞根輕笑，「妳都在聽五音不全的傑克……」

「我忍著不批評。」玫莉笑道。「當時我就知道他說要當吟遊詩人不是認眞的。只有亞倫不顧一切想要相信那種鬼話。」

那個名字宛如兩人間吹起的冷風。玫莉嘴角的笑容消失。「你來大圖書館有什麼事？我見過你們家的私人收藏，比起這裡毫不遜色。」

「我是來找妳父親的。」瑞根說。「我有信息要帶給他。」

「你願意的話，我可以代勞。」玫莉說。「太陽再一小時就下山了，我敢說你出門在外這麼久後一定急著回家。」

「說得沒錯。」瑞根同意。「但這是私人信息，只能交給妳父親。那是窪地郡的佩伯女伯爵委託給我的，而基於信使職責，我得親自交給他，不能假手他人。」

「當然。」玫莉起身。「我帶你去見他。」瑞根看得出來她眼睛後方心念電轉。此事即使讓她知道都有風險。

朗奈爾的辦公室位於大圖書館眾多書庫之上，外面有條狹窄的樓台，讓圖書館員可以低頭看著在自己看顧下的數以萬計藏書。

朗奈爾還沒回辦公室，玫莉將瑞根推了進去，把門關上。「你說是窪地佩伯女伯爵的信。和亞倫有關嗎？不包括在官方公告裡？」

她突然如此關注令瑞根不太自在地改變站姿。「算是，但我不能……」

「信是誰寄的？」玫莉問。

「玫莉，我不能——」

「誰?!」她在朗奈爾牧師進來時插嘴道。

牧師驚訝地看著瑞根。「這是在幹什麼？」

「瑞根公會長有封窪地來的密函。」玫莉雙手交抱，令瑞根聯想起伊莉莎打定主意時的模樣。「他認爲不適合在宮廷中提出的信。」

瑞根目光飄向玫莉。「我們可以私下談嗎，朗奈爾？」

朗奈爾認得他女兒的表情，認命式地搖頭。「我和我女兒之間沒有祕密。」

瑞根嘆氣，從外套口袋拿出彌封的信封。「這是亞倫・貝爾斯的來信。」

玫莉嘴巴開開，朗奈爾後退一步。「怎麼可能？我們聽說他在與阿曼恩・賈迪爾決鬥時摔落山崖。他還活著嗎？」

瑞根揚起雙手。「我不知道。這封信是在他去和沙漠惡魔決鬥前寫的。我聽說他寫了好幾封這種信，要在他死後送出。他把這封信交給黎莎女士，黎莎女士又把信交給我。」

朗奈爾瞪大雙眼，一臉熱切地伸手拿信。

「黑夜呀！」玫莉驚呼一聲，讓朗奈爾縮手。「好像亞倫惹得麻煩還不夠多一樣，現在他還從墳墓發信？」

朗奈爾握起她的手臂。「或許妳該讓我和公會長獨處片刻。」

「不。」玫莉說。「既然知道是他的信，我非看不可。」

「我了解。」朗奈爾抓緊她的手肘，往門口走去。「但恐怕妳對亞倫的依戀遮蔽了判斷。給我們點時間——」

玫莉掙脫他。「我才不要。如果你要趕我出去，我就直接去找瓊恩。」她轉頭看瑞根。「她和主母議會肯定會想知道你或伊莉莎主母爲什麼不在宮廷裡提起這封信。」

瑞根皺眉。「妳打算洩露妳自己在這個所謂的陰謀裡扮演的角色？」

玫莉驚訝地看著他。「什麼？」

「我知道亞倫去見公爵前去找過妳。」瑞根說。「他都告訴我們了。」

朗奈爾看著女兒。「是眞的嗎？」

玫莉目光低垂，凝視厚地毯。「他來找傑克，我想，不知道我們結婚了。他……一看到是我開門就跑了。」

「妳爲什麼沒告訴我？」朗奈爾問。

「我很抱歉。」玫莉說。「我……追他到街上。打落他的兜帽，看見他對自己做了什麼。他……精神失常，父親。你見過他。知道他怎麼……傷害自己。寧願待在外面與惡魔共處也不要和自己的同類一起過活。他是個瘋子。想到我之前竟然想要嫁他……」

「但妳沒有背叛他，」瑞根說。「公爵過了好幾個月才聽說他的身分。要是他們發現妳早就知道，妳以為他們會怎麼對付妳？」

「你在威脅我女兒嗎？」朗奈爾大聲問，在她開始哭泣時伸手摟住她。

「當然不是，」瑞根說。「但這裡是學習聖堂，讓我們實話實說。你說你與女兒之間沒有祕密，但那並不完全是真的，是不是？她有事瞞著你，你也有事沒告訴她。」

玫莉抬頭。「父親？」

朗奈爾放開她，探頭出去，掃視樓台。他緊閉厚重的金木門，拿起腰帶上一支古老鑰匙。鎖門聲響在房內迴盪。

朗奈爾看著女兒。「他也有來找我。」

玫莉驚呼。「什麼？」

「晉見公爵、打爛地板之後，」朗奈爾說。「亞倫・貝爾斯來這裡找我，就在這間房裡。他告訴我，他已經把戰鬥魔印交給瑞根，叫我自己決定要不要告訴公爵閣下，讓他有機會追回瑞根的魔印，或是取消收留來森難民的命令。」

「他無權讓你陷入這種處境。」玫莉說。

「他有。」朗奈爾說。「他要我在看顧我的信徒和世俗君主的自尊之間選擇。要站在造物主的光芒下，還是躲在陰影裡。」

「那並不會讓我們變成他的共犯。」玫莉說。

朗奈爾搖頭。「公爵閣下可不是這麼想的。但就算那樣不會，我後來做的事也犯了最嚴重的罪。」

玫莉沒有說話，只是凝視著他。

「公爵閣下的《古世界武器》並沒有因為天花板漏水受損。」朗奈爾低聲說。

「那件事差點害你失業。」玫莉說。「二十個抄寫員花了整整一週才重寫了一本出來。父親，告訴我你沒有……」

「我交給他了。」朗奈爾說。

「為什麼？」玫莉問。

「因為他是解放者。」朗奈爾走向書桌，拿起台座上的卡農經。他翻到標記頁面，開始讀經。

「他皮膚上出現印記，惡魔難以承受，在他面前驚恐逃命。」他闔上書。

「他的印記不是造物主給的。」玫莉爭論。「他自己刺的。誰都辦得到。」

「但是誰都沒辦到，直到亞倫・貝爾斯出現。」朗奈爾說。「他是第一人。」

玫莉搖頭。「我相信卡農經，父親。我相信大瘟疫，有朝一日，解放者會降世。但我死都不信亞倫・貝爾斯就是解放者。」

「不要在聖堂中說此褻瀆言語！」朗奈爾叫道，玫莉垂下目光。「我知道妳很難接受，但我有將近一年的時間思索，而我的內心和靈魂都已深信不疑。亞倫・貝爾斯就是解放者，是造物主派來結束大瘟疫的。想想他的神蹟。」

就連瑞根都揚起一邊眉毛。「神蹟？」

「他還是孩子的時候就獨自對抗裸夜，砍斷石惡魔的手臂。」

「那件事我聽他親口講過上千次。」玫莉說。「是運氣救了他一命，是他自己的愚行令他置身險境。」

「他為我們帶來魔印玻璃，一手打造出瑞根領導的魔印交換所。」朗奈爾補充。

「偏遠村落的魔印和大城市不同。」玫莉說。「他只是寫下魔印，然後拿出來賣。」

「他拯救窪地，」朗奈爾說。「很多人都看見他飛上天空，徒手發射閃電，拯救上千人性命。」

「惡魔屎。」玫莉說。「那些是麥酒故事。修飾戰爭的潭普草故事。」

「他殺了沙漠惡魔。」朗奈爾說。

「這是他唯一眞正做過的好事，」玫莉說。「兩個人一起摔下山崖。」

「夠了！」瑞根吼道。「妳現在或許是主母，玫莉，但妳當女兒的時候常來我家作客，我可曾對妳有絲毫不敬？」

玫莉搖頭。「我道歉。那些話……眞的太過分了。」

「那不光只是過分而已。」瑞根說。「我很抱歉亞倫離開時傷透妳的心。他也傷透了我們的心。但妳知道他是什麼樣的人。我不准妳用謊言毀謗他的一生。」

這些話令玫莉動搖，一時之間，她難以反應，不知道該效忠哪一方。身爲主母，她得效忠議會；身爲女兒，效忠父親。但身爲她自己呢？

瑞根再度拿起信。「妳要繼續瞎猜，還是要看他寫了些什麼？」

朗奈爾接過信，玫莉在他拆封時湊了上去。瑞根從未發現他們兩個長得這麼像，但當他們兩人都側頭到同樣的角度讀信時，他們相似得驚人。

333 AR，夏

朗奈爾牧師，

我不是信徒。

我從不相信地心魔物是天堂降下的瘟疫。不相信慈愛的造物主會讓人類面對如此可怕的命運。我不相信解放者。等待其他人解決我們的問題只會讓問題惡化。

但是過去這幾年讓我知道自己確實相信一件事。我相信人類起身反抗的時刻到了。我相信我們可以趕走惡魔，奪回世界。

它們知道我們日漸強大。它們知道，而且在集結。接下來幾個月裡會有冰暴和地震。你和瑞根擁有對抗它們的魔法，但是光有魔印還不夠。人還需要信仰。要有放下成見、聯手對抗地心魔物的信念。每一條人命都攸關緊要，不光是爲了自己而戰，還要有保護無法戰鬥之人的信念。

我朋友羅傑發現了一種不用魔印就能阻止惡魔的方法。如果造物主眞的存在，曾與任何人交談，肯定就是他了。隨信附上他的樂譜，教導你的唱詩班〈月虧之歌〉。有了這首歌，即使是懦弱之人也能得到力量。在新月降臨，最黑暗的時刻使用這種力量。

我明天要去和阿曼恩・賈迪爾決鬥。不知道能不能活下來，但我相信那無關緊要。我開啓的一切遠比我個人重要。

亞倫・貝爾斯

「好了，他親筆寫了。」玫莉伸指彈彈信紙。「他不是解放者。」

朗奈爾搖頭。「他怎麼說無關緊要。解放者是帶來改變的人。倘若相信古老之道，他就不能發揮作用。他來帶領我們踏上全新的道路。」

「這根本是胡說八道。」玫莉說。「冰暴和地震？魔法唱詩班？亞倫向來自命不凡，但這也太誇張了。」

「妳以爲惡魔一路追殺我們回到密爾恩是巧合嗎？」瑞根問。「摧毀這裡和安吉爾斯之間的驛站，殺害數十名山矛士兵？問問倖存者，那些夜裡奇林的音樂有沒有蘊含魔力。」

玟莉看向他父親。「你要怎麼做？」

「去找唱詩班指揮。」朗奈爾說。「命令我的牧師和輔祭開始使用我教他們的新魔印。」

他低頭看著手上的信紙。「還要寫篇布道文。」

「我們得和她住嗎？」

伊莉莎聽到瑞根防禦性的反應時笑出聲來。「不用，但我們要定期和她見面。交接期間，我母親會保留所有頭銜和日出大殿。她死前，權力都不會完全轉移到我們身上。到時候我們可以決定要不要搬離我們家族兩百年的權力中心。」

瑞根扮個鬼臉。「我以爲妳討厭那地方。」

「我討厭我母親，」伊莉莎說。「有很長一段時間，她和大殿在我眼中都是一體。但現在……」

「我們能得到頭銜嗎？」瑞根問。

伊莉莎微笑。「你會是瑞根公會長，晨郡新伯爵。」

瑞根輕吹口哨。「聽起來不錯。妳母親能把議會領導權也留給妳嗎？」

伊莉莎搖頭。「只有多數主母投票選出來的人才能擔任領導人。又是個應該要盡早交接的理由。」

瑞根嘆氣。「幸好德瑞克剛剛變成超級有錢人。全密爾恩大概只有他買得起我的房子。」

伊莉莎雙手環抱他，他也摟著她，直到有人敲門。

「什麼事？」伊莉莎問。

瑪格莉特進房。「請見諒，但是信使已經抵達了。」

「感謝各位應召而來。」瑞根走向院子裡成排的男人。正如馬爾坎所說，幾乎密爾恩所有信使都出席了，還有魔印師公會身強體壯的男人和女人。

「多年以來，信使晚間都被迫縮在魔印圈裡，萬一惡魔突破魔印圈就無法自保。」在場有許多熟面孔，包括一些早就退休的人，被魔法能返老還童的傳言吸引而來。

瑞根挑了一把伊莉莎鑲入霍拉的矛，高高舉起，以手指調整魔印網，讓魔印在昏暗的庭院中大放光明。「那些日子結束了。」他在四面八方的驚呼聲中將矛插入石牆。

「所有人都會收到一把魔印武器，還有使用武器的訓練。晚上隨身攜帶。即使身處魔印後方、即使身處密爾恩的城牆內，就算在家也一樣。」

在場的人不只是信使和魔印師。以安奈特女士爲首的藥草師神色懷疑地站在一側，另一側是奇林及學徒，就連朗奈爾牧師也違反宵禁，帶著親自挑選的牧師和輔祭前來旁觀。

玫莉主母沒來。

「我們會在臥室裡作戰？」一名信使問。她頭髮花白，皮膚乾癟，退休多年。

「我祈求造物主不要走到那個地步。」瑞根說。「也希望你們沒有必要進入黑夜惹麻煩。我本人也不打算那麼做。」

他指向插在牆上的光矛。「但密爾恩的城牆不久前才被惡魔突破過，而惡魔的勢力日漸龐大。歐可的驛站一座接著一座淪陷。不要心存僥倖，地心魔物會進攻密爾恩堡。冰暴和地震將會來襲。我們得做好準備。」

第二十二章　奈的深淵邊境　334 AR

布萊爾的紋身已經癒合許久，但掌心還是會發癢。那感覺不斷提醒他魔印依然存在於髒布底下。

好像他能忘掉一樣。

他試圖抗拒魔印代表的力量，用布包住，依賴矛作戰。但即使透過矛柄和布，攻擊惡魔時，魔力依然會湧入掌心。魔印貪婪地吸收魔力，一種會上癮的歡愉，令他去挑釁從前會特別避開的地心魔物。

每當他想起紋身時，就會想起史黛拉・音恩，還有他們在荊棘叢裡共度的那個晚上。史黛拉・音恩，赤身裸體，染滿惡魔膿汁；史黛拉・音恩，趴在地上給法蘭克弟兄上。

他搖頭。*需要時間。時間和距離。她不會跑這麼遠來找我。*

他心裡有一部分希望她來。尋找他，強迫他再度成爲她的。他心裡有一部分永遠都會是她的。他心裡有一部分想要成爲她的。

布萊爾決定專注在職責上。他家人死後，除了伯格頓的希斯牧師外，所有人都放棄了他。克拉西亞人入侵後，沙羅姆嘆息號的黛莉雅船長讓他們兩個成爲船上的榮譽船員。告訴他，他們是一家人。

解放家人的時候到了。克拉西亞人並沒有眞正占領雷克頓，而賈陽部隊遭殲滅後，碼頭鎮的防禦大幅減弱。魁倫船長和他的私掠者暫時統治水域，但布萊爾知道雷克頓人還有備用船隻。只要能收集足夠情報，或許就能奪回碼頭鎮。

布萊爾打算在回去前盡量收集情報。他一直沿著信使大道南側的灌木叢前進，偷偷溜進沿途經過的小村落。有聯絡人就找來問話，沒有就在廣場和旅店裡偷聽人們交談。

路上大部分村落都在窪地的控制下，有許多商品和旅人流動，還有伐木工在巡邏。為了因應艾弗倫之狼的掠奪，佩伯女士積極擴張領土。

艾弗倫之狼是克拉西亞將領祖林統領的沙羅姆騎兵部隊，隨時都在移動，掠奪村落後立刻離開。就算有固定基地，也從來沒人能找出來；沒人曉得他們人數多寡。最少可能只有兩百，最多可能超過一千。

即使在窪地的地盤，布萊爾也發現有艾弗倫之狼的斥候正監視道路。他們已經成為技巧高超的林居人，但在布萊爾眼中仍只是笨手笨腳。他可以輕易溜過去殺死他們，但卻沒辦法讓自己在沒有身受威脅時動手殺人。

恐懼艾弗倫之狼讓克拉西亞領土內的小村落服從伊弗佳律法。雷克頓人的數量超過在安吉爾斯之役後銳減的克拉西亞監督者，但是企圖在沒有窪地幫助下推翻當地達馬的村落，都會遭受艾弗倫之狼掠奪，淪為灰燼和鮮血。

克拉西亞領土上往來的旅人就少多了。商業車隊變少，達馬也不允許青恩前往其他村落。布萊爾抵達北耙村的岔路口時，信使大道已經空無一人。

布萊爾繼續東行數日，盡力打聽消息，然後再回報雷克頓。他三不五時會遇上克拉西亞信使和巡邏隊，不過沒有遇上其他人。北耙村以東的土地在碼頭鎮之役弭平艾格王子的叛變後，就受到克拉西亞人嚴格掌控。

但即使像他們那樣被克拉西亞人嚴格控制，小村落裡的沙羅姆還是不多。如果雷克頓人趁機進攻，不會有部隊趕來支援。

他回頭，朝碼頭鎮前進——他行李中有沙羅姆黑袍，可以用來潛入鎮上打探消息——然後沿著湖岸北上，抵達黛莉雅船長喜愛的藏身山洞。只要移動某塊特定的石頭，她就會注意到，派船來接他。

但正當他要穿越原野時，一個獨行旅人吸引了他的目光。

「太陽快要下山了。」阿希雅對卡吉說。

沙羅姆丁不會大聲說話。過去十年裡，她大多靠服侍達馬丁的啞巴閹人手語溝通。她和她的長矛姊妹照理說不該被人看見或聽見。只該被人感覺到。

但她已經不再單純是沙羅姆丁。她是母親，而母親的職責就是教導孩子說話。

「我們必須紮營。」她建議，四下打量有沒有人在偷聽。他們有沒有洩露太多計畫。她察覺樹下有些微動靜。可能是鹿，可能是道陰影，或什麼都不是。她聞著空氣味道，面巾鼓起，隨即又被吸回去。

「營營！」卡吉學她說。

「沒錯，小心肝！」不管感覺有多不自然，和小孩說話對她的偽裝都有幫助。

沙羅姆巡邏隊有強暴所有獨行女子的傾向，達馬佳說。或身材姣好的年輕母親，就算帶著小孩也一樣。但是身材不好的老女人帶著孫子旅行則不會引人注意。於是，阿希雅在護甲外披著粗糙的戴爾丁黑袍掩飾身材。她駝背，舉手投足都在假扮老人。用厚黑面巾遮臉和頭髮，用化妝品在眼旁光滑的皮膚上增加皺紋。

她將兩把刺矛轉鬆，塞在布裡，撐起背上放卡吉的架子。必要時她可以在數秒之中拔矛在手，抖抖手腕就能從空心矛柄中彈出魔印矛頭。

魔印玻璃盾的鏡面加塗了一層漆，看起來像是陳舊銅盾——幾乎所有克拉西亞家庭都至少有一面的那種盾，某位沙羅姆親戚踏上孤獨之道後留下的遺物。盾掛在馬鞍上，沒人會費心去偷。

同樣地，她謹慎挑選馬匹，沒有任何顯眼之處。破布綑綁距毛遮蔽馬蹄上的銀魔印。就連馬的名字，拉沙，意思都是「隱藏之力」。

她看起來就像濕地裡數不清的克拉西亞女子，在賈陽王子的愚行下淪爲寡婦。身上沒有值得搶奪的財物，背上還有個小孩，不管強盜或沙羅姆巡邏隊都很少會來騷擾她。

剛開始幾天夜裡，達馬佳利用耳環確認他們的進展，但阿希雅早就脫離魔力傳送範圍，他們再過兩天就會抵達艾弗倫倉庫。

阿希雅在太陽下山時，在離道路不遠處找到一塊乾燥的空地。

「營營！」卡吉在她下馬時叫道。

「沒錯，」阿西亞說。「這裡是我們的營地。要先做什麼？」

「馬馬！」卡吉立刻回答。他們每天晚上都有練習。

「對，」阿希雅說。「我先要打樁拴馬。」她沒有用槌子，看準角度提掌直接把木樁插入土裡，彷彿在攻擊阿拉本身。

「第二件事是什麼？」阿希雅問。

「圈圈！」卡吉叫道。

阿希雅微笑，攤開攜帶式魔印圈。昨晚，他的第二個答案是「馬馬」，前晚完全沒有回答。他已經可以聽懂不少她的話，每天小嘴裡都會吐出新字。

她放下揹架，開始放置石塊生火。

「營營！」他指著她收集的樹枝說。

阿希雅用她的紅寶石戒指生火，戒指裡有一小塊火惡魔角。「火。」

「火火。」卡吉說，她感到一陣興奮。又學會新字了。這樣很恰當，因爲當天是個很特別的日子。

她解開卡吉身上的繫繩，抱出揹架，幫他換拜多布。

她目光一直停留在他身上，手法老練地開始換布。

「今天是你生日。」她把卡吉抬近。「從你來到這個世界上開始，阿拉已經圍著艾弗倫的太陽繞了一圈。」

她解開袍子正面，露出一邊乳房。

樹林中傳來些微動靜。阿希雅不動聲色，輕聲安撫地餵兒子喝奶，但是全副注意力都集中在那個位置。宛如獵鷹般的雙眼沒有看見任何人。繃緊的耳朵也沒有聽見其他聲音。

有可能是任何東西。太陽尚未下山，所以不可能是惡魔，但有可能是小動物。有可能是顆堅果。一陣輕風。

但她又聞到那股味道。在路上聞到過的味道。她靜靜等候，調整呼吸，強化感官，但沒有察覺任何威脅。

「你母親到哪都會看見敵人。」她終於對卡吉說。男孩沒有在聽，閉著眼睛吸奶。阿希雅也開始進食，吃了一小塊沙羅姆丁以最少量糧食保存體力用的扎實蜂蜜蛋糕。

他吃完後，把他放入鋪在中空圓盾裡的毯子上。他伸個懶腰，開始亂動，終於擺脫了妨礙行動的揹架，但是搖搖晃晃的盾牌可以確保他安全，讓她照料拉沙，脫下馬鞍，幫牠梳毛躺下。

安頓好馬匹時，天色已經暗下來了。離惡魔現身還有約莫十五分鐘。她從盾裡抱起卡吉，放他下來站著。他抓著她的衣袖，不過是爲了保持平衡，而不是需要助力。接下來幾分鐘裡，他就開開心心地拉著母親在營地中亂跑。

「馬馬！」他對著拉沙叫。

「對，馬！」阿希雅笑著說。

「火火！」他對著火叫。

「對，火！」阿希雅輕捏他的手掌。

「營營！」他對著魔印說。

「魔印。」阿希雅告訴他，手指沿著魔印的線條觸摸。

「印印！」卡吉叫。

又是一下聲響。阿希雅維持正常呼吸，不過舉起卡吉，轉來轉去。男孩開心大笑，她則帶他回到營地中央的火堆旁。

她伸手到鞍袋裡，取出一個仔細包裹的盒子。「我有個特別的東西要給你，我兒。爲你第一年生日準備的禮物。」盒子裡是塊鬆軟的黃蛋糕。「小時候，我的提卡都會做這種蛋糕，我最愛了。現在她也幫你做了一塊。」

她開始唱歌，傳統的小孩生日歌。她和她的長矛姊妹都受過歌唱訓練。阿希雅很少有機會使用這個技巧，但唱歌給兒子聽讓她有種從未如此接近艾弗倫的感覺。

再一次，樹林中傳來聲響。現在太陽下山，她前額上掛著的魔印幣讓她可以透過艾弗倫之光視物，即便如此，她還是看不見樹林裡有任何生物。

但樹林裡有東西，非常聰明的東西，會隨著歌聲抑揚頓挫移動，掩飾發出的聲響。

不管對方是誰，似乎都沒有打算傷害他們。片刻後，那些聲音漸漸遠去。趕去回報上級的間諜？間諜不光是利用她的歌聲移動，還會利用蟋蟀、小鳥、蝙蝠和風聲，且熟悉夜晚的聲響，絕不可能是動物。不是愚蠢的惡魔。是阿桑的菁英克雷瓦克觀察兵嗎？達馬巫師？

還是那種形體不定的阿拉蓋？凱。阿希雅對付過一隻，和阿桑聯手，感覺像是上輩子的事了。即使全力出擊，那頭惡魔都能迅速復原，加倍再加倍進攻，長出越來越多肢體，直到她躲不開也擋不住。最後是她丈夫殺了它。阿希雅無法肯定孤軍奮戰能否打贏。她老師安奇度就是死在這種惡魔手中。

她趁著唱歌時從嬰兒揹架裡拿出她的魔印玻璃矛柄，接在一起轉成一根拐杖。接著她唱完了，把蛋糕放在卡吉面前。他凝視蛋糕。

「蛋糕。」阿希雅說。

「糕糕。」卡吉說。

「你吃。」阿希雅說著剝開一塊蛋糕。她多久沒吃過提卡的蛋糕了？將近十年。「這樣吃。」她把蛋糕放進嘴裡。軟軟、黏黏、甜甜的，童年的味道。快樂和安全的味道。她記得自己滿是絲綢、絨布、厚地毯、金杯和彩繪玻璃的枕間。與一群存在意義就是要奉承她的小女孩談論平淡無味的話題。被抓去達馬丁宮殿地底努力求生前的日子。

卡吉大笑，盡力模仿她。他用兩隻手，開開心心地抓了一把柔軟的蛋糕，掉下來的比塞到嘴裡的多。阿希雅又笑了。她痛恨卡吉娃不明就裡地把她和表妹都送去給英內薇拉，然後又痛恨她逼她離開她們，嫁給阿桑。但如果一切都是爲了此時此刻，爲了卡吉的笑聲，那所有苦難都是值得的。

即便是在看她兒子首次體驗提卡的黃蛋糕時，阿希雅依然分心留意間諜動靜。他們退開，但是沒有走遠。她聞得到他們的味道。

阿希雅清理卡吉黏黏的手掌，把他包在毯子裡，放在盾牌中。就算外魔印圈失效，盾牌邊緣的魔印圈也能保護他到她趕來。

她揚起卡吉的髒拜多布。「你或許可以在魔印圈裡大小便，我兒，但恐怕我不能。」她親吻他。「我去去就回。」

她慢慢移動，以免獵食者還在監視，假裝她需要枴杖才能起身。她緩緩走出火光照射的範圍，來到一棵樹後。

阿希雅一離開視線範圍，立刻脫下沉重外袍，身穿沙羅姆丁輕如羽毛、以魔印玻璃板強化的絲袍。她啓動寂靜霍拉，無聲無息地爬上樹幹，來到大樹枝上。

卡吉一如往常在自言自語，大部分時間都發出沒有意義的聲音。阿希雅用心聽，隨著卡吉的抑揚頓挫前進，就像剛剛那個獵食者一樣。她宛如在花朵間移動的蜂鳥般在樹間移動，很快就繞過營地，深入樹林，終於看見那個間諜長什麼樣子。

布萊爾耽擱了一天，但儘管他的情報很有用，雷克頓卻沒人在等他。對帶著小孩的克拉西亞老女人來說，這條路可不安全。沙羅姆是敵人——他要相信這一點——但入侵他家園的並非女人和小孩。

他對那個女人深感佩服，不過還是有點懷疑。她駝背，彷彿沒有力氣站直身子，但她揹著嬰兒騎馬騎一整天，只有在餵奶和換拜多布時才停下休息。天色變暗時，她毫不畏懼，冷靜地在遠離大道的地方找空地紮營。

克拉西亞女人很堅強。她們包辦了大多數工作，做生意、蓋房子、宰殺牲口，還養孩子。

她們唯一不做的就是戰鬥。不與其他人作戰，當然也不與惡魔作戰。這個女人連武器都沒有，只有一面舊盾牌，但她毫不擔心黑夜降臨。就連布萊爾在太陽下山時也會害怕。那可是他至今仍活著的原因。

這個女的是什麼人？那個小孩是她兒子嗎？孫子？還是和布萊爾一樣，是孤兒？艾弗倫知道世界上有無數家庭破碎的故事。克拉西亞人擊沉或俘擄半數雷克頓艦隊，控制了小村落，但並非沒有慘重的損失。他們是前往碼頭鎮尋找孩子父親的嗎？還是那個女人在孤兒院工作？或某種信使，將小孩送給願意收留他們的家庭？克拉西亞人向來會收留踏上孤獨之道的沙羅姆的子嗣，而且必須在戰後補充戰士。哪個家庭會拒絕收留健康的克拉西亞男孩？

但是她一解開小孩的繫繩，他立刻知道不是那麼回事。不管她是誰，是什麼身分，他絕不會認錯母親對孩子的關懷。

他觀察，沉浸在孩子的克拉西亞語叫聲和母親的回應中。

里蘭堅持要讓孩子了解自己的身分與來自何處。他教他們說他的語言，唱他的歌，跳他的舞。他教兒子沙魯沙克，努力幫女兒找尋好丈夫。

布萊爾最近經常聽見父親的語言，但語調向來怒氣沖沖。這個女人說克拉西亞語的語調充滿喜悅，布萊爾．達馬吉記憶中這種語言最美的語調。

當時他就了解有能力如此深愛孩子，以這等喜悅語調說話的絕不會是敵人。他們看起來是要去碼頭鎮，而他打算護送他們安全抵達，就算會耽誤時間也無所謂。他會趁他們睡覺時站哨，引走地心魔物。

她和孩子一起坐下，而當布萊爾了解她要做什麼時，她已經露出乳房餵奶。

布萊爾臉紅，立刻轉頭偏開目光。太遲了。那個畫面已經烙印在他心裡。即使花了一段時間調整呼吸，畫面還是揮之不去。年輕女子的乳房。她加披了第二件袍子，讓她看起來像上了年紀，其實裡面穿了一套沙羅姆護甲黑袍。這比攜帶家族盾牌的女人少見，不過並非前所未聞。這解釋了太陽下山前她能保持冷靜的原因。

布萊爾聽見嬰兒喝飽、她拉起袍子的聲音，大膽回頭去看，剛好看見男孩抓著母親的袍子站在地上的模樣。他用力抓著，維持平衡，在營地裡搖搖晃晃地行走，指來指去，開口說話。布萊爾走近一點，不想錯過任何片段。

但接著女人又把兒子帶回火堆，開始唱一首布萊爾已經多年未曾聽過的歌曲。生日歌，讚美艾弗倫賦予生命。

布萊爾的家人唱過那首歌多少次？達馬吉家共有七個人。

女人的歌聲乃是布萊爾這輩子聽過最美麗、最傑出的嗓音——除了半掌妻子在葬禮上演唱的二重唱外。他迷失在歌聲裡，任由歌聲宛如暖毯般包覆自己。

有一瞬間，他回想起他們唱歌的聲音。哥哥姊姊的合唱、父親低沉的嗓音，還有母親像往常一樣主唱。

他哽咽，嚥下哽咽聲，瞇眼擠出眼淚。他試著抓住那個回憶，再聽一次他們的聲音，但回憶宛如輕煙般消逝。他覺得越來越想哭，心知沒辦法再忍下去。

布萊爾屏住呼吸，以不會引起注意的動作盡快後退。當退得夠遠時，他背靠樹幹，滑到濕土上，開始哭泣。

阿希雅看著間諜，不確定是怎麼回事。

他顯然不是達馬，年紀太小，還身穿髒兮兮的破布。他攜帶戰士的矛和盾，但看起來不像阿希雅印象中的沙羅姆。他的服裝是北地樣式，塗滿樹汁和土，讓他輕易隱身樹下，就連魔印視覺也看不見。

但現在來到近處，阿希雅看出他的魔力強大，特別集中在雙手。他臉上塵土滿布，看不出五官。他有可能是克拉西亞人，或是太常曬太陽的黑髮綠地人。

他是誰？想幹嘛？看在艾弗倫的份上，他在哭什麼？

抓起來問清楚。

阿希雅握緊矛柄，沒有放出矛頭。她用另一手從腰帶上的紡錘抽出幾吋絲線。人的後頸上有能量線匯集點。間諜身體前傾，頭垂在膝蓋間，把後頸都露出來。只要精準出擊，她就能讓他癱瘓一段時間，讓她用線綁住他的手腕和腳踝。可以在卡吉開始想她前趕回營地。

她躍下，宛如俯衝的風惡魔般無聲無息，但間諜還是發現了。他在最後關頭滾向前方，她的矛柄只打到他剛剛坐的濕土。

敵人不會等妳打他們，安奇度的手語教她。

阿希雅利用落地的力道朝他滾去，拋出套環套住他的腳踝。她出力拉扯，但他摔到一半就恢復平衡，轉身出腳踢向她的臉。

阿希雅被踢向後方，放開絲線，讓他掙脫。間諜本來可以趁勝追擊，結果他轉身逃跑。

阿希雅立刻追趕。間諜往左跑，然後在一根樹幹跨上兩步，跳向右方，抓住一根樹枝往上爬。

阿希雅沒有上當，沿第二棵樹的樹幹而上，和他一樣輕巧爬上樹枝。兩人中間本來還有一些距離，但她拋出矛柄，在對方抓向下一根樹枝時擊中他的肩胛骨。他手臂下垂，手掌抽動，摔落樹枝。

阿希雅筆直而下，翻身洩力，從腰帶上拉出更多絲線。

但間諜也翻身落地，在她衝上前時轉身面對她，前踢一腳，她輕易閃過，試圖用線套套住他的腳掌。他動作太快，抓住絲線，把她拉近，趁勢揮拳。

阿希雅以最小的接觸隔開這拳，然後上前抓他，但間諜的皮膚宛如樹汁般黏滑。她還沒抓牢，他已掙脫。

他們同時起身，他以直接的動作攻擊她。他的拳腳出招完美，但是招式都很基本。教小孩和青沙羅姆的沙魯金。

但儘管技巧不足，他卻能以速度和適性加以彌補。他用她的線套套住她反擊時的拳頭，然後竄進她雙腳之下。阿希雅翻身向前，反轉絲線的箝制，開始拉扯，但他放脫絲線，趁機逃跑。

她再度展開追逐，逐漸遠離營地。卡吉開始哭，阿希雅擔心不已。天色已經全黑，哭聲可能會吸引阿拉蓋的注意。

但是這個男人太危險了，不能輕易放過。她全力衝刺，從地上撿起一顆石頭，丟向他後膝的能量匯流點。那隻腳在踏出下一步時軟癱，他絆倒，努力保持平衡，阿希雅拉近距離。

這一次她不再遲疑。弄清他的實力後，她接連出擊，拳打腳踢，頂膝擊肘。如果無法不傷害他便綑綁他，那就強迫他投降。

間諜又快又強，連擋帶閃地撐過第一輪攻擊，但沒多久他就中了一拳，然後又兩拳。他轉向後方，失去平衡。他四肢被打到麻痺，終於背叛了他。

他想要開口說話，但她擊中他的喉嚨，令他說不出話。現在不是說話的時候。她抓住他的手臂，扭轉到逼他投降的角度。

間諜一邊咳嗽一邊轉向，朝她臉上吐出一口很臭的汁液。她雙眼刺痛，連忙後退，讓他有空間用腳跟踢開她。

視線恢復清晰後，卡吉的哭聲響徹夜空，間諜也跑了。她聞聞手指上黏黏的汁液。就和那個間諜一樣，散發達馬丁治療惡魔傷口的藥草氣味。

妳必須找出卡非特，達馬佳說。還有我失散的表親。妳透過氣味就能認出他。

但那是什麼意思？這個流浪漢有可能是達馬佳失散的表親嗎？不太可能。如果真是如此，接下來要怎麼辦？他有她需要的情報嗎？他是朋友？還是敵人？

在要保護卡吉的情況下，她能費心去調查此事嗎？

她在回營地的路上撿起矛柄。一隻泥沼惡魔被卡吉的哭聲吸引而來。它沿著魔印圈繞，慢慢測試魔印。

縫在阿希雅袍子上的魔印讓她能在惡魔面前隱形。她溜到惡魔身後，伸出一支矛頭，刺穿它的背。惡魔尖叫掙扎，但阿希雅藉由入體的魔力握緊矛柄，指甲上漆的魔印啪啦作響。魔力令她感到強壯、敏捷。她把卡吉放回背上揹架，開始拔營。她拿掉拉沙距毛上的破布，露出馬蹄上的魔印。她用阿拉蓋膿汁塗抹魔印，直到魔印在她的魔印視覺中閃閃發光。

接著她跳上馬背，催馬趕路，衝入黑夜。路上偶有地心魔物，她故意踩死幾隻，啓動拉沙馬蹄上的魔印，強化坐騎的力量和耐力。她從霍拉首飾中吸收魔力，對自己也有同樣的影響。卡吉在穩定的馬蹄聲中沉沉睡去。

她在黎明前一小時抵達艾弗倫倉庫，暫停片刻，換回原先的僞裝。她以爲又聞到了他的味道，但是多聞幾下後，她確信那是出自想像。徒步奔行——甚至是騎普通馬匹——的戰士絕不可能跟得上拉沙的速度。

阿希雅於日出時拔營。在如此接近艾弗倫倉庫的地方，大路上有很多巡邏的沙羅姆和準備開張的商人。她只是另一個帶著孩子的老戴爾丁，沒人在意。

但那個間諜很顯眼，如果他試圖跟蹤。她要不就是擺脫他，不然就是把他引出來。

布萊爾以最快的速度奔跑，在樹木間穿梭，跳過或鑽過障礙，越過水面，盡可能跟那個可怕的女人拉開距離。

史黛拉・音恩令他害怕，但至少她肯說話，而他了解她的動機。這個女人的動作可比凱沙羅姆觀察兵。她是沙羅姆丁嗎？帶著孩子遠行？聽起來不像。

不管她是誰，他在公平打鬥中絕非她的對手。她太快了，太厲害了。

之前他抱著守護的心，打定主意要保護路上的旅人。現在他感到好奇。這個女人是間諜嗎？小孩是掩人耳目用的策略？綠地人會對克拉西亞女人心生同情，常常想要幫助她們掙脫她們不想掙脫的束縛。只要有機會，這種戰士可以滲透反抗勢力，暗殺領導人。

確定自己已經擺脫她時，他斜向折返信使大道，試圖趕在她前面。沒過多久，她聲勢驚人地從道上衝來，平凡的母馬馬蹄上綻放明亮的魔印光。

不管她是誰，是什麼，他都必須查清楚。要在她有機會造成傷害前警告他的人。

他等她通過，立刻追了上去。

ꙮ

正如預期，艾弗倫倉庫的沙羅姆完全忽視阿希雅。他們對沒有攜帶食物或能引發性慾的女人，通通不屑一顧。她就這樣平安無事地抵達碼頭。

艾弗倫倉庫裡女人和小孩的數量遠遠超過男人。賈陽的戰士離家太久，於是王子特別開恩，讓許多戰士把老婆、孩子接過來安頓。這些男人大多隨賈陽出征，沒有回來。阿桑不希望讓人民把注意力轉移到哥哥之前的根據地，所以一直拖延派兵支援，讓這座城鎮成爲影子，缺乏某些繁榮發展的必要條件。

阿希雅的表弟沙魯，解放者四子，留下來統治艾弗倫倉庫。她看到他的旗幟在市政廳上飄揚。小時候他們很親近，但阿希雅直接走過市政廳。沙魯是艾弗倫恩惠以東少數認得她的人之一，而阿桑的弟弟向來都在他的掌控之下。沙魯會毫不猶豫地出賣她。

她看得出表弟的兵力十分分散。萬一遭遇猛攻，甚至沒有足夠戰士保護市政廳。

唯一生氣勃勃的地方就是碼頭。青恩和戴爾丁穿流不息地上船下船，搬運貨物、檢視貨單、分類損壞、販賣食物和飲料。克拉西亞艦隊過於龐大，一次只能停靠一部分船隻。

尋找三姊妹，英內薇拉諮詢骨骰後建議。就和達馬佳許多預言一樣，聽的時候莫名其妙，但此刻只要迅速掃視一遍碼頭就夠了。

一座獨立碼頭，足以停靠六艘船，專供艾弗倫倉庫的旗艦褐矛號與其兩艘護航艦——褐盾號和褐護甲號——使用。

這些船名是在提醒大家，儘管嚴格說來艾弗倫倉庫是在沙魯的統治之下，但統治的力量卻來自魁倫訓練官領導的卡沙羅姆私掠船。船的甲板上整整齊齊擺了成排的巨蠍弩和投石器。這些船——艦隊中地位最高的船——都掛著卡非特阿邦的駱駝拐杖旗。據說艾弗倫倉庫之役要是少了他們就打不贏。

船員全都穿著寬鬆棕褲，大部分工作時都沒穿上衣。阿希雅知道這樣不對，但目光忍不住停留在他們裸露的身體上。她只和丈夫睡過兩次。那就是她除了打鬥時外與男人唯一的肢體接觸了嗎？

甲板上，值勤的人很有效率地進行維修工作，休息的人就練習沙魯沙克和矛術。阿希雅不能否認那些戰士技巧純熟。魁倫訓練官是傳奇人物，連解放者都是他親自訓練出來的，就連她的老師安奇度提起魁倫時也會肅然起敬。

阿希雅有很多辦法可以偷偷溜上褐矛號，但在卡吉可以提供完美掩護時，她沒有理由冒險游泳或爬船。她直接走到梯板旁的卡沙羅姆面前。他看著她——看穿她。他不是城內隨處可見的那種散漫沙羅姆。他目光銳利，評估任何違禁品或威脅。

阿希雅的打扮令他滿意。卡吉提供了服裝和化妝品都無法比擬的偽裝。確定她沒有威脅後，戰士對她失去興趣，放鬆警覺。

「我是漢娜莉・娃魁倫，你家主人的長女。」阿希雅謊稱。「我父親會想見見剛出生的孫子。」

沙羅姆微微揚眉。他比手勢招來傳令，傳令很快就帶來允許她上船的命令。達馬佳的預言透露魁倫很喜歡漢娜莉。

她一步入船艙，魁倫船長立刻發現她不是自己最疼愛的女兒，但他沒有多說，只是揮揮兩根手指，遣走護送她進來的人。

阿希雅看著前任訓練官跳起身來，一腳肌肉結實，另一腳卻是彎曲的金屬薄片。如果是木頭義肢，會讓他平衡失調，但魁倫完全駕馭了義肢，利用義肢的彈力正常走動。

能讓阿希雅感到威脅的沙羅姆不多。魁倫一腳殘廢，阿希雅從沒想過要把他放在那張清單裡，但是船長出乎她意料。他動作很快，難以令他失衡，具有彈性的鋼腳還能做出正常戰士做不到的動作。

魁倫也在仔細打量她。「妳袍子下穿了護甲。如果妳是刺客，那我就多謝妳讓我能在無止無盡的文書工作中休息片刻。放下孩子，動手吧。」

他說得漫不經心，但她從他眼中看出他是認眞的。魁倫遣走守衛，打定主意要在狹窄的艙房中獨自解決殺手。

「我不是殺手。」阿希雅說。「我是沙羅姆丁卡，阿希雅・娃阿山・安賈迪爾・安卡吉。是達馬佳派我來辦事的。」

不要對魁倫隱瞞任何事，達馬佳諮詢骨骰後說，但阿希雅還是渾身緊繃，準備在他威脅要揭發她身分時動手殺人。她迅速打量艙房，思考利用艙牆、矮艙頂及眾多梁柱的方法。

魁倫移動腳步，準備應付攻擊，不過雙手抱胸。「我見過小時候的阿希雅，但自從十年前她被帶去達馬丁宮殿後就再也沒有見過了。」

他朝她的揹架揚起下巴。「妳是要告訴我那是卡吉・阿蘇・阿桑・安賈迪爾・安卡吉？頭骨王座繼承人？」

阿希雅保持呼吸的節奏。「對。」

「證明給我看。」魁倫說。

「你要什麼證明？」阿希雅問。

魁倫微笑。「我不認得阿希雅的長相，但我認識安奇度。他是我的阿金帕爾。」

阿希雅眨眼。她老師向來都是達馬丁宮殿的一部分，她幾乎沒有想過他從前的人生。他為了服侍坎內娃達馬丁、學習達馬丁沙魯沙克而拋棄的妻兒，以及擔任訓練官期間訓練的沙羅姆。

宛如兄弟。阿金帕爾間的羈絆與血緣一樣強大。

「偉大的訓練官每年都會接納一名奈沙羅姆成為他的阿金帕爾。」魁倫說。「在我前面一年的是卡維爾訓練官，這種羈絆也讓我們成為兄弟。我聽說卡維爾和安奇度一起死在阿拉蓋爪下，他們的榮耀無止無盡，而我卻在艾弗倫恩惠訓練卡非特。」

他的語氣毫不動搖，但阿希雅聽得出魁倫心情悲痛。那種痛。他多希望能和兄弟一起戰死。

他直視她雙眼。「這就是妳得與我一戰的原因，公主。如果妳受過安奇度訓練，我會看出來，然後盡己所能地幫助妳。如果妳不是……」他目光飄向卡吉。「我保證殺了妳後，會把這孩子視如己出。」

這話令阿希雅感到毛骨悚然，但她毫不遲疑，取下揹架和卡吉，放在小船艙裡最偏遠的長凳上。她脫掉厚重的戴爾丁袍，剩下沙羅姆丁的魔印玻璃黑絲袍。她從袖子裡取出一條白絲巾，綁在戴爾丁裝扮的黑頭巾和面巾外。

她鞠躬。「我的榮幸，訓練官。」

魁倫鞠躬回禮。「如果妳眞是沙羅姆丁卡，那就是我的榮幸。」他微微移動腳步，在支撐另一條腿的彎曲鋼刃上增加一點張力。他雙手擺開安奇度訓練阿希雅和長矛姊妹無數次的準備姿勢。她順勢擺出與他一樣的姿勢。不要對魁倫隱藏任何事情。

「開始。」魁倫說，她開始移動，但方向和他想的不同。阿希雅腳踏板凳，迅速上牆，迴旋踢向訓練官的臉。

但魁倫迅速反應，閃過那一腳，在她掠過時抓住她腋下。他順勢轉身，利用她的衝勢一拳擊中她胸口。

那感覺像是有支大鎚子擊中胸口的護甲。她被打落地板，爲之氣塞，不過平衡不失，一腳掃向他的腳踝。

魁倫往後跳出那一腳的攻擊範圍，利用鋼腳的彈力在她起身時撲了上去。

這一回阿希雅與他正面交鋒，一拳一拳抵擋訓練官的攻擊。他或許沒有學過達馬丁沙魯沙克所有招式，但魁倫知道阿希雅的手指、指節和腳趾是在攻擊他的能量匯流點。他有辦法閃過或擋下大部分攻擊，而且每次都緊接一連串強力反擊。阿希雅努力不辜負老師的教導，化解攻勢、加以反擊，尋找出招的空隙。

有一次，他沒有擋下她的攻擊，而阿希雅以爲自己贏定了，但是當她的手指擊中他戰袍下的護甲時，阿希雅終於知道他是在耍她。就和她的戰袍一樣，魁倫的戰袍也內鑲了魔印玻璃。她調整呼吸，壓抑痛楚，感謝艾弗倫她的手指沒斷。

沒辦法取得優勢攻擊匯流點，阿希雅開始轉而攻擊比較難以防禦的部位，這樣打起來就變成耗損戰了。她擊中一次，但自己肚子也吃了一膝蓋。她踢中他完好的膝蓋，結果差點被鋼腳砍斷腦袋。

他們一點一點摸清楚對方戰袍下護板的位置，瞄準脆弱的部位攻擊。

阿希雅一腳踢中魁倫肋骨。訓練官迅速抓住她的腳。阿希雅轉身掙脫，卻要付出代價，讓魁倫有機會擊中她的背部。

結果訓練官卻把她推開。阿希雅沒有質疑自己的好運，順著一推的勢頭翻身而起。艙壁上釘有書櫃，阿希雅墊步而上，準備自高處進攻。

「夠了，公主。」魁倫放下雙手，不再擺出有威脅性的架式。阿希雅輕輕落回地上。兩人都氣喘吁吁。

訓練官下跪，雙掌貼地。「達馬佳有何指示？她會派兵支援嗎？」

「無兵可派。」阿希雅說。「艾弗倫恩惠陷入混亂。馬甲部族脫離解放者的軍隊。他們帶著奴隸和戰利品返回沙漠之矛。」

魁倫啐道：「馬甲狗。」

「他們理由充足。」阿希雅說。「我表弟殺害達馬基時用了霍拉石，但即使借助霍拉石——」

「小馬吉還是打不過老阿雷維拉克。」魁倫把話說完。「沒人猜想不到這個戰果。」

「馬甲部族與解放者訂有條約。」阿希雅說。

「我知道，」魁倫說。「妳還在穿褟袍時，我親眼見證妳父親爲爭奪頭骨王座迎戰阿雷維拉克。」

「你不認爲馬甲部族有權憤怒？」阿希雅問。

魁倫聳肩。「謀殺乃是達馬之道。他們說我們野蠻，但沙羅姆會在長官死於阿拉蓋爪下時晉升，不是爲了晉升殺害長官。不過那並不能作爲阿雷維倫在沙拉克卡即將展開時偷走解放者軍隊的補給品和戰士，像懦夫般逃回沙漠之矛城牆後躲藏的藉口。」

什麼都別隱瞞。

「阿桑還想殺我，訓練官。」阿希雅說。「他自己的妻子。他兒子的母親。阿桑奪取王座時，阿蘇卡吉用套索套住我脖子。而當他這麼做的同時，達馬丁梅蘭和阿莎薇聯手暗殺達馬佳。」

「她和阿雷維拉克一樣不是那些笨蛋殺得了的。」訓練官似乎直到此時才對阿希雅的話感到震驚。

「或許阿桑王子沒空來管艾弗倫倉庫也是好事。達馬佳是要妳和卡吉來此避難的嗎？」

阿希雅搖頭。「我在找卡非特。」

魁倫不必問哪個卡非特。「這我幫不了忙，公主。我一直期望我的主人還活著，但是自從安吉爾斯之役後完全沒有消息。查賓之子很有辦法，如果他能送信給我，應該早就這麼做了。」

「或許他有送。」阿希雅說。「艾弗倫告知達馬佳阿邦還活著，落入閹人手裡。」

「哈席克。」魁倫握拳道。「我早該在沙拉吉裡打爛那條瘋狗的腦袋。」

「告訴我他的防禦狀況。」阿希雅說。

「要除掉他不容易。」魁倫說。「閹人修道院位於突出湖面上的高地，三面懸崖，雷克頓人又封鎖了湖面。有規模的部隊得走陸路，但那條路很窄，有防守方可癱瘓的橋，還有許多可以躲在掩體中攻擊入侵者的埋伏點。」

「他控制這座根據地附近地區嗎？」阿希雅問。

魁倫聳肩。「他的斥候遍布整片濕地，但沒有外出掠奪時，他的手下就只會巡邏半天路程的距離，於日落時回去。」

「他們晚上不出動？」阿希雅問。

魁倫啐道：「閹人放棄了阿拉蓋沙拉克。惡魔大量聚集在他們的領土，那些笨蛋卻毫無作爲。」

他嘆氣。「拯救一個卡非特會死很多高強的戰士。」

「你不必去拯救他。」阿希雅說。

魁倫目光冷酷。「不要弄錯了，公主。這裡不是妳在指揮。解放者親口說過阿邦是我的主人，而我也發過誓要保護他。只要我一息尚存，就要用生命去確保阿邦・阿蘇・查賓・安哈曼・安卡吉能夠安全歸返，除了沙拉克卡，沒有什麼比此事重要。妳或達馬佳都不能阻止我。」

他語帶威脅，阿希雅繃緊神經，以防他打算繼續動手。「你自己也說攻擊修道院會讓解放者軍隊損失很多戰士。達馬佳也預見此事了，所以才派我來。我會滲透哈席克的大本營，想辦法釋放卡非特。」

魁倫神色懷疑。「妳的沙魯沙克出類拔萃，孩子，但這種做法還是太誇張了。妳和我的觀察兵一樣沒辦法混入城牆，特別是背上還揹個孩子。」

「達馬佳有賜我魔法。」阿希雅說。「沒有觀察兵能和我一樣無聲無息、無影無蹤、迅速敏捷。就算卡吉大聲哭鬧，站在我身邊的人也要我的允許才聽得到。高牆對我的手腳而言就和大台階一樣。」

「即便如此，」魁倫說。「根據各方消息，哈席克手下有上千人——遭折磨去勢，慘無人道。而妳要帶妳兒子，頭骨王座繼承人，前往那種地方？」

「想要打贏沙拉克卡，我們就必須一起走過深淵邊境。」阿希雅說。「達馬佳預見了這一點。阿拉蓋準備再度來犯。我們不能繼續灑紅血。」

「艾弗倫恩惠不派兵來援的話，」魁倫說，「灑紅血就是無法避免的事情。」

「你們人手不足，」阿希雅同意。「但敵人會從湖面上進攻，不是嗎？你的船控制了湖面。」

「暫時如此，」魁倫說。「我們重創他們的艦隊，私掠船不斷干擾重新補給的行動。他們在挨餓，但還是有很多備用船隻。他們知道賈陽王子的部隊潰敗，知道我們實力不足。他們會進攻。很快。」

「既然你們在巡邏湖岸，他們的間諜如何通過？」阿希雅問。

魁倫笑道：「湖岸足足好幾百哩長，公主！這可不是天氣好就能看見對岸的綠洲。在湖心，往四面八方都看不見陸地。」

如此大片水域令阿希雅不寒而慄。像水這麼神聖的東西怎麼能夠令她恐懼到這種地步？

「而且雷克頓人有個變節的間諜。」魁倫說。

「和我說說此人。」阿希雅已經猜到他會說什麼。

「看起來剛成年。」魁倫說。「對戰士而言很矮小，但沒有小到會引人注意。動作宛如沙漠野兔般靈活，快到令人難以想像。」

「但是沒有你快。」阿希雅朝魁倫的鋼腳點頭。

「差不了多少。」魁倫說。「他在我接近時展開猛烈攻擊。他只會很基本的沙魯金，但是力量和速度讓人難以對付。而缺乏正式訓練也讓人……難以預測他的動作。」

「他沒有打敗你。」阿希雅感到些微懷疑。

「就某方面而言沒有。」魁倫不太願意承認。「他不是為了打贏而戰，只是要支撐片刻，抓住機會繼續逃跑。他潛入充滿惡魔的水域，游上一艘雷克頓船。」

「近身搏鬥時，你有注意到什麼特別的地方嗎？」

「他很臭。」魁倫說。「味道很像達馬丁塗在阿拉蓋傷口上的軟膏。他的膚色較白，五官較淺。北方一座村莊裡之前住了一個沙羅姆逃兵。里蘭·安達馬吉·安卡吉。他在十餘年前一場大火中與家人葬身火海，但據說有個兒子活了下來。」

達馬吉。這個姓令阿希雅背脊刺痛。那是達馬佳娘家的姓。

他就是失散已久的表親。

魁倫走向他的辦公桌，從一疊紙上拿起最上面那一張遞給阿希雅。一張懸賞十萬卓奇活捉該名間諜的海報，如果只有頭的話是一萬卓奇。海報下方印了一張間諜的臉部畫像，看起來很像她在道上遇到的男孩。

「這也是你不該浪費手下性命的理由。」阿希雅折起懸賞海報，放進她的袍子裡。「修道院在北邊多遠？」

「騎馬將近一週的路程，而且地形很不好走。」魁倫說。「有人在監視那條路，濕地裡泥巴很深，容易弄斷戰士或坐騎的腳。泥沼裡有獨特的阿拉蓋，唾液沒有火惡魔那麼可怕，不過還是很燙，也會痲痺肌肉。很多我們派去濕地的間諜，包括訓練有素的觀察兵，都一去不回。」

「我會想辦法。」阿希雅說。「你可以提供地圖嗎？」

「我有更好的主意。」魁倫說。「我的旗艦太顯眼了，但是天黑後，我可以讓妳登上不會引起注意的小船，摸黑駛離碼頭。他們可以在哈席克的巡邏範圍外放妳下來。」

「謝謝你，訓練官，那樣太好了。」阿希雅說。

「妳以前搭過船嗎？」魁倫問。

「在沙漠之矛的綠洲有。」阿希雅垂下目光。「搭過一次。」

「妳的漢奴帕許慶祝會。」魁倫點頭。「我有參加。直到去年爲止，我也只有上過那一次船。」

他湊近。「這座湖和綠洲大不相同。水面會有波浪，讓船不停搖晃。不管是沙羅姆或達馬都會反胃，不少大人物都跑到船欄旁吐。」

「我的老師教我忍受過更可怕的情況。」阿希雅說。

魁倫點頭。「或許。妳住船長艙房。只有船長知道妳在船上，但不會知道妳的身分。我會說妳是間諜。他不會質疑此事。只要待在艙房裡，船員都不會知道妳在。我們不能冒險應付封鎖湖域的敵艦，所以他們會在修道院以南一段距離外放妳上岸。」

「我剛好可以偵查附近區域。」阿希雅說，「建造躲避阿拉蓋和追兵的藏身處。」

「追兵？」魁倫噘起嘴唇。「我以爲妳可以像影子一樣無聲無息地上牆。」

「進去的時候，或許。」阿希雅說。「出來的時候，我得帶著一個瘸腿的胖卡非特同行。」

魁倫輕笑。「我很熟悉那種負擔。」

黎明前一小時，布萊爾看著那個怪女人停在碼頭鎮外，重新喬裝打扮。

這種做法很奇怪。布萊爾原先以爲她扮成老女人是爲了騙綠地人，現在看來她也要瞞過自己族人。

他繞過大路，趕在前面，在大湖附近的眾多溪流裡挑選一條。他脫掉衣服，摺成一小疊，塞進背包的一個小夾層。他解開手掌上的髒布條，凝視掌心魔印。衝擊魔印。壓力魔印。魔印皮的矛與盾。

現在魔印皮是他的部族了嗎？還是伊莉莎和瑞根？雷克頓？窪地？他父親的族人？在各方勢力的牽

扯之下，布萊爾已經搞不清楚自己是誰了。

但此時此刻，他可以放下那一切。此時此刻，他要解開這個謎團。他步入一個冰冷的池子，忍受不舒服的感覺，直到身體適應水溫。他用肥皂刷掉黏黏的豬根汁和摻在裡面塵土。洗完後，他從背包裡拿出一套乾淨的戴爾沙羅姆黑袍換上。

即便如此，他身上還是有豬根味。他吃了太多豬根，口氣、汗水，甚至連唾液都是豬根的味道。但是乾淨的黑袍厚到足以遮掩那股氣味。

碼頭鎮外緣有座市集，布萊爾熟門熟路。她進鎮時，他正在逛一輛麵包推車，就是一個毫不起眼的沙羅姆，一大早起來吃早餐。

那個間諜和他一樣輕易融入鎮上，就是一個帶著嬰兒的老女人出來晨間購物。她親切地與戴爾丁小販交談，隨口提問，引導話題，很快就從小販口中打探出鎮上和雷克頓反抗軍的情報。

布萊爾搖頭。他向來不擅長以那種方式打探情報。他寧願躲在暗處偷聽。

她慢條斯理地從市集進入鎮內，彷彿不經意地逛著商店和小販，但布萊爾一眼就看出她的目標是碼頭，於是輕易地趕到前面等待。

碼頭對布萊爾來說就像他的荊棘叢一樣熟悉，但是現在的碼頭與之前不太一樣。每座碼頭入口都掛了一張有他畫像的懸賞海報，提供任何抓到他的人一筆難以想像的賞金。

他覺得有點光榮，到處都看得到自己的畫像。黛莉雅船長在沙羅姆嘆息號的艙房裡貼滿自己的懸賞海報。每當她的行動讓賞金提高時，她就會開心尖叫。

他們的恨就像我的佳餚，布萊爾，她這麼說。讓他們為了抓不到我而嘆息。

但布萊爾不喜歡有人恨自己。幫助母親的族人就表示要背叛父親的族人。這座鎮上或許有他的親戚，被他們視爲叛徒並不會令他驕傲。

儘管如此，他還是在跟隨女人走向遠方碼頭時扯下一張海報，塞在黑袍裡。她的目標是褐矛號。魁倫船長的船。

布萊爾嚥下打從入鎭以來第一道眞正恐懼的情緒。魁倫船長讓布萊爾害怕，不管是在湖上還是岸上。如果世界上有比他更危險的人，布萊爾並不認識。

此事沒有回答任何問題，只有增加更多疑問。那個女人是克拉西亞派來服侍魁倫船長的菁英間諜嗎？就連綠地人都會低估她。只要有時間，她幾乎有辦法接近任何她想除去的人。

但那些技巧也可能有更直截了當的用途，就是除掉魁倫，讓其他人取而代之。

布萊爾溜到一道廢棄碼頭下方，脫掉衣服，藏好他的矛、盾和背包，然後下水。他以流暢有效率的動作游泳，直接通過巡邏湖岸和旗艦碼頭的守衛。就連沙羅姆水手也不會游泳。大多水手就連長時間凝視水面都不願意。

間諜還在等候允許上船，布萊爾已經爬上大船陰影中的錨繩。黛莉雅船長教過布萊爾所有船艦通用的設計，還有該如何利用的缺陷。

他剛好有辦法擠進小繩孔，進入無人看守的絞盤室。接著他前往船長室下方的艙房。一名多半沒在値勤的水手躺在吊床上沉睡，隨著波浪緩緩搖晃。布萊爾爬上一根橫梁，耳朵貼上艙頂某個特定的位置，沒有吵醒水手。

他聽見金屬摩擦木板的聲音。「妳袍子下穿了護甲。」魁倫在上方艙房裡說道。

《地心魔域》上冊・完

THE CORE

國家圖書館出版品預行編目資料

地心魔域（上）／彼得・布雷特（Peter V. Brett）著；戚建邦譯
.——初版.——台北市：蓋亞文化，2018.12
冊；公分.——（Fever）
譯自：The Core
ISBN 978-986-319-370-8（上冊；平裝）.——
ISBN 978-986-319-371-5（下冊；平裝）.——
ISBN 978-986-319-372-2（全套；平裝）

874.57 107017798

Fever 066

地心魔域 上 THE CORE

作　　者　彼得・布雷特（Peter V. Brett）
譯　　者　戚建邦
封面插畫　Larry Rostant　封面設計　莊謹銘
總 編 輯　沈育如
發 行 人　陳常智
出 版 社　蓋亞文化有限公司
地址：台北市 103 赤峰街 41 巷 7 號 1 樓
電話：02-2558-5438　傳真：02-2558-5439
電子信箱：gaea@gaeabooks.com.tw
投稿信箱：editor@gaeabooks.com.tw
郵撥帳號 19769541　戶名：蓋亞文化有限公司
法律顧問　宇達經貿法律事務所
總 經 銷　聯合發行股份有限公司
地址：新北市新店區寶橋路二三五巷六弄六號二樓
電話：02-2917-8022　傳真：02-2915-6275
港澳地區　一代匯集
地址：九龍旺角塘尾道 64 號龍駒企業大廈 10 樓 B&D 室
電話：+852-2783-8102　傳真：+852-2396-0050
初版一刷　2018年12月
定價　新台幣 840 元（上下冊不分售）
Printed and Published in Taiwan

ISBN／978-986-319-370-8